Ivresse orientale

Du même auteur
aux Éditions J'ai lu

Un tempérament explosif, *J'ai lu* 5916
La fiancée chinoise, *J'ai lu* 6009
La belle sauvageonne, *J'ai lu* 6145

Mary Jo Putney

Ivresse orientale

Traduit de l'américain
par Daniel Garcia

J'AI LU

Titre original :

THE BARTERED BRIDE
A Ballantine Book, published by The Ballantine Publishing Group,
a division of Random House, Inc., New York

Pour Tehila, Daphné et Maytal
– bienvenue au club!

Prologue

La Tour de Londres, automne 1835

L'angoisse et le désespoir semblaient suinter des pierres de la Tour. Combien de prisonniers avaient croupi dans ces cellules humides et sombres, à rêver de liberté ?

Le clocher voisin venait de sonner sept heures. Gavin Elliott était réveillé, mais il voulait profiter encore quelques minutes de son rêve et il resta allongé sur sa paillasse, les yeux fermés. Bientôt, il lui faudrait se lever et se préparer pour la première audience de son procès, qui débutait aujourd'hui. Pour l'instant, il se revoyait sur ces immenses plages de sable blanc, bordées par une mer aux reflets turquoise. Et Alexandra riait à ses côtés, avec cette vitalité qui rendait toutes les autres femmes si pâles en comparaison.

Alex. Le beau rêve s'évanouit soudain. Le cœur lourd, Gavin se redressa et sortit les jambes du lit. Le sol carrelé était glacial comme une pierre tombale. Les deux gardiens postés en permanence dans la cellule se tenaient de chaque côté de la porte, sans broncher.

Gavin avait connu la promiscuité dans sa prime jeunesse, lorsqu'il s'était embarqué pour la première fois sur un bateau, comme simple moussaillon. Mais depuis, il était monté en grade et ses fonctions de capitaine de vaisseau lui octroyaient une cabine spacieuse pour lui tout seul. Il n'était plus habitué à devoir effectuer le moindre geste intime sous le regard d'autres hommes.

La porte s'ouvrit furtivement. L'un des gardiens attrapa le plateau qu'on lui passait, puis referma aussitôt la porte.

— Votre petit-déjeuner est arrivé, monsieur, l'informa poliment le gardien en posant le plateau sur la table.

Gavin savait d'avance que son thé serait à peine tiède. Ce n'était ni la faute des gardiens ni celle du personnel de cuisine. La Tour était un tel labyrinthe, et toujours glacé, que la nourriture refroidissait dans les couloirs avant d'atteindre les cellules.

Il se dirigea d'abord vers la table de toilette, pour s'asperger le visage d'eau fraîche afin de s'éclaircir l'esprit. Puis il se rasa avec le plus grand soin. Mieux valait ne pas donner au tribunal l'image d'un assassin. Malheureusement, son reflet dans le miroir n'inspirait guère confiance. Le chagrin, la douleur et des semaines d'emprisonnement avaient creusé ses yeux. Et ses années passées au bord de l'océan, sous le soleil, lui avaient laissé un hâle qui passait pour grossier dans la bonne société londonienne.

Son costume était noir, en signe de deuil. Mais Gavin se demandait si ses juges n'y verraient pas quelque affectation hypocrite.

La porte s'ouvrit de nouveau. Le plus grand des deux gardes, Ridley, murmura une vague protestation. Il se fit rembarrer :

— J'ai l'autorisation, lui répondit-on.

Reconnaissant cette voix, Gavin s'approcha pour accueillir son visiteur, le comte de Wrexham. De l'eau avait coulé sous les ponts, depuis leur première rencontre en Inde, sept ans auparavant. Kyle Renbourne – lord Maxwell – était alors un jeune futur héritier qui avait fui un quotidien londonien trop collet monté à son goût. Gavin, à la même époque, se trouvait plutôt en mauvaise posture. Sa société, Elliott House, menaçait de déposer le bilan.

Après une nuit passée à boire et à discuter, les deux hommes s'étaient séparés au petit matin, amis et associés. Ce lien particulier, tissé en une seule nuit, tenait toujours aujourd'hui, alors que Kyle avait hérité de la fortune et du titre de son père, tandis que Gavin était devenu un sujet de scandale.

Kyle vint à la rencontre de son ami. Son manteau dégoulinait de pluie.

— J'ai pensé qu'il serait bien que je t'accompagne à ton procès, dit-il.

— Merci, répliqua Gavin. Mais tu n'as nul besoin de ternir ta réputation en m'accordant ton soutien publiquement.

Son ami esquissa un sourire.

— L'avantage d'être un lord, c'est qu'on peut se moquer de ce que pensent les autres.

— N'oublie quand même pas que je suis accusé de meurtre.

D'un geste, Kyle fit signe aux gardiens de quitter la cellule. Dès que les deux amis se retrouvèrent seuls, il répliqua :

— L'enquête devrait montrer qu'on a essayé de te faire endosser le crime. Et je vois au moins deux coupables possibles : Pierce et ton damné cousin.

Gavin haussa les épaules.

— Il est plus facile de faire croire que je suis l'assassin, plutôt que la victime d'un complot.

— Sauf que tu n'es pas un assassin.

— Je n'ai pas tué Alex, mais j'ai d'autres morts sur la conscience. La justice divine y trouvera son compte.

— Tuer pour défendre sa vie et celle de ses proches n'est pas un crime. Et vouloir te rendre responsable de la mort d'Alexandra est tout simplement absurde.

— Absurde, peut-être, mais ça me conduira tout droit à la potence. Il ne sera pas bien difficile d'expliquer que j'ai voulu me débarrasser d'une épouse que je n'avais pas désirée.

— Quiconque t'a vu, ne serait-ce qu'une seule fois, regarder Alexandra ne pourra jamais gober une fable pareille !

Gavin sentit sa gorge se serrer. Kyle était un garçon sensible et intuitif.

— Même si je suis acquitté, ce n'est pas ça qui la ramènera à la vie.

— Bon sang, ce n'est pas une raison pour ne pas te défendre ! explosa Kyle. Pourquoi devrais-tu être puni pour un crime que tu n'as pas commis ?

La porte de la cellule s'ouvrit à nouveau et les deux gardiens rentrèrent, accompagnés de quatre collègues venus conduire le prisonnier jusqu'au tribunal. Gavin descendit le sinistre escalier de la Tour, encadré par cette escorte, et traversa la cour sous la pluie pour rejoindre la voiture qui l'attendait. Kyle l'accompagna. Sa seule présence, bien que silencieuse, suffisait à réconforter Gavin. Au moins, dans ce monde de fous, existait-il une personne qui croyait à son innocence.

Dès que l'attelage se mit en branle, les badauds assemblés devant la prison commencèrent à crier : « À mort, l'assassin ! » ou : « Pendez ce monstre ! », tandis que des cailloux frappaient le véhicule.

Gavin reconnut, au milieu de cette foule hostile, trois silhouettes familières. Les trois hommes qui avaient juré sa perte : Barton Pierce, le visage aussi impassible qu'un bloc de granit, dont la haine pour Gavin remontait à des années ; Philip Elliott, qui avait le plus à gagner de la pendaison de Gavin ; et enfin le major Mark Colwell, qui avait toujours considéré qu'Alexandra aurait dû épouser un soldat. Se sentaient-ils triompher, en cet instant ? C'était difficile à dire, sous cette pluie drue qui masquait leurs regards. Mais Gavin était prêt à parier qu'ils viendraient danser sur sa tombe.

Il préféra se détourner de la vitre. Il avait le sentiment que sa vie avait irrémédiablement basculé, le jour où il avait rencontré Alexandra. Mais qui aurait pu deviner que son légitime désir de secourir une femme en détresse le conduirait à la potence ?

LIVRE I

Pour la vie d'une femme

1

Mer de Java, Insulinde, printemps 1834 (un an et demi plus tôt)

Ce fut le silence qui la réveilla.

Tout s'était tu. Les plaintes du vent dans les voiles, les gémissements des cordages et des haubans, les coups de boutoir des vagues contre la coque du navire.

Était-il possible que l'*Amstel* ait réchappé à la terrible tempête qu'il avait essuyée ? Alexandra Warren décida de monter sur le pont afin de s'en assurer. Elle commença par dénouer les cordes qui retenaient attachée à la couchette sa petite fille de huit ans, toujours endormie. La tempête avait duré plus de quarante-huit heures.

En se relevant, elle s'aperçut que toutes ses articulations la faisaient souffrir. Ce n'était guère étonnant, après l'épreuve qu'ils venaient d'endurer. La jeune femme avait veillé deux jours et deux nuits, puis elle s'était finalement endormie d'épuisement, en serrant Katie dans ses bras.

Le hublot, au-dessus de la couchette, révélait un ciel teinté de lumière. L'aube commençait à poindre, et Alexandra constata que le bateau avait jeté l'ancre dans une baie tranquille, cernée de montagnes qui plongeaient directement dans la mer. Elle s'empressa d'ouvrir le hublot.

L'air frais frôla sa joue comme une délicieuse caresse. Elle remercia le Seigneur de les avoir épargnées. Bien qu'elle eût soigneusement caché son angoisse à Katie, elle avait bien cru l'*Amstel* perdu. Elle en avait conclu tristement qu'elle ne reverrait jamais l'Angleterre.

À vingt ans, Alexandra avait été ravie de se voir demander en mariage par le major Edmund Warren. Son père et son grand-père avaient été officiers, et dès sa plus tendre enfance, elle s'était préparée à ce destin. Quoi de plus naturel, au fond, que d'épouser Edmund, qu'elle connaissait depuis si longtemps ? Et de partager les aventures que la vie ne manquerait pas de lui apporter ?

Edmund s'était révélé un bon mari. Mais l'Australie, où ils étaient venus vivre, avait en revanche beaucoup déçu la jeune femme. En fait d'aventures, cette nouvelle colonie distillait surtout l'ennui. Du coup, elle avait souffert du mal du pays. La naissance de sa fille n'avait fait qu'aggraver les choses. Elle trouvait terriblement triste que Katie ne connaisse ni ses grands-parents ni ses oncles, tantes et cousins.

— Maman ?

Alex baissa la tête et vit que sa fille avait ouvert les yeux.

— Oui, ma chérie. Je suis là.

— La tempête est passée ?

— Oui. Tu veux jeter un coup d'œil dehors ?

Katie s'extirpa des draps et se dressa sur la banquette, afin de regarder par le hublot.

— Où sommes-nous ?

— Je n'en sais rien. Nous étions à deux jours de mer de Djakarta quand le typhon a éclaté, répondit Alexandra, qui caressait ses boucles blondes. La région est truffée d'îles. Il y en a plus que d'étoiles dans le ciel. Certaines sont civilisées, d'autres sont peuplées de sauvages, et la plupart n'ont même pas encore été explorées par les Européens. Mais le capitaine Verhoeven doit savoir où nous nous trouvons. C'est un marin aguerri. La preuve, il a réussi à nous sortir de cette tempête, sans que le bateau soit jeté sur des récifs.

En réalité, Alexandra n'était pas aussi optimiste qu'elle le laissait paraître. Certes, le capitaine de l'*Amstel* semblait compétent, mais elle ne le connaissait qu'à peine. Après la mort d'Edmund, emporté par une fièvre maligne, elle avait été si impatiente de rentrer au pays qu'elle avait préféré s'embarquer sur ce vaisseau hollandais, plutôt que d'attendre indéfiniment l'arrivée d'un navire anglais pour quitter l'Australie. L'*Amstel* faisait route vers Calcutta, via Djakarta et Singapour. Une fois en Inde, la jeune femme n'aurait aucune difficulté à trouver un bateau partant pour l'Angleterre.

— J'ai faim, décréta Katie. On va manger ?

Alex aussi avait faim. Par précaution, les fourneaux des cuisines avaient été éteints pendant la tempête.

— Je vais voir ce que je peux nous trouver aux cuisines. Le cuistot aura peut-être repris le travail.

Comme la jeune femme s'était endormie tout habillée, elle n'eut qu'à remettre ses chaussures avant de quitter la cabine. Les coursives étaient silencieuses. Elle en conclut que le capitaine avait laissé ses hommes prendre un peu de repos, avant de dresser l'inventaire des éventuels dommages subis par le bateau.

En débouchant sur le pont, elle aperçut une silhouette, près du gouvernail. À sa stature, elle reconnut le jeune second et agita la main dans sa direction. Le Hollandais inclina poliment la tête, en réponse à son salut.

Les premiers rayons du soleil commençaient à poindre et l'île apparaissait plus clairement dans le paysage, malgré les rubans de brume qui couraient à la surface des flots.

Tandis qu'elle se dirigeait vers les cuisines, elle entendit une sorte de « plouf ». Sans doute un poisson volant. Mais le bruit se répéta à intervalles réguliers. Elle s'arrêta pour observer, et bientôt elle vit deux grandes pirogues émerger du brouillard. Plusieurs fois, depuis son départ d'Australie, l'*Amstel* avait ainsi été approché par de semblables pirogues dès qu'il passait à proximité d'une île. Les indigènes venaient vendre des fruits, des légumes ou des objets à l'équipage et aux passagers. Alex avait d'ailleurs acheté à une femme une petite poupée de chiffon, pour Katie.

Mais cette fois, elle eut l'intuition qu'il ne s'agissait pas de commerce. Certaines îles de la région étaient infestées de pirates, et les sombres mines des rameurs des deux pirogues ne lui inspiraient rien de bon.

— Regardez ! s'exclama-t-elle à l'intention du second.

Le Hollandais suivit son regard et laissa échapper un juron, avant de se précipiter vers une écoutille pour réveiller l'équipage. Mais, au même instant, dans la pirogue de tête, un pirate lança un javelot qui vint se ficher, avec une précision stupéfiante, dans la gorge du pauvre marin. Alex, tétanisée, réprima un cri d'horreur.

Abandonnant toute discrétion, les deux pirogues se précipitaient maintenant vers l'*Amstel,* chacune visant l'un des flancs du bateau. En moins d'une minute, elles l'avaient accosté et les pirates jetaient des cordes pour monter à bord. Ils étaient au moins trente ou quarante par pirogue. Soit beaucoup plus que l'équipage de l'*Amstel*.

Ce dernier, toutefois, réveillé par les cris du second avant qu'il ne soit tué, surgissait des écoutilles pour défendre le bateau. Le capitaine Verhoeven apparut à son tour, un pistolet dans chaque main.

— Allez vous mettre à l'abri ! ordonna-t-il à Alex, en même temps qu'il faisait feu.

L'un des pirates, vêtu d'un pagne et le corps entièrement tatoué, poussa un hurlement et bascula pardessus le bastingage.

Tirée de sa torpeur, Alexandra se précipita vers l'écoutille afin de gagner le pont inférieur. Elle trouva Katie devant la porte de leur cabine, les yeux écarquillés d'inquiétude.

— Que se passe-t-il, maman ?

— Des pirates nous attaquent. Mais l'équipage riposte. Le capitaine nous demande de rester ici, jusqu'à ce que tout soit terminé.

Priant le Ciel pour que les marins de l'*Amstel* sortent vainqueurs de l'affrontement, Alex poussa sa fille dans la cabine et verrouilla la porte derrière elles. Puis elle tira sa malle de sous la couchette et y chercha l'étui contenant le pistolet d'Edmund. Grâce à Dieu, elle avait appris à tirer dans sa jeunesse. Elle chargea le pistolet et s'assit sur la banquette, un bras passé sur l'épaule de sa fille.

— Que va-t-il nous arriver ? demanda Katie, d'une voix qui trahissait son appréhension.

Alex préféra ne pas mentir.

— Je n'en sais rien, ma chérie. Mieux vaut nous préparer... à tout.

Cris et coups de feu résonnaient au-dessus de leurs têtes. Puis il y eut un grand bruit d'éclaboussure, comme si on avait jeté quelque chose à l'eau. Alex regarda par le hublot et vit que les marins de l'*Amstel* avaient mis une des chaloupes à la mer et ramaient désespérément en direction de l'île. Pendant que la jeune femme observait la scène, une autre chaloupe suivit le même trajet que la première.

Médusée, elle comprit que la bataille était perdue. L'équipage prenait la fuite ! Les pirates ne se donneraient sans doute pas la peine de les pourchasser. Ce qui les intéressait, c'était la cargaison du navire. Mais Alex et Katie se trouvaient maintenant prises au piège de leur cabine, avec ce hublot trop étroit pour leur permettre de s'enfuir.

Il ne leur restait plus qu'à espérer qu'elles seraient capturées et rendues à leurs proches en échange d'une rançon. C'était l'issue la plus optimiste. Quant à la plus pessimiste, Alexandra préférait ne pas y penser.

Elle se rassit à côté de sa fille.

— Est-ce que je t'ai déjà raconté quel bonheur c'est de se promener dans la campagne anglaise, par une belle journée d'automne ?

— Raconte-moi encore, maman, murmura Katie.

Alex puisa dans ses souvenirs, pour meubler leur angoisse à toutes deux, jusqu'à ce qu'une main impatiente tente de tourner la poignée de la porte. Puis il y eut un juron en malais, quand l'intrus s'aperçut que la porte était verrouillée. Quelques instants plus tard, d'autres voix se mêlèrent à la sienne, et aussitôt ce fut un concert de coups frappés contre la porte. Alex pointa son pistolet vers le battant.

— Quoi qu'il arrive, Katie chérie, n'oublie jamais que je t'aime plus que tout au monde.

— Moi aussi, maman, je t'aime, répondit la fillette en se pressant contre sa mère.

La porte céda finalement sous les assauts. Un Malais à stature de géant, le front ceint d'un turban et le corps à demi nu constellé de tatouages, entra dans la cabine.

Il portait une dague à la main et, à son allure, Alex comprit qu'il s'agissait du chef des pirates.

— Laissez-nous tranquilles, lui ordonna-t-elle d'un ton qu'elle espérait le plus autoritaire possible.

— Lâchez ce pistolet, répliqua-t-il dans un anglais teinté d'un fort accent.

La jeune femme savait bien qu'elle n'aurait pas le temps de tirer plus d'un coup de feu. Ce serait insuffisant pour les sauver.

Le chef s'avança dans la cabine, tandis que ses hommes restaient massés dans le couloir. Alex, cependant, ne pouvait se résoudre à renoncer à son arme. Le pirate était si près, à présent, qu'elle ne risquait pas de le manquer.

— Un pas de plus et je vous tue.

Il sourit.

— Si vous vous rendez, vous vivrez. Si vous tirez, vous mourrez toutes les deux.

Alex réfléchit. Elle pouvait aussi retourner son arme contre Katie. C'était sans doute le meilleur moyen de la préserver de la capture et de l'esclavage. Sauf qu'elle ne se voyait pas tuer sa propre fille !

Le Malais, profitant de son hésitation, se rua sur elle et lui arracha le pistolet des mains, avant de le glisser dans la ceinture de son pagne. Cette formalité accomplie, il étudia de plus près ses deux captives, de l'œil d'un fermier jaugeant du bétail.

Alex ne put retenir un tressaillement quand le pirate effleura sa joue d'un revers de main. Cependant, c'était plutôt bon signe. Il ne semblait pas décidé à les tuer. Elles seraient relâchées en échange d'une rançon. La famille d'Alex était riche. Leur libération rapporterait beaucoup plus aux pirates que leur vente comme esclaves.

Le chef s'intéressait maintenant à Katie. Il passa une main dans les boucles blondes de la fillette.

— Mignonne, murmura-t-il en se penchant pour la soulever dans ses bras.

— Non ! protesta Alex, serrant sa fille contre elle en même temps qu'elle décochait un coup de pied au pirate.

Ce dernier esquiva prestement le coup, avant de faire signe à deux de ses hommes de le rejoindre. Ils s'emparèrent de la jeune femme, tandis que leur chef arrachait Katie de ses bras.

— Maman ! Maman ! pleurait la fillette, terrorisée.

— Katie ! hurla Alex.

Elle se débattait comme un beau diable, tentant désespérément d'échapper à ses assaillants, quand le chef, s'approchant d'elle, retourna sa dague et l'assomma avec le manche.

Elle s'évanouit avant même qu'on emporte sa fille.

2

Port de Maduri, Insulinde, automne 1834

L'île de Maduri était protégée par des hauts-fonds dangereux, et une grande partie de ses côtes était constituée de falaises plongeant à pic dans la mer. Cet environnement hostile rendait d'autant plus accueillant son unique port, qui était aussi la capitale de l'île.

— Finalement, Maduri paraît presque chaleureuse, commenta Benjamin, le jeune second de Gavin Elliott, alors que l'*Héléna* venait tout juste de jeter l'ancre dans le port. Je m'attendais à plus sauvage.

Gavin lui sourit. Benjamin Long était un marin américain déjà expérimenté, malgré sa jeunesse, mais c'était son premier voyage en Insulinde.

— Les îles de cette région sont d'une extrême diversité, dit-il. Mais il ne faut pas se fier à leur aspect parfois enchanteur. Les gens qui vivent dans ces contrées peuvent se montrer aussi raffinés que brutaux. Et c'est précisément dans les îles comme Maduri, qui semblent civilisées, qu'il faut rester sur ses gardes. On s'imagine trop facilement que les hommes qui habitent là sont comme nous. Or, c'est faux.

Benjamin porta une main en visière devant ses yeux, pour observer plus en détail le palais étincelant de blancheur qui dominait la ville.

— Les hommes ne sont pas rassurés de mouiller dans ces eaux. On raconte que le sultan Kasan se nourrit des âmes de ses ennemis.

— J'ai plutôt l'impression qu'il se contente de les torturer dans leur chair, répliqua Gavin. Mais Kasan est un commerçant avisé, qui connaît son intérêt. Je n'ai jamais entendu dire qu'un navire marchand ait rencontré le moindre problème.

En réalité, Maduri était probablement l'un des ports les plus sûrs au monde. Tout simplement parce que quiconque osait défier l'autorité du sultan risquait fort de finir dépecé vif, avant de rôtir à petit feu sur un bûcher. Mais Gavin se garda bien d'en parler à Benjamin. Les marins étaient gens superstitieux. Mieux valait ne pas les effrayer inutilement.

— Il n'y a peut-être jamais eu de troubles, mais les parages ne m'inspirent pas une totale confiance, déclara Benjamin, alors qu'une pirogue richement décorée venait à leur rencontre.

C'était de toute évidence une embarcation officielle. Sans doute transportait-elle quelque responsable du port.

— Nous ne resterons qu'un jour ou deux. Le temps de décharger notre cargaison et de faire le plein de vivres, répondit Gavin.

Comme il n'avait encore jamais visité Maduri, il avait été ravi qu'un négociant de Manille lui demande de convoyer quelques dizaines de caisses destinées au sultan. Le détour n'était pas bien grand et le bénéfice, en revanche, s'annonçait substantiel. Ces caisses devaient renfermer des objets de grande valeur, à en juger par la commission offerte par le marchand.

L'île de Maduri était devenue légendaire, depuis Java jusqu'à Bornéo. Immensément riches, les sultans successifs avaient toujours refusé la domination des puissances coloniales, qu'elles soient françaises, anglaises ou hollandaises. Et les Européens, assez sages pour ne pas provoquer de conflits sanglants, avaient jusqu'ici respecté cette volonté d'indépendance.

Beaucoup d'histoires circulaient sur cette île, ses habitants et son sultan. Les légendes étaient d'autant plus vivaces que les étrangers n'étaient pas tolérés au-delà des quais du port et des tavernes qui les bordaient. Comme les Chinois, les sultans de Maduri refusaient de voir leur peuple se laisser corrompre par les idées occidentales.

Gavin, lui, n'avait rien contre les valeurs occidentales. Et pour cause. Le drapeau américain flottait en haut du grand mât de l'*Héléna*. Et ce bateau, ainsi baptisé en mémoire de la jeune femme qu'il avait épousée quelques années auparavant, et perdue hélas trop vite, était le plus beau de sa flotte. Son dessin s'inspirait des clippers construits à Baltimore, et il s'était révélé parfait pour le commerce en mer de Chine. Ses cales pouvaient accueillir beaucoup de marchandises, sans rien enlever à sa rapidité de manœuvre, ce qui était bien utile lorsqu'il s'agissait d'échapper à une attaque de pirates.

Après l'escale à Maduri, l'*Héléna* reprendrait sa route vers l'Angleterre. Gavin, qui avait entrepris ce voyage pour ouvrir une succursale de sa société à Londres, se réjouissait de renouer avec la vie à bord. Il avait commencé sa carrière comme simple marin, mais à mesure que ses affaires prenaient de l'importance, il avait été obligé de passer de plus en plus de temps à terre, jusqu'à finir par se retrouver coincé derrière son bureau d'armateur.

Ses bureaux de Canton et de Macao étaient gérés par des hommes fiables et compétents. Comme le bureau de Boston. Londres était maintenant son objectif. Et pas seulement parce qu'il s'agissait de la première place marchande en Europe. Gavin rêvait depuis des années de revenir à Londres en triomphateur. Il était né là-bas, en Angleterre. Et il y avait grandi, avant d'être obligé de partir avec le reste de sa famille. Aujourd'hui, il voulait effacer ce douloureux souvenir et se venger du passé.

Cependant, il savait qu'il lui faudrait plusieurs années pour installer un bureau florissant à Londres. Il ne serait donc pas près de revoir l'Insulinde, et ce voyage d'adieu l'emplissait de nostalgie. Il regretterait la luminosité si particulière de ces mers turquoise, où une myriade d'îles avaient poussé au hasard, comme autant de joyaux dispersés dans la main d'un géant. La Chine aussi lui manquerait, car ces dernières années il y avait passé une grande partie de son temps, partagé entre ses comptoirs de Canton et de Macao. C'était là qu'il avait bâti l'essentiel de sa fortune...

L'un de ses hommes vint interrompre sa rêverie :

— Capitaine, les messagers veulent vous parler en personne.

Gavin s'approcha des trois hommes venus en pirogue. Deux étaient vêtus comme de simples employés du port, mais le riche costume en soie du troisième témoignait d'un statut plus élevé. Et il n'était pas malais, mais chinois. Sans doute étaient-ils au courant que l'*Héléna* apportait des marchandises pour le sultan.

— Bienvenue à bord, messieurs, leur dit Gavin en s'inclinant poliment. Votre présence honore mon humble navire.

À son grand étonnement, le Chinois lui répondit dans un anglais parfait.

— Tout l'honneur est pour nous, capitaine Elliott. Je m'appelle Sheng Yu et, en tant que Premier ministre de Maduri, je suis venu vous délivrer une invitation personnelle de Son Altesse, le sultan Kasan.

Gavin n'en revenait pas. Comment Sheng pouvait-il connaître son nom, alors que c'était la première fois qu'il mouillait à Maduri ? Et pourquoi le sultan l'invitait-il ? Certes, Gavin était un riche armateur, dont la réussite était connue dans toute la région. Mais cette invitation ne cadrait pas avec la tradition locale de fermeture aux étrangers. En fait, le sultan devait s'inquiéter pour ses précieuses caisses.

— Je serai ravi d'escorter personnellement la cargaison destinée à votre sultan jusqu'à son palais.

— Ce ne sera pas nécessaire, répliqua Sheng. Mes hommes se chargeront des caisses. Son Altesse souhaite que vous dîniez à sa table et que vous passiez la nuit au palais. Ma mission est de vous accompagner.

C'était de plus en plus étrange. Cependant, Gavin se voyait mal refuser une telle invitation, sauf à vouloir provoquer un scandale. Et puis, il ne sentait aucune menace et sa curiosité l'emporta.

— Croyez bien qu'un pareil honneur me rend confus. Prenez donc un rafraîchissement, pendant que je me prépare à vous suivre.

Il confia ses hôtes à Benjamin et descendit dans sa cabine se changer. Les différents peuples de cette région du monde accordaient une extrême importance aux apparences, aussi s'était-il fait confectionner chez un tailleur de Macao un splendide uniforme d'apparat, orné à profusion de galons, d'épaulettes et de décorations. Sans parler du bicorne à plumes qui complétait la tenue ! C'était plus un uniforme de carnaval qu'autre chose, mais il impressionnait beaucoup ses interlocuteurs.

Avant de se changer, il sonna Suryo, un Malais à son service depuis une douzaine d'années et qui lui servait d'homme à tout faire. À la fois majordome, valet et source précieuse d'informations sur les us et coutumes de la région, Suryo était par-dessus tout un véritable ami.

Le Malais entra dans la cabine aussi discrètement qu'à son habitude. Il se déplaçait avec l'aisance d'un félin.

— Oui, capitaine.

— Je suis invité à dîner et à dormir au palais, et je veux que tu m'accompagnes. Que peux-tu m'apprendre sur le sultan Kasan ?

Suryo fronça les sourcils.

— Il va falloir vous montrer prudent, capitaine. Le sultan ne vous aurait pas invité s'il n'avait une idée derrière la tête. On l'a surnommé le « Tigre de Maduri », et il a la réputation de jouer avec les gens comme un chat avec une souris.

— Que pourrait-il vouloir de moi ?

— Votre bateau, par exemple. Il n'y en a pas beaucoup de cette qualité dans les parages.

Gavin accrocha à sa ceinture son épée de cérémonie, composée d'un pommeau artistiquement décoré associé à une lame redoutablement acérée.

— L'*Héléna* n'est pas à vendre.

— Ce n'est pas si simple de refuser l'offre d'un sultan.

— Crois-tu qu'il soit dangereux d'accepter son invitation ?

Suryo réfléchit quelques instants.

— Non. Assassiner un capitaine étranger serait mauvais pour le commerce. Les bateaux ne viendraient plus mouiller dans son port. Mais ne faites aucune affaire avec lui. Un tigre n'est pas un partenaire de confiance.

— Compris.

Gavin ouvrit un coffre contenant des objets précieux provenant d'Europe, qu'il destinait à des circonstances comme celle-ci. Son choix se porta sur une petite boîte à musique en ivoire, qui jouait un air de Mozart chaque fois qu'on en soulevait le couvercle, tandis qu'un couple de danseurs esquissait les pas d'un menuet en tournant sur lui-même.

— Emballe ça et apporte-le avec toi, dit-il à Suryo.

On ne pouvait pas se rendre à l'invitation d'un sultan les mains vides.

Quand, deux heures plus tard, Gavin pénétra dans l'imposante salle où le sultan donnait ses audiences, il avait déjà pu se faire une idée de la richesse du palais. L'abondance des marbres de toutes sortes et des statues lui rappelait sa visite, quelques années plus tôt, au maharadjah de Mysore, en Inde. Et l'appartement qu'on lui avait assigné était digne d'un prince. Il en avait conclu que le sultan attendait effectivement quelque chose de lui. Et quelque chose d'important.

Un coup de gong fit taire la cinquantaine de courtisans qui peuplaient la salle. Dans le silence qui suivit, Sheng Yu annonça :

— Votre Altesse, permettez-moi de vous présenter Gavin Elliott, capitaine de l'*Héléna* et propriétaire d'un armement à son nom.

— Bienvenue à Maduri, capitaine Elliott, déclara le sultan qui, comme Sheng, parlait un anglais parfait.

C'était un homme de belle stature, d'environ quarante ans, habillé tout en soie et littéralement couvert de joyaux. Son trône était incrusté de pierreries tout aussi somptueuses. Il y avait là de quoi payer plusieurs fois la rançon d'un roi d'Angleterre.

— Merci, Votre Altesse, répondit Gavin. J'ai souvent entendu parler des merveilles de Maduri, mais je n'imaginais pas que j'aurais un jour la chance de les contempler.

Et, se tournant vers Suryo qui portait le paquet contenant le cadeau qu'il destinait au sultan, il ajouta :

— Ayez la bonté d'accepter cet humble présent en témoignage de ma gratitude pour l'honneur que vous me faites.

Suryo défit la boîte à musique de son emballage et la confia à un serviteur, qui s'empressa de gravir les marches conduisant au trône pour s'agenouiller devant son souverain en lui tendant le cadeau. Kasan prit la boîte et la regarda d'un air satisfait. Gavin s'apprêtait à lui parler de la clé qui mettait en marche le mécanisme, quand le sultan la découvrit tout seul.

Les deux danseurs se lancèrent aussitôt dans leur menuet, tandis que les notes imaginées par Mozart un siècle plus tôt résonnaient dans la pièce. Les courtisans murmurèrent leur admiration, et le sultan lui-même esquissa un sourire.

— C'est un bien joli présent, capitaine. Je vous en remercie.

Lorsque la musique cessa, Kasan remonta le mécanisme une seconde fois, puis rendit la boîte au serviteur qui était resté agenouillé à ses pieds. Mais la boîte échappa des mains de ce dernier et dévala les marches du trône, pour venir se briser sur le sol de marbre. Les courtisans poussèrent un cri d'horreur en voyant les deux ravissantes figurines de porcelaine voler en éclats.

Le visage décomposé par la colère, le sultan brandit une cravache qu'il tenait à côté de lui et en frappa sauvagement le visage du domestique. Le pauvre homme poussa un cri de douleur, avant de s'agenouiller à nouveau, en signe de soumission, alors que le sang ruisselait déjà sur sa joue. À un centimètre près, la cravache lui aurait crevé l'œil.

Révolté par cette brutalité, Gavin comprit que le palais était entretenu par des esclaves et non par des domestiques. Quiconque aurait travaillé pour un salaire n'aurait pu accepter de se laisser ainsi maltraiter par son employeur.

Reposant sa cravache, Kasan quitta son trône et s'approcha de Gavin. Ses yeux noirs brillaient comme ceux d'un serpent.

— Allons dehors, capitaine.

Gavin le suivit dans un grand patio parsemé de bancs ombragés par des palmiers, qui offrait un magnifique panorama sur la ville et le port.

— Vous parlez un anglais parfait, Votre Altesse, fit-il remarquer.

— Je maîtrise également le français et le hollandais. Mon père m'avait offert des précepteurs européens, afin que je puisse connaître la langue et les coutumes de nos ennemis.

— Me considérez-vous comme votre ennemi, Votre Altesse ?

— Vous êtes américain, pas anglais. Votre nation s'est battue contre l'Angleterre. L'ennemi de mon ennemi est mon ami.

À l'une des extrémités du patio, une longue-vue montée sur un trépied pouvait s'orienter dans toutes les directions. Le sultan s'en approcha et dirigea la longue-vue sur le port. Après avoir ajusté l'objectif, il invita son hôte à regarder par la lentille.

— Votre bateau a beaucoup d'allure, capitaine.

L'*Héléna* apparut si nettement dans l'objectif que Gavin pouvait voir Benjamin donner des ordres à un marin, sur le pont. Il réalisa que Suryo avait sans doute eu raison.

— Merci, Votre Altesse. L'*Héléna* est le joyau de ma flotte, ajouta-t-il, dans l'espoir que cette précision laisserait clairement entendre que le navire n'était pas à vendre.

Le sous-entendu n'échappa pas au sultan. Il éclata de rire.

— Vous êtes un homme direct, capitaine, et j'aime ça. Dites-moi donc ce qui vous trouble.

— Très bien, Votre Altesse. J'aimerais savoir pourquoi vous m'avez invité dans votre palais, alors que les Occidentaux n'ont généralement pas droit à tant d'honneur. J'imagine que ce n'est pas seulement pour le plaisir de dîner avec moi ?

— Vous avez raison, capitaine Elliott, approuva le sultan avec un sourire. Je ne convoite pas seulement l'*Héléna*. Mais toute votre flotte.

3

Gavin se demanda si le sultan parlait sérieusement.

— Mon commerce n'est pas à vendre, Votre Altesse.

— Je n'ai pas parlé d'acheter. En réalité, je songe à une association qui pourrait nous profiter à tous les deux. Vous avez une réputation de compétence et d'intégrité. Maduri est une île riche, et je souhaite y développer le commerce sans prendre de risques inutiles. Autrement dit, j'ai besoin d'un agent en qui j'aurai toute confiance. Une sorte d'intermédiaire, qui traitera avec les Européens, sans être un Européen lui-même.

— Et vous avez pensé à moi parce que je suis américain.

— Précisément, capitaine. Ma proposition vous intéresse-t-elle ?

Gavin hésita. L'exclusivité du commerce avec Maduri pourrait lui rapporter d'immenses profits, mais il se souvint de l'avertissement de Suryo : un tigre n'est pas un partenaire fiable. Tôt ou tard, il risquerait de se retrouver à la merci des sautes d'humeur du sultan.

— Votre offre est alléchante, Votre Altesse, mais il se trouve que je suis en route pour l'Angleterre, où je compte ouvrir une succursale. Or, vous avez besoin de quelqu'un à demeure pour défendre vos intérêts.

— Si vous acceptez ma proposition, il vous faudra en effet passer le plus clair de votre temps à Maduri. Mais je ne pense pas que cela vous pèsera. Je peux faire de vous un vrai prince. Vous couvrir de richesses et de pouvoirs que vous ne soupçonnez même pas.

Gavin avait passé sa vie à courir après la fortune et le pouvoir. L'argument ne pouvait que porter. Sauf qu'un tigre n'était pas un partenaire fiable...

— Je ne m'attendais pas à tout cela, Votre Altesse. J'ai besoin de réfléchir.

Le sultan le gratifia d'un sourire charmeur.

— Voilà pourquoi je vous ai invité à dormir au palais. Laissez-moi vous dévoiler les splendeurs de ma ville. Peut-être sauront-elles influencer votre décision.

Kasan l'entraîna dans une cour où attendaient deux chaises à porteurs, le moyen de locomotion le plus adapté aux rues étroites et tortueuses de la capitale. Un escadron de gardes en uniforme escorta les deux hommes pendant leur promenade, au cours de laquelle Gavin n'aperçut aucun mendiant. C'était si étonnant, surtout dans cette partie du monde, qu'il s'interrogea. Maduri enfermait-elle ses vagabonds ?

La promenade se cantonna principalement aux abords du port. Le sultan était propriétaire de tous les entrepôts de marchandises, qu'il louait aux négociants selon leurs besoins. Des odeurs de bois de santal, d'épices et de thé venaient se mélanger aux effluves marins. Mais la batterie de canons disposés face à la mer rendait le décor moins idyllique. Maduri était prête à se défendre contre les Européens.

Le port, par sa localisation idéale au milieu de la mer de Java, possédait tous les atouts pour devenir une place commerciale de première importance. Mais, plus Gavin y songeait, plus il trouvait la proposition du sultan à double tranchant. De toute évidence, Kasan était de ces monarques qui ne pouvaient concevoir leur rôle autrement que sous l'angle du pouvoir absolu. Quiconque travaillait à son service devait accepter de se plier entièrement à sa volonté. Et Gavin tenait trop à son indépendance pour y renoncer aussi facilement, quels que soient les profits que lui apporterait sa position.

Après avoir bouclé le tour du port, le sultan ordonna aux porteurs de les ramener au palais. Le chemin traversait une petite place carrée, où des dizaines de badauds s'étaient assemblés au pied d'une estrade.

— On dirait une vente à la criée, dit Gavin.

— C'est exactement cela, approuva Kasan. Mais la marchandise y est particulière Et c'est le commerce qui me rapporte le plus. Vous allez voir.

Les porteurs se baissèrent afin que les occupants des chaises puissent mettre pied à terre. Dès que les badauds reconnurent leur souverain, ils s'écartèrent pour le laisser s'approcher de l'estrade, où se tenaient deux hommes. Le silence resta total, jusqu'à ce que le sultan ordonne de poursuivre la vente.

Gavin fronça les sourcils en comprenant que l'attention des badauds était focalisée sur un jeune Malais, vêtu d'un pagne et portant des chaînes aux pieds. L'autre homme, à son côté, animait la vente en montrant les solides biceps du jeune homme.

— Vous avez devant vous le plus grand marché aux esclaves de l'Insulinde, expliqua le sultan à Gavin.

Voyant que celui-ci fronçait toujours les sourcils, il ajouta :

— Vous désapprouvez ? Pourtant, je crois savoir que si l'Angleterre a aboli l'esclavage, l'Amérique continue de le pratiquer.

— C'est un sujet de débat, fit valoir Gavin, qui soutenait financièrement les associations américaines antiesclavagistes.

— Dans ce cas, nous n'allons pas nous attarder, déclara le sultan, qui semblait s'amuser de la gêne de son hôte.

Entre-temps, le jeune Malais avait trouvé acquéreur, et son nouveau propriétaire réglait l'achat à un homme assis derrière une table, tandis qu'on amenait déjà sur l'estrade un autre « lot ». Cette fois, il s'agissait d'une femme. Grande, brune, vêtue d'un sarong et d'une *kebaya,* sorte de chemisier local, elle gardait les yeux baissés et sa bouche était bâillonnée par un linge. Des chaînes entravaient ses chevilles et ses poignets ; ses bras et ses jambes portaient des bleus, qui prouvaient qu'elle avait été frappée.

— C'est une jolie femme, commenta le sultan. Mais elle doit avoir une langue de vipère, sinon on ne l'aurait pas bâillonnée.

Pour un homme qui avait été élevé dans le respect de la galanterie, Gavin trouvait insupportable de voir une femme aussi bassement humiliée. Cependant, de crainte de passer pour un lâche, il s'obligea à continuer de regarder l'estrade.

Le vendeur, avec un rire gras, avait à moitié déchiré la *kebaya* de la femme, révélant une poitrine beaucoup plus blanche que son visage hâlé par le soleil. Avec la rapidité d'un serpent, malgré ses poignets entravés, elle décocha un coup de poing à son tourmenteur, qui recula sous l'effet de surprise. Puis elle s'avança au bord de l'estrade, révélant pleinement son visage.

Bonté divine! C'était une Européenne!

Elle avait repéré Gavin. Tirant sur son bâillon avec la force du désespoir, elle réussit à crier:

— Aidez-moi, je vous en supplie!

Elle n'eut pas le temps d'en dire plus. Trois gardes s'étaient jetés sur elle. Elle eut beau se débattre, ils n'eurent aucune peine à la maîtriser et à remettre son bâillon en place.

Gavin, instinctivement, s'élançait déjà pour intervenir, quand la voix glaciale du sultan l'arrêta.

— Cette esclave vous intéresse?

— Oui. Dites-moi ce que je dois faire pour l'acheter.

— Je croyais que vous désapprouviez l'esclavage?

— Précisément. Je veux l'acheter pour lui rendre sa liberté.

Gavin comprit son erreur en voyant les yeux du sultan s'éclairer. En dévoilant son intention, il avait donné un avantage à Kasan.

Le sultan distribua quelques ordres dans le dialecte local. Aussitôt, les gardes qui avaient maîtrisé la femme la ramenèrent dans le local où l'on gardait les esclaves en attente d'être vendus. Elle jeta à Gavin un regard désespéré avant de disparaître.

— Puis-je parler au vendeur? s'enquit-il en s'obligeant à prendre un ton détaché. Je souhaiterais m'arranger avec lui.

— Il est interdit de vendre des esclaves aux chrétiens. Mais peut-être pourrons-nous trouver une solution. Venez. Il est temps de retourner au palais.

Gavin se demanda si Kasan ne venait pas d'inventer à l'instant cette prétendue loi qui défendait aux chrétiens d'acquérir des esclaves. Mais, dans l'immédiat, il n'avait pas d'autre choix que de s'incliner et de retourner vers sa chaise à porteurs. Cependant, alors que l'escorte du sultan quittait la place, il songeait encore à la jeune femme et s'interrogeait sur le destin qui avait pu la mener là.

Le banquet donné au palais, ce soir-là, rassemblait tous les notables de l'île et dura des heures. Gavin était assis à la droite du sultan, tandis que Sheng Yu se tenait à sa gauche. Le Premier ministre se montra fort aimable, mais Gavin se demandait quelle était sa véritable opinion à son égard. Il était si rare que le sultan de Maduri accueille un étranger à sa table, que sa présence ne pouvait pas ne pas faire jaser. L'expérience lui avait appris que chaque fois qu'un monarque exerçait son pouvoir d'une main de fer, plusieurs factions ennemies se disputaient, dans l'ombre, les faveurs royales.

Gavin fit honneur aux mets épicés et à l'alcool de riz, pendant que Kasan lui expliquait comment leurs intérêts mutuels pourraient se satisfaire d'une association. Le sultan était étonnamment bien informé sur le commerce en Orient et posait des questions pointues.

À un moment, neuf danseuses surgirent devant les dîneurs, marquant une pause dans le repas. L'orchestre, principalement composé d'instruments de percussion, qui avait joué jusque-là en sourdine, attaqua des airs entraînants, tandis que les danseuses ondulaient au rythme de la musique. Ces danses étaient beaucoup plus lascives et suggestives qu'en Occident. Aucun homme normalement constitué ne pouvait rester insensible à une telle beauté.

— Aimeriez-vous qu'une de ces danseuses vous tienne compagnie cette nuit ? questionna Kasan.

Malgré ces années passées en Orient, Gavin avait été trop marqué par son éducation protestante pour verser dans ce genre de plaisirs faciles.

— Non, merci. J'aurai besoin de toute ma concentration pour réfléchir.

Le sultan but une gorgée de vin – il buvait beaucoup, pour quelqu'un qui se prétendait musulman – et esquissa un sourire entendu.

— Vous pensez toujours à la femme esclave, n'est-ce pas ?

Gavin se réjouit de voir le sujet enfin abordé.

— Comme je vous l'ai dit, je souhaiterais l'acheter. Mais pas pour coucher avec elle. Elle ne m'intéresse pas sous cet angle.

En réalité, c'était un gros mensonge. Malgré ses chaînes et ses vêtements sales et déchirés, la jeune femme lui avait paru remarquablement belle.

— Vous êtes... quel est le mot exact qu'emploient les Américains... puritain, c'est cela, capitaine ?

— Peut-être, admit Gavin. Mais vous cherchez un partenaire honnête et travailleur. Ce sont des qualités puritaines.

— Touché !

Kasan claqua des doigts, et aussitôt l'esclave qui se tenait derrière lui tendit deux gros dés à jouer, en ivoire, comptant chacun douze faces recouvertes d'étranges symboles.

— Maduri possède des dés uniques, expliqua le sultan en les faisant rouler dans sa main. Voulez-vous tenter votre chance, capitaine ?

— Nous autres puritains n'aimons pas beaucoup le jeu, rétorqua Gavin, non sans humour. Surtout quand nous ne connaissons pas les règles.

— Ces dés sont très anciens. Utilisés à deux, ils servent pour la divination. Mais il n'en faut qu'un seul pour jouer au jeu du Lion.

Kasan lança un dé sur la table et attendit qu'il se soit immobilisé, avant de reprendre :

— Quand un guerrier souhaitait défier son chef pour obtenir le pouvoir à sa place, il lançait le dé cinq fois de suite. Et il devait s'acquitter des cinq épreuves désignées par le sort. Chacun des symboles gravés sur les douze faces incarne la force, la sagesse ou le courage que tout chef se doit de posséder. (Il sourit.) Bien sûr, ce jeu a été inventé avant que l'islam ne gouverne nos âmes. Mais il perdure dans nos coutumes.

— Maduri semble avoir un statut à part, dans la région, observa Gavin.

— Et j'entends bien le préserver, répliqua le sultan d'une voix feutrée et en même temps implacable. Il n'est pas question de laisser les Européens nous envahir.

Gavin reconnaissait à cet homme une volonté pugnace, même si ses méthodes laissaient quelque peu à désirer. Il leva son verre pour porter un toast.

— Longue vie à Maduri et à son indépendance, dit-il.

Kasan leva à son tour son verre, et la conversation reprit sur un ton plus badin.

Cependant, Gavin fut grandement soulagé lorsque le banquet se termina enfin. Un guide l'escorta, à travers le dédale de couloirs du palais, jusqu'à ses appartements. Il se demanda si ce guide était lui aussi un esclave. Probablement. Pourquoi le sultan s'embêterait-il à payer des domestiques, alors qu'il pouvait avoir autant d'esclaves qu'il le désirait ?

Cette idée ramena tout naturellement Gavin à la femme européenne. Où dormirait-elle, cette nuit ? Dans une cellule ? Prierait-elle le Ciel qu'il vienne la délivrer ? Ou avait-elle perdu tout espoir ? Il était impatient d'en savoir plus sur son compte. Il avait demandé à Suryo de faire discrètement parler les serviteurs du palais, afin d'en apprendre davantage sur la vie à Maduri. Avec un peu de chance, son ami lui rapporterait des informations sur la prisonnière.

À peine eut-il pénétré dans ses appartements, composés d'une chambre et d'un salon, que Gavin se figea, médusé. Une grande cage hexagonale, en fer, avait été déposée au milieu du salon. Et la prisonnière était pelotonnée dans un coin de la cage.

4

Alexandra avait fini par s'assoupir, mais elle se réveilla en sursaut dès qu'elle entendit la porte s'ouvrir. Six mois d'esclavage lui avaient appris que tout nouveau changement ne faisait souvent qu'empirer sa situation, aussi s'était-elle beaucoup effrayée lorsqu'on l'avait conduite au palais, pour l'enfermer dans cette cage en fer, au milieu d'un appartement luxueusement décoré.

La lumière vacillante de la seule chandelle allumée ne lui révéla d'abord qu'une silhouette masculine. Puis elle reconnut l'Européen qui avait visité le marché aux esclaves. Depuis cet après-midi, elle commençait à se demander si elle n'avait pas été victime d'une hallucination, mais la présence de l'étranger, bien réelle, lui prouvait que non. Ces yeux gris et ces cheveux châtains, auxquels le soleil avait donné des reflets dorés, ne pouvaient appartenir qu'à un Européen. Alex se releva et se colla aux barreaux afin de mieux voir. Son uniforme chamarré n'était pas anglais – peut-être allemand, ou scandinave.

La jeune femme tempéra son enthousiasme en songeant que ce n'était pas parce qu'il était européen qu'il viendrait forcément à son secours. Les Occidentaux qui traînaient en Orient étaient bien souvent des aventuriers ou des renégats. Il n'était pas impossible que celui-ci ait demandé au sultan de profiter des faveurs d'une esclave blanche.

Tant pis. Même si ses intentions étaient viles, cet homme représentait son seul espoir de liberté, et elle était prête à tout pour le convaincre de l'aider.

L'inconnu s'était figé en la découvrant. La jeune femme en conclut qu'il ne s'attendait pas à sa présence dans cette pièce. C'était un premier point encourageant.

— Parlez-vous anglais ? Ou français ?

— Les deux, répondit-il en anglais. Comment êtes-vous arrivée dans ma chambre ?

— Je n'en sais rien.

Et, sans cacher son amertume, elle ajouta :

— Les esclaves sont rarement prévenus de ce qu'on va faire d'eux.

Il secoua la tête.

— Pardonnez-moi. C'était une question stupide.

Alex avait eu beau tenter de remettre un peu d'ordre dans son chemisier, elle avait conscience que ses seins jaillissaient presque du pauvre vêtement. Comme elle était plus grande que les femmes de la région, elle n'avait pu trouver une seule *kebaya* à sa taille. Cependant, en apercevant ses seins, l'étranger détourna le regard, embarrassé.

Il alla ouvrir une malle et revint avec une chemise blanche, pliée et repassée.

— Voulez-vous ceci ?

— Oh oui, s'il vous plaît.

Il passa la chemise à travers les barreaux de la cage, et Alex l'enfila par-dessus son chemisier. Évidemment, cette fois le vêtement était trop grand pour elle : il lui arrivait pratiquement aux genoux. Avant de retrousser les manches, elle enfouit son visage dans l'étoffe de coton.

— Hmm. Ça sent le propre. C'est merveilleux...

L'inconnu inspecta la cage du regard. Celle-ci ne contenait rien, sinon un pot de chambre.

— Désirez-vous autre chose ? À boire ? À manger ?

La jeune femme s'humecta les lèvres. N'ayant rien bu ni mangé depuis le matin, elle avait longuement contemplé, avant de s'assoupir, le saladier de fruits placé sur une table, hors d'atteinte de ses bras.

— Un peu d'eau, s'il vous plaît. Et... pourrais-je avoir aussi un fruit ?

— Bien sûr.

Il alla chercher le saladier et le posa par terre, juste devant la cage, afin qu'elle puisse se servir elle-même en passant la main à travers les barreaux.

Pendant qu'elle pelait puis dégustait une orange, l'inconnu rassembla quelques coussins qu'il fit glisser dans la cage. Alex, reconnaissante, s'assit sur l'un d'eux. Ces derniers mois, elle avait appris à se satisfaire du confort le plus rudimentaire.

— J'ai peur de ne pas avoir d'eau, dit-il en revenant vers la cage avec une bouteille, deux verres et un coussin pour lui-même. Je n'ai trouvé que de l'alcool de riz.

Il posa le coussin devant la cage, s'installa dessus et remplit un verre qu'il tendit à la jeune femme.

— Buvez prudemment. C'est assez fort.

— Merci.

Après l'orange, Alex s'était attaquée à une banane, et l'alcool de riz l'accompagna très bien. Elle ferma les yeux quelques instants, le temps de se pénétrer de la chaleur de l'alcool, avant de se souvenir qu'elle n'était pas seule.

— Excusez-moi, dit-elle en rouvrant les yeux. J'en ai presque oublié les bonnes manières. Je m'appelle Alexandra Warren et je suis anglaise.

— Moi, c'est Gavin Elliott. Je suis originaire de Boston et je suis capitaine de l'*Héléna*.

Voyant qu'elle contemplait bizarrement son uniforme, il précisa :

— Ne faites pas attention à ma tenue. C'était seulement pour impressionner le sultan.

Ainsi donc, il était américain, songea Alex. C'était moins bien qu'un Anglais, bien sûr, mais c'était mieux que rien.

— Pourquoi vous trouviez-vous sur le marché aux esclaves ?

— Par pur hasard. Le sultan Kasan souhaite s'associer avec moi et il me faisait visiter sa capitale.

Elle eut un sourire cynique.

— Vous a-t-il aussi montré sa flotte pirate ? C'est peu probable. Je crois qu'elle mouille de l'autre côté de l'île.

L'Américain écarquilla les yeux.

— Le sultan entretient des équipages de pirates ?

— Je ne sais pas s'il est directement leur chef, ou s'il leur permet juste d'utiliser son île comme port d'attache, en échange d'un pourcentage sur leur butin. Quoi qu'il en soit, des dizaines de pirogues pirates trouvent refuge dans les eaux de Maduri.

Elliott hocha pensivement la tête.

— Je sais que, dans ces parages, la piraterie est considérée comme une forme de commerce, mais ce n'est pas mon point de vue. Avez-vous été capturée par des pirates ?

— Mon mari était un militaire anglais. Il se trouvait en garnison à Sydney. Il est mort il y a un peu plus de six mois, et nous retournions en Angleterre lorsque des pirates nous ont attaquées, juste après une tempête.

Alex frissonna avant d'ajouter :

— Ç'aurait sans doute été aussi bien, si nous avions péri dans la tempête. J'ai essayé de persuader nos ravisseurs qu'ils pourraient obtenir une bonne rançon en échange de notre liberté, mais ils n'ont pas voulu m'écouter.

— « Nous » ?

Alex s'agrippa aux barreaux de la cage.

— Katie, ma fille, m'a été enlevée le jour de notre capture.

— Je suis désolé... Quel âge a-t-elle ?

— Huit ans. Enfin presque neuf, maintenant.

Qu'était devenue Katie, pendant ces six mois ? Où se trouvait-elle à présent ?

— Huit ans, répéta-t-il dans un murmure. C'est si jeune...

Alex, voyant qu'il compatissait à son sort, décida de le brusquer.

— Pouvez-vous me secourir, capitaine Elliott ? Si vous rachetez ma liberté, je vous promets de vous rembourser le double.

Il fronça les sourcils.

— Cet après-midi, j'ai proposé au sultan de le faire. Mais il a répondu que c'était impossible.

Ainsi, il avait déjà essayé de la libérer. Et il avait échoué.

— Pourquoi? demanda-t-elle, sans pouvoir cacher sa déception.

— Le sultan a l'esprit... retors. Je crois qu'il veut se servir de vous pour me persuader d'accepter son offre.

Alex tendit la main pour se saisir d'un autre fruit.

— C'est absurde! Je ne représente rien pour vous. Je ne vois pas en quoi mon sort pourrait décider de votre association avec lui.

— Kasan a parfaitement compris que je n'aimais pas voir une Blanche réduite en esclavage. C'est probablement pour cela qu'il a décidé de vous faire conduire dans ma chambre. À mon avis, son calcul est simple : si je m'inquiétais déjà pour une femme que je ne connaissais pas, je m'inquiéterais encore plus une fois que nous aurions lié connaissance.

Gavin se releva et fit le tour de la cage, pour en éprouver la solidité.

— C'est de l'acier trempé, dit-il. Impossible de scier les barreaux sans un matériel adapté. Et c'est pareil pour les cadenas. Ces modèles-là ne s'ouvrent pas facilement. Je n'ai aucune chance, à moi tout seul, de vous sortir de là. Tout ce que nous pouvons faire, c'est parler. Et devenir des amis, plutôt que de rester des étrangers. (Il secoua la tête, mi-admiratif, mi-désabusé.) Kasan est décidément d'une intelligence diabolique...

— Autrement dit, à présent je ne suis plus seulement une esclave, mais aussi un appât, résuma Alex.

Elle enfouit son visage dans ses mains, se retenant à grand-peine d'éclater en sanglots.

— Quand je pense que lorsque j'étais gamine, je rêvais d'être un garçon pour vivre des aventures! J'aurais mieux fait de rester en Angleterre.

Il vint se rasseoir sur son coussin.

— Parlez-moi de votre fille.

Elle hocha la tête. Il ne servait à rien de se laisser aller au désespoir.

— Katie est une adorable petite fille blonde. Depuis six mois, chaque fois que j'essaie de m'endormir, ses cris me reviennent en mémoire, quand cet horrible pirate l'a emmenée. J'ignore totalement où elle se trouve, et si elle est bien traitée. Si j'arrive à m'échapper d'ici, j'irai à Singapour demander l'aide de l'armée pour la retrouver. Ils ne pourront pas refuser. Mon mari était un officier.

— Je suis certain qu'ils feront tout leur possible.

Il avait dit cela pour la rassurer, mais sans conviction.

— Vous devez penser que j'ai tort de m'obstiner à croire que je reverrai ma fille. Elle est probablement cachée dans quelque harem. Ou alors… elle est morte.

— On peut supposer qu'elle a été bien traitée, objecta Gavin. Les gens, ici, ont du respect pour les enfants. Et puis elle est jeune, elle peut s'adapter. Même si elle a été vendue comme esclave, ce qui paraît vraisemblable, je suis convaincu qu'elle ne sera pas maltraitée par son maître. D'autant que les petites filles blondes sont rares, sous ces latitudes. Elles n'en ont que plus de valeur.

— J'espère que vous avez raison… Savez-vous ce que cela représente de perdre son enfant ?

Après un long silence, il répondit :

— Un peu. Ma femme est morte en couches. Et notre fille a rendu l'âme le lendemain de sa naissance. Nous voulions l'appeler Anna. Elle aurait huit ans, aujourd'hui.

Alex ne s'attendait pas à cela. Elle n'avait considéré le capitaine Elliott que sous l'angle de l'aide qu'il pouvait lui apporter. Tout à coup, elle le voyait vraiment. Il était un peu plus âgé qu'elle, sans doute dans les trente-cinq ans. Et ses traits, hâlés par le soleil, laissaient deviner qu'il avait eu une existence bien remplie.

Il était aussi – Alex le réalisait seulement maintenant – très, très beau. C'étaient sans doute sa nervosité et son angoisse qui l'avaient empêchée de s'en apercevoir plus tôt.

— Je suis désolée pour vous, capitaine.

Il haussa les épaules.

— Avec le temps, les chagrins s'oublient.

Mais ne disparaissent jamais complètement. Alex le comprit à son regard.

— Je vous admire, capitaine. Vous avez beaucoup de force.

Il but une rasade d'alcool de riz.

— Et vous, donc ! Six mois d'esclavage ne vous ont pas brisée.

— J'ai déjà été vendue trois fois, expliqua-t-elle, la tête appuyée contre l'un des barreaux de la cage. Je ne dois pas être une très bonne esclave. Mes deux premiers acquéreurs me voulaient pour leur harem, parce qu'ils me trouvaient exotique, mais ils m'ont répudiée l'un après l'autre. Je n'étais pas assez coopérative à leurs yeux. Du coup, ma valeur a beaucoup baissé. Et comme vous avez pu le constater, cette fois on m'avait bâillonnée pour m'empêcher d'insulter la foule.

Il siffla entre ses dents.

— Vous êtes indomptable, madame Warren.

— Plus désespérée qu'indomptable, corrigea-t-elle. Je me bats afin de retrouver Katie. S'il n'y avait pas eu ma fille, j'aurais sans doute baissé les bras depuis longtemps. Ç'aurait été plus facile.

Et moins douloureux. Alex garderait toujours imprimées dans sa chair les conséquences de sa rébellion.

— Katie est-elle à Maduri ?

— Amnah, une des femmes du premier harem où l'on m'avait placée, avait bien voulu poser quelques questions pour mon compte. On lui a raconté que Katie avait été conduite dans une autre île, mais sans lui révéler laquelle. Katie peut donc se trouver n'importe où entre Java et l'Australie.

Elle marqua une pause, pour bénir en silence la gentillesse d'Amnah, qui avait si spontanément compati à son sort, avant de reprendre :

— Mais je la retrouverai, dussé-je passer des années à la chercher.

— Personne ne peut porter un tel fardeau tout seul, dit soudain Elliott en tendant la main pour presser la sienne. Je vous promets que vous recouvrerez la liberté, madame Warren. Et je vous aiderai de mon mieux à retrouver votre fille.

Alex était touchée de voir cet homme lui faire une telle promesse, alors qu'il la connaissait à peine. Mais il était sincère : cela se lisait dans ses yeux. C'était probablement la perte de sa femme et de son enfant qui lui donnait cette envie de leur venir en aide, à elle et à Katie. Il devait se sentir coupable de ne pas avoir pu sauver sa propre famille, et elle lui offrait un moyen d'apaiser cette douleur.

Ses six mois d'esclavage lui avaient au moins enseigné une chose : le pragmatisme. Alex n'était pas très fière d'être prête à tout pour retrouver Katie – y compris se servir du chagrin des autres –, mais après tout, tant pis. Dans son cas, la fierté n'était plus de mise.

— Merci, capitaine Elliott. Que Dieu vous bénisse.

— Comment pourrais-je ne pas secourir une femme dans votre situation ? répondit-il simplement.

Puis, se levant à nouveau, il s'approcha d'un paravent en bois de santal.

— Je suppose qu'on va vous laisser passer la nuit ici. Ce paravent vous dispensera un peu d'intimité.

Il replia le paravent, de façon à pouvoir le passer entre les barreaux de la cage. Le parfum du bois de santal chatouilla délicieusement les narines d'Alex, lorsqu'elle prit à son tour le paravent pour le positionner dans la cage de manière à se ménager un recoin, hors de la vue de la porte d'entrée et de celle qui donnait dans la chambre du capitaine.

— Ce sera parfait, merci. Je ne saurais vous dire à quel point je vais apprécier ce luxe. Voilà six mois que je n'ai plus goûté à l'intimité.

— Avez-vous besoin d'autre chose ?

— Auriez-vous une couverture à me prêter ? Il commence à faire frais.

Elliott disparut quelques instants dans la chambre, avant de revenir avec un somptueux plaid. La jeune femme le drapa sur ses épaules et en savoura immédiatement le confort et la chaleur.

— Décidément, je vais passer une nuit de rêve. Merci encore, capitaine.

Il esquissa un sourire.

— Appelez-moi Gavin. Puisque nous partageons le même toit, autant briser la glace.

En temps ordinaire – c'est-à-dire dans la société civilisée –, pareille requête aurait été déplacée et inconvenante. Mais ils étaient deux étrangers éloignés de leur patrie, et cette situation les rapprochait.

— Mes amis et ma famille m'appellent Alex.

Il se rassit sur son coussin.

— Alex. Ça vous va bien.

— En fait, quand j'étais petite, on m'appelait Amy. Mais je n'aimais pas ce prénom, et quand j'ai eu quinze ans, j'ai décidé de l'abandonner. Alexandra n'était que mon deuxième prénom, mais je trouvais que ça sonnait mieux, et surtout que ça faisait plus grande personne. J'étais si déterminée que mes parents ont été obligés de suivre.

Il sourit.

— Vous aviez déjà du caractère.

— C'est sans doute parce que je rêvais d'être un garçon. Et comme je ne m'entendais pas très bien avec ma mère, j'ai épousé un homme dont je savais qu'il m'emmènerait loin de l'Angleterre. Voyez où cela m'a menée.

— Pourquoi étiez-vous en conflit avec votre mère ?

Alex avait soudain envie de pleurer, tellement sa mère, Catherine Kenyon, lui manquait. L'alcool de riz commençait à briser les défenses qu'elle s'était construites pour survivre.

— Oh, c'est surtout parce qu'elle est si… si parfaite. Une femme si belle et une mère si admirable que tout le monde, dans l'armée de Wellington, l'avait surnommée « sainte Catherine ».

— Vous avez grandi au sein de l'armée de Wellington ?

— Oui. Mon père aussi était officier. Et mon beau-père également, quand ma mère s'est remariée après son décès. Pendant des années, nous avons été ballottés à travers l'Europe, au gré des guerres contre Napoléon. Mais comme je n'avais rien connu d'autre, j'adorais notre existence. Ce n'est qu'avec le recul que je réalise, aujourd'hui, combien cela a dû être difficile de m'élever. Ma mère n'avait que deux domestiques pour l'aider. Et quand mon père restait en campagne plusieurs semaines d'affilée, loin de nos quartiers, l'argent et les provisions venaient parfois à manquer.

Gavin l'écoutait sans broncher.

— Une fois, reprit-elle, maman et moi avons failli être capturées par des bandits espagnols. Mais elle les a mis en fuite avec son pistolet. Elle se tirait toujours d'affaire. Alors que moi... je n'ai pas été capable de protéger ma fille.

— Vous n'avez pas à vous le reprocher, Alex. Quand des pirates attaquent un navire, il est rare qu'ils laissent des survivants. Vous avez eu de la chance, dans votre malheur.

Elle déglutit péniblement, pour retenir ses larmes.

— Avez-vous déjà été attaqué par des pirates, capitaine ?

— Quatre fois, répondit-il en portant distraitement la main à une petite cicatrice, presque invisible, sur sa joue gauche. La première fois, je n'étais encore qu'un gamin. Mais ça m'a appris qu'il ne fallait jamais relâcher sa vigilance, surtout dans ces mers qui figurent parmi les plus dangereuses du monde. Les attaques suivantes n'ont pas occasionné beaucoup de dommages. Tous mes vaisseaux sont solidement armés, au contraire de la plupart des flottes marchandes. La présence de canons à bord oblige à réduire le tonnage de cargaison emportée, mais au moins je n'ai jamais perdu un seul navire. Finalement, je m'y retrouve largement.

Ainsi, Gavin Elliott n'était pas seulement capitaine de vaisseau, mais il possédait une flotte entière... Alex comprenait mieux, à présent, pourquoi le sultan tenait à s'associer avec lui.

— N'auriez-vous pas des origines écossaises ? demanda-t-elle. Je trouve que votre accent a changé.

Il rit.

— Ce doit être l'effet de l'alcool. Ma mère était d'Aberdeen. Elle était fille d'un vicaire écossais. Je suis né là-bas. Et j'ai grandi en Écosse et en Angleterre, avant que mes parents n'émigrent pour l'Amérique lorsque j'avais dix ans.

— Donc, vous êtes anglais, conclut-elle, ravie d'apprendre qu'il était finalement un compatriote. Vous connaissez le dicton : « Anglais un jour, Anglais toujours. »

— C'est sans doute vrai. Je n'ai jamais oublié mon enfance. Mais c'est l'Amérique qui a forgé mon caractère et mes convictions. C'est un pays neuf, qui n'est pas dirigé par une caste d'aristocrates arrogants. N'importe qui, en Amérique, peut s'élever par ses seules qualités. C'est impossible en Angleterre.

Alex se garda de lui dire qu'elle comptait plusieurs aristocrates dans sa famille, et certains avaient, effectivement, de l'arrogance à revendre.

— Vous avez donc réussi tout seul, Gavin ?

Il sourit.

— J'ai fait de mon mieux.

Elle répartit ce qui restait d'alcool de riz dans leurs deux verres.

— Heureusement qu'il n'y en a plus, sinon je crois que je me serais laissée aller à trop boire. Je suis d'ailleurs surprise de voir de l'alcool ici, puisque le pays est converti à l'islam.

— Suryo, mon domestique et homme de confiance, m'a expliqué que Maduri avait conservé une influence hindoue, notamment pour ce qui est des traditions. En d'autres termes, les Maduriis vénèrent Allah, mais ils aiment bien boire.

Il se releva, étouffant un bâillement.

— Il se fait tard, et nous avons tous deux besoin de repos. La journée promet d'être chargée, demain.

— Bonne nuit, capitaine, dit la jeune femme, qui se sentait en sécurité pour la première fois depuis six mois. Et encore merci.

Il sourit à nouveau, avec une chaleur qui sembla irradier dans toute la pièce. Comme s'il voulait signifier à Alex que, désormais, elle n'était plus seule. Gavin Elliott n'était pas seulement généreux, c'était aussi un homme sensible...

Tandis qu'il se retirait dans sa chambre, elle s'installa derrière le paravent et se débarrassa de son sarong et de sa *kebaya,* avant de remettre la chemise que le capitaine lui avait prêtée. Quel luxe, de dormir dans du linge propre ! Quand elle serait libre – si elle était libérée –, elle saurait se rappeler que même le confort le plus élémentaire n'allait pas forcément de soi.

Elle s'allongea sur le tapis et utilisa un coussin comme oreiller, espérant que la fatigue l'emporterait sur son excitation. Demain, si Dieu le voulait, elle recouvrerait la liberté. Et tout cela grâce à un inconnu qui, en moins d'une heure, était devenu son héros.

5

Gavin se réveilla de très bonne heure, et sa première pensée fut de se demander s'il n'avait pas rêvé la rencontre de la veille. Mais non, c'était forcément réel : il n'aurait pu imaginer une femme comme Alexandra Warren.

Une fois levé, il se rasa puis s'habilla, renonçant à son uniforme clinquant. Il voulait être lui-même pour annoncer sa décision au sultan.

Il passa ensuite dans le salon. L'acier des barreaux luisait sinistrement sous la caresse des premiers rayons du soleil. Ne voyant pas Alex, il fit le tour de la cage pour s'assurer qu'elle était toujours là. Après tout, il n'était pas impossible que le sultan l'ait déplacée durant la nuit. Mais elle était tranquillement allongée derrière le paravent, ses beaux traits fins détendus dans le sommeil.

La force de cette femme l'éblouissait. Voilà six mois qu'elle survivait à l'enfer de l'esclavage, continuant de se battre et n'ayant pas perdu espoir de s'échapper pour retrouver sa fille. Gavin priait sincèrement le Ciel qu'un jour, Alex et Katie soient réunies, mais il ne se faisait guère d'illusions. La situation paraissait très compromise.

Elle roula sur le dos, avec un soupir. La couverture avait glissé de côté, et il constata qu'elle ne portait plus que sa chemise, la couvrant jusqu'à mi-cuisse. Il trouva le spectacle de ses jambes nues délicieusement érotique.

Après quelques instants de contemplation silencieuse, il réussit à détourner le regard et regagna sa chambre, un peu honteux d'éprouver du désir pour une femme aussi vulnérable. Les femmes les plus belles devenaient rarement esclaves pour faire le ménage, et Alexandra Warren avait dû être violée par ses propriétaires, avant d'être répudiée. Une femme moins solide serait devenue hystérique, ou resterait prostrée du matin au soir. Mais elle avait appris à se faire aussi dure et résistante que l'acier de sa cage. Et s'il n'avait aucun moyen d'effacer les humiliations qu'elle avait subies, Gavin voulait au moins respecter son désir de ne pas parler de ce qu'elle avait vécu, et la traiter avec tout le respect qu'elle méritait.

— Alex ? appela-t-il, désireux de la réveiller avant de retourner dans le salon.

— Un instant ! répondit-elle alors qu'il sortait de sa chambre.

Il l'entendit s'agiter derrière le paravent et, quelques secondes plus tard, elle apparaissait, revêtue de son sarong qui lui tombait jusqu'aux chevilles et de sa chemise convertie en tunique. Sa nouvelle tenue mettait en valeur la finesse de sa taille, et il la trouva encore plus éblouissante.

— Tenez, dit-il en lui tendant sa brosse.

— Une brosse ! Décidément, vous êtes un saint.

Gavin ne se sentait pas vraiment l'étoffe d'un saint, mais il se garda de répliquer.

— Suryo ne va pas tarder. Il s'occupera de votre petit-déjeuner et vous fournira tout ce dont vous aurez besoin. C'est un grand débrouillard. Je suis persuadé qu'il s'est déjà lié d'amitié avec le chef cuisinier, le capitaine des gardes et tous les principaux domestiques.

Et, bien sûr, il en aurait profité pour apprendre tous les secrets du palais...

Alex avait commencé de se brosser les cheveux. Il remarqua que leur couleur était d'un brun teinté de reflets auburn.

— Quel est votre programme, Gavin ?

— Je vais rejoindre le sultan pour son petit-déjeuner. Et j'en profiterai pour lui redemander de vous libérer.

Suryo entra à cet instant, aussi discret qu'un chat, un panier à la main. Il ne témoigna pas la moindre surprise à la vue de la cage et de son occupante. Après que Gavin eut procédé aux présentations, il s'inclina poliment.

— J'ai été averti de votre présence ici, milady.

Et il souleva le couvercle de son panier, révélant du pain frais, du riz, des fruits et une théière fumante.

— Avez-vous faim ?

— Je constate avec plaisir que tu es toujours aussi efficace, Suryo, commenta Gavin, tandis qu'il s'emparait de la théière pour remplir une tasse, qu'il tendit à Alex.

La jeune femme savoura le breuvage avec un plaisir manifeste.

— Je suppose que tout le palais sait que l'on m'a mise en cage dans cette chambre ?

— Les cuisines d'un roi sont toujours au courant de ce qui se passe dans le palais, confirma Suryo.

Bien que personne ne pût les espionner, Gavin baissa la voix :

— Que pensent de leur maître les domestiques du sultan ?

— Qu'il est un bon monarque, mais pas toujours un homme bon, résuma Suryo. Kasan se montre parfois très cruel. Et il aime jouer avec les gens comme un tigre avec sa proie. Dans son esprit, Maduri lui appartient tout entière, y compris ses sujets. Mais il a un tempérament de joueur, et si bien sûr il préfère gagner, il sait respecter ceux qui ont le cran de le défier. Bref, c'est un tyran, dangereux comme le sont tous les tyrans, mais il n'est ni vicieux ni pervers.

Tout cela confortait les impressions de Gavin et lui donnait des armes pour traiter avec Kasan.

— Donc, tu ne penses pas qu'il me jettera au fond d'un cachot si je refuse de travailler pour lui ?

— Je ne pense pas, non.

Ce n'était pas une réponse totalement rassurante, mais avant que Gavin eût le temps de demander des précisions, un esclave apparut à la porte.

— Capitaine Elliott, dit-il en malais, le sultan vous attend.

Gavin coula un regard vers Alex.

— Il n'a aucune raison particulière de vouloir me garder comme esclave, dit-elle d'un ton pensif, comme pour se rassurer elle-même.

Gavin acquiesça. Mais son instinct de marin, qui savait l'avertir de l'imminence d'un coup dur, lui chuchotait que ce ne serait pas si simple.

Prendre le petit-déjeuner dans un palais aussi luxueux que celui des *Mille et Une Nuits* aurait dû être un plaisir. Mais Gavin, l'estomac noué, ne put guère en profiter. La réaction de Kasan devant son refus de s'associer avec lui dépendrait beaucoup de l'humeur de ce dernier. Si le sultan s'était levé du pied gauche, le pire était à craindre.

Pour l'instant, Kasan était le seul à parler. Entre deux bouchées, il développait ses motivations : il attendait du capitaine non seulement qu'il gère ses affaires, mais qu'il lui apporte une ouverture sur l'Occident, en servant en quelque sorte d'ambassadeur entre Maduri, l'Europe et l'Amérique. Et, bien sûr, le sultan rappela longuement toutes les richesses que Gavin retirerait de cette alliance.

Le petit-déjeuner terminé, Kasan se leva et invita son hôte à le suivre sur la terrasse qui dominait le port.

— Acceptez mon offre et vous pourrez vous construire une maison à côté de mon palais, dit-il. Vous jouirez du même panorama.

Gavin comprit que le moment était venu de donner sa réponse. Il prit une profonde inspiration.

— Je suis très flatté et très honoré, Votre Altesse. Hélas, je ne puis accepter.

L'atmosphère se refroidit de manière notable.

— Pourquoi donc ? demanda Kasan. Je ne vous offre pas assez ?

— Votre proposition est d'une générosité qui dépasse l'imagination, répliqua Gavin. Mais mon ambition est focalisée ailleurs.

— Quelle ambition pourrait être plus grande que de devenir prince de Maduri ?

— Retourner à Londres n'est pas seulement une question d'ambition. J'ai... j'ai des comptes à régler là-bas.

C'était un argument que Kasan pouvait comprendre.

— Eh bien, réglez-les et revenez ici.

Gavin décida de changer de tactique.

— Pourquoi tenez-vous tant à m'avoir pour associé ? Je ne suis quand même pas le seul armateur occidental présent dans la région.

— Mais aucun n'est aussi efficace, rétorqua le sultan. J'ai fait le tour des candidats potentiels : Barton Pierce, l'Anglais ; Nicolas Vandervelt, le Hollandais ; Pierre Foucault, le Français... tous des hommes de valeur. Mais vous êtes le meilleur. Votre réputation d'intégrité et d'intransigeance n'est plus à faire. Je sais que je pourrai avoir une totale confiance en vous.

Gavin se sentit pâlir en entendant prononcer le nom de Barton Pierce.

— Je ne suis pas le seul à être honnête, protesta-t-il.

Kasan secoua la tête.

— Dites-moi plutôt quelle est la vraie raison qui vous conduit à refuser. Vos objections ne sont sans doute pas insurmontables.

Gavin hésita, sachant qu'il risquait de mettre son hôte en colère. Mais il pouvait difficilement s'esquiver.

— J'accepte que l'Orient ait ses traditions. Mais je ne peux décemment pas m'allier à un royaume où l'esclavage et la piraterie sont considérés comme allant de soi.

Le sultan fronça les sourcils, mais n'explosa pas de rage.

— C'est une façon de penser très occidentale. Je vous répondrai que les Européens, sous prétexte de nous apporter leur civilisation, n'hésitent pas à nous voler et à nous piller. Et que l'Amérique a construit une partie de sa richesse avec la sueur de ses esclaves.

— Je le désapprouve tout autant. C'est d'ailleurs la raison qui m'a toujours conduit à éviter de travailler pour un gouvernement. Représenter les intérêts de Maduri m'obligerait à renier mes principes.

— J'ai beaucoup d'admiration pour les principes, sauf quand ils contrarient mes désirs, répliqua Kasan avec un sourire charmeur. Que disent vos principes au sujet de la femme blanche ?

Gavin sentit à nouveau son estomac se nouer.

— Je vous demande la permission d'acheter la liberté d'Alexandra Warren, dit-il, priant le Ciel pour que le sultan se montre raisonnable. Je souhaite la rendre à sa famille.

— Elle n'est pas à vendre. Ni aujourd'hui ni jamais.

C'était la réponse qu'il redoutait le plus.

— Je suis prêt à payer un bon prix.

— Ce n'est pas votre or qui m'intéresse, mais votre coopération. Et vous me la refusez.

Gavin avait d'autres arguments en réserve, mais son instinct de commerçant lui disait que Kasan ne les écouterait pas. Cependant, comment pouvait-il abandonner Alexandra à son sort ? Surtout après lui avoir donné l'espoir d'une libération. Sa captivité n'en deviendrait que plus insupportable.

— Si vous ne voulez pas la vendre, vous accepterez peut-être de l'échanger ?

Le sultan parut d'abord surpris, puis intrigué.

— Et contre quoi proposeriez-vous de l'échanger ?

Sachant que seule une offre mirobolante avait des chances de réussir, Gavin lâcha :

— Je vous laisse mon bateau, l'*Héléna,* contre Mme Warren.

Kasan siffla entre ses lèvres.

— Vous la désirez à ce point ? Je n'ai encore jamais trouvé de femme qui vaille qu'on lui sacrifie autant.

— Je ne la veux pas parce que je la désire, mais par honneur.

La perte de l'*Héléna* serait cuisante, bien sûr. Mais un bateau pouvait se reconstruire.

— Travaillez pour moi, et la femme est à vous. Je n'accepterai pas d'autre prix.

Gavin crispa les mâchoires. Il se sentait pris au piège. Voilà des années qu'il se préparait à quitter l'Orient, et le but qu'il poursuivait, en rentrant à Londres, était l'ambition de toute sa vie. Que pesait Alexandra Warren en face de cela ? Et que lui devait-il ? Il avait proposé son meilleur bateau contre sa liberté. N'était-ce pas largement assez ?

Mais il avait promis à la jeune femme d'obtenir sa libération. Et, après ce qui s'était passé cette nuit, il ne pouvait plus la considérer comme une étrangère.

Il n'aurait jamais dû montrer à Kasan qu'il se préoccupait du sort d'Alexandra. Celui-ci avait maintenant beau jeu de se servir de cette faiblesse contre lui. Cependant, il ne voulait pas perdre tout espoir. Il devait bien exister une solution qui lui permettrait d'honorer sa parole envers Alex, sans être obligé de céder au sultan...

Tout à coup, il se souvint des paroles de Suryo, et des étranges dés que lui avait montrés Kasan, la veille au soir.

— Votre Altesse a une réputation de loyauté. Me laisseriez-vous jouer le destin de Mme Warren au jeu du Lion ?

Le sultan sursauta de stupéfaction.

— Vous seriez prêt à risquer votre vie pour une esclave ? Vous êtes un fou courageux, capitaine !

— Pas totalement fou, je vous rassure. Je renonce à ce jeu si le perdant est condamné à mourir dans tous les cas.

— Disons qu'au bout du compte, la mort n'est pas impossible. Le jeu est constitué de différentes épreuves. Certaines font appel à l'intelligence, d'autres à la force physique.

Kasan semblait tout à coup très excité. Il se mit à faire les cent pas sur la terrasse. Son splendide habit de soie bruissait à chacun de ses mouvements.

— Cette partie ne ressemblera à aucune autre, dit-il. Nous devrons convenir de règles spéciales.

Gavin commençait à se demander dans quel pétrin il s'était fourré.

— Je ne connais même pas les règles habituelles, fit-il valoir.

— Dans un défi pour le trône, vous n'auriez pas d'autre choix que d'accepter les épreuves imposées par les dés. Mais là, c'est différent. Et certaines des épreuves ne sont pas adaptées à un homme qui n'est pas né ici.

Aussi, je vous autorise un joker. Vous aurez droit à un refus.

Gavin jugea cela raisonnable.

— Si une épreuve implique d'être opposé à quelqu'un d'autre, qui sera mon adversaire ?

Kasan sourit et ses dents parfaitement blanches brillèrent dans sa barbe noire.

— Moi, bien sûr.

— Y aura-t-il combat jusqu'à la mort ?

— Non, je vous veux vivant, répondit le sultan, comme s'il était assuré de sa victoire. Il nous faudra un arbitre, en cas de différend. Je propose Tuan Daksa, le supérieur du temple bouddhiste de Maduri. Il est réputé pour sa sagesse et son intégrité.

Gavin avait souvent rencontré des moines bouddhistes depuis son arrivée en Orient, et tous étaient des hommes de très haute valeur morale.

— J'accepte Tuan Daksa.

— Si vous gagnez, la femme est à vous et vous en ferez ce que vous voudrez. Si vous perdez, vous entrerez à mon service pour au moins vingt ans.

L'idée d'aliéner sa vie sur une aussi longue durée donna des frissons à Gavin.

— Cinq ans, seulement. C'est trop tenter le destin que de vouloir planifier si loin.

Le sultan sourit.

— Dix ans. Je n'accepterai pas moins.

Dix ans ! C'était une éternité. Mais Gavin savait qu'il ne pourrait marchander davantage.

— Dix ans, alors. Mais en échange, que je gagne ou que je perde, Mme Warren retrouvera sa liberté, et vous l'aiderez à découvrir où sa fille a été conduite après leur capture.

Kasan haussa les épaules.

— Entendu. Je n'ai aucun intérêt particulier pour cette femme. Marché conclu ?

Gavin hésita quelques secondes, se demandant s'il n'était pas fou de risquer si gros pour venir en aide à quelqu'un qu'il connaissait à peine. Mais il ne pouvait décemment pas tourner le dos à une femme dans la détresse. Son père lui avait enseigné que c'était le devoir des hommes de protéger les femmes, et cette conviction était profondément ancrée en lui.

— Marché conclu, dit-il enfin, en tendant la main. Mais je peux gagner, vous savez...

Ravi, Kasan frappa dans sa main.

— Vous ne gagnerez pas, capitaine. Mais le jeu est si passionnant que cela vaut toujours le coup d'y participer.

6

Comme l'attente s'éternisait, Alex s'était mise à tourner en rond dans sa cage, à se demander si l'absence prolongée de Gavin Elliott était ou non bon signe.

Quand il revint finalement, elle s'agrippa aux barreaux.

— Alors ? dit-elle.

Il semblait hésiter à répondre. La jeune femme se sentit anéantie.

— Le sultan refuse de me vendre à vous ?

— Pas exactement, répliqua Gavin. Il m'a accordé la chance de gagner votre liberté en le combattant dans un défi appelé le jeu du Lion. Un dé aux faces décorées sera lancé cinq fois, et je devrai chaque fois me plier aux épreuves imposées par le sort. Mais j'aurai droit à un refus. Vous voyez, tout n'est pas perdu.

Alex en resta un instant bouche bée.

— C'est... très inattendu. Quel genre d'épreuves devrez-vous affronter ?

— Je ne les connais pas toutes. Il a simplement évoqué un combat à mains nues, une épreuve de natation, une autre de plongeon et une partie d'échecs. Ah, il y en a aussi une qui s'appelle le « combat du Dragon », mais je ne sais pas à quoi elle correspond.

— Tout cela me semble dangereux.

— Il n'y aura pas de duel à mort, Kasan me l'a promis. J'en déduis que le jeu du Lion n'est pas forcément plus dangereux que le métier de marin.

Six mois d'esclavage avaient aiguisé l'intuition d'Alex. Elle comprit que Gavin sous-estimait délibérément le danger. Et cela la mit mal à l'aise.

— Je trouve que vous prenez beaucoup trop de risques pour moi.

— J'apprécie votre sollicitude, mais Kasan voulait absolument en passer par là. Je n'ai guère eu plus le choix que vous.

C'était faux, et Alex le savait pertinemment. Gavin aurait très bien pu repartir en la laissant à Maduri. Au lieu de quoi, il avait accepté un jeu barbare pour la sauver.

— Quand les épreuves doivent-elles commencer? s'enquit-elle.

— Demain matin. Le sultan souhaite donner un peu de publicité à l'événement. Il y aura un juge bouddhiste, et les courtisans seront invités comme spectateurs. (Il sourit.) On se croirait revenu aux jeux du cirque, quand les Romains donnaient les premiers chrétiens à manger aux lions.

Elle frissonna.

— Ne dites pas d'horreurs!

— En fait, j'ai le sentiment que le jeu du Lion ressemble davantage aux travaux d'Hercule qu'à un combat dans une arène. Et je crois me souvenir qu'Hercule s'en est plutôt bien tiré, non?

La chaleur commençait à monter, et il se débarrassa de son veston qu'il lança sur un fauteuil, avant de reprendre:

— La bonne nouvelle, c'est que j'ai demandé au sultan de faire rechercher Katie, et qu'il a accepté de s'en occuper sur-le-champ.

Alex soupira de soulagement.

— Dieu soit loué! Kasan aura mille fois plus de pouvoir que moi pour découvrir ce qui lui est arrivé.

Il alla se planter devant la fenêtre, pour respirer l'air venu du large.

— Avez-vous besoin de quelque chose?

— Non, merci. Suryo s'est occupé de tout, répliqua la jeune femme, qui profita de ce que Gavin lui tournait le dos pour mieux le détailler.

Sa chemise collée à sa peau mettait en valeur la musculature de ses bras et de ses épaules, et elle songea qu'elle n'aurait pu rêver meilleur champion pour lui gagner sa liberté. Ni plus beau héros. Il fallait vraiment être aveugle pour ne pas remarquer combien Gavin Elliott était séduisant. Mais ce qui la touchait davantage encore, c'étaient son courage et sa générosité.

Il se détourna soudain de la fenêtre.

— Cet après-midi, j'irai sur l'*Héléna* afin de tenir mon équipage au courant de la situation.

Alex frissonna en songeant qu'il pouvait ne pas revenir, mais elle s'obligea à chasser cette pensée de son esprit.

— Pourriez-vous me procurer un livre ? demanda-t-elle d'un ton qui se voulait léger. Je ne connais rien de plus ennuyeux que de vivre en cage.

Gavin avait deviné la préoccupation muette de la jeune femme.

— Vous ne faites pas facilement confiance aux gens, dit-il.

Elle baissa les yeux.

— Autrefois, si. Mais... j'ai perdu l'habitude.

Il revint vers la cage et prit sa main dans la sienne.

— Je ne serai pas longtemps absent.

Une brusque chaleur se communiqua entre eux, qui était plus émotive que physique.

— Je vous crois, assura-t-elle. Mais...

Comme elle n'osait pas poursuivre, il la pressa :

— Mais quoi ?

— Même si tout se passe pour le mieux – je suis libérée, je retrouve Katie et nous rentrons saines et sauves en Angleterre –, j'ai peur de ne pouvoir renouer avec mon ancienne existence. Dès qu'on saura ce qui m'est arrivé, les gens compatiront tout en gardant soigneusement leurs distances, de peur de se voir souillés par la présence d'une ancienne esclave. L'opprobre rejaillira aussi sur ma fille.

— Votre mère si parfaite oserait vous rejeter et rejeter sa petite-fille ?

— Bien sûr que non.

— Votre beau-père s'abaisserait à vous juger ?

Alex ne put s'empêcher de sourire, malgré la gravité du sujet.

— Il faudra sans doute empêcher le colonel de prendre le premier bateau, pour venir ici régler leur compte aux pirates.

— Dans ce cas, la société vous acceptera. (Il étreignit de nouveau la main d'Alex.) Soyez heureuse de pouvoir vous appuyer sur une famille aussi aimante. Tout le monde n'a pas cette chance.

Elle réalisa tout à coup qu'il n'avait encore pratiquement rien dit sur lui-même.

— Vous reste-t-il des proches, Gavin ?

— Pas que je connaisse. Mes parents sont morts et je n'ai ni frère ni sœur.

— Moi, ma famille est si nombreuse que vous pourrez m'emprunter quelques cousins sans dommage, plaisanta-t-elle.

— C'est gentil de votre part. Je suivrai peut-être votre conseil quand nous serons à Londres.

Il attira la main de la jeune femme à ses lèvres, pour l'embrasser furtivement.

— Tout se passera bien, Alexandra. C'est mon petit doigt qui me le dit, et il ne se trompe jamais.

Son assurance rendit Alex optimiste, même après qu'il l'eut quittée pour se rendre sur le port. L'après-midi se révéla cependant long et ennuyeux, et elle ne fut distraite de sa torpeur que lorsqu'une bande d'enfants vint jouer derrière la porte. Elle les invita à entrer, se souciant peu d'être devenue un sujet d'amusement et de curiosité pour les enfants du palais, mais ces derniers refusèrent, trop timides.

Leurs rires lui rappelèrent ce que Gavin avait dit à propos de Katie. C'était sans doute lui qui avait raison : la fillette avait une bonne nature et, pour peu qu'elle ait été bien traitée, elle ne devait pas être malheureuse dans sa nouvelle vie. Mais Alex se sentait un devoir moral envers sa fille et aucun étranger, fût-il animé des meilleures intentions du monde, ne pourrait l'élever aussi bien que sa propre mère.

La jeune femme en était là de ses songes, quand Gavin revint enfin. Il apportait deux livres : un recueil des poèmes de lord Byron et *Ivanhoé*, de Walter Scott.

— Si ces titres ne vous conviennent pas, je vous en apporterai d'autres.

— Mais pas du tout, Gavin ! se récria Alex, qui s'était emparée des deux ouvrages avec gratitude. Même un traité de droit maritime m'aurait fait plaisir.

— Je gardais beaucoup de livres dans ma cabine. Je suis heureux que vous aimiez ceux-ci.

Tandis qu'il partait se changer à côté pour le dîner, elle ouvrit *Ivanhoé.* Sur la page de garde, une main masculine avait écrit : *Pour Héléna, pour ses 22 ans, avec tout mon amour, Gavin.*

Elle sentit sa gorge se serrer. C'était si généreux de sa part de lui offrir un livre dédié à sa défunte femme. Ouvrant ensuite les poèmes de Byron, elle trouva le nom d'Héléna Elliott inscrit sur la première page d'une écriture claire et délicate. À quoi avait pu ressembler Héléna ? Sans doute avait-elle été très jolie, adorant son jeune et beau mari autant qu'il la vénérait. Quelle tragédie qu'elle soit morte si tôt...

Remerciant silencieusement la disparue de pouvoir lire aujourd'hui ses livres, Alex commença *Ivanhoé.* Plongée dans l'histoire, c'est à peine si elle s'aperçut du départ de Gavin. Quand la lumière fut devenue trop faible pour lire, elle mangea le dîner que Suryo lui avait monté. Puis, comme la nuit précédente, elle se coucha derrière le paravent, le roman de Walter Scott posé près du coussin qui lui servait d'oreiller, tel un symbole de la liberté qu'elle allait bientôt retrouver.

Pour la première fois depuis six mois, elle se sentait heureuse.

Elle fut réveillée par la lumière d'une torche. Elle se redressa, cligna des yeux et vit quatre gardes du palais plantés devant sa cage, l'un d'entre eux occupé à déverrouiller les cadenas de la porte. Terrifiée, elle voulut demander ce qui se passait lorsque celui qui maniait les clés lui intima, d'un geste sans appel, de garder le silence.

Devinant qu'ils ne voulaient pas réveiller Gavin, Alex tint sa langue. S'ils venaient pour l'emmener, il ne pourrait pas les en empêcher. Ce serait même dangereux pour lui de s'interposer.

Dès que la porte de la cage s'ouvrit, les gardes firent signe à la jeune femme de sortir, et elle obéit sans opposer la moindre résistance.

Dehors, les premiers rayons du soleil perçaient déjà, mais le palais était encore plongé dans la pénombre. Alex fut escortée à travers un dédale de couloirs. Où la menait-on ? Certainement pas à l'échafaud, puisque le sultan souhaitait se concilier Gavin. Plus probablement allait-on l'enfermer dans une cellule, jusqu'à la fin du jeu du Lion.

La petite troupe s'arrêta enfin devant une porte en bois sculpté. Une esclave l'ouvrit, puis apparut une femme aux cheveux blancs, richement habillée et très digne dans son maintien. Quelques paroles furent échangées à voix feutrée, et le chef des gardes donna à ses hommes le signal de se retirer. Il s'inclina poliment devant la vieille femme, puis, avant de disparaître à son tour, il gratifia Alex d'un regard d'avertissement. Celle-ci comprit le message : les gardes resteraient dans le couloir, et elle n'avait pas intérêt à causer d'ennuis à la vieille femme.

Aussitôt la porte refermée, une multitude de femmes de tous âges se précipitèrent vers la nouvelle venue, babillant inlassablement tandis qu'elles examinaient ses cheveux, commentaient la blancheur de sa peau ou constataient les marques à ses chevilles et à ses poignets, souvenirs des chaînes. Au milieu de toutes ces créatures si gracieuses et merveilleusement habillées, Alex se faisait l'impression d'être une bête sauvage, mais c'était quand même très agréable de se retrouver dans le quartier des femmes, plutôt que de croupir au fond d'une oubliette.

— *Mandi*, dit la vieille femme.

Alex, qui en six mois de captivité commençait à maîtriser le dialecte malais, comprit l'ordre : on lui demandait de prendre un bain. Était-ce la première étape qui la conduirait vers la liberté ? Les autres femmes, malgré leur curiosité tapageuse, se montraient amicales avec elles. Elle était traitée en invitée, pas en esclave. Et quel bonheur ce serait d'être enfin propre...

— Oui, *mandi*, répondit-elle avec ferveur.

Quelques-unes des plus jeunes l'aidèrent à se laver, en continuant leur babillage. Bien qu'aucune ne parlât anglais et qu'Alex maîtrisât à peine le malais, elles parvinrent à se comprendre.

Une fois séchée, on lui offrit un petit-déjeuner roboratif. Puis elle fut vêtue d'un sarong et d'une *kebaya* propres, auxquels on ajouta un *selendang* – une sorte de châle. Les femmes prirent grand plaisir à l'habiller et à la coiffer, comme si elle était une poupée grandeur nature.

L'amusement d'Alex prit fin brutalement lorsque la vieille femme qui l'avait reçue apporta, avec un sourire un peu contrit, deux bracelets en or reliés par une chaîne.

Des menottes.

Tandis que la vieille femme passait les menottes à ses poignets, une plus jeune s'agenouillait devant elle pour faire subir le même sort à ses chevilles. Les bracelets étaient ravissants, les chaînes étaient légères et en or pur, mais c'étaient quand même des chaînes... Alex comprit soudain pourquoi on l'avait amenée dans le quartier des femmes : tout simplement parce que le « gros lot » du jeu imaginé par le sultan devait paraître valoir son prix.

Pour l'instant, elle restait donc une esclave.

Gavin se réveilla un peu tendu, en songeant que le jeu du Lion commençait aujourd'hui. Il durerait cinq jours, car on ne lançait les dés qu'une fois par jour.

Pendant qu'il se lavait et se rasait, il se fit la réflexion qu'au fond, ce défi n'était pas pour lui déplaire. Un bon commerçant ne pouvait réussir s'il n'aimait pas la compétition. Sauf que, cette fois, l'enjeu était diablement important. Il n'avait pas avoué à Alex les conséquences pour lui-même s'il perdait – la jeune femme se sentait déjà assez coupable des risques qu'il prenait pour elle. Mais avec un peu de chance il gagnerait, ils quitteraient ensemble Maduri, et elle ne saurait jamais qu'il avait mis en jeu dix ans de sa vie.

Après s'être habillé, il pénétra dans le salon.
— Alex ?
Pas de réponse.
Il appela de nouveau, sans succès. Alors il alla voir derrière le paravent. Elle avait disparu.
Il ne s'était pas remis de cette découverte que la porte s'ouvrait. C'était Suryo.
— Sais-tu où est passée Mme Warren ?
— Elle a été conduite dans le quartier des femmes, répondit son domestique. On ne lui fera aucun mal, là-bas.
— Pourquoi Kasan l'a-t-il déplacée ?
Suryo haussa les épaules.
— Qui peut savoir ce qui motive les rois ? En revanche, j'ai des informations complémentaires sur le jeu du Lion. Pour ce qui est de nager, de plonger ou de se battre à mains nues, je ne me fais pas de souci. Vous devriez vous en sortir. Par contre, j'ai du mal à comprendre ce qu'ils entendent par « combattre le Dragon », « danser avec le Feu » ou « honorer la Déesse ».
— J'espère surtout que je n'aurai pas à me battre contre Kasan, répliqua Gavin. Même s'il m'a assuré que les combats n'iraient pas jusqu'à la mort, je le soupçonne d'être un adversaire redoutable.
Suryo esquissa un sourire.
— Vous ne perdrez pas.
— J'aimerais partager ton assurance... Mais allons-y. Je suppose que tu sais où nous devons nous rendre ?
— Oui. Suivez-moi, capitaine.
Ils traversèrent le palais, puis descendirent un interminable escalier en spirale, taillé à même la pierre. Au pied des marches, deux gardes flanquaient une porte massive. Gavin la franchit.
Il se retrouva dehors, au centre d'un amphithéâtre naturel. La porte qu'il venait de passer était découpée dans une sorte de muraille en granit, tandis que le demi-cercle lui faisant face avait été aménagé en gradins sommaires, peuplés de spectateurs. Gavin se fit l'effet d'être un gladiateur jeté dans l'arène.
Un serviteur du palais s'approcha et le salua respectueusement avant de le conduire, avec Suryo, de l'autre

côté de l'amphithéâtre, où se dressait une tribune recouverte d'un dais. Elle était meublée d'un trône et de trois sièges plus modestes entourant un piédestal, sur lequel reposait un dé à douze faces de la taille du poing d'un enfant.

Gavin fut escorté jusqu'à l'un des sièges et Suryo se planta derrière lui, prêt à servir d'interprète quand cela serait nécessaire. Tuan Daksa, un noble vieillard en habit de moine bouddhiste, s'assit en face. Gavin le salua courtoisement.

Commença alors un roulement de tambours, qui monta en puissance jusqu'à ce que tout l'amphithéâtre résonne d'un écho assourdissant. Puis les tambours se turent brutalement et toutes les têtes se tournèrent vers l'entrée de l'arène.

Le premier à apparaître fut Sheng Yu, le Premier ministre. Suivirent deux gardes en habit d'apparat, qui précédaient le sultan arborant un habit constellé de pierreries et un énorme rubis fiché dans son turban. Ainsi accoutré, il était bien un seigneur de l'Orient : fort, riche, puissant, et au-dessus des lois du commun.

Gavin se raidit en apercevant Alexandra, mêlée à la suite du sultan. Elle portait la tenue traditionnelle des femmes de l'île, et les chaînes entravant ses chevilles tintaient à chacun de ses pas.

Kasan monta sur le trône, tandis qu'Alex était invitée à prendre place sur le troisième siège. C'était la seule femme de la tribune, et sa présence témoignait qu'elle était l'enjeu de la compétition.

— Vous allez bien ? lui demanda Gavin.

Elle hocha la tête.

— À part ces chaînes et l'impression d'être traitée comme une coupe de championnat, je vais bien, oui.

Dans son costume traditionnel de Maduri, avec ses cheveux artistiquement coiffés, elle incarnait un trophée que n'importe quel homme aurait rêvé de conquérir. Mais c'était une déesse aux pieds entravés, et la colère se lisait au fond de ses yeux.

Kasan éleva les mains afin de réclamer le silence, puis il annonça d'une voix forte :

— Nous sommes assemblés ici pour voir se disputer une partie de jeu du Lion, au cours de laquelle le capitaine Gavin Elliott essaiera de gagner la femme anglaise de noble lignée. Le capitaine Elliott est prêt à risquer sa vie pour défendre l'honneur de cette femme.

La foule rugit d'enthousiasme. Quand le vacarme se fut un peu calmé, Kasan lança :

— Que la partie commence !

7

Gavin trouvait la cérémonie un peu trop flamboyante à son goût, mais il n'avait de toute façon plus son mot à dire. Il abandonna son siège et s'approcha du piédestal après que Sheng Yu l'eut invité à lancer le dé pour la première fois.

Le dé en ivoire était presque chaud dans sa paume. Gavin referma les doigts dessus et le secoua énergiquement, les yeux fermés, en se concentrant sur son but : ramener Alexandra Warren et sa fille à Londres, à bord de l'*Héléna*. Puis il rouvrit les yeux et jeta le dé sur le plateau du piédestal. Le dé roula plusieurs fois avant de s'immobiliser.

Sheng Yu se pencha pour examiner le symbole désigné par le sort.

— La première épreuve du capitaine Elliott sera de gravir la falaise des Douleurs.

Un murmure d'excitation parcourut la foule.

Kasan désigna l'imposante muraille qui constituait le fond de l'arène.

— Vous devrez escalader ceci, planter votre bannière au sommet et redescendre.

Gavin étudia la muraille, qui était pratiquement verticale.

— Pourquoi l'appelle-t-on la falaise des Douleurs ?

— Par deux fois, des envahisseurs ont pensé attaquer le palais en passant par cette falaise, expliqua Sheng Yu. Beaucoup d'hommes y sont morts, ajouta-t-il d'un ton qui laissait penser qu'il ne serait pas chagriné outre mesure de voir Gavin subir le même sort.

— S'il faut une bannière, je vais devoir retourner à mon bateau, chercher le drapeau américain.

— Prenez ça, proposa Alex, le visage blême d'inquiétude, en lui tendant son châle, comme une châtelaine médiévale l'aurait fait à son champion lors d'un tournoi. Et soyez prudent, Gavin.

Il accepta l'étoffe pourpre, avant de baiser la main de la jeune femme.

— Ne vous inquiétez pas, souffla-t-il. J'ai passé ma jeunesse à grimper aux mâts des navires. L'escalade, je connais.

Elle lui sourit, mais on voyait bien à son regard qu'elle n'était pas rassurée. Il se débarrassa de sa veste, pour avoir les mains plus libres, puis enroula plusieurs fois le châle autour de sa taille.

— Je suis prêt, Votre Altesse.

— Bonne escalade, capitaine, l'encouragea Kasan. Je n'ai pas envie de vous voir vous écraser au sol.

— Comptez sur moi pour l'éviter.

Gavin s'approcha de la muraille, fort heureusement préservée des rayons du soleil pendant la matinée – à l'ombre, l'escalade serait plus aisée. Ayant repéré une voie, il commença de grimper à mains nues, ignorant délibérément les spectateurs qui devaient tous espérer, par goût du sensationnel, qu'il se rompe le cou sous leurs yeux.

L'escalade était un sport de patience qui ne souffrait pas la précipitation. La surface de la muraille offrait suffisamment de prises, mais parfois la pierre, d'origine volcanique, s'effritait sous les doigts de Gavin, qui devait redoubler de prudence avant chaque progression. L'épreuve exigeait au moins autant d'adresse et de concentration que de grimper en haut d'un mât au beau milieu d'une tempête.

Les tambours recommencèrent à jouer, probablement pour donner plus d'intensité au spectacle, mais Gavin prit garde de ne pas se laisser distraire. Ses yeux restaient rivés sur ses pieds et ses mains. À un moment, un lézard surgit d'une faille, et il s'y attendait si peu qu'il faillit lâcher prise. Heureusement l'animal, sans doute aussi surpris que lui, s'empressa de regagner sa tanière.

Quand il toucha enfin au but, il ruisselait de sueur et ses muscles tremblaient d'épuisement. Le sommet de la muraille était constitué d'un replat volcanique, qui offrait un panorama à couper le souffle sur toute l'île de Maduri et la mer. On pouvait d'ailleurs distinguer, au loin, de gros nuages annonciateurs d'orage. De l'autre côté du replat, les toits du palais semblaient à portée de main. Gavin comprenait mieux pourquoi des envahisseurs avaient tenté de se servir de cette muraille.

S'approchant du rebord, il contempla l'arène et aperçut les silhouettes du sultan et d'Alexandra, qui levaient la tête dans sa direction. Il défit alors le châle noué à sa ceinture et le tendit à bout de bras.

— Pour l'Amérique et pour Alexandra ! cria-t-il au ciel.

En bas, les tambours battaient de plus belle, et il savoura un moment son triomphe. Puis il attacha le châle à un rocher et commença à redescendre. Ce n'était pas la partie la moins dangereuse, car la fatigue et la satisfaction d'avoir réussi l'ascension risquaient de le rendre moins attentif.

La descente prit encore plus de temps que la montée. Gavin était si concentré qu'il ne s'aperçut même pas, alors qu'il n'était qu'à mi-chemin, que le ciel s'était brusquement assombri. Sous cette latitude, le temps pouvait changer à la vitesse de l'éclair. Deux minutes plus tard, une violente averse éclatait, rendant la muraille si glissante qu'il faillit basculer dans le vide en changeant de posture. Aussitôt, des cris d'horreur jaillirent des gradins.

Il s'agrippa à la muraille, le cœur battant la chamade, le visage ruisselant de pluie. Malgré son envie de regagner la terre ferme au plus vite, il attendit, avant de poursuivre sa descente, d'avoir repris son souffle. Et quand il se décida enfin à continuer, ce fut en redoublant de prudence.

L'orage cessa aussi brutalement qu'il avait éclaté. À l'instant où Gavin toucha le sol, un beau soleil brillait sur l'arène. Prenant un air aussi détaché que s'il revenait d'une promenade d'agrément, il gagna la tribune et vint s'incliner devant le sultan.

— J'ai conquis la falaise des Douleurs, Votre Altesse.

— Bravo, capitaine ! le félicita Kasan, dont la joie était sincère. Nous connaîtrons la suite demain.

Gavin se tourna vers Alex. La jeune femme le gratifia d'un chaleureux sourire qui trahissait son soulagement. Elle paraissait presque aussi épuisée que lui.

— Vraiment bravo, capitaine, dit-elle à son tour, d'une voix si douce qu'il comprit pourquoi tant de preux chevaliers avaient autrefois risqué leur vie pour gagner le cœur de leur dame.

Puis son regard tomba sur le dé d'ivoire, qui attendait sur son piédestal. Et il se sentit tout à coup moins triomphant. Que lui réserverait la seconde épreuve ?

Alex fut étonnée – et ravie – de réintégrer sa cage dans l'appartement de Gavin. Lui-même avait été retenu dehors par des courtisans qui voulaient le féliciter pour son exploit, aussi la jeune femme l'attendait-elle lorsqu'il entra. Il paraissait soucieux, mais dès qu'il la vit, son visage s'éclaira.

— Ils vous ont ramenée ici ! J'en suis bien content, même si le quartier des femmes était sans doute plus confortable que cette cage.

Le cœur allégé par sa présence, Alex tendit les bras hors des barreaux.

— Dieu merci, vous êtes sain et sauf. J'ai cru vieillir de dix ans quand vous avez failli glisser, à cause de la pluie.

Gavin lui étreignit les mains, et elle sentit une émotion particulière se nouer entre eux. Cependant, elle préféra ne pas chercher à approfondir ce qu'elle éprouvait.

— J'ai du mal à croire que nous ne nous connaissions que depuis deux jours, dit-elle. Les circonstances de notre rencontre y sont sans doute pour beaucoup.

— Je ressens la même chose, admit-il d'une voix qui ressemblait à une caresse.

Soudain mal à l'aise, elle relâcha sa main et remarqua du sang sur sa paume.

— Vous êtes blessé !

Il inspecta sa main, comme s'il était surpris.

— Oh, c'est juste des écorchures attrapées en grimpant la muraille.

— Il faut les nettoyer. Une infection est vite arrivée, sous ce climat. Quand j'étais chez moi, j'avais toujours une trousse de premiers secours à portée de la main. Mais là...

— Je pense avoir le nécessaire. Voyant que je restais ici plus longtemps que prévu, Suryo aura vidé ma cabine de l'*Héléna* en conséquence.

— Si vous me trouvez une bassine d'eau et un linge propre, je laverai vos égratignures, proposa Alex.

Bien sûr, il aurait pu se nettoyer lui-même – et plus facilement, puisqu'il n'était pas en cage et que ses poignets n'étaient pas entravés. Mais elle voulait absolument faire quelque chose pour lui, si modeste cela fût-il. Les mots ne suffisaient pas à exprimer la gratitude que Gavin lui inspirait.

Il rapporta de sa chambre une cuvette d'eau, des serviettes propres, ainsi qu'une petite fiole d'huile protectrice. Puis il tendit une main à travers les barreaux de la cage. Alex la lava soigneusement, avant d'étaler le baume sur les écorchures. Les paumes calleuses de Gavin étaient celles d'un homme habitué à travailler de ses propres mains. Mais elles étaient en plus solides et bien dessinées.

— C'est agréable de se faire dorloter, dit-il quand la jeune femme passa à l'autre main.

— Je suppose que d'habitude le capitaine veille sur les autres, mais que personne ne veille sur lui.

Il secoua la tête et ferma les yeux.

— Suryo prend soin de moi.

Son domestique était sans doute quelqu'un de bien, mais Alex ne put s'empêcher de se faire la réflexion que Gavin semblait très seul. Une fois de plus, elle regretta que sa femme soit morte. Un homme comme lui méritait une épouse aimante. Or, pour l'instant, il n'avait qu'elle : une esclave à vendre.

Tout à coup, elle s'aperçut qu'il avait également des égratignures au front et aux joues. Trempant sa serviette dans l'eau, elle tendit le bras pour le nettoyer. Il rouvrit les yeux. Leurs visages n'étaient plus qu'à quelques centimètres l'un de l'autre, et elle sentit son cœur s'emballer, comme si cette intimité l'ébranlait au plus profond d'elle-même.

Cependant, elle se persuada que ce ne pouvait être du désir. C'était impossible. Le désir, elle l'avait connu, mais c'était avant de devenir esclave. Elle n'y avait plus droit, désormais. Aussi, détournant le regard, elle termina rapidement sa tâche.

— Maintenant, capitaine, il ne vous reste plus qu'à prendre un bon bain et à aller vous coucher.

— Pour être en forme pour l'épreuve de demain, c'est ça ? (Il fit la grimace.) J'espère qu'elle sera à ma portée.

— Vous vous êtes très bien débrouillé aujourd'hui, et vous ferez pareil demain.

Il se recula.

— Espérons que Dieu souhaite vous sauver, car je ne pourrai faire plus que ce que je fais déjà.

Sur ces mots, il disparut dans sa chambre. Alex songea que Dieu était trop occupé, et que c'était pour cela qu'Il avait délégué Gavin Elliott à Sa place. Elle sourit, convaincue que pareille idée aurait rendu le brave capitaine très confus, si elle l'avait exprimée à voix haute.

Après s'être retirée derrière le paravent, elle prit le volume de poèmes de lord Byron et le feuilleta distraitement, s'arrêtant sur *Le Prisonnier de Chillon*. La description d'un homme croupissant depuis des années en prison était effrayante. Byron avait su parfaitement rendre l'oppression de l'enfermement. Sauf au dernier vers, quand le prisonnier disait : « Mes chaînes et moi sommes devenus amis. » Alex ne pouvait imaginer autant de résignation. Plutôt mourir.

Adolescente, elle avait lu Byron en cachette, car elle savait que sa mère la désapprouverait. Maintenant qu'elle était mère elle-même, elle devinait pourquoi. Byron, à l'occasion, pouvait se montrer cruel ou paillard. Mais elle ne s'en était pas aperçue, étant jeune. Elle avait surtout été fascinée par le romantisme des poèmes, où l'auteur campait des personnages vivant des amours passionnées.

Grand, beau, élégant, Edmund Warren avait été en quelque sorte l'archétype du héros selon Byron. Alex n'aurait probablement pas accepté de l'épouser s'il avait eu un physique quelconque. Mais elle s'apercevait aujourd'hui qu'elle n'avait jugé que sur l'apparence. Sans doute parce qu'elle avait été très impressionnée, enfant, par la prestance de son père, officier de cavalerie. Du coup, à l'époque de son mariage, elle avait été incapable de discerner, derrière un beau visage, quel était vraiment le caractère d'un homme.

Du héros romantique, Edmund n'avait eu que le physique. Et maintenant, elle se sentait trop vieille pour connaître une véritable histoire d'amour. Elle se reprochait d'avoir laissé passer sa chance. Certes, son mariage n'avait rien eu de désastreux. Mais il était loin d'avoir comblé tous ses espoirs. Pendant dix ans, Alex avait eu le sentiment de s'ennuyer. Et de vivre dans une cage, à peine moins pénible que celle qu'elle connaissait aujourd'hui.

Mais à quoi bon ressasser tout cela? Abandonnant les poèmes, elle se replongea dans *Ivanhoé*. La poésie la faisait trop réfléchir.

Le lendemain commença pareillement, sauf que cette fois Gavin ne fut pas surpris de voir qu'Alex avait disparu. Quand il entra avec Suryo dans l'arène, la jeune femme l'attendait déjà sous le dais, portant un nouveau châle et les cheveux coiffés différemment. Plus détendue que la veille, elle le gratifia d'un chaud sourire.

Il lui rendit son sourire, avant de lancer une seconde fois le dé. Lorsque celui-ci se fut immobilisé, Sheng Yu clama :

— Combattre le Dragon.

Gavin fronça les sourcils.

— Qu'est-ce que cela veut dire ?

— Les dragons sont des bêtes originaires de l'île de Komodo, expliqua Kasan. Nous en faisons l'élevage en raison de leur férocité. Vous allez combattre le plus gros de mes dragons ici, dans cette arène, et vous devrez lui arracher le Joyau des Mers accroché à son cou, en n'ayant qu'une dague pour toute arme.

Un dragon... le Joyau des Mers... Gavin se demanda s'il ne faisait pas un mauvais rêve.

— Faites venir votre dragon, Majesté.

Aussitôt, des esclaves s'affairèrent pour dresser au centre de l'arène un enclos, entouré d'une palissade de plus de deux mètres de haut. Pendant ce temps, du thé fut servi à Kasan et à ses hôtes de la tribune royale. Puis un roulement de tambours annonça l'arrivée du dragon, tenu en laisse par quatre solides gaillards. Sauf que les laisses étaient ici de grosses cordes, et que les quatre hommes avaient toutes les peines du monde à juguler les mouvements furieux de l'animal.

Gavin faillit s'étrangler avec son thé en voyant la bête. C'était un lézard géant, qui devait bien mesurer trois mètres depuis la tête jusqu'à la queue et peser plusieurs centaines de kilos. Il était monstrueusement laid, avec une gueule noire et luisante comme une armure de métal, et une vilaine langue jaune qu'il lançait devant lui en tournant la tête de droite et de gauche. Une perle, géante elle aussi, pendait au bout d'une lanière de cuir passée à son cou. Gavin plaignit l'homme qui avait accroché la perle à cet endroit.

— J'ai entendu parler de ces lézards géants, souffla Alex. Ne le laissez surtout pas vous mordre. Sa morsure n'est pas venimeuse en soi, mais elle déclenche une infection qu'on ne sait pas soigner. La mort survient en quelques jours.

— J'essaierai d'éviter ses crocs, répliqua Gavin. Le monstre crache-t-il du feu ?

Elle ne put s'empêcher de sourire.

— Non, pas que je sache.

— Eh bien, allons-y.

Il reposa sa tasse de thé et se leva. Malgré la chaleur, il décida de garder sa veste. Qui sait ? L'étoffe de laine le protégerait peut-être.

Les quatre hommes avaient tiré le dragon au centre de l'enclos, et ils lâchèrent leurs cordes en même temps, courant aussitôt se mettre à l'abri. L'un d'eux trébucha sur un caillou, mais ses comparses s'empressèrent de le relever avant que le dragon n'ait pu se jeter sur lui.

Kasan présenta alors à Gavin une dague enveloppée dans son fourreau.

— Sachez vous en servir à bon escient, capitaine.

Gavin tira la dague. C'était une belle arme, à la lame aussi tranchante que le fil d'un rasoir. Il la remit dans son fourreau et passa le tout à sa ceinture.

— Et si je tue le dragon en voulant me défendre ?

— Ne vous avisez surtout pas de le faire, rétorqua Kasan. Ces animaux sont sacrés. Si vous en tuez un, cela vous portera malheur.

Merveilleux ! songea Gavin.

Les tambours résonnèrent à nouveau, tandis qu'il pénétrait par une petite porte dans l'enclos, une main crispée sur le fourreau de la dague. Le dragon attendait, aussi immobile qu'un bloc de granit. Mais la lueur intéressée, dans ses yeux, semblait indiquer qu'il avait... faim.

— Tu as un avantage sur moi, seigneur Dragon, lui dit Gavin. Je ne peux pas te tuer, alors que je sais bien que tu n'auras pas ce genre de scrupule avec moi.

Le dragon lança son affreuse langue jaunâtre en poussant un sifflement affreux.

— Si tu me laisses tranquillement prendre la perle attachée à ton cou, je pense que ce sera plus simple pour nous deux.

Le monstre, se servant soudain de sa queue comme d'un fouet, réussit à jeter Gavin par terre. Celui-ci eut tout juste le temps de rouler de côté pour échapper à sa gueule, et se redressa aussitôt.

— Tu es rapide, mais heureusement pour moi, tu ne vises pas très bien.

Le dragon était redevenu immobile. Gavin se déplaça sur sa gauche, à pas mesurés. Les reptiles n'étaient pas aussi nerveux que les créatures à sang chaud. Il avait déjà vu des hommes s'approcher de crocodiles sans se faire attaquer. Avec un peu de chance, cette tactique marcherait ici.

Il se trouvait à moins d'un mètre de la bête, lorsque celle-ci entra de nouveau en action, donnant un coup de ses pattes terminées par d'énormes griffes. Gavin recula d'un bond, mais l'animal eut le temps de planter ses griffes dans son bras, lui arrachant une grimace de douleur.

Puisque l'approche frontale s'avérait infructueuse, le jeune homme changea de stratégie. Il se plaça derrière la bête et sauta sur son dos, enroulant ses bras à l'encolure de l'animal et serrant les jambes sur ses flancs pour se maintenir. Le monstre sifflait et regimbait, donnant à Gavin l'impression de chevaucher un tigre. Sa position était précaire, mais au moins il se trouvait hors d'atteinte des crocs de la bête.

Après deux ou trois minutes de rodéo, le dragon s'immobilisa, comme s'il voulait réfléchir à un moyen de se débarrasser de son cavalier. Gavin profita de ce répit pour sortir sa dague et trancher la corde qui retenait la perle, qu'il prit dans sa main gauche. Puis il sauta à bas de sa monture et courut se plaquer contre la clôture de l'enclos, attendant de voir comment la bête allait réagir. Mais le dragon ne semblait plus, pour l'instant, décidé à se battre.

Retenant son souffle, Gavin se faufila discrètement vers la porte, plaqué contre la clôture. Il n'était plus qu'à quelques mètres de la sortie quand le dragon donna un nouveau coup de queue dans sa direction. Mais cette fois, Gavin s'y attendait. Il roula prestement à terre, et la queue du dragon ne fouetta que le vide. Puis il se releva à toute vitesse et se jeta sur la porte, qu'il ouvrit à la volée.

Il traversa l'arène sous les acclamations, jusqu'à la tribune royale. Cette épreuve s'était révélée plus rapide, mais aussi plus terrifiante que l'escalade de la falaise. Parvenu devant le sultan, il s'inclina respectueusement, avant de lui offrir la perle et de lui rendre la dague.

— Le Joyau des Mers, Votre Altesse. Et votre splendide dague.

— Gardez la dague, capitaine. Vous l'avez méritée, répondit Kasan.

Puis, prenant la perle, il la tendit à Alex :

— Ce bijou a été gagné pour vous, madame.

Elle contempla un moment la perle, comme si elle se demandait quoi en faire. Finalement, elle la glissa dans la poche de son sarong. Après quoi, elle se défit de son châle et s'avança vers Gavin.

— Votre bras a besoin d'être soigné, capitaine.

Et sans attendre de réponse, elle commença d'enrouler son châle sur le bras de Gavin.

— Encore deux ou trois combats comme celui-ci et je finirai invalide, murmura-t-il, de façon à n'être entendu que de la jeune femme.

Bien qu'il eût dit cela en manière de plaisanterie, elle frissonna.

— C'est ce qui me fait peur.

Il haussa les épaules.

— En fait, ma chemise et ma veste ont plus souffert que moi. Ce n'est qu'une égratignure.

Kasan intervint :

— Je vous ferai parvenir des vêtements neufs dans vos appartements.

— Votre Altesse est trop bonne.

Le sultan esquissa un sourire.

— C'est bien le moins, après vos deux succès éclatants. Mais n'oubliez pas qu'il vous reste trois épreuves.

Gavin n'avait nul besoin qu'on lui rappelle qu'il n'était même pas à la moitié du chemin. Il commençait à regretter d'avoir accepté cette cargaison qui l'avait conduit à Maduri. S'il avait refusé, il serait aujourd'hui en train de faire route vers l'Angleterre.

Mais il n'aurait pas connu Alex. Et la jeune femme était si belle – il s'en faisait encore la réflexion, alors qu'elle nouait le bandage à son bras – qu'elle valait amplement les risques qu'il prenait.

8

Au matin du troisième jour, Gavin commençait à se sentir optimiste. Certes, la prudence s'imposait, mais le jeu du Lion ne paraissait pas insurmontable.

La soirée précédente s'était très agréablement déroulée. Comme c'était désormais la règle, Alex avait réintégré ses appartements et ils avaient passé un long moment ensemble, à savourer la quiétude de leur intimité que venait seulement gâcher la présence de la cage. La jeune femme s'était plongée dans la lecture de *Rob Roy*, un autre chef-d'œuvre de Walter Scott rapporté de l'*Héléna* par Suryo, tandis que Gavin évaluait ses chances aux épreuves suivantes.

Il avait réussi l'escalade et vaincu le dragon. Deux des épreuves les plus terribles. Pour ce qui était de nager ou de plonger, il se sentait confiant. Il maîtrisait parfaitement ces sports.

Cependant, il ne connaissait pas toutes les épreuves. Certaines pouvaient s'avérer aussi redoutables que le dragon. Le pire serait sans doute d'être obligé de se battre contre le sultan. Mais il pourrait alors utiliser son joker...

Le cérémonial fut semblable à celui des jours précédents. Après avoir pénétré dans l'arène, Gavin retrouva Alex sur la tribune royale. Ils eurent à peine le temps d'échanger un regard, que Sheng Yu désignait déjà le dé d'ivoire trônant sur son piédestal. Gavin s'en empara et le lança.

Cette fois, la face du dé restée en l'air était vierge. Mais il réalisa que les symboles déjà tirés par le sort étaient ensuite recouverts de blanc. Un joueur n'affrontait pas deux fois la même épreuve. Il reprit donc le dé et le lança à nouveau.

— Danse avec le Feu, déclara Sheng Yu.

Suryo n'avait pu éclaircir le mystère de cette épreuve.

— De quoi s'agit-il ? demanda Gavin.

— C'est une très ancienne tradition de Maduri, expliqua Kasan. Vous devrez traverser un tapis de charbons ardents.

Gavin se raidit.

— Vous plaisantez ?

— Pas le moins du monde. Cette danse est utilisée chez nous comme rite initiatique pour les jeunes garçons, au moment de leur passage chez les hommes.

Et avec un étrange sourire, le sultan précisa :

— J'aurais préféré que vous décrochiez une épreuve plus difficile...

— Vous l'avez fait vous-même ?

— Bien sûr. L'année de mes treize ans.

Des esclaves étaient déjà en train d'apporter les braises dans l'arène. Gavin, passablement dérouté, en profita pour consulter discrètement Suryo et Alexandra.

— Suryo, connais-tu cette danse ?

— Celle-ci en particulier, non. Mais je sais qu'il s'en pratique une semblable à Bali.

— Certains brahmanes, en Inde, ont l'habitude de marcher sur des braises, ajouta Alex. Du moins, je l'ai entendu dire.

— J'y ai assisté moi-même, avoua Gavin. Mais je pensais qu'il y avait un truc. Comme par exemple un chemin où les braises sont moins chaudes, connu seulement de ceux qui tentent l'exercice...

— Il n'y a pas de tricherie, répliqua Suryo. Simplement, le danseur est dans une sorte de transe qui le rend insensible aux brûlures. Il atteint cet état d'extase par la prière.

Gavin ne se sentait décidément pas à l'aise avec cette épreuve.

— En mer, il n'y a pas danger plus terrible que le feu.

— Vous avez déjà connu un incendie sur un bateau ? demanda Alexandra.

Il se contenta de hocher la tête, incapable de répondre. Au début de sa carrière de marin, le feu avait éclaté dans la cabine d'un officier. Dix-huit ans plus tard, il se souvenait encore avec horreur de ces torches humaines qui hurlaient devant lui. Trois hommes, dont le capitaine du navire, avaient péri et trois autres avaient été gravement brûlés.

Gavin était très jeune, à l'époque, mais étant le seul officier survivant, le commandement du bateau était retombé sur ses épaules. Il avait brillamment organisé la lutte contre le feu, puis conduit le navire endommagé et ce qui restait de son équipage jusqu'au port le plus proche. L'ironie du sort avait voulu que cette tragédie serve sa carrière, en précipitant son avancement. Mais il en avait gardé une peur panique du feu.

Alex lui prit la main pour le tirer de ses songes. Ému de sa sollicitude, il étreignit ses doigts.

Entre-temps, les esclaves avaient fini leur travail, et un tapis de braises d'environ dix mètres de long rougeoyait au centre de l'arène. Gavin se pencha pour retrousser le bas de son pantalon. À condition de courir à grandes enjambées, il était sans doute possible de traverser sans se blesser.

— Les braises sont prêtes, commenta Sheng Yu. Retirez vos chaussures, capitaine.

Gavin sursauta.

— Je dois y aller pieds nus ?

Sheng Yu parut surpris.

— Évidemment, intervint Kasan.

— Non ! se récria Gavin, frissonnant malgré lui. Je demande mon joker.

Le sultan haussa les sourcils.

— Vous êtes sûr, capitaine ? Marcher sur ces braises n'est vraiment pas difficile, pour quiconque sait maîtriser sa volonté.

— J'apprécie votre encouragement, Altesse, mais c'est non, s'entêta Gavin.

— Comme vous voudrez. Dans ce cas, lancez à nouveau le dé...

— Un instant ! s'exclama Tuan Daksa. Il serait dommage de laisser se perdre un aussi joli feu...

Le visage toujours impassible, mais une lueur malicieuse dans le regard, le vieux moine ôta ses sandales et descendit de l'estrade. Puis, d'un pas tranquille et serein, il traversa le tapis de braises, le bas de sa robe ondulant au-dessus des charbons ardents.

Gavin, en contemplant ce spectacle, ne savait pas s'il devait rire ou pleurer. De toute évidence, marcher sur du feu n'était pas, pour les Maduriis, une épreuve si terrible que cela. Cependant, lui-même ne pouvait décidément s'y résoudre, et cette faiblesse lui avait coûté son unique joker.

Il attendit que le moine fût revenu s'asseoir, puis lança le dé pour la troisième fois de la matinée, priant le Ciel pour que le sort lui impose une épreuve facile.

— Le Souffle de Vie, annonça Sheng Yu.

Quel défi se cachait sous cette appellation mystérieuse ? Avant que Gavin ait pu poser la question, le sultan s'écria, ravi :

— Le combat des verres ! Certaines épreuves du jeu du Lion apportent aussi du plaisir.

— En quoi consiste ce combat ? demanda Gavin.

— Nous allons, vous et moi, boire verre après verre. Celui qui restera conscient le plus longtemps aura gagné.

— Cette épreuve est vraiment considérée comme un défi pour le trône ? s'étonna Gavin.

— Un chef doit rester un chef en toutes circonstances. Dans la beuverie comme au combat, répondit Kasan, amusé. Et se battre à coups de verres de vin de palme est quand même plus plaisant que s'affronter avec des dagues.

— Certes, approuva Gavin. Mais je ne pense pas qu'il soit convenable pour une lady d'assister à ce spectacle. Pouvez-vous faire reconduire Mme Warren dans mes appartements ?

Le sultan acquiesça et donna aussitôt ses ordres. Alex voulut d'abord protester. C'était absurde, et elle pensait que Gavin serait plus en sécurité si elle demeurait à ses côtés. Cependant, les beuveries entre hommes étaient plus longues et fastidieuses que véritablement dangereuses. Aussi se laissa-t-elle emmener par les gardes, en espérant simplement qu'il tenait bien l'alcool.

La jeune femme et son escorte venaient de pénétrer dans le tunnel menant au palais, lorsqu'ils croisèrent Tuan Budhy, l'un des plus riches marchands de l'île – et le dernier propriétaire d'Alex en date. Plus petit qu'elle, mais fort et corpulent, il incarnait jusqu'à la caricature la puissance, la richesse et la cruauté.

Elle se pétrifia. Le souvenir de la façon dont il avait abusé d'elle était encore imprimé dans sa chair. Elle se serait volontiers enfuie, si les gardes ne lui avaient coupé toute retraite.

— Tu es très en beauté, Isskandra, dit Budhy, usant du nom malais attribué à la jeune femme. J'ai peut-être eu tort de te revendre trop vite...

— Vous avez surtout eu tort de m'acheter, rétorqua-t-elle. Je ne serai jamais la propriété d'aucun homme. Si vous m'aviez gardée plus longtemps, j'aurais fini par vous tuer.

— Une esclave ne doit pas parler ainsi. Tu as besoin de leçons d'humilité, et je vais me faire un plaisir de t'en donner une, gronda-t-il avant de pincer sauvagement l'un de ses seins.

Alex se retint à grand-peine de crier de douleur. Ne voulant pas donner à son tortionnaire le plaisir de la voir souffrir, elle se tourna vers ses gardes. Ils semblaient décontenancés, n'osant contrecarrer l'un des notables de Maduri.

— Votre sultan n'aimerait pas que le trophée du jeu du Lion soit malmené, leur dit-elle.

Budhy prononça à son tour quelques mots, en malais, à l'intention des gardes. Craignant qu'il ne leur ait ordonné de ne pas s'interposer dans leur querelle, la jeune femme décida de passer à l'action. Brandissant ses poings entravés au-dessus de sa tête, elle frappa la tempe de Budhy, en même temps qu'elle lui décochait un coup de genou dans l'entrejambe. Le marchand s'écroula à terre, en hurlant de douleur.

Aussitôt, les gardes dégainèrent leurs dagues. Comprenant qu'un autre geste pouvait lui coûter la vie, Alex se figea.

— Je suis le trophée du jeu du Lion, leur rappela-t-elle d'une voix qui se voulait le plus calme possible.

Finalement Wira, qui commandait les gardes, laissa l'un de ses hommes aider Budhy à se relever, tandis que le reste de l'escorte conduisait la jeune femme aux appartements de Gavin. Alex marchait les yeux baissés, encore toute frissonnante de sa rencontre avec son ancien tortionnaire, s'interrogeant sur les possibles conséquences de sa rébellion. La situation ne manquait pas d'ironie : sa meilleure défense était de se réclamer comme un bien du sultan. La loi de l'île interdisait en effet de porter atteinte à tout ce qui appartenait au souverain.

Elle fut presque soulagée de réintégrer sa cage. Une fois seule, elle s'accroupit par terre, les mains entourant ses genoux. Elle aurait voulu pleurer, mais n'osait pas se laisser aller, car si elle commençait à verser des larmes, elle ne s'arrêterait plus. Cet incident avec Budhy avait brisé le frêle sentiment de sécurité qu'elle éprouvait, depuis qu'elle avait rencontré Gavin.

Elle avait soif. Or la seule carafe de la pièce était posée sur une table, hors d'atteinte. Cette nouvelle frustration était de trop. Explosant de rage, elle martela ses chaînes contre les barreaux, provoquant un vacarme qui résonna dans tout l'étage. « Mes chaînes et moi sommes devenus amis », avait écrit Byron. Non, décidément, elle ne s'y résoudrait jamais ! Comment pouvait-on s'habituer à l'esclavage ? Et comment des hommes pouvaient-ils être assez vils pour s'imaginer qu'ils avaient un droit de propriété sur d'autres humains ? Elle finirait par devenir folle, si elle devait endurer son sort encore longtemps !

Alertée par le bruit, une jeune esclave poussa la porte de l'appartement, inquiète. Elle ne devait pas avoir plus de onze ou douze ans, soit à peine quelques années de plus que Katie. Se sentant coupable de l'avoir effrayée, Alex cessa de tambouriner contre les barreaux de sa cage.

— À boire, s'il vous plaît, dit-elle. De l'eau !

Heureuse d'être confrontée à une requête qu'elle pouvait satisfaire, la fille disparut dans le couloir, tandis qu'Alex, épuisée nerveusement, se laissait glisser sur le sol. Pourvu que Gavin ait raison et que sa libération ne soit désormais qu'une question de jours, priat-elle. Plus la liberté semblait proche, moins elle supportait sa condition.

Malgré ses efforts pour se contrôler, elle sentit des larmes lui nouer la gorge, et lorsque la fille revint avec de l'eau et du riz, elle sanglotait. Elle se ressaisit, cependant, et se servit d'abord de l'eau pour laver ses yeux rougis. Puis elle but et mangea un peu, avant de s'installer plus confortablement et de poursuivre sa lecture de *Rob Roy*. Même si ce n'était qu'un livre, il lui évoquait son pays natal. Et lire était le meilleur moyen de ne pas penser à la suite du jeu du Lion...

Le soleil commençait à se coucher quand Gavin revint, à moitié porté par Suryo. Ses cheveux étaient tout ébouriffés, et sa tunique à moitié entrouverte révélait son torse.

Alex se releva, morte d'inquiétude.

— Que s'est-il passé ?

— Je... j'avais pas bu comme ça depuis mes quinze ans, répliqua Gavin d'une voix pâteuse. C'était quand... des copains m'avaient invité dans une taverne pour mon... pour mon anniversaire. J'avais descendu un nombre incroyable de bières.

Tout en parlant, il avait réussi à zigzaguer jusqu'à la cage, et il se cramponna aux barreaux pour ne pas s'écrouler.

— Vous inquiétez pas, reprit-il. Je vais pas vomir. C'est déjà fait.

— Comment s'est déroulée la compétition ? s'enquit-elle, morte d'inquiétude.

Gavin restant muet, c'est Suryo qui répondit pour son maître.

— Le capitaine a gagné, mais ça s'est joué à un cheveu. Si Kasan avait tenu un verre de plus, c'était lui qui gagnait.

Gavin avait lentement glissé par terre. Suryo tenta de le relever.

— Capitaine, votre lit sera plus confortable...

Pas de réponse.

— Apportez un oreiller et une couverture, suggéra Alex. Qu'il dorme ici ou dans son lit, il aura de toute façon mal à la tête en se réveillant.

Suryo esquissa un sourire.

— Vous avez raison.

Ensemble, ils réussirent à étendre Gavin le long de la cage.

— Allez dîner, maintenant, dit-elle. La journée a été longue pour vous aussi.

— Avez-vous besoin d'autre chose, madame ?

— Non, merci. Allumez juste une chandelle avant de partir.

Après le départ de Suryo, Alex s'assit à côté de Gavin. Tendant le bras à travers les barreaux, en prenant soin de ne pas faire teinter ses chaînes, elle rapprocha les pans de sa tunique. Pour une estimable lady anglaise, la situation aurait été tout à fait choquante. Mais voilà six mois qu'elle ne pouvait plus prétendre être une lady. Et le sens pratique lui faisait trouver normal qu'un homme qui n'était pas son mari dorme près d'elle, à moitié déshabillé.

La jeune femme s'était replongée dans sa lecture, quand elle entendit Gavin marmonner quelques syllabes inintelligibles. Elle leva les yeux de son roman et constata qu'il la regardait avec des yeux vagues.

— C'est dur, d'être belle ? articula-t-il.

Elle réprima un sourire.

— Comment vous sentez-vous ?

— Ma tête bourdonne comme si un carillon sonnait à l'intérieur. Et j'ai l'impression que si j'essaie de bouger, ce sera pire, murmura-t-il d'une voix qui était cependant moins pâteuse que tout à l'heure. Je déteste ne pas être maître de moi-même. C'est pour ça que d'ordinaire, je préfère rester sobre.

— Vous avez beaucoup bu ?

— Leur vin de palme se boit comme du petit-lait. Il est traître.

Alex posa une main sur son front. Il était chaud, mais pas fiévreux.

— Vos mains sont douces, ronronna-t-il.

— De quoi avez-vous parlé, pendant toutes ces heures passées à boire ?

— Nous avons récité à peu près tous les poèmes que nous connaissions. Les sagas de Maduri sont joliment rythmées. À la fin, j'ai même débité quelques vers en latin.

Du latin ? Le capitaine avait donc reçu une excellente éducation.

— Quoi qu'il en soit, je suis contente que vous ayez réussi. Je m'inquiétais un peu, car je ne vous imaginais pas gros buveur.

— Kasan non plus. Il pense que je suis très puritain. Mais quand on devient marin, on apprend toujours à boire. Ça fait partie de la formation.

Il se passa une main dans les cheveux, les ébouriffant un peu plus, avant de reprendre :

— Kasan est un type intéressant, mais je ne pense pas que je pourrais tenir dix ans avec lui.

Elle le dévisagea.

— Pourquoi dix ans ? C'est le temps qu'il voudrait vous voir travailler pour son compte ?

Gavin détourna le regard, comme s'il avait décidé d'ignorer sa question.

— Vous ne m'avez toujours pas dit si c'était difficile d'être belle… Les hommes vous rendent-ils la vie pénible ?

Elle pensa à Budhy.

— Certains hommes sont capables de rendre la vie dure à toutes les femmes, qu'elles soient belles ou non. De toute façon, je suis si maigre, en ce moment, que je ne suis plus vraiment séduisante.

— Non, protesta Gavin en tendant le bras pour étreindre sa main. Vous êtes une des plus jolies femmes que j'aie jamais rencontrées.

Il la fixait avec une telle intensité qu'Alex fut soudain contente que des barreaux les séparent. Certes, elle ne pouvait le blâmer d'avoir trop bu, puisqu'il l'avait fait pour elle. Mais elle ignorait comment elle aurait réagi devant des avances un peu trop crues. Elle voulait que Gavin reste un gentleman. Quelqu'un qui saurait toujours se tenir à distance. Un ami, en somme.

Avant qu'elle ait pu décider si elle devait ou non retirer sa main, Gavin avait fermé les yeux. La jeune femme se détendit. Malgré l'alcool, il gardait une réserve fidèle à son attitude depuis le début. Et même s'il lui tenait toujours la main, cette caresse n'avait rien de dérangeant. Au contraire, on aurait dit qu'il se raccrochait à cette main comme si elle était sa seule bouée au milieu d'une mer démontée.

Quand la chandelle commença à donner des signes de faiblesse, elle retira doucement sa main. Mais au lieu d'aller dormir derrière le paravent, elle installa son oreiller et ses couvertures tout près de lui.

La chandelle finit par s'éteindre tout à fait. Dans l'obscurité, Alex tendit le bras pour saisir la main de Gavin. Mais cette fois, elle n'aurait su dire qui se raccrochait à qui.

9

Gavin se réveilla avec une migraine épouvantable. Sa tête résonnait comme si tous les tambours de Maduri y avaient élu domicile.

Quoiqu'il n'eût pas encore ouvert les yeux, il sentait que le jour s'était levé. Et une main était entrelacée à la sienne. Il entrouvrit prudemment les paupières et tourna la tête une fraction de seconde vers la droite. Alex dormait presque contre lui, de l'autre côté des barreaux. Les premiers rayons du soleil jetaient sur sa chevelure des reflets d'ambre et de feu. Qu'avait-elle dit, hier soir ? Qu'elle se trouvait trop maigre pour être séduisante. Peut-être le pensait-elle sincèrement, mais il la trouvait décidément ravissante.

In vino veritas. L'abus de vin de palme avait eu raison des barrières que Gavin avait tenté d'ériger entre lui et la jeune femme. Il était inutile, désormais, de nier l'évidence : il la désirait passionnément. Mais elle lui inspirait aussi un mélange de tendresse et de respect. En fait, aucune femme ne l'avait autant troublé, depuis Héléna. Même si elles n'avaient rien en commun.

Après tout, cette attirance qu'il éprouvait pour Alex n'était pas forcément une mauvaise chose. Elle craignait que ses quelques mois d'esclavage ne portent ombrage à sa réputation, quand elle serait de retour à Londres. Mais si elle pouvait se prévaloir d'un mari respectable, le scandale n'aurait plus lieu d'être.

Gavin, du reste, avait des idées de mariage en tête. Il ne voulait pas seulement monter une filiale prospère en Angleterre. Il souhaitait également se trouver une épouse bien née, qui lui ouvrirait les portes de cette bonne société qu'il méprisait pourtant. Cependant, il n'aurait pu se résoudre à un mariage de pure convenance. Or il tenait à Alex. Avec le temps, cet attachement pourrait évoluer, pourquoi pas, vers un amour véritable.

Toutefois, penser au mariage était encore prématuré. Dans l'immédiat, il leur faudrait déjà quitter Maduri sains et saufs. Et ensemble. S'il perdait au jeu du Lion, il devrait faire ses adieux à la jeune femme et la regarder s'embarquer seule pour l'Angleterre. Mais, même s'il gagnait les deux dernières épreuves, Alex n'aurait pas seulement besoin d'être libérée physiquement de ses chaînes, pour effacer le drame qu'elle avait vécu et se tourner vers l'avenir. Elle aurait besoin de temps pour oublier. Peut-être jugerait-elle impossible de se lier à Gavin, car il lui rappellerait les pires moments de son existence ?

Il y avait aussi le risque qu'elle reste trop meurtrie pour envisager de se remarier. Si elle ne retrouvait pas sa fille, elle en garderait une douleur que rien ne pourrait apaiser. Et Gavin n'était lui-même pas suffisamment serein pour épouser une femme écorchée par la vie. Il avait besoin d'une compagne qui illumine son existence. Une femme comme Héléna. Sa gorge se serra au souvenir de sa première épouse.

S'obligeant à penser à autre chose, il s'étira longuement, mais sa tête le faisait toujours souffrir. La journée s'annonçait pénible.

Alex ouvrit les yeux.

— Comment vous sentez-vous ? Songez-vous à la mort comme à un soulagement ?

— Je n'en suis pas tout à fait là, mais ce n'est pas loin, avoua-t-il. (Il inspira profondément.) J'espère que je n'ai pas dit de choses trop déplacées, hier soir ?

La jeune femme s'assit en tailleur et étouffa un bâillement.

— Vous vous êtes admirablement conduit, pour un ivrogne. Mais serez-vous d'attaque pour une nouvelle épreuve ?

— Heureusement, ce ne sera pas nécessaire. Kasan m'a expliqué qu'il était de coutume d'accorder un jour de repos, après l'épreuve de beuverie.

Alex éclata de rire.

— Les Maduriis sont des gens décidément bien civilisés !

Il soupira.

— Pourquoi est-ce que je n'ai pas encore tiré le symbole de l'épreuve de natation ? J'adore nager.

— Peut-être tombera-t-il demain. Puisque vous y avez échappé quatre fois, statistiquement, vous avez de plus en plus de chances de le tirer.

Il ne se sentait pas en état de se livrer à des calculs statistiques. Sa seule consolation était de savoir que Kasan devait endurer la même atroce migraine que lui.

Suryo arriva sur ces entrefaites, avec un plateau chargé de nourriture. Comme Gavin lui faisait signe qu'il n'avait pas faim, son domestique insista :

— Je vous ai concocté un breuvage qui va vous remettre sur pied. Mais d'abord, je donne son petit-déjeuner à Mme Warren.

Gavin acquiesça et gagna sa chambre. Dès qu'il eut fermé la porte, Alex dit à Suryo :

— Hier soir, le capitaine Elliott a parlé de passer dix ans ici. Envisage-t-il finalement d'accepter l'offre du sultan ?

Suryo lui tendit une tasse de thé à travers les barreaux.

— Non. Il parlait des dix ans qu'il devra passer à Maduri, s'il perd au jeu du Lion.

Elle sursauta.

— *Dix ans ?*

— Il ne vous a donc rien dit ? reprit Suryo, songeur. J'estime pourtant qu'il est préférable que vous soyez au courant. Comme le sultan refusait de vous vendre, le capitaine a proposé ce défi pour monnayer votre liberté. S'il triomphe au jeu du Lion, vous repartirez ensemble pour l'Angleterre. S'il perd, vous serez tout de même libérée, mais il sera obligé de servir le sultan pendant dix ans.

Elle secoua la tête, médusée. Pas une fois Gavin n'avait fait allusion au prix qu'il devrait payer s'il perdait. Du coup, elle en avait déduit que seule sa libération était l'enjeu du défi. Alors qu'il avait hypothéqué dix ans de son avenir pour elle... En cas d'échec, c'est lui qui se retrouverait prisonnier. Certes, la cage serait dorée. Et nulle chaîne n'entraverait ses mouvements. Mais il ne serait plus libre de sa personne.

Dix ans ! Alex n'avait encore jamais vu de geste aussi généreux et stupide à la fois. Elle aurait voulu lui demander pourquoi il avait gardé le secret sur ce marchandage, mais d'une certaine manière c'était inutile : elle devinait la réponse. Il n'avait pas souhaité alourdir encore sa situation, en lui révélant ce que coûterait sa liberté.

Il avait eu raison, au fond, car cette découverte anéantissait la jeune femme. Elle n'avait plus qu'une chose à faire : prier très fort afin qu'il réussisse.

Arriva la quatrième épreuve. Gavin, qui avait passé la journée précédente à dormir, avait entièrement récupéré de sa beuverie. Il lança résolument le dé.

— Combat à mains nues, annonça Sheng Yu.

— Merveilleux ! s'exclama Kasan. J'espérais avoir la chance de confronter notre technique de défense au style européen.

Gavin était beaucoup moins réjoui. Lui, au contraire, redoutait depuis le début d'avoir à se battre contre le sultan. D'autant qu'un combat à mains nues pouvait se révéler aussi dangereux qu'un défi à l'arme blanche. S'il n'avait pas déjà gaspillé son joker, il l'aurait utilisé pour cette épreuve.

Kasan s'attendait à une victoire facile, car l'art de la lutte était très différent, en Orient, de ce qui se pratiquait en Occident. Heureusement, Gavin avait eu l'occasion d'acquérir les bases du *pentjak silat*, cette forme indienne de combat à mains nues qui pouvait aller jusqu'à la mort de l'un des adversaires.

— Quelles seront les règles, Votre Altesse ? demanda-t-il, résigné.

— Nous ne devrons pas sortir des limites du cercle qui sera dessiné dans l'arène. Tous les coups seront permis, sauf de mordre l'adversaire. Un combattant sera dit à terre lorsque ses deux épaules toucheront le sol.

Celui qui aura réussi à mettre deux fois à terre son adversaire sera déclaré vainqueur. Avez-vous besoin de vous préparer, capitaine ?

Gavin secoua la tête. Les vêtements amples qu'il portait lui assureraient toute liberté de mouvements. Il se contenta de rejoindre Suryo, qui l'aida à se débarrasser de ses bottes.

— Que sais-tu des techniques de combat des Maduriis ? lui chuchota-t-il.

— Elles sont d'inspiration javanaise. Les pieds servent autant que les mains. Je ne pense pas qu'il se doute que vous connaissez le *silat*. L'effet de surprise devrait vous permettre de le mettre une première fois à terre assez facilement.

— Mais pas plus d'une fois, j'en ai peur. Il est trop intelligent pour ne pas reprendre vite la main, répliqua Gavin qui regardait vers l'arène, où des esclaves s'occupaient de tracer un cercle avec de la poudre de craie. Si je me bats avec énergie, l'un de nous peut y passer ou en sortir gravement blessé. Et si je reste en retrait...

Il préféra ne pas poursuivre.

— Je vous ai appris les principaux mouvements susceptibles de déséquilibrer un adversaire, fit valoir Suryo. N'hésitez pas à les employer. Et n'oubliez pas le principal : il est toujours préférable d'éviter de se battre, mais si on doit le faire, ne jamais le faire à moitié et aller au combat avec plaisir.

Gavin ne s'attendait pas vraiment à une partie de plaisir, cependant il s'obligea à gratifier Alex d'un sourire rassurant.

— Je suis sûre que vous allez très bien vous en sortir, Gavin, dit-elle avec conviction, malgré l'appréhension qui se lisait dans ses yeux.

La jeune femme aurait été encore plus inquiète si elle avait su, par avance, quel genre de combat allait se dérouler dans l'arène. Le *pentjak silat* n'avait rien à voir avec la boxe très codifiée que pratiquaient les gentlemen anglais. C'était plutôt une sorte de combat de rue, très vif, sans temps mort, où tous les coups étaient permis.

Gavin descendit dans l'arène et pénétra à l'intérieur du cercle. Il contempla le ciel et emplit ses poumons d'air, tout en se préparant mentalement à l'affrontement. Il n'y avait sans doute pas beaucoup d'Occidentaux qui connaissaient, comme lui, les secrets du *silat*. Après la mort d'Héléna, il avait tellement eu besoin de se changer les idées qu'il avait accepté la proposition de Suryo de lui enseigner cette technique de combat. L'entraînement avait obligé Gavin à beaucoup de discipline, et aussi à supporter la douleur physique. Il en avait tiré une sorte de sérénité qui l'avait aidé à surmonter sa peine.

Durant son séjour à Macao, il s'était ensuite initié, avec d'autres professeurs, à toutes les subtilités des différents arts martiaux. Et il n'avait cessé de se perfectionner. Il avait appris à se défendre contre sept assaillants en même temps. Ce qui s'était révélé plus d'une fois utile...

Dès que les tambours résonnèrent en cadence, Gavin se tourna vers Kasan, qui se tenait à l'autre extrémité du cercle. Les deux hommes avaient pratiquement la même stature. Gavin était un peu plus grand, mais le sultan avait des épaules plus larges. Ces différences, du reste, n'avaient pas grande importance, car la virtuosité au *pentjak silat* n'avait aucun rapport avec la taille du combattant. Suryo était bien plus mince que Gavin, et cependant il aurait pu facilement expédier son ancien élève à terre.

Il prit une profonde inspiration et se concentra sur son adversaire. Il ne pouvait pas se permettre de perdre ce match.

— Que le combat commence! décréta Sheng Yu.

Kasan joignit ses deux mains contre son torse, ainsi que le voulait le salut rituel ouvrant chaque combat. Gavin l'imita maladroitement, comme s'il découvrait seulement ce geste.

Le sultan fit un pas en avant, les mains grandes ouvertes, avec l'air d'un combattant aguerri. Il avait probablement appris le *pentjak* dès sa plus tendre enfance.

Cette fois, au lieu d'imiter sa posture, Gavin se positionna comme un boxeur anglais, les poings serrés devant son visage. Les adeptes du *pentjak* préféraient généralement laisser à l'adversaire le soin d'attaquer en premier, pour se découvrir. Sachant cela, et quoique le risque fût grand d'offrir une belle opportunité à Kasan, Gavin décida d'attaquer le premier en faisant mine de porter un coup de poing, espérant que le sultan réagirait avec une trop grande confiance en lui.

Kasan évita le coup d'un écart presque méprisant, avant de saisir Gavin avec une telle force qu'il aurait pu le jeter au sol. Les deux hommes restèrent collés l'un à l'autre, l'espace d'un court instant.

— Cette fois, vous aurez du mal à vous en tirer, capitaine, murmura Kasan. Vous auriez dû garder votre joker pour cette épreuve, car je suis un maître en matière de *pentjak silat*.

— Ne sous-estimez pas la technique des Occidentaux, répliqua Gavin, qui avait déjà anticipé le geste suivant du sultan et le déjoua en lui saisissant l'arrière du genou, lui faisant perdre l'équilibre en même temps qu'il lui donnait un coup d'épaule dans les côtes.

Avant que Kasan ait pu comprendre ce qui lui arrivait, il était dos à terre.

— Première chute gagnée par le capitaine Elliott! cria Sheng Yu, au milieu des exclamations de surprise.

Kasan se redressa aussitôt. Ses prunelles brillaient de rage.

— Vous aviez raison. J'ai sous-estimé votre habileté. Mais vous ne m'y reprendrez pas.

— Je vous attends, Votre Altesse, rétorqua Gavin, qui savait que les choses sérieuses – et dangereuses – allaient commencer.

Il ne souhaitait pas blesser Kasan, mais dans le feu de l'action, tout pouvait arriver. Et dans ce cas, les Maduriis l'exécuteraient sur-le-champ, même si la mort de leur souverain était accidentelle.

Kasan s'élança dans l'intention de serrer Gavin à la gorge. Celui-ci esquiva, pas assez vite toutefois pour éviter un violent coup de poing dans la mâchoire. Mais, ignorant la douleur, il contre-attaqua immédiatement et empoigna à son tour son adversaire.

Les deux combattants s'observèrent à nouveau, dans un bref instant d'immobilité. À quelqu'un qui n'aurait pas été familier du *pentjak*, ils auraient pu évoquer deux danseurs esquissant des mouvements gracieux. Alors qu'il s'agissait d'une lutte sans merci, où aucun faux pas n'était permis.

— J'ai retrouvé la trace de la fille de l'Anglaise, murmura Kasan. Elle a été vendue au harem du rajah de Sukau, sur l'île de Java.

Le sultan aurait voulu distraire Gavin qu'il ne s'y serait pas pris autrement.

— Que savez-vous de ce rajah ? demanda ce dernier, en évitant d'extrême justesse un méchant coup de genou dans l'entrejambe.

— Il a une réputation d'homme civilisé. Je pense que la fillette a été bien traitée.

Gavin pria le Ciel pour qu'il dise vrai. Puis il coula discrètement un regard sur sa gauche, afin de faire croire qu'il allait attaquer de ce côté. Mais le sultan déjoua facilement la ruse et contre-attaqua en bloquant son bras gauche par une clé d'une extrême violence. Gavin se retint à grand-peine de crier de douleur. Il n'avait plus les moyens de se débattre, et Kasan n'eut aucune peine à le faire plier, puis à l'étendre au sol.

— Seconde manche pour le sultan ! cria Sheng Yu.

Kasan s'était déjà relevé.

— Vous ai-je brisé le coude, capitaine ? s'enquit-il froidement.

Gavin se releva péniblement, avant de plier son bras. La douleur se réveilla de plus belle, mais au moins l'articulation était toujours en place.

— Non, c'est bon.

Le sultan le gratifia d'un sourire charmeur.

— Tant mieux. Je n'aurais pas aimé vous avoir en convalescence, avant que vous ne commenciez à travailler pour moi. Êtes-vous prêt pour l'assaut final ?

Gavin hocha la tête, mais il commençait sérieusement à regretter de ne pas avoir tenté de marcher pieds nus sur les charbons ardents !

Le combat reprit. Gavin cherchait à triompher de Kasan sans le blesser. Son adversaire, moins scrupuleux, l'attrapa par la tête et le tira par-dessus son épaule. Si Gavin avait résisté, il aurait pu se rompre le cou.

Mais il encouragea au contraire le mouvement, si bien que le sultan fut déséquilibré par son poids. Il en profita alors pour renverser la situation avec une telle rapidité que Kasan se retrouva jeté à terre. Celui-ci proféra un juron en malais, mais le combat était bel et bien terminé.

Les tambours lancèrent un tonnerre assourdissant, auquel faisaient écho les cris des spectateurs.

— Le capitaine Elliott est déclaré vainqueur ! hurla Sheng Yu, tandis que sur la tribune Alex sautait de joie et de soulagement.

Gavin, en fin diplomate, s'inclina respectueusement devant le sultan.

— Vous savez vous battre comme un véritable chef, Votre Altesse.

— J'ignorais que les Occidentaux savaient aussi se battre, répliqua Kasan qui se relevait déjà, sans pouvoir cacher sa colère et sa frustration. Priez le Ciel que l'épreuve de demain soit facile, car vous ne bénéficierez d'aucune indulgence.

Gavin s'en doutait. Il s'inclina de nouveau, puis reprit le chemin de la tribune.

— Où donc avez-vous appris à vous battre ainsi ? lui demanda Alex.

Il désigna son serviteur et ami, qui examinait son coude.

— Remerciez Suryo de ses bonnes leçons.

— Le bras n'est pas cassé, capitaine, déclara celui-ci, mais l'articulation enfle déjà. Je vais la bander, décida-t-il, sortant de sa poche une bande de tissu qu'il avait apportée au cas où.

— Le sultan a retrouvé la trace de Katie, annonça Gavin alors que Suryo s'affairait. Elle a été vendue au rajah de Sukau, mais elle serait bien traitée.

Le visage d'Alex s'illumina.

— Dieu merci ! dit-elle avec ferveur. Et merci à vous, Gavin, ajouta-t-elle en déposant un furtif baiser sur sa joue, avant de reculer brusquement, rougissant de son audace.

Des gardes venaient la chercher pour la reconduire dans sa cage. Dès qu'elle se fut éloignée, Gavin se caressa la joue. Les lèvres d'Alex avaient laissé une empreinte de feu sur sa peau. À sa façon, elle était aussi dangereuse que Kasan. Le sultan menaçait sa liberté et sa vie. Mais la jeune femme menaçait son âme.

10

Cette nuit-là, Alex eut du mal à trouver le sommeil. Incapable de tenir en place, elle allait et venait entre les barreaux de sa cage, dont le clair de lune projetait l'ombre sur les murs de la pièce. Quoiqu'elle s'efforçât de ne pas faire de bruit, ses chaînes tintaient à chacun de ses mouvements, si bien que Gavin finit par sortir de sa chambre. Les cheveux ébouriffés et vêtu simplement d'une ample tunique, il avait l'air d'un fantôme.

— Vous ne pouvez pas dormir non plus ? demanda-t-il.

— Non.

Elle inspira à pleins poumons, pour supprimer le tremblement de sa voix, avant de reprendre :

— Je suis désolée de vous être un tel fardeau. Ça me mine.

— Vous ne m'êtes pas un fardeau, Alex. Et je vous trouve admirable. Je serais prêt à parier que si nos rôles étaient inversés, si j'étais le prisonnier, vous vous battriez comme un beau diable pour me sauver.

Le compliment était si démesuré qu'elle laissa libre cours à sa frustration.

— Je suis au courant des termes de votre marchandage avec Kasan. Bon sang, Gavin ! Comment avez-vous pu mettre dans la balance dix années de votre existence pour une femme que vous connaissez à peine ? Au Moyen Âge, les gens comme vous s'appelaient des saints.

— Je n'ai rien d'un saint, Alex, répliqua-t-il, désarçonné. Simplement, je n'aurais pas pu continuer à me regarder dans une glace, si j'avais abandonné une compatriote réduite en esclavage.

— Pour moi, c'est de la sainteté. Ou, au moins, un sens de l'honneur et du courage très au-dessus de la moyenne. Mais vous auriez sans doute préféré ne jamais être passé par le marché aux esclaves, n'est-ce pas ?

Gavin hésita.

— Cela aurait été beaucoup plus simple si je ne vous avais pas vue, admit-il. Mais ce n'est pas parce que les choses sont plus simples qu'elles sont forcément meilleures. Ce qui a de la valeur ne s'obtient jamais sans efforts.

— Perdre dix ans de votre vie n'est quand même pas une perspective réjouissante.

— Même si je devais travailler pour le sultan, ma situation serait bien supérieure à la vôtre. Kasan me donnerait beaucoup d'argent et m'accorderait une relative liberté. (Il haussa les épaules.) Qui sait, ce serait peut-être mieux que de vouloir à tout prix retourner en Angleterre, où je risque de me cogner la tête contre les murs.

— Pourquoi dites-vous cela ?

Il se passa une main dans les cheveux.

— Disons que mes sentiments vis-à-vis de l'Angleterre sont ambigus. Je l'aime autant que je la déteste. J'attends depuis longtemps d'y retourner, tout en sachant que c'est probablement stupide de ma part.

— Si les choses se passent mal, rien ne vous empêchera de repartir ensuite pour l'Amérique. D'après ce que j'ai cru comprendre, vous avez beaucoup de tendresse pour votre pays d'adoption.

Il sourit.

— Vous avez raison. D'ailleurs, quand j'en aurai fini avec mes fantômes anglais, je rentrerai à Boston.

Songeant à tous les prodiges qu'il avait accomplis ces derniers jours, la jeune femme voulut le rassurer :

— Vous vous en sortirez très bien avec ces fantômes. Je ne m'inquiète pas pour vous.

— Sauf que je ne suis pas habitué à combattre des fantômes. Escalader une muraille, je sais faire. Esquiver des pirates ou un cyclone, également. Mais là, c'est différent.

Il avait dit cela d'un ton vaguement léger, qui indiquait qu'il n'irait pas plus loin dans la confession. Cependant, il en avait dit suffisamment pour créer une nouvelle intimité entre eux. Et Alex songea qu'elle regrettait presque de voir la fin de cette étrange parenthèse dans le temps. Si tout se passait bien, d'ici deux jours ils seraient l'un et l'autre à bord de l'*Héléna*, mais entourés de tout un équipage. Ils reprendraient chacun leur rôle : Gavin celui du capitaine, Alex celui d'une respectable lady – même si, au fond d'elle-même, elle se sentait désormais une autre femme. Qu'ils le veuillent ou non, une distance finirait par s'installer entre eux.

Or ce soir, il n'y avait plus aucune distance. Ils étaient devenus des « camarades », embarqués tous deux dans la même étrange aventure, et Alex savait qu'elle ne pourrait jamais oublier Gavin, quoi qu'il survienne ensuite.

— J'espère que votre dernière épreuve sera la natation, dit-elle pour s'obliger à revenir sur terre.

Il rit.

— Moi aussi.

Le lendemain matin, Gavin constata que son bras gauche demeurait enflé au coude, mais pour le reste il se sentait en pleine forme, fin prêt à s'acquitter de l'ultime épreuve. Alex se tenait à sa droite, sur la tribune, très tendue, mais ravissante dans un nouveau sarong de soie chatoyante. Kasan arborait un petit air sardonique, mais il semblait avoir digéré sa colère de la veille.

— Je crois que je regretterai l'excitation de ce défi, quand il sera terminé, dit-il au moment où Gavin prenait le dé pour son dernier lancer. Sheng Yu sera bien content, en revanche, de me voir retourner aux affaires du royaume.

— Pour ma part, j'ai eu ma dose d'excitation, merci, répliqua Gavin.

Il secoua le dé dans sa main en récitant une prière silencieuse, avant de le lâcher. Le dé roula pendant quelques interminables secondes, puis s'immobilisa.

Sheng Yu se pencha sur le symbole désigné par le sort.

— Honorer la Déesse, dit-il.

Le sultan manifesta sa déception.

— Vous avez beaucoup de chance, capitaine. Les dieux vous ont accordé l'une des épreuves les plus plaisantes.

Gavin fronça les sourcils.

— Que veut dire l'expression « honorer la Déesse » ?

— Vous coucherez publiquement avec votre esclave.

Gavin, d'abord, n'en crut pas ses oreilles. Il avait sûrement mal entendu. Mais Alex le contemplait avec effroi. Ainsi donc, c'était bien vrai. Il allait devoir abuser de...

— Vous ne parlez pas sérieusement, murmura-t-il, l'estomac noué. C'est une épreuve obscène. Immorale.

— Votre réaction ne m'étonne pas, s'amusa Kasan. Vous êtes décidément un vrai puritain. Mais les règles du jeu du Lion sont bien plus anciennes que vos principes chrétiens. Un chef ne doit pas seulement savoir gouverner son peuple. Il doit aussi prouver sa fertilité, être capable d'assurer sa descendance. Voilà pourquoi cette épreuve fait partie du jeu. Soit vous couchez publiquement avec votre esclave, soit vous déclarez forfait.

Et, avec un sourire malicieux, il ajouta :

— Après tous les efforts que vous avez déployés pour libérer cette femme, je pensais que vous auriez accueilli cette perspective avec enthousiasme.

Enfer et damnation. Gavin n'était pas pour rien le petit-fils d'un vicaire écossais et le fils d'une femme considérée comme un modèle de vertu.

— S'il s'agit de prouver ma virilité, faites venir l'une des prostituées du port, répondit-il.

Il préférait encore risquer d'attraper une maladie vénérienne plutôt que d'infliger pareille honte à Alex.

— Ce sera Mme Warren ou personne, rétorqua le sultan, implacable.

Gavin en appela au prêtre bouddhiste.

— Tuan Daksa, quel est votre jugement ? Accomplir cette épreuve constituerait un péché selon les coutumes de mon pays.

Le prêtre considéra un moment la question, avant de secouer la tête.

— Cette partie de jeu du Lion n'a qu'un but : obtenir la libération de l'Anglaise. Vous vous êtes exposé à de grands dangers pour elle. C'est donc bien elle votre déesse. Il n'y a pas d'autre choix possible.

Gavin comprenait le raisonnement du moine, mais il ne pouvait s'y ranger.

— Dans ce cas, je préfère déclarer forfait.

— Non, Gavin ! s'écria soudain Alex.

Il se tourna vers la jeune femme, qui soutint son regard sans ciller.

— Si c'est l'unique façon de gagner ce maudit jeu, alors faites-le.

Gavin pouvait encore entendre, dans sa tête, tous les sermons qu'on lui avait autrefois débités sur la morale d'un gentleman. Il secoua la tête.

— Je... je ne peux pas.

— Gavin, vous ne pourriez rien me faire de pire que ce que j'ai déjà subi.

Ces quelques mots confirmèrent ce qu'il redoutait depuis le début, même s'il préférait ne pas y penser. Alex avait été violée et battue par ses propriétaires successifs. Elle avait survécu à l'innommable. Aujourd'hui elle acceptait, de son plein gré, d'être de nouveau abusée dans sa chair, mais c'était cette fois pour monnayer sa liberté.

Cependant, Gavin hésitait avant de lui faire subir ce sacrifice dégradant. S'il était vraiment le saint qu'elle décrivait, il devait refuser. Toutefois, ce n'était pas aussi simple que cela. S'il était honnête avec lui-même, il devait s'avouer que son propre sort pesait également dans la balance. La perspective de passer dix longues années au service du sultan l'oppressait. Il avait autant besoin de liberté qu'un aigle avait besoin de voler dans le ciel. Se retrouver l'employé de Kasan équivaudrait à vivre derrière des barreaux à peine moins contraignants que ceux d'Alex.

— Bon, très bien, lâcha-t-il finalement, la gorge sèche. Je... je vais le faire. Mais pas en public.

— Cela fait partie du jeu, lui opposa Kasan, de plus en plus amusé.

Gavin devrait déshonorer Alex devant des dizaines de regards concupiscents ? Non !

— Le capitaine et l'Anglaise n'appartiennent pas à notre peuple, fit valoir Tuan Daksa. Les témoins sont obligatoires, bien sûr, mais l'épreuve n'a pas besoin d'avoir lieu au milieu de l'arène.

Kasan haussa les épaules.

— Si c'est votre jugement, Tuan Daksa, qu'il en soit ainsi. Combien de témoins suggérez-vous ?

— Deux. Vous, parce que vous êtes le sultan et que vous participez au jeu. Et moi, parce que j'en suis l'arbitre.

Deux témoins. C'était certes préférable à toute une foule, mais c'était encore trop pour un acte qui réclamait l'intimité. La perspective d'abuser d'Alex, après tout ce qu'elle avait enduré ces six derniers mois, révulsait littéralement Gavin. Après cela, il n'oserait plus jamais la regarder dans les yeux.

— Dix ans de liberté valent bien quelques minutes de honte, lui murmura-t-elle.

Elle avait raison. Mais son rôle serait passif. Alors qu'il serait obligé d'agir contre ses principes. Aussi n'était-il pas certain d'en être capable. Cependant, il essaya d'imiter le pragmatisme de la jeune femme.

— Où l'épreuve aura-t-elle lieu ? demanda-t-il.

— Dans une des chambres du palais, répondit Kasan. Venez.

Le regard de Gavin tomba sur les chaînes qui entravaient Alex.

— Débarrassez-la de ces maudites chaînes.

— Pour l'instant, elle est toujours esclave, objecta Kasan.

Gavin se tourna vers le moine, espérant un soutien, mais ce dernier ne le satisfit qu'à moitié.

— On peut lui retirer les chaînes des chevilles, dit-il. Mais les menottes doivent rester.

Le garde qui conservait les clés des cadenas s'agenouilla aussitôt devant la jeune femme pour libérer ses chevilles. Puis la petite troupe partit vers le palais.

En chemin, Gavin tenta de réfléchir à une issue, mais il n'en vit aucune. Alex avait parfaitement résumé leur dilemme. Soit ils supportaient quelques minutes pénibles d'impudeur et de mortification, soit il serait obligé de servir pendant dix ans un tyran capricieux, tandis que la jeune femme aurait le remords de son sacrifice. Ils devaient donc affronter ensemble cette ultime humiliation afin de décrocher leur liberté.

La chambre désignée par le sultan était spacieuse, mais totalement neutre dans sa décoration. Gavin était soulagé que cela ne se passe pas dans l'appartement qu'il partageait avec Alex.

— Savourez votre dernière épreuve, dit Kasan. Mais faites en sorte qu'on puisse voir que vous la pénétrez bel et bien, sinon je serai obligé de vous rejoindre dans le lit pour m'en assurer.

Le monstre! Gavin brûlait d'envie de le tuer et de s'enfuir du palais avec Alex. Mais on ne les laisserait jamais atteindre le port.

Kasan s'installa tout près du lit, pour voir du mieux possible. Plus discret, Tuan Daksa préféra se tenir à l'autre extrémité de la pièce. L'atmosphère était aussi glaciale que dans un tribunal, et Gavin aurait préféré se trouver n'importe où ailleurs que dans cette chambre.

S'efforçant de ne penser qu'au but qu'il poursuivait, il s'approcha d'Alex et posa une main sur son épaule. Elle tressaillit malgré elle.

— Pardonnez-moi, Alex, murmura-t-il. Tout ceci est si… détestable.

La jeune femme s'arma de courage pour se tourner vers lui.

— Ce sera bientôt fini. Fermez les yeux, et imaginez que je suis une fille de joie que vous avez dénichée dans le port.

Sachant que la franchise était essentielle en cet instant, il s'empressa de la détromper.

— Il n'y a jamais eu de fille de joie. Héléna a été la seule femme de ma vie.

Elle écarquilla les yeux de surprise.

— Même pas avant de l'épouser?

— Non, jamais, confirma-t-il avec un drôle de sourire. Je sais que ça peut paraître bizarre de la part d'un marin. Mais j'ai reçu une éducation très stricte, et on m'a appris que les relations charnelles ne devaient avoir lieu qu'entre mari et femme. Et puis, toutes ces années passées en mer m'ont préservé de la tentation.

Certes, Gavin avait contemplé beaucoup de femmes, mais son admiration avait toujours été chaste. Sauf avec celle qui était devenue son épouse.

Alex sourit à son tour.

— Héléna a eu beaucoup de chance...

Gavin savait qu'il devait commencer. Il attira la jeune femme dans ses bras, mais elle restait raide comme une planche. L'épreuve était aussi pénible pour elle que pour lui. Peut-être même plus.

Il lui caressa tendrement le dos, jusqu'à ce qu'elle se détende un peu. Que faire ensuite ?

— Vous avez des cheveux magnifiques, chuchota-t-il.

Et il enleva le peigne qui retenait son chignon, libérant du même coup ses mèches qui s'épanouirent sur l'oreiller comme un nénuphar dans un étang.

Alex était une femme terriblement séduisante, et il la désirait depuis le début. Cependant son corps, pour l'instant, demeurait de marbre. Au fond de lui, il avait le désagréable sentiment de trahir Héléna.

Une fois de plus, il choisit l'honnêteté.

— Je... je dois vous avouer que je ne me sens pas du tout amoureux.

Elle le regarda avec compassion.

— Nous avons l'un et l'autre été mariés. Faisons comme si nous l'étions toujours.

Gavin ferma les yeux, pour tenter de remplacer Alex par les souvenirs d'Héléna, quand ils faisaient l'amour dans la cabine de leur bateau. Dès que l'image fut assez vivace dans son esprit, il prit le visage de la jeune femme dans ses mains et répandit une traînée de baisers sur son front, ses joues, ses tempes. Héléna adorait cela. Et Alex faisait de son mieux pour le supporter.

Ses cheveux et son corps embaumaient. Pourtant, Gavin n'éprouvait toujours aucun désir. Son sentiment de culpabilité balayait tout.

Alors qu'il cherchait désespérément comment poursuivre, elle le surprit en aventurant une main sur son torse, puis plus bas, là où il pensait que sa chair resterait définitivement flasque. Mais une étincelle de désir lui enflamma soudain les reins. Dieu du ciel... Cela faisait si longtemps qu'il n'avait pas fait l'amour...

— Ne traînez pas en préliminaires, intervint Kasan d'une voix acerbe.

Cet ordre ramena Gavin sur terre. Grâce à l'initiative d'Alex, il savait maintenant qu'il pourrait s'acquitter de l'épreuve.

— Est-ce que je peux faire quelque chose pour vous rendre la situation plus facile ? murmura-t-il à sa compagne.

Elle enfouit le visage dans le creux de son épaule.

— Oui. Essayez... que ça aille vite.

Gavin lui prit alors la main pour l'entraîner vers le lit. Elle s'allongea sur le dos, frissonnante. Il s'installa à son côté, dressé sur un coude, afin de la cacher le plus possible à la vue du sultan.

— Détendez-vous, Alexandra. Fermez les yeux et faites comme si vous dormiez à moitié. Ne pensez plus à ma présence.

Elle ferma les yeux, mais sa respiration était haletante.

— Mon imagination ne peut pas aller jusque-là, protesta-t-elle.

Il aventura une main vers sa poitrine, aussi prudemment que si elle était une jument rétive. Le galbe de ses seins épousait parfaitement sa paume, et la peau en était merveilleusement douce au toucher. Tandis qu'il prolongeait sa caresse, il se pencha pour l'embrasser, mais elle tourna brusquement la tête, et les lèvres de Gavin ne rencontrèrent que sa joue.

Puisqu'elle lui refusait un baiser, il se contenta de laisser courir ses lèvres jusque dans son cou. Mais il se garda d'embrasser sa gorge, devinant que cela aussi serait trop.

— Ça va ? chuchota-t-il à son oreille.

Elle hocha si furtivement la tête qu'il en eut le cœur brisé. Il admirait la vaillance avec laquelle elle acceptait cette violation de son corps et de son âme.

Puis, se rappelant qu'elle souhaitait en finir au plus vite, il aventura plus bas ses caresses, à travers la fine étoffe de son sarong. Pour un homme resté chaste si longtemps, Alex incarnait la féminité absolue.

La jeune femme frissonna lorsqu'il toucha le haut de ses cuisses. Était-ce de dégoût, ou répondait-elle à son désir? Gavin décida que puisque de toute façon ils devaient aller jusqu'au bout, mieux valait que sa partenaire, à défaut de prendre du plaisir, au moins ne souffre pas. Pour cela, il fallait absolument qu'elle se détende. Il tâcha de s'y employer, d'abord par des paroles.

— Dans quelques minutes, tout sera terminé, Alex, murmura-t-il. Et demain, nous serons libres. Nous commencerons par faire voile sur Java, pour retrouver votre fille. Ensuite, nous prendrons la route de l'Angleterre, où vous attend votre famille. Si les vents sont favorables, nous serons à Londres dans quatre mois. D'ici là, Maduri ne sera plus qu'un mauvais souvenir.

Cette description de leur avenir avait déjà un peu détendu la jeune femme. Encouragé, Gavin continua à lui parler de son bateau, de la joie qu'aurait son équipage d'avoir une fillette à bord, et de la traversée paisible qui les ramènerait tous en Angleterre. Il abreuvait littéralement Alex de paroles optimistes et positives, tout en la caressant de manière de plus en plus intime.

Lui-même commençait à sérieusement s'enflammer. Il avait enduré des années de célibat forcé, mais à présent il brûlait d'envie d'enfouir le visage dans sa chevelure et de lui arracher des gémissements de plaisir. En un mot, il avait envie de s'abandonner à la passion qu'elle lui inspirait.

Mais il ne devait pas oublier qu'elle lui avait demandé de faire vite.

Gavin glissa une main sous le sarong, remontant lentement le long de sa cuisse, jusqu'à la partie la plus intime de son anatomie. Instinctivement, Alex serra les cuisses, puis s'obligea à se détendre.

Il poursuivit son exploration avec tendresse. Il nota alors que la respiration de la jeune femme se faisait plus haletante, et qu'elle crispait et décrispait les mains sur les draps. Jugeant qu'elle était prête à le recevoir, il se positionna entre ses jambes. Puis, se souvenant de l'ordre du sultan qui exigeait de tout voir, il se redressa pour dégrafer son pantalon. La présence de témoins ne suffisait pas à refroidir son ardeur, tellement il la désirait violemment.

À l'instant où il la pénétra, il eut l'impression de renouer avec un plaisir dont il s'était trop longtemps privé. Et comme un collégien lors de sa première expérience, il jouit très vite, sans presque avoir bougé.

— Dieu tout-puissant…

Il aurait pu rester encore quelques secondes en extase, si Kasan ne l'avait fait brutalement redescendre sur terre.

— Félicitations, capitaine. La performance n'était pas très impressionnante, mais elle suffira. Vous avez remporté le jeu du Lion, et la femme est à vous. Vous êtes désormais libre d'en faire ce que vous souhaitez.

Gavin se retira, replaçant le sarong sur le ventre de sa compagne. Cette victoire lui laissait un goût amer dans la bouche. Il avait honte d'avoir ressenti du plaisir dans cet acte immoral et dégradant.

— Alex ?

Elle ne répondit pas. Son visage était aussi fermé que ses mains, comme si elle était mourante de fièvre. Gavin voulut lui caresser la joue pour la réconforter, mais il renonça en voyant quelques larmes couler de ses yeux.

Oui, ils avaient gagné… Mais à quel prix ?

11

Alex se cramponnait aux draps, évitant coûte que coûte d'éclater en sanglots. Ce serait la pire humiliation. Gavin s'était montré un amant si tendre et attentionné que l'épreuve en avait été plus pénible encore. Elle s'était fait violer, et n'avait même pas la consolation de pouvoir haïr celui qui l'avait abusée.

Au moment où il quittait le lit, elle rouvrit les yeux et se redressa pour s'asseoir. Leurs regards se croisèrent un instant, très intenses, avant qu'elle ne détourne la tête. Gavin semblait aussi bouleversé qu'elle. La jeune femme réalisa alors qu'ils étaient liés par un secret honteux, une tache indélébile, que personne ne connaîtrait jamais.

— Je vous croyais chanceux d'avoir tiré l'épreuve de la Déesse, capitaine, commenta Kasan, mais je constate que je m'étais quelque peu trompé. Vous ne repartirez pas de Maduri indemne.

Alex vit les deux hommes s'affronter du regard, le sultan s'amusant visiblement de la détresse de Gavin et se moquant éperdument, en revanche, de celle de la jeune femme, qui n'était rien à ses yeux.

Elle ne pouvait se résoudre à haïr Gavin. Alors que haïr Kasan était facile. C'était un despote qui abusait de son pouvoir pour écraser les autres. On ne pouvait pas respecter un tel adversaire. Si elle avait su se battre au *pentjak silat*, elle l'aurait volontiers affronté à mains nues. En même temps, elle redoutait que Gavin, cédant à la rage, ne se rue sur le sultan. Ce serait suicidaire de s'attaquer à un tyran qui pouvait les faire exécuter sur-le-champ, s'il le souhaitait. Heureusement, il demeura maître de lui-même. Alex le vit s'approcher de la porte.

— Puisque tout est terminé, Votre Altesse... dit-il.

Et il ouvrit la porte, pour demander au garde resté dans le couloir de lui confier la clé des menottes. Puis il revint vers elle et la libéra de ses derniers liens, sans un mot. Une fois les menottes enlevées, il les jeta d'un geste rageur par la fenêtre ouverte, tandis qu'Alex se massait les poignets, peinant encore à réaliser qu'elle était vraiment libre.

— J'espère que vous finirez par trouver l'homme qu'il vous faut pour gérer vos affaires, Votre Altesse, reprit Gavin.

— Je l'avais trouvé, rétorqua Kasan, amer. Quel dommage que vous ayez refusé !

— Je n'aurais pu être le bon candidat, car j'aurais dû travailler pour vous contre mon gré. En revanche, je puis vous donner un conseil. Évitez de recruter Barton Pierce. Ce n'est pas quelqu'un de confiance. Vandervelt, le Hollandais, est meilleur.

— Et pourquoi vous croirais-je ? Vous n'êtes pas forcément bien disposé à mon égard.

— Vous ferez comme il vous plaira, Majesté. Mais sachez que je n'ai en tête que le bien de Maduri et de ses habitants. Barton Pierce ne pourrait que vous nuire. (Il courba la tête.) À présent, avec votre permission, nous allons prendre congé.

Alex s'était levée, impatiente de partir. Mais le sultan tenta de les retenir.

— J'avais pensé organiser un grand banquet d'adieu, ce soir...

Gavin sourit poliment.

— Vous voulez ma mort, Majesté ! Je n'ai plus assez de force pour supporter l'hospitalité des Maduriis. Je ne me suis pas encore complètement remis du vin de palme.

Kasan éclata de rire, ce qui détendit d'un coup l'atmosphère.

— Bon voyage, capitaine. Si vous revenez un jour dans les parages, n'hésitez pas à me faire signe.

— Merci, répondit Gavin. Je me souviendrai de l'invitation.

Et il se tourna vers sa compagne pour ajouter :

— Mais d'abord, nous devons faire route vers Sukau.

Alex, songeant à Katie, s'était brusquement raidie. Le sultan lui coula un regard de dédain.

— Méfiez-vous de votre nouvelle esclave, capitaine. Elle est dangereuse.

— Mme Warren n'appartient qu'à elle seule, rectifia Gavin. Elle a toujours été pour moi une femme libre.

Pour ces simples mots, Alex aurait pu l'aimer.

Moins d'une heure plus tard, Alex, encadrée de Gavin et de Suryo, montait à bord de l'*Héléna*. C'était un splendide vaisseau, parfaitement entretenu, qui semblait capable de parcourir toutes les mers du globe et d'affronter les pires tempêtes.

À peine furent-ils sur le pont que Gavin la quitta pour rejoindre ses hommes et leur ordonner de se préparer au départ. Elle comprit que la marée allait bientôt changer et que, s'ils ne quittaient pas le port immédiatement, ils seraient obligés d'attendre le lendemain.

— Je vais vous montrer votre cabine, milady, lui dit Suryo avec beaucoup de gentillesse.

Il savait, bien sûr, ce qui s'était passé. Mais il n'en parlerait jamais, elle lui faisait confiance.

Elle le suivit sur le pont inférieur, à travers un long couloir qui menait à l'arrière du vaisseau, où se trouvaient les cabines des officiers. Finalement, il s'arrêta devant une porte et l'ouvrit.

— Avez-vous besoin de quelque chose, milady ?

— Non, merci. Simplement... d'être seule.

— Comme il vous plaira. Si vous désirez boire ou manger, vous n'aurez qu'à sonner.

Soulagée de pouvoir s'enfermer aussi longtemps qu'elle le souhaiterait, Alex s'empressa de verrouiller sa porte et alla s'allonger sur un sofa, sans même accorder un regard au décor de la cabine.

Au cours des six derniers mois, toutes sortes d'émotions l'avaient assaillie. Elle avait voué au diable tous les pirates de la contrée, béni les quelques femmes, esclaves comme elle, dont la compassion lui avait permis de ne pas devenir folle, imaginé des morts atroces pour les monstres qui l'avaient violée, et par-dessus tout pensé très fort à sa fille. Mais les émotions qu'elle éprouvait aujourd'hui étaient d'une autre sorte et échappaient à l'analyse.

Elle ne pouvait décemment pas haïr Gavin – il avait été prêt à risquer sa vie pour elle. Mais comment réussirait-elle à le regarder en face sans se rappeler l'odieuse intrusion de son corps ? Elle en tremblait rien que d'y repenser. Cependant, elle n'avait d'autre choix que de surmonter sa nervosité. Sinon, les quelques mois de traversée qui l'attendaient seraient un enfer.

Et puis, elle en avait déjà tellement enduré qu'elle survivrait bien à cette dernière épreuve, comme elle avait survécu aux précédentes.

Pour Gavin non plus, les choses n'avaient pas été faciles, du reste. Cette intimité forcée l'avait obligé à violer ses principes de gentleman. Et maintenant, il portait le poids de la culpabilité. Alex devait lui pardonner, afin qu'il puisse ensuite se pardonner lui-même…

À force de ressasser les événements de ces derniers jours, la jeune femme finit par s'endormir. Quand elle se réveilla, les rayons du soleil couchant pénétraient par les grandes baies vitrées de la cabine. Et le roulis du bateau prouvait qu'on était en mer.

Elle se releva et s'intéressa au décor qui l'entourait, comprenant qu'elle devait se trouver dans la cabine de Gavin. La pièce en effet était très spacieuse, agréablement meublée, et comportait un grand lit. Le plancher, très propre, était parsemé de tapis de laine, les chaises et la table en acajou étaient fixées au sol, et les murs avaient été tapissés de rayonnages contenant des centaines de livres que retenaient des barreaux, en cas de forte tempête. C'était un bel endroit, confortable, plus douillet que somptueux.

Alex aurait dû se douter que Gavin lui offrirait ce qu'il y avait de mieux sur son bateau. C'était un autre de ses cadeaux qu'elle acceptait de bon cœur, même si l'idée de l'obliger à dormir ailleurs la chagrinait quelque peu.

Elle s'approcha des baies vitrées, d'une démarche un peu chaloupée, bien qu'elle eût le pied marin. Dehors, les derniers rayons du soleil brillaient à la surface des flots. À l'horizon, une bande sombre séparait le ciel de la mer. Maduri, ou déjà une autre île ? Peu importait, au fond. Maduri était loin : cela seul comptait.

Avec une sorte d'émerveillement, la jeune femme se répéta qu'elle était *vraiment* libre. L'esclavage, la captivité et toutes les humiliations appartenaient au passé.

Une joie profonde la submergeait tout à coup. Libre ! Pendant presque toute sa vie, elle avait considéré la liberté comme allant de soi. Mais à présent, elle réalisait qu'il s'agissait d'un bonheur qui n'avait pas de prix. Et elle préférerait mourir plutôt que de le perdre une deuxième fois.

Brutalement, elle avait envie de se débarrasser définitivement de toute trace de son esclavage. Elle sonna Suryo.

— Pourrais-je avoir de l'eau chaude pour me laver ?

— Bien sûr, milady.

Quelques minutes plus tard, il revint, accompagné d'un marin portant comme lui deux grands seaux d'eau fumante. C'était si rapide qu'Alex se demanda si l'eau n'était pas en train de chauffer, avant même qu'elle ne formule sa requête.

Elle pensait se laver en plongeant un linge dans les seaux d'eau, mais Suryo sortit une baignoire de derrière une porte.

— Une baignoire ! s'exclama-t-elle, au comble du ravissement. Je n'en avais encore jamais vu sur un bateau.

— On ne peut l'utiliser que lorsque la mer est très calme, comme ce soir, expliqua-t-il.

Pendant que le marin vidait les seaux dans la baignoire, Suryo était reparti chercher un plateau de nourriture et des vêtements propres. Il déposa le tout sur la table.

Dès que les deux hommes furent ressortis, Alex se débarrassa de ses vêtements et s'immergea dans son bain. L'eau avait été discrètement parfumée à la lavande, et la jeune femme en pleura presque, tellement cela lui rappelait son enfance anglaise et la lotion que sa mère préparait elle-même.

La baignoire était munie de hauts bords afin d'empêcher l'eau de verser avec le tangage, et elle était assez spacieuse pour accueillir un homme de la taille de Gavin. Elle ne put s'empêcher de se demander combien de fois il s'était assis, tout nu, à la place qu'elle occupait. À cette pensée déjà embarrassante succéda une autre : le souvenir de leur intimité, dans la chambre du palais. Elle s'empara d'une éponge et se frotta énergiquement le corps, comme si elle pouvait de cette manière effacer ses six mois d'esclavage et tout ce qui s'y rapportait.

L'eau était presque froide quand Alex en sortit pour se sécher. La plupart des bleus qui parsemaient sa peau commençaient à s'estomper. Toutes les marques extérieures des brutalités qu'elle avait subies auraient bientôt disparu. Quant aux cicatrices intérieures...

Mais elle ne voulait pas s'apitoyer sur son sort. Le moment était venu de recommencer à vivre.

Suryo lui avait apporté une chemise ample en coton bleu, et une robe chasuble de la même étoffe. Quoique l'ensemble ressemblât beaucoup aux tenues traditionnelles des femmes de Java, la coupe était occidentale. Une fois habillée, elle eut pour la première fois l'impression, depuis l'attaque des pirates, de se reconnaître enfin.

Après quoi, elle prit une des tartines qu'elle s'obligea à manger debout, pour s'aider à retrouver le pied marin, tout en continuant l'inventaire des lieux. Ce n'était pas uniquement la cabine de Gavin : la pièce avait aussi été conçue pour son épouse. Voilà pourquoi il y avait une baignoire, et ce grand lit capable d'accueillir deux personnes.

Son regard fut attiré par un petit tableau accroché entre une bibliothèque et la porte d'un placard. Elle s'approcha et découvrit le portrait d'une jeune femme blonde, portant une robe de soie bleue, au sourire radieux. Voilà donc à quoi ressemblait Héléna. Ravissante et éthérée, c'était une femme amoureuse qui savait son amour payé de retour.

Elle coula involontairement un regard vers le lit. Gavin et Héléna l'avaient autrefois partagé. Et peut-être Héléna était-elle morte entre ces draps... Cependant, Alex ne ressentait pas le poids d'un fantôme. Sans doute parce que les fantômes naissaient du malheur, pas d'un mariage réussi.

Puisque Gavin avait décidé de lui offrir sa cabine, elle décida que le plus urgent était de briser l'espèce de froideur qui s'était installée entre eux. Sinon, il passerait le reste du voyage à l'éviter soigneusement et à se tourmenter. Il fallait absolument y remédier. Et elle savait que c'était à elle de faire le premier pas.

Ce ne serait pas facile, bien sûr. Mais plus elle tarderait, plus ce serait pénible. Elle noua ses cheveux derrière sa nuque avec un ruban – Suryo avait pensé à tout – puis elle quitta la cabine et monta sur le pont. Le barreur et l'officier de quart occupaient la dunette. Il faisait déjà trop sombre pour bien voir, mais Alex crut reconnaître le jeune homme à qui on l'avait présentée, lorsqu'elle était montée à bord. Il inclina respectueusement la tête en la voyant.

Elle s'apprêtait à le rejoindre pour lui demander où se trouvait le capitaine, quand elle repéra une silhouette familière sur sa gauche. Gavin était agrippé au bastingage, ses cheveux flottant au vent tandis qu'il contemplait, immobile, le ciel où apparaissaient les premières étoiles.

La jeune femme, les mains moites, se dirigea vers lui. Parvenue à quelques mètres, elle hésita, se remémorant soudain son exceptionnelle force physique. Elle l'avait vu escalader une muraille verticale, combattre un dragon, vaincre un adversaire à mains nues et... la serrer dans ses bras puissants.

Tout à coup, elle avait presque peur de lui. C'était irrationnel, bien sûr. Sans compter qu'elle détestait avoir peur.

Et puis, de tous les hommes, Gavin était certainement celui qu'elle avait le moins à redouter. Elle s'approcha donc, décidée à surmonter sa nervosité. Il se raidit en s'apercevant de sa présence. Alex crut même qu'il allait se détourner, mais finalement il demeura immobile. Un jour, elle finirait peut-être par s'amuser de leur mutuel embarras. Mais pas ce soir.

Elle offrit son visage au vent.

— Je vous remercie du fond du cœur, Gavin. Ne vous blâmez pas de ce que vous avez dû faire. Vous m'avez sauvée, et vous vous êtes sauvé en même temps. Ce n'est pas un péché.

— Sans doute. Mais ce n'est pas non plus une action vertueuse.

Et, après un long silence, il ajouta :

— Nous pourrons nous marier à Batavia. Il y a des églises chrétiennes...

— Nous marier ? répéta-t-elle, médusée. Mais de quoi parlez-vous ?

— Puisque nous nous sommes comportés comme mari et femme, il nous faut régulariser notre situation, expliqua-t-il avec une logique imparable.

Alex aurait dû se douter qu'il réagirait ainsi. C'était un vrai gentleman. Considérant qu'il avait compromis l'honneur de la jeune femme, il souhaitait réparer sa faute en lui offrant de l'épouser.

Sauf qu'elle ne voulait pas se remarier. Elle serait incapable, après ce qu'elle avait subi, de faire une bonne épouse.

— Voilà bien une autre générosité de votre part, mais elle est inutile. Vous vous êtes déjà assez sacrifié pour moi. Vous n'avez pas besoin d'épouser une étrangère.

— Nous ne sommes plus des étrangers, Alexandra, fit-il remarquer d'une voix dénuée d'émotion.

— Ce qui s'est passé ici, à des lieues et des lieues de notre pays, ne nous oblige pas à nous lier pour le restant de nos jours. Vous ne voulez pas vraiment m'épouser et moi, je ne veux épouser personne. Alors n'en parlons plus.

Il sourit malgré lui.

— Je comprends mieux pourquoi vos acheteurs ont eu tant de mal à vous dompter.

La jeune femme s'empourpra légèrement.

— Pardonnez-moi si j'ai été un peu brusque. N'allez pas vous imaginer que j'ignore ce que je vous dois, Gavin. Vous avez tant fait pour moi que je ne pourrai jamais vous rembourser. De grâce, n'aggravez pas encore ma dette à votre égard.

— Vous épouser ne serait pas une punition, Alex. Je pense sincèrement que nous pourrions nous entendre. Mais... (Il hésita.) Peut-être y a-t-il désormais trop de choses entre nous.

— J'aimerais que nous restions amis. Cela vous semble-t-il possible ?

— Ça me plairait beaucoup, assura-t-il. Le voyage sera long, jusqu'en Angleterre. Autant briser tout de suite la glace.

— Eh bien, c'est entendu. Nous serons amis, et nous ferons comme si... comme si le jeu du Lion n'avait pas eu lieu. Repartons sur de nouvelles bases. Et si vous tenez absolument à vous remarier, vous trouverez bien une jeune femme qui n'aura pas encore été ternie par la vie.

— Je l'ai déjà fait une fois. Je ne tiens pas à détruire une autre innocente.

— Détruire ? répéta Alex, à la fois intriguée et convaincue qu'il en avait dit plus qu'il ne le souhaitait. Pourtant, d'après ce que je sais, Héléna était une épouse aimée et choyée.

Il hésita avant de répondre.

— La santé d'Héléna a toujours été fragile. J'étais convaincu que la navigation n'était pas bonne pour elle, mais elle ne voulait pas que nous vivions trop souvent séparés. Et moi non plus, du reste... Mais si je l'avais laissée à Boston, sans doute vivrait-elle encore aujourd'hui.

Alex avait mal pour lui. Gavin devait terriblement souffrir de s'imaginer responsable de la mort de sa femme. Du coup, elle comprenait mieux pourquoi il avait tellement tenu à la sauver, elle.

— J'ai vu le portrait d'Héléna, dit-elle. Vous lui avez donné des années de bonheur. Trop de femmes n'ont pas cette chance.

— Nous avons été heureux, admit-il. Mais son médecin, à Boston, l'avait mise en garde contre le danger d'une grossesse. Si je n'avais pas...

Il ne put continuer sa phrase.

Devinant qu'elle s'aventurait en terrain délicat, Alex avança prudemment :

— Mais Héléna voulait un enfant.

Il se tourna brusquement vers elle.

— Comment savez-vous cela ?

— Je suis une femme. Toutes les femmes ont envie d'avoir un enfant de l'homme qu'elles aiment.

Ou même d'avoir de toute façon un enfant, que leur mariage soit réussi ou non. Mais cela, ce n'était pas la peine de le préciser.

— Héléna a pris un risque en toute connaissance de cause, poursuivit-elle. Et maintenant... elle est avec Anna.

— J'aimerais pouvoir croire cela, murmura-t-il.

— Croyez-le, insista Alex, sincère. Nous devons tous mourir. Au moins a-t-elle eu la chance de mourir auprès de l'homme qu'elle aimait. Et elle vivra toujours dans votre cœur. Vous ne l'avez pas détruite. Vous l'avez comblée. Alors qu'elle avait une santé fragile, vous lui avez permis de découvrir le monde à bord de votre bateau. C'est magnifique.

Il soupira.

— Je n'avais jamais envisagé les choses de ce point de vue...

Elle se remémora le portrait. Éthérée et radieuse, Héléna était née pour l'amour, et elle l'avait obtenu. Alex aurait voulu être certaine qu'Edmund l'avait aimée aussi fort... et lui avait été aussi fidèle.

Elle frissonna. C'était sans doute le vent qui fraîchissait.

— Votre grand-père vicaire mérite qu'on le salue, car il vous a inculqué le sens de l'honneur et de l'intégrité. Mais vous n'êtes pas responsable de tous les malheurs du monde, Gavin.

— Le capitaine d'un bateau est responsable de tout ce qui se passe à son bord.

— Songez au bonheur qu'a connu Héléna. Cela justifiait amplement votre mariage.

Il y eut un long silence. Le navire plongeait doucement dans la mer puis relevait sa proue au gré des vagues. Parfois, des embruns venaient leur fouetter le visage.

— Merci, Alexandra, lâcha-t-il finalement. Êtes-vous toujours aussi sage ?

Elle était ravie de lui être venue en aide, mais l'honnêteté la força à répondre :

— Quand il s'agit de Katie, ma sagesse vole en éclats... Vous croyez que nous la retrouverons ?

— C'est difficile à dire. Kasan savait simplement qu'elle a été vendue au harem du rajah de Sukau. Nous aurons de la chance si elle s'y trouve encore. Suryo s'est renseigné : le rajah Fahad est un vieillard respecté. C'est aussi le père de la première épouse de Kasan.

Alex sursauta.

— Vous voulez dire que Katie aurait pu lui être envoyée comme un cadeau du sultan à son beau-père ?

— C'est probable. Ce qui signifie que Kasan est plus impliqué avec les pirates qu'il ne veut l'admettre.

Alex enrageait.

— Cet homme est un monstre. J'aurais aimé que vous lui tordiez le cou !

— Il ne nous a certes pas rendu la vie facile, mais comparé aux autres despotes, Kasan est plutôt fréquentable. Son peuple ne dispose pas des mêmes droits que les Anglais ou les Américains, mais il ne meurt pas de faim. Maduri est très bien administrée. Ce n'est pas un hasard si c'est l'une des îles les plus prospères de la région. Et elle a su garder son indépendance.

— À vous entendre, on jurerait que vous l'admirez.

— Un peu, admit Gavin. Mais je n'aurais pas apprécié de travailler pour lui. Il a trop de pouvoir, ce qui le rend dangereux. Exactement comme un duc anglais quand il se croit tout permis.

Alex songea aux quelques ducs qu'elle connaissait. Tous étaient parfaitement civilisés. Mais elle ne souhaitait pas critiquer les principes républicains de Gavin. Trop de pouvoir menait effectivement à la corruption.

— J'espère que le rajah de Sukau saura se montrer clément, dit-elle. Quand atteindrons-nous Java ?

— D'ici trois ou quatre jours, selon les conditions de navigation.

— Et ensuite ? Comment nous y prendrons-nous pour approcher le rajah et lui demander la grâce de Katie ?

— Je commencerai par envoyer Suryo au palais, avec le plus beau cadeau dont je dispose sur le bateau. C'est une pendule française, qui aurait très bien pu orner l'une des cheminées de Versailles, tellement elle est somptueuse. Je pense qu'elle devrait favorablement impressionner le rajah. Suryo en profitera pour réclamer une audience. Il ne nous restera plus qu'à attendre.

— J'aurai du mal à attendre trop longtemps, mais j'essaierai de prendre mon mal en patience.

Alex ferma les yeux et pria silencieusement. Un miracle l'avait libérée de l'esclavage. Il en fallait désormais un autre.

12

Sukau, archipel de Java

— Sa Très Gracieuse Majesté, le rajah de Sukau, va vous recevoir, annonça le chambellan en faisant signe à Gavin et à Alex de le suivre.

Tandis qu'ils s'engageaient dans un long corridor, Gavin en profita pour couler un regard à sa compagne. Depuis trois jours qu'ils attendaient dans le port de Sukau, Alex, à force de se ronger d'angoisse, avait encore maigri. Cependant la finesse de sa silhouette ne faisait qu'accroître son élégance. Elle traversait le palais avec la grâce et la dignité d'une reine.

Durant la traversée, elle avait passé ses journées à coudre, si bien qu'elle portait maintenant une robe dans le style européen. Avec ses cheveux relevés en chignon sur la tête, la jeune femme avait l'allure d'une parfaite lady. Ce n'était plus l'Alex en sarong et chaînes aux pieds que Gavin avait connue à Maduri. Cette transformation l'aidait à chasser les pensées érotiques qui n'avaient cessé de le hanter depuis la dernière épreuve du jeu du Lion. Les souvenirs de leur intimité forcée lui faisaient un peu honte, et cependant il ne parvenait pas à les bannir de ses songes.

Ce n'était en tout cas pas le moment de repenser à cela, se dit-il en s'obligeant à se concentrer sur leur but. S'ils ne repartaient pas avec Katie, Alex encaisserait très mal cet échec.

Toutefois, Gavin ne nourrissait pas d'inquiétude sur la résistance de la jeune femme. Elle reprendrait ses recherches et n'aurait de cesse de retrouver sa fille.

Le chambellan les introduisit dans une antichambre, qu'ils traversèrent pour déboucher dans une immense volière. L'intérieur de la volière représentait un décor de sous-bois, traversé par un petit torrent en cascade. Des perroquets multicolores volaient d'arbre en arbre. La pendule offerte par Gavin trônait sur un piédestal en acajou. Un oiseau de paradis, perché dessus, agitait ses ailes.

Ce spectacle était si magnifique qu'il le contempla un moment, émerveillé, avant de porter son regard sur le vieil homme coiffé d'un turban qui siégeait sur un trône, au centre de la volière. Une colombe aussi blanche que sa barbe s'était posée dans sa main.

Gavin s'inclina respectueusement.

— Votre Majesté nous honore de nous recevoir.

Le rajah eut un geste vague de la main, comme pour signifier qu'il était inutile de prolonger les formalités.

— Vous avez piqué ma curiosité, capitaine Elliott. Votre cadeau est somptueux. Quelle faveur réclamez-vous en contrepartie ?

Le rajah était direct, mais ce n'était pas pour déplaire à Gavin.

— Mon amie Mme Warren, ici présente, est une veuve anglaise de haute naissance. Alors qu'elle faisait voile pour Londres, son bateau fut attaqué par des pirates. Mme Warren et sa fille furent capturées et on sépara la mère de l'enfant.

Le rajah se tourna vers Alex.

— Cette dame a-t-elle été vendue comme esclave ?

Avant l'entrevue, Gavin et Alex s'étaient demandé si la jeune femme devrait plaider elle-même sa cause. Mais puisque le rajah semblait prendre sa présence en compte, elle ne vit plus aucune raison de se taire.

— Oui, Votre Majesté. Mais j'ai été libérée grâce à l'intervention du capitaine Elliott, et à présent je recherche ma fille. Nous avons appris qu'elle vous avait été offerte en cadeau.

Sur ces mots, elle s'agenouilla et colla son front contre le sol, afin de montrer sa soumission. Puis, redressant la tête, elle ajouta :

— Je vous en prie, Votre Majesté. Si vous pouviez m'aider à la retrouver, vous auriez ma gratitude éternelle.

Le rajah la contempla un moment sans rien dire, tout en caressant les plumes de sa colombe.

— Il y a beaucoup d'enfants dans mon harem, finit-il par répondre. À quoi ressemble votre fille ?

— Katie aura bientôt neuf ans. Elle a les cheveux blonds et les mêmes yeux bleus que les miens. On me l'a enlevée il y a un peu plus de six mois.

Le rajah lui fit signe de se relever, puis il demanda à son chambellan de s'approcher. Après quelques mots échangés à voix basse avec son souverain, le chambellan s'éclipsa. Puis Fahad leva son bras, et la colombe prit son envol. Sous sa gorge, on distinguait un petit cercle écarlate.

— Mes colombes sacrées ont la réputation d'être très rares. En avez-vous de semblables dans votre pays, capitaine ?

— Pas que je sache, Votre Majesté, répondit Gavin.

Et, désignant la volière, il précisa :

— Je n'ai jamais vu non plus de merveille comme celle-ci. Le paradis ne doit pas être plus beau.

Un petit oiseau de paradis vint justement se poser sur son épaule et le regarda avec des yeux curieux. Amusé, Gavin se lança avec le rajah dans une conversation sur les oiseaux et l'histoire naturelle. La jeune femme attendait patiemment à son côté, l'estomac noué.

Soudain la porte, derrière eux, se rouvrit. Gavin jeta un regard par-dessus son épaule et vit le chambellan revenir avec une grosse femme voilée, accompagnée d'une fillette, voilée elle aussi. Il s'alarma. La fillette avait bien dans les neuf ans, mais elle paraissait trop résignée pour être la fille d'Alex.

Alertée par son instinct maternel, celle-ci s'était déjà retournée, le visage rayonnant de joie.

— Katie !

— Maman ! explosa la fillette, qui en oublia toute retenue.

Elle se rua vers Alex, effrayant les oiseaux de la volière. Dans sa course son voile tomba, révélant une somptueuse chevelure blonde et un visage qui semblait être la réplique miniature de celui de sa mère.

Alex tomba à genoux pour serrer sa fille dans ses bras.

— Katie, Katie, mon amour… répétait-elle, de grosses larmes coulant sur ses joues.

Gavin sentit sa gorge se serrer devant ces retrouvailles. Sa propre fille, Anna, ressemblerait sans doute beaucoup à Katie, si elle avait vécu. Cependant, cette idée lui transperçait moins le cœur qu'autrefois. Il s'imaginait Héléna et Anna riant ensemble dans un ciel azuré. Les paroles apaisantes d'Alex, le soir où ils avaient quitté Maduri, avaient fait leur chemin dans son esprit.

— Merci, Majesté, dit Alex entre deux sanglots. Je n'ai pas d'argent, pour l'instant, mais faites-moi confiance et je vous enverrai une rançon digne d'une princesse, si vous me laissez repartir en Angleterre avec ma fille.

— Ce ne sera pas nécessaire, madame Warren. Une mère n'a pas à être séparée de sa fille. Rentrez chez vous avec ma bénédiction.

Gavin remercia à son tour le sultan. Il avait encore du mal à croire que tout puisse se conclure aussi aisément. Certes, il avait offert au rajah un somptueux présent, et Fahad avait une réputation de sagesse et de décence. Mais se pouvait-il vraiment que récupérer Katie fût aussi facile ?

Apparemment, oui.

Alex raccompagna sa fille jusqu'au harem, afin que Katie puisse rassembler ses quelques effets personnels et dise au revoir aux femmes qui l'avaient entourée pendant six mois. Elle était médusée d'entendre la fillette s'exprimer dans un malais impeccable. Et à en juger par les pleurs des femmes du rajah, il n'était pas difficile de comprendre que Katie avait été leur chouchoute, et qu'elle avait été très bien traitée.

Au moment de repartir, Alex portait le sac de Katie dans une main, tandis que la fillette s'agrippait à son autre main. Alors qu'elle n'avait cessé de jacasser dans le harem, elle était tout à coup tombée dans un étrange mutisme. La jeune femme s'en inquiéta.

— Tout va bien, ma chérie ? Tu n'as pas trop de chagrin de quitter tes amies ?

Katie hocha la tête.

— Si, un peu. Je ne les reverrai plus jamais, n'est-ce pas ?

Alex était bouleversée par la tristesse de sa fille. Quelques mois plus tôt, Katie avait dû également dire adieu à ses camarades australiennes. Cela faisait beaucoup.

— Probablement pas, ma chérie, répliqua-t-elle honnêtement. Notre maison est très loin d'ici.

— Tu crois que je pourrai me sentir chez moi en Angleterre, alors que je n'y ai jamais été ?

C'était une bonne question. Alex la médita avant de répondre.

— Notre famille vit là-bas. Quand tu auras fait la connaissance de tes cousins et de tes grands-parents, l'Angleterre te plaira. Et tu t'y feras de nouveaux amis, que cette fois tu n'auras plus à quitter.

— J'aimerais avoir des amis pour toujours, confirma la fillette avec ferveur.

Alex étreignit sa main, priant le Ciel pour que Katie n'ait jamais à connaître d'autre séparation cruelle.

— Je sais que c'est très dur de perdre les gens qu'on aime, ma chérie. Quand les pirates t'ont séparée de moi, j'étais morte d'angoisse.

Sa fille devint soudain grave.

— Moi aussi, j'étais terrifiée, maman. J'ai cru... j'ai cru que je ne te reverrais plus.

Combien de temps avait-elle vécu dans l'effroi, avant de retrouver des amies ? Alex préférait ne pas y penser.

— C'est ce qui serait arrivé, sans l'intervention du capitaine Elliott.

— C'est le monsieur qui était avec toi dans la volière ?

— Oui. Il commande un navire. Il m'a trouvée sur l'île de Maduri et il a obtenu ma liberté. Et maintenant, il va nous ramener en Angleterre sur son bateau.

Lorsqu'elles revinrent dans la volière, Alex échangea un clin d'œil complice avec Gavin pour lui signifier que tout allait bien. Ce dernier se tourna alors vers le rajah, qui avait un perroquet écarlate sur son épaule. Après quelques dernières paroles de remerciement, les visiteurs prirent congé.

Tandis qu'ils retraversaient le palais, la jeune femme présenta sa fille à Gavin.

— Vous êtes hollandais, monsieur? s'inquiéta la fillette.

— Non, je suis américain.

— Tant mieux. Parce que je n'aime pas les capitaines hollandais.

Cette réponse surprit Alex, car Katie n'avait nourri aucune animosité envers le capitaine de l'*Amstel*. Elle se promit donc d'interroger sa fille, durant leur traversée, pour savoir exactement ce qui s'était passé. Heureusement, elle était encore très jeune. Avec un peu de chance, elle oublierait vite les épreuves qu'elle avait endurées. Hélas, les adultes ne se débarrassaient pas aussi facilement de leurs fantômes.

Katie adora d'emblée leur cabine. Elle fit le tour du propriétaire en s'extasiant sur tout ce qu'elle voyait.

— C'est bien plus beau que sur l'*Amstel*.

— C'est parce que le capitaine nous a donné sa propre cabine, expliqua la jeune femme, qui s'était installée dans un fauteuil pour l'observer.

Sa fille avait grandi, en six mois. Mais Alex était si heureuse qu'elle ne songeait plus à pleurer le temps qu'elles n'avaient pas passé ensemble.

La fillette contemplait maintenant les rayonnages de livres.

— Le capitaine t'aime bien, dit-elle tout à trac.

Alex se sentit tressaillir malgré elle. Cependant, elle savait qu'il ne fallait pas accorder trop de poids au commentaire détaché d'un enfant.

— Je l'aime bien aussi, répondit-elle sobrement. Il a été très gentil pour nous.

Jugeant qu'il n'était pas utile de poursuivre, elle changea de sujet :

— Dès demain, nous reprendrons tes leçons. J'espère que tu n'auras pas oublié trop de choses en calcul et en grammaire, ou en français.

Katie la regarda, effondrée.

— Reprendre les leçons ? Si vite ?

Alex faillit éclater de rire devant un tel désarroi.

— Bon, d'accord. Nous allons peut-être nous accorder un jour ou deux de vacances. Mais il faudra quand même nous remettre au travail. Avais-tu des leçons, au palais ?

— Oui, mais ni de calcul, ni d'histoire, ni de géographie. Yasmina, qui m'accompagnait partout, m'a appris le malais. Et avec les autres enfants, je prenais des cours de danse et de chant.

Katie accompagna ces paroles en esquissant quelques pas de danse traditionnelle.

— J'aimais bien danser, reprit-elle. Il paraît que j'étais douée.

— Je suis sûre que tu l'étais, déclara Alex, impressionnée par la rapidité avec laquelle les enfants étaient capables de s'adapter à une nouvelle vie.

En quelques années, Katie serait devenue une véritable Orientale, et aurait tout oublié de son héritage anglais.

— Tu m'as beaucoup manqué, avoua la jeune femme en la serrant très fort contre elle.

— Toi aussi, maman, tu m'as manqué. Je me répétais d'être courageuse et de ne pas pleurer, mais parfois je ne pouvais pas m'en empêcher...

— Moi non plus, renchérit Alex, des larmes dans la voix.

Malgré sa joie et son soulagement, cette nuit-là, comme toutes les autres nuits, Alex eut le sommeil troublé par d'horribles cauchemars. Elle se réveilla en sueur, le cœur au bord des lèvres. Bien qu'elle sût qu'elle était libre, ses angoisses n'avaient pas disparu. Elle avait toujours peur d'être prisonnière. Peur de ne plus revoir sa famille. Peur d'être violée.

Prenant garde de ne pas réveiller sa fille, elle se glissa hors du lit et alla ouvrir une des fenêtres de la cabine.

L'air frais venu du dehors et la contemplation du ciel étoilé la détendirent un peu. Mais elle se demandait avec inquiétude jusqu'à quand ses cauchemars et ses nausées la poursuivraient. Cela ne faisait qu'une semaine qu'elle était libre. Il fallait sans doute laisser le temps accomplir son œuvre.

Lorsqu'elle se sentit tout à fait calmée, elle revint vers le lit. Katie, au moins, dormait paisiblement. Alex la contempla en songeant qu'après tout elle avait eu beaucoup de chance. Elle se pencha pour déposer un baiser sur le front de la fillette.

— Dors bien, ma chérie.

Puis elle se recoucha et s'efforça de ne pas trop laisser ses pensées vagabonder, jusqu'à ce que le sommeil l'emporte à nouveau.

Malgré les cauchemars qui continuaient de hanter ses nuits et ces nausées qui ne voulaient pas passer, Alex vivait les jours les plus heureux de sa vie depuis son mariage. Comme Gavin l'avait prévu, l'équipage était ravi d'avoir une enfant à bord, et Katie était devenue la mascotte de l'*Héléna*. La fillette s'était aussi prise d'amitié pour Gavin, car il l'écoutait toujours avec la même attention qu'il accordait aux grandes personnes.

Au début, Alex craignit un peu qu'il soit chagriné d'avoir près de lui une enfant de l'âge qu'aurait eu sa propre fille. Mais, bien vite, elle s'aperçut que la présence de Katie lui réchauffait le cœur. Entre eux naissait une complicité plus grande que celle qui avait uni Katie à son propre père. Edmund, pourtant, avait sincèrement aimé sa fille. Mais il n'avait jamais su vraiment s'y prendre avec elle.

Après deux jours de vacances, Alex mit à exécution sa promesse de reprendre les leçons de l'enfant. Les livres de Gavin furent employés pour la lecture, et ses cartes servirent à la géographie. Katie se remit au travail de bon cœur. Elle avait toujours été bonne élève, et sa plongée de quelques mois dans une autre culture avait aiguisé son appétit d'apprendre. Alex jugea d'ailleurs utile de lui demander de tenir un journal, où la fillette relaterait son expérience à Sukau. C'était le moyen pour la jeune femme d'en savoir plus sur sa captivité.

Au bout de quelques jours, Alex fut soulagée de comprendre qu'elle avait effectivement été très bien traitée, et qu'elle n'avait eu à subir que le choc de son enlèvement. La fillette ne risquait donc pas d'être perturbée par de mauvais souvenirs. Avec un peu de chance, elle aurait tout oublié d'ici leur arrivée en Angleterre, et serait toute disposée à entamer une nouvelle vie.

Alex, elle-même, ne demandait pas mieux.

13

L'*Héléna* fit une dernière escale dans une petite île, afin d'engranger dans ses cales des provisions de vivres, avant de se lancer dans la traversée de l'océan Indien.

Gavin s'amusa de voir Alex et Katie penchées sur le bastingage, regardant le spectacle des indigènes venus entourer le bateau avec leurs pirogues pour vendre de la nourriture à l'équipage. Alex s'était déjà métamorphosée, depuis leur départ de Sukau. Elle n'avait pas encore complètement perdu sa maigreur et ses nausées persistaient, cependant elle irradiait d'une manière irrésistible. Katie lui ressemblait beaucoup, sur ce point. Quand elle serait grande, elle serait sans doute une très belle femme.

L'un des indigènes tendait une jolie poupée de chiffon vers les deux passagères. Katie la contempla avec envie, mais Alex se mordit les lèvres de frustration.

Gavin réalisa alors que la fillette n'avait aucun jouet, et que sa mère n'avait pas d'argent pour lui acheter cette poupée. Il se pencha par-dessus le bastingage et marchanda avec l'homme. La poupée changea rapidement de main, en échange de quelques pièces.

— C'est pour toi, Katie, dit-il en lui tendant le jouet. Un souvenir des îles.

— Oh, merci, merci, capitaine Elliott ! s'exclama la fillette en serrant très fort la poupée dans ses bras.

— Oui, merci, capitaine, renchérit Alex avec chaleur. Elle n'aurait jamais demandé quoi que ce soit pour elle-même, mais acceptait volontiers les attentions qui pouvaient combler sa fille.

Gavin avait envie de voir la jeune femme continuer à lui sourire ainsi.

— Nous allons rester une grande partie de la journée ici, le temps de remplir les cales de provisions et d'eau douce. Si je vous emmenais sur une petite plage du nord de l'île ? Nous pourrions prendre avec nous un panier de pique-nique et profiter d'une dernière journée sur la terre ferme avant de traverser l'océan.

L'invitation fut aussitôt acceptée. Pendant qu'Alex aidait sa fille à se préparer, Gavin commanda le pique-nique et loua une pirogue à un indigène. Puis, comme il faisait très chaud, il redescendit jusqu'à sa couchette pour se changer et adopter une tenue plus appropriée à la plage. Cela lui faisait tout drôle d'avoir retrouvé les simples couchettes de l'équipage, après ces années passées à profiter de sa vaste cabine. L'espace était si étroit qu'il était obligé de se courber pour ne pas toucher le plafond. Mais ça n'avait pas d'importance. Alex et Katie avaient plus besoin d'espace et de confort que lui.

La jeune femme s'était également changée, ainsi que sa fille. Elles étaient toutes deux en sarong et pieds nus, tandis qu'un chapeau de paille leur protégeait la tête. Ils quittèrent le bateau comme s'ils partaient en vacances.

La pirogue était de petite taille et très maniable, si bien que Gavin n'eut aucune peine à la manœuvrer seul. Ils contournèrent un cap pour atteindre la plage. L'île avait tout d'un paradis, avec ses eaux turquoise qui venaient mourir sur le sable blanc. Ils pique-niquèrent à l'ombre des palmiers, en devisant gaiement de choses sans importance.

Ne souhaitant pas s'endormir, Gavin se releva aussitôt le repas terminé.

— Je vais aller me dégourdir les jambes. Quelqu'un veut-il m'accompagner dans ma promenade ?

— Oui ! répondirent-elles en chœur.

Ils commencèrent à marcher le long du rivage, leurs pieds nus léchés par les vagues. Katie avait pris la tête, criant et riant lorsqu'une vague plus grosse que les autres l'éclaboussait jusqu'aux mollets.

— Merci de nous avoir conduites ici, dit Alex. Le souvenir de cette journée nous réchauffera, dans la froidure de l'hiver anglais.

— Je me demande si les Anglais n'ont pas été de grands explorateurs tout simplement parce qu'ils cherchaient un meilleur climat.

Elle rit.

— Vous avez sans doute raison. Mais pour ce qui me concerne, rien ne me ravirait davantage que de finir mes jours en Angleterre. Je serai une vieille lady excentrique, entourée de chats, et j'assommerai mes petits-enfants en leur racontant inlassablement mes souvenirs de voyage.

Il contempla son ravissant profil.

— J'ai du mal à vous imaginer vieille...

Le sourire de la jeune femme disparut.

— Parfois, je me sens comme usée. Pourtant, je commence à oublier Maduri. Ces six mois d'enfer me semblent presque irréels, désormais. Comme s'ils étaient arrivés à quelqu'un d'autre.

Gavin avait remarqué ses cernes.

— Faites-vous des cauchemars ?

— Parfois, avoua-t-elle. Mais ils ne sont pas trop pénibles. Et je suis très heureuse, à présent. J'ai tellement de chance d'avoir retrouvé et la liberté, et ma fille. (Elle se tourna vers lui.) Et vous ? Dormez-vous bien ? N'avez-vous jamais de cauchemars ?

— Si, cela m'arrive à l'occasion. Mais ça n'est pas comparable à votre expérience.

Il détourna prestement le regard, de peur que le souvenir enflammé de leur étreinte ne se lise dans ses yeux. La plupart du temps, il parvenait à tenir son désir à distance, mais ce n'était pas toujours facile.

— Je suis content d'avoir pu profiter de cette journée pour un dernier adieu aux îles, dit-il afin de changer de sujet. L'Angleterre est un beau pays, mais ce n'est pas comme ici.

— Vous paraissez aimer beaucoup l'Orient. Y reviendrez-vous un jour ?

— Peut-être en visite, mais pas pour y vivre.

Il ramassa un coquillage plat et tenta, sans succès, de faire des ricochets à la surface de l'eau.

— J'ai passé le plus clair de ces douze dernières années entre Macao, Canton et la navigation dans les îles. J'en ai tiré du plaisir, mais j'ai maintenant le sentiment que cette page de ma vie est tournée. Il est temps de changer. Et d'affronter l'Angleterre.

— À vous entendre, on jurerait que vous abordez l'Angleterre comme un défi, plutôt que comme une destination volontaire. Qu'est-ce qui vous oblige à venir dans un pays qui ne vous attire pas vraiment ?

Gavin hésita, ne sachant ce qu'il devait répondre. Il jugeait inutile d'expliquer qu'il avait l'intention de régler ses comptes avec celui qui avait tenté de le détruire. En revanche, Alex avait le droit de savoir certaines choses concernant sa famille.

— Mon père a quitté l'Angleterre en disgrâce. Ses parents étaient furieux qu'il se soit marié en dessous de sa condition, même si ma mère était de naissance parfaitement respectable. Il a été déshérité.

— C'est à cause de cela que vous détestez le système de classes anglais ?

— Oui. D'autant que l'histoire de mon père ne s'arrête pas là. Il s'était engagé dans la marine, et un jour ses supérieurs lui ont fait porter la responsabilité d'une défaite navale, simplement parce qu'ils savaient qu'il n'avait plus de famille pour le soutenir. Mon père a échappé de peu à la cour martiale. En reconnaissance de ses services passés, on s'est contenté de l'acculer à la démission. Voilà pourquoi nous avons dû nous exiler en Amérique.

— Votre père a-t-il pu faire la paix avec sa famille ?

— Non. Je suis impatient d'arriver à Londres pour annoncer à mon grand-père que je suis le fils du mouton noir.

La jeune femme secoua la tête.

— Si vous souhaitez vous faire accepter par eux, ne soyez pas provocant.

— Je n'ai pas la moindre envie de me faire accepter par cette tribu de bigots intolérants et bornés. Je veux juste qu'ils sachent que j'existe. Je prendrai un malin plaisir à parader dans Londres en me présentant comme un riche Américain, rejeton d'une branche pourrie de la famille Elliott.

Alex éclata de rire.

— C'est une vengeance amusante.

— Vengeance est un mot trop fort. Je préfère parler de revanche. Et, de toute façon, ma première raison pour venir en Angleterre est d'y implanter un comptoir. Si je veux développer mon affaire, j'ai besoin d'une succursale à Londres.

Katie revenait vers eux, les mains pleines de coquillages.

— Regarde, maman !

— Comme ils sont jolis ! s'exclama la jeune femme, qui prit les coquillages pour les glisser dans un coin de son sarong, qu'elle ferma avec un nœud.

L'enfant était déjà repartie, toute joyeuse, à la pêche aux coquillages. Alex soupira.

— Je crois que je serais très triste, si ma famille me répudiait... Vous pensez que votre père s'en est facilement accommodé ?

— Pour être honnête, non, admit Gavin. Il était triste, en quittant l'Angleterre. Et il n'a plus jamais reparlé du passé, sauf une fois, pour m'expliquer que les accusations de la Navy contre lui étaient stupides et sans fondement. Il y a quelques années, j'ai embauché quelqu'un pour enquêter sur cette fameuse bataille qui a ruiné sa carrière. Mon enquêteur a confirmé que mon père n'était absolument pas à blâmer. En réalité, son action a même empêché un plus grand désastre. Mais la vérité importe peu, quand les autorités se cherchent un bouc émissaire.

— Comment votre mère a-t-elle vécu l'obligation de quitter son pays natal ?

— Elle était désolée d'abandonner sa famille et ses amis, mais maman avait un caractère aventureux. L'Amérique l'attirait.

— J'ai l'impression que vous lui ressemblez beaucoup, commenta Alex. Vous m'avez dit qu'ils étaient morts tous les deux ?

— Ma mère naviguait toujours aux côtés de mon père. Elle prétendait qu'ils avaient été séparés trop souvent, lorsqu'il servait dans la Navy.

Il déglutit péniblement avant de poursuivre :

— Un jour qu'ils revenaient ensemble des Caraïbes, un ouragan a jeté leur bateau sur un récif. Il n'y a eu aucun survivant.

Elle lui étreignit la main.

— Je suis désolée pour vous, Gavin...

— La mer est une maîtresse cruelle. Elle donne et elle reprend.

Il avait dit cela pour paraître stoïque, mais il garda quelques instants la main de la jeune femme dans la sienne, avant de la relâcher.

Au même moment, une vague plus grosse que les autres déséquilibra Katie et la fit rouler sur le sol. Bien que la fillette ne courût aucun danger, Alex releva son sarong et se précipita pour la rejoindre. Katie s'était déjà relevée, trempée de la tête aux pieds, mais rayonnante. Alex la serra dans ses bras, sans se soucier d'être mouillée à son tour.

Le soleil les éclairait toutes deux, créant une image que Gavin n'oublierait jamais. La Madone et l'Enfant. L'amour inconditionnel d'une mère et l'innocence de l'enfance. Il aurait souhaité faire partie de ce cercle d'amour. Cela faisait trop longtemps qu'il vivait seul.

Sa réussite sociale l'avait accaparé pendant des années – et aussi le désir de faire ses preuves, pour le jour où il affronterait son grand-père. Il avait aimé se sacrifier pour son travail, mais quand il essayait de faire le bilan, ce n'était ni la réussite ni la fortune qui lui donnait le plus de satisfaction, mais les souvenirs du trop bref bonheur qu'il avait partagé avec Héléna. Et il brûlait d'envie d'avoir une nouvelle chance.

En fait, il voulait Alex. Il aimait sa force, sa vitalité, sa loyauté. Il aimait ce rayon de soleil qu'était Katie. Et il rêvait d'entrer dans la famille de la jeune femme, qu'il se représentait unie par un amour de tous les jours...

Alex et Katie revenaient vers lui en riant, bras dessus, bras dessous. Elles étaient maintenant aussi trempées l'une que l'autre, mais Gavin les trouva plus belles encore. Essayant de ne pas trop regarder comment le sarong mouillé d'Alex collait à ses cuisses, il leur retourna leur sourire.

— Il serait peut-être temps de rentrer au bateau, avant que Katie n'attrape un coup de soleil.

Ils regagnèrent la pirogue, Katie ramassant d'autres coquillages en chemin, tandis que Gavin songeait que la jeune femme n'avait pas encore complètement récupéré de sa captivité. S'il voulait gagner sa main, il lui faudrait se montrer patient, car s'il la brusquait, il risquait de la perdre définitivement.

Heureusement, il avait appris depuis longtemps la patience.

Ce soir-là, épuisées par leur excursion sur l'île, la mère et la fille se retirèrent tôt dans leur cabine. Katie s'endormit tout de suite, avec la facilité d'une enfant de son âge. Alex, non. Mais pour une fois, son insomnie ne la dérangea pas.

Elle revivait les détails de la journée et se disait que, décidément, Gavin était d'une merveilleuse compagnie. Il était tellement masculin et sûr de sa virilité... Et même s'il devait être hanté par le souvenir de leur intimité forcée, il n'en montrait rien. Le temps finirait par faire son œuvre. Quand ils arriveraient en Angleterre, le jeu du Lion ne serait plus qu'un lointain souvenir.

Chaque fois qu'elle revoyait en pensée Gavin sourire ou même rire, Alex était prise d'une bouffée de tendresse qui ressemblait fort à du désir. Elle s'obligea à songer à autre chose. Il n'était pas question qu'elle retombe amoureuse. Et surtout pas de Gavin. S'il était décidé à se remarier, il n'aurait qu'à choisir parmi les ravissantes jeunes filles que Londres lui offrirait.

Cependant, elle ne pouvait s'empêcher de le désirer. Après tout, ce n'était guère étonnant. Gavin était l'homme le plus séduisant qu'elle eût jamais rencontré, et elle le connaissait maintenant sous tous les angles de son anatomie. Mais ce souvenir-là était entaché d'amertume et de colère...

À force de ne pouvoir trouver le sommeil, la jeune femme finit par se relever et alla ouvrir une fenêtre, pour respirer l'air du large.

La pleine lune peignait la surface des vagues de reflets argentés qui inspiraient la sérénité. Même si une attaque de pirates n'était jamais exclue, Alex se sentait en sécurité avec Gavin aux commandes. S'il avait dirigé l'*Amstel*, il n'aurait pas permis que le bateau soit capturé.

Se sentant apaisée, elle dit au revoir à la lune et s'apprêtait à refermer la fenêtre, lorsqu'elle se figea brutalement.

La pleine lune !

À quand remontait sa dernière période ? Elle tenta quelques calculs, mais c'était au fond inutile. Elle comprenait, maintenant, pourquoi elle se sentait souvent si fatiguée. Comme elle comprenait que ses nausées n'avaient rien à voir avec le mal de mer. L'enfer de Maduri continuait de la poursuivre.

Elle était enceinte.

14

Une tempête s'approchait. Gavin donna ordre à son équipage d'affaler les voiles et monta lui-même dans la mâture pour aider au travail. Quand ce fut terminé, il s'arma de son sextant pour faire le point. Depuis qu'ils avaient entamé la traversée de l'océan Indien, ils n'avaient croisé aucun autre navire. La mer et le ciel étaient leurs seuls horizons. Mais les vents les poussaient favorablement, et s'ils continuaient ainsi, ils atteindraient l'Angleterre au tout début de l'été.

Alors qu'il gagnait le pont inférieur, il croisa Katie, qui le contemplait avec de grands yeux étonnés.

— Je ne savais pas que le capitaine montait aussi dans la mâture, dit-elle.

— Il n'y est pas obligé, mais j'aime bien travailler directement sur les voiles.

— Vous croyez que je pourrais apprendre à le faire, moi aussi ?

— Pas question ! intervint Alex qui les avait rejoints. Il faut beaucoup de force et d'agilité pour grimper dans les cordages, ajouta-t-elle, alors que son regard était tombé involontairement sur la chemise entrouverte de Gavin, qui révélait son torse incroyablement musclé. N'est-ce pas, capitaine ?

— Oui, c'est vrai, confirma-t-il. Même les garçons ne sont pas autorisés à grimper avant d'avoir douze ans.

Mais, devant la déception de la fillette, il s'empressa d'ajouter :

— En revanche, je peux te montrer comment on se sert d'un sextant.

Katie se tourna vers sa mère.

— Je peux, maman ?

— Oui, ça te fera une bonne leçon de calcul et de géométrie. D'ailleurs, je vais vous suivre.

Bien qu'elle s'efforçât de sourire à sa fille, Gavin remarqua qu'Alex semblait épuisée et qu'elle avait les yeux tristes. En fait, depuis leur pique-nique, il la trouvait changée. Et plus maigre que jamais. Peut-être était-ce la conséquence de son mal de mer qui ne voulait pas passer ? À moins qu'elle ne s'inquiétât de l'accueil qui l'attendrait en Angleterre ? Même si ce n'était pas justifié, elle avait sans doute honte à l'idée d'affronter sa famille et ses amis.

À Maduri, Gavin lui aurait demandé ce qui n'allait pas, et la jeune femme aurait répondu sans hésiter. Mais leur relation n'était plus aussi confiante. Malgré l'exiguïté de l'*Héléna,* elle gardait ses distances. Et il s'en désolait.

Katie apprécia sa leçon de sextant.

— Tu ferais un bon marin, la félicita Gavin.

La fillette sourit du compliment, mais secoua la tête.

— Je préfère le plancher des vaches, capitaine. Les jours se ressemblent trop, sur un bateau.

— Aujourd'hui sera différent, car nous allons essuyer une tempête, annonça-t-il. Dès que le vent soufflera et que la pluie commencera à tomber, vous resterez toutes les deux confinées dans votre cabine, avec interdiction d'en sortir.

Voyant qu'Alex paraissait s'alarmer, il s'empressa de préciser :

— Mais vous n'avez rien à craindre. Ce ne sera pas une méchante tempête, et l'*Héléna* est solide.

— Le bateau s'en sortira sans doute mieux que mon estomac, dit la jeune femme.

Il acquiesça.

— Évitez de vous allonger. Ça ne fait qu'empirer les vertiges.

Elle s'obligea à sourire.

— Ne vous tracassez pas. J'ai survécu à pire.

C'était vrai. Mais cela n'empêcherait pas Gavin de s'inquiéter pour elle.

Le tonnerre, les éclairs, la pluie battante… Cette tempête rappelait à Alex celle qui avait éclaté, plus de six mois auparavant. Elle avait beau afficher un air insouciant tandis qu'elle jouait aux petits chevaux avec Katie, son esprit restait obsédé par la tempête essuyée par l'*Amstel* et le drame qui avait suivi.

Comme le feu des cuisines avait été éteint par mesure de sûreté, leur dîner se composa de biscuits secs et de thé froid. Katie, fatiguée, se coucha tôt et Alex la borda soigneusement dans le lit. Mais elle-même n'avait aucune envie de dormir. Du reste, comme Gavin le lui avait rappelé, elle aurait davantage la nausée si elle s'allongeait.

La jeune femme s'installa dans un fauteuil, solidement fixé au sol pour éviter de se renverser. Les heures passaient lentement, ponctuées par le martèlement de la pluie contre les vitres.

Finalement, un peu après minuit, la tempête commença à se calmer. Impatiente de respirer un peu d'air frais, Alex enfila le manteau que lui avait prêté Gavin et jeta un coup d'œil par la porte. La coursive était déserte. Elle s'empressa de la traverser pour grimper sur le pont.

Même si la tempête avait diminué d'intensité, il pleuvait encore, et les membres d'équipage de veille s'étaient rassemblés vers l'arrière du navire, à l'abri de la dunette. Alex, profitant de l'obscurité, se glissa vers la proue en se tenant au bastingage, sans se faire remarquer.

Parvenue à la pointe du bateau, elle agrippa le bastingage et regarda l'*Héléna* piquer inlassablement dans les vagues, puis se relever, triomphant. C'était un peu comme chevaucher une monture, sauf qu'à cheval Alex avait l'impression de pouvoir tout contrôler, alors qu'ici elle n'était qu'une simple passagère, à la merci du bon vouloir de l'équipage.

Juste en dessous du pont se dressait la figure de proue du navire. Celle-ci représentait une femme angélique, inspirée de la véritable Héléna Elliott.

Elle réalisa, effondrée, qu'elle n'aurait jamais la pureté de l'épouse de Gavin. Elle rentrait dans son pays souillée par une grossesse commencée bien trop longtemps après la mort de son mari. Sans ce témoignage flagrant des viols qu'elle avait endurés, elle aurait pu cacher une grande partie de ce qui lui était arrivé à Maduri. Personne n'avait besoin de connaître les détails de sa captivité. Mais à présent, tout le monde saurait. Elle serait, au choix, regardée comme une catin, ou comme une pauvre victime. Et elle ignorait ce qu'elle détestait le plus.

La jeune femme s'absorba dans la contemplation de la mer démontée, fascinée par la violence des éléments. Survivrait-elle seulement à cette traversée ? Elle avait supporté la grossesse de Katie sans le moindre problème de santé. Mais là, elle était constamment malade. Sans savoir si elle devait imputer ses malaises au mal de mer, à sa grossesse, ou à son appréhension à l'idée de rentrer en Angleterre. Elle se sentait au bout du rouleau. Et ce qui l'épuisait encore plus, c'était l'obligation qu'elle se faisait de toujours sourire à Katie et de se conduire avec elle comme la mère que la fillette méritait.

Si jamais quelque chose lui arrivait pendant la traversée, Gavin s'occuperait bien sûr de Katie jusqu'à Londres, où il la confierait aux soins de ses grands-parents. D'ailleurs, Alex avait rédigé une lettre en ce sens à son intention. Mieux valait tout prévoir, même si elle était déterminée à se battre jusqu'au bout, malgré ses humeurs parfois très sombres.

Elle s'apprêtait à quitter son poste d'observation, lorsque le mât de beaupré se mit soudain à briller. Après un instant de stupéfaction, elle comprit qu'il devait s'agir du feu Saint-Elme, cette lumière inexplicable qui illuminait parfois la mâture d'un navire après un orage. Elle avait entendu parler du phénomène, mais n'y avait encore jamais assisté. Émerveillée, elle le contempla en songeant qu'elle n'était qu'une minuscule créature suspendue entre le ciel et l'abîme de l'océan.

Cette pensée, curieusement, l'aida à relativiser ses problèmes.

Gavin fut tiré de sa sieste par des coups frappés à sa porte.

— Capitaine, vous feriez mieux de monter sur le pont.

Il étouffa un juron, avant d'aller ouvrir à Benjamin Long.

— Qu'y a-t-il ?

— Le bateau s'est très bien tiré de la tempête, capitaine. Mais je n'ai jamais vu un tel feu Saint-Elme. Il s'est propagé dans toute la mâture, et les hommes sont nerveux.

Gavin soupira. Les marins étaient superstitieux de nature, et il ne fallait jamais plaisanter avec ça.

— Très bien. J'arrive.

Il remit son ciré. Même s'il n'y avait pas urgence, Benjamin avait bien fait de le réveiller. Son second savait parfaitement maîtriser le navire, mais quand il s'agissait de calmer des marins agités, mieux valait que Gavin s'en charge en personne. C'était une tâche qui revenait d'office au capitaine, seul maître après Dieu.

Une fois sur le pont, il resta un moment interdit devant le spectacle qui s'offrait à lui. Les voiles ayant été affalées depuis le début de la tempête, la mâture se détachait sur le noir du ciel comme un squelette, parcourue çà et là de globes phosphorescents, certains pas plus gros qu'une noisette, d'autres de la taille d'une tête d'homme. Gavin trouvait cela très beau, mais il comprenait que les marins soient impressionnés.

Il s'approcha du petit groupe assemblé sous la dunette. Ce qu'il leur dit avait peu d'importance. Sa présence suffit à rassurer les plus nerveux.

Alors qu'il s'apprêtait à rejoindre Benjamin qui tenait la barre, il repéra une silhouette à la proue du navire. L'espace d'un instant, il se laissa à son tour gagner par la superstition, se rappelant les paroles d'un vieux marin qui avait évoqué l'ange noir de la mort : celui-ci apparaissait parfois à la proue d'un bateau marqué par le destin.

Mais Gavin ne croyait ni aux anges ni aux démons. Il regarda mieux et s'aperçut, malgré le manteau qu'elle portait, qu'il s'agissait d'une femme. Or il n'y avait qu'une femme sur l'*Héléna*. Il se précipita vers elle, juste au moment où une vague immense soulevait le bateau avec une telle violence que la jeune femme perdit l'équilibre. Gavin l'enlaça à la taille, et ils furent tous les deux projetés sur le pont.

— Bon sang, Alex, à quoi pensiez-vous ? grommela-t-il, en même temps qu'il tendait un bras pour se raccrocher à un étançon, tandis que de l'autre il la maintenait fermement contre lui. Vous auriez pu tomber à l'eau !

Elle s'était couvert le visage avec les mains et tremblait comme si elle essayait de retenir ses larmes. Gavin se cala, assis, contre le bastingage, et l'attira dans ses bras.

— Alex, dites-moi ce qui ne va pas. Depuis que nous avons quitté les îles, je vous sens mélancolique. Pourtant, le pire est passé. Vous serez bientôt au milieu de votre famille.

La jeune femme enfouit le visage au creux de son épaule, sans pouvoir retenir ses sanglots.

— Le pire n'est pas passé. Je... je suis enceinte.

La nouvelle stupéfia Gavin. Tout à coup, il comprenait pourquoi Alex se sentait toujours nauséeuse. Le mal de mer n'y était pour rien.

— Dans ce cas, nous nous marierons à Ceylan.

Elle redressa la tête, médusée.

— Vous êtes fou ? Je porte l'enfant d'un violeur et, Dieu me pardonne, l'idée me révulse tellement que je le hais !

Gavin reçut cette réponse comme une gifle en plein visage.

— Avoir un enfant de moi vous paraît à ce point détestable ?

— Je ne crois pas que vous soyez le père. Je pense plutôt à Budhy, mon second propriétaire.

Combien de fois ce maudit bâtard avait-il abusé d'Alex ? Gavin la serra tendrement contre lui, dans l'espoir de l'aider un peu à oublier ses terribles souvenirs.

— Mais cela pourrait aussi être mon enfant, n'est-ce pas ?

— Oui... peut-être. Mais c'est moins probable.

— Ce n'est quand même pas impossible. Épousez-moi, Alex. Si vous rentrez en Angleterre mariée, personne ne posera de questions sur votre état.

— Sauf que si je donne naissance à un bébé à moitié malais, tout le monde découvrira la vérité !

— À supposer que cela se produise, ce ne sera pas la faute de l'enfant, fit valoir Gavin. Et si je suis votre mari, je découragerai quiconque d'émettre la moindre réserve sur sa filiation.

Une vague passa par-dessus la proue, les trempant jusqu'aux os.

— Venez, reprit-il, ce n'est vraiment pas un endroit pour discuter.

Il l'aida à se relever, puis ils marchèrent prudemment jusqu'à la première écoutille. Devinant que Katie dormait, il entraîna Alex dans sa propre cabine. Comme elle frissonnait de la tête aux pieds, il la débarrassa de son manteau et enroula une couverture sur ses épaules. Puis il l'obligea à s'asseoir sur la couchette, tandis qu'il sortait une bouteille de brandy et leur servait à chacun un verre. Cela fait, il alla s'adosser contre la porte, de manière à mettre le plus de distance entre lui et la jeune femme, malgré l'exiguïté de la cabine.

— Nous parlions de mariage, dit-il.

Elle but une gorgée de brandy, faillit s'étrangler, but de nouveau.

— Vous êtes un vrai chevalier servant, Gavin. J'apprécie à sa juste valeur votre désir de me sauver une seconde fois. Mais le mariage est une chose sérieuse. Ce serait idiot de lier pour toujours votre existence à la mienne, simplement parce que vous avez eu pitié de moi.

— La pitié n'a rien à voir là-dedans, Alexandra. Nous ne nous connaissons pas depuis longtemps, mais nous avons traversé ensemble de dures épreuves. J'admire votre force et votre résistance. Et je me suis énormément attaché à vous. Nous pourrions former tous les trois, moi, vous et Katie, une belle famille. Sans parler du bébé à venir.

Elle ferma les yeux, pour tenter de contenir ses larmes.

— Vous me tentez beaucoup, Gavin. Je ne suis pas sûre d'être capable de faire une bonne épouse. Comprenez-vous ce que j'essaie de vous dire ?

Il comprenait, mais cela ne changeait rien à sa détermination. Même si le bébé qu'elle portait n'était pas le sien, il le prendrait sous sa responsabilité.

De toute façon, il n'y avait pas que le bébé. Il désirait Alex, et pas seulement physiquement. Il ne pouvait rêver plus bel avenir que de passer ses jours et ses nuits auprès de cette femme courageuse. Avec elle, il voulait partager ses bonheurs, ses espoirs ou ses inquiétudes. Il la voulait pour épouse jusqu'à ce que la mort les sépare.

— Après ce que vous avez vécu, je puis comprendre que vous ne teniez pas à partager le lit d'un homme, dit-il en prenant soin de bien choisir ses mots. Mais le temps efface les mauvais souvenirs. Un jour, vous finirez par voir les choses sous un autre angle. Je suis d'une nature patiente. J'attendrai aussi longtemps qu'il le faudra.

Alex rouvrit les yeux.

— Vous prenez un grand risque, Gavin. Car vous pourriez bien attendre toujours...

Il gardait un souvenir trop ému de leur relation charnelle – même si celle-ci avait été forcée – pour ne pas vouloir revivre une telle expérience, et cette fois en toute liberté. Cependant, il était prêt à accepter l'idée qu'il n'y aurait pas de seconde fois.

— Un mariage est toujours risqué, Alex. Je ne demande pas mieux que de prendre ce risque avec vous.

La jeune femme s'abîma dans la contemplation de son verre, qu'elle tournait nerveusement dans ses mains. Puis elle se décida à boire une autre gorgée.

— Si nous nous marions, vous serez libre de prendre une maîtresse. J'espère toutefois que vous saurez vous montrer discret sur ce point...

Gavin haussa les sourcils.

— Ce n'est pas ainsi que je conçois le mariage, Alexandra.

Elle croisa son regard.

— Notre mariage ne sera pas tout à fait ordinaire. Sauf, bien sûr, si je... si je peux me comporter en véritable épouse. J'aimerais vous savoir fidèle à moi, comme je vous serai fidèle. Mais je ne peux vous forcer à la chasteté, tant que je n'aurai pas surmonté mes souvenirs. Je veux bien vous servir de compagne et de maîtresse de maison, mais cela ne vous suffira pas. Aussi, si vous allez voir ailleurs, je ne considérerai pas cela comme un... péché.

Gavin ne voyait pas comment cela ne serait pas un péché d'être marié à Alex et de coucher avec une autre. Lui-même pouvait se conduire comme un moine. Il l'avait fait pendant des années. Mais il n'était pas sûr de pouvoir rester éternellement chaste, en vivant auprès d'une femme aussi désirable et séduisante qu'Alexandra Warren.

Cependant, il était optimiste. Elle finirait par retrouver goût à la chair. Quand elle serait rentrée en Angleterre et quand l'angoisse de cette grossesse non désirée serait surmontée, elle commencerait à revivre. Et si elle acceptait qu'ils fassent lit commun, il parviendrait à chasser ses mauvais souvenirs pour les remplacer par des nuits de plaisir. Alex était d'une nature passionnée. De cela, il était certain. Avec un peu de temps et de patience, leur mariage serait réussi sur tous les plans.

— Très bien, dit-il, vous me donnez la permission d'entretenir une maîtresse, à condition que vous ne sachiez rien sur son compte. Souhaitez-vous soulever un autre problème ?

Elle se passa une main dans les cheveux.

— Où vivrons-nous ? En Angleterre ? En Amérique ? À la ville ? À la campagne ?

— Si vous désirez rester près de votre famille, nous pouvons nous établir en Angleterre, je n'y vois aucun inconvénient. Du moins dans un premier temps. Ensuite, il ne serait pas inconcevable d'aller nous installer en Amérique. Mais nous en discuterons ensemble, le moment venu.

— Si on me tourne le dos à cause du bébé, j'aimerais autant émigrer le plus vite possible en Amérique, objecta Alex, avant de partir d'un grand éclat de rire. Quand j'y pense, Gavin, c'est trop drôle ! Vous ne m'avez jamais vue sous mon meilleur jour. Depuis que nous

nous connaissons, j'ai toujours un motif d'être au désespoir. Lorsque ma vie sera enfin redevenue normale, je risque de vous paraître une étrangère.

— Je ne pense pas que j'apprécierai moins cette étrangère que je ne vous apprécie aujourd'hui. Beaucoup de couples mettent des années avant de bien se connaître. Nous, nous avons commencé de la pire manière. Mais ce n'est peut-être pas un mal. Après tout, les choses ne pourront que s'améliorer. Et si vous êtes heureuse, je serai heureux moi aussi.

Alex sentit qu'elle allait de nouveau pleurer, mais cette fois d'émotion.

— Vous êtes si bon, Gavin. Je me demande ce que j'ai fait pour vous mériter.

— Cela veut-il dire que vous acceptez de m'épouser ?

— Je... je crois que oui, murmura-t-elle. Si Katie est d'accord. Et je pense qu'elle le sera, ajouta-t-elle avec un sourire. Elle vous adore.

— Dans ce cas, l'affaire est entendue. Nous allons nous marier. Merci, Alexandra.

Et avec solennité, Gavin prit la main de la jeune femme pour la porter à ses lèvres. Ce mariage annihilait ses plans de se trouver à Londres une épouse dans l'aristocratie. Mais cela n'avait pas d'importance. Épouser Alexandra était le plus grand défi qu'il s'était jamais fixé. Pourtant, il était sûr que cette femme était faite pour lui. Et qu'il était fait pour elle.

15

Katie fronça les sourcils, mécontente.

— Maman, tu trembles !

— On est toujours nerveuse le jour de son mariage, ma chérie, répondit la jeune femme d'une voix qu'elle voulait légère. Je tremblais aussi quand j'ai épousé ton père.

À l'époque, Alex s'était demandé si elle ne commettait pas la plus grosse erreur de sa vie. La suite l'avait détrompée, même si son mariage n'avait pas été une complète réussite. Et aujourd'hui, elle ne pouvait s'empêcher de se demander si elle ne commettait pas à nouveau une erreur. Elle avait l'impression d'avoir perdu tout contrôle sur sa vie, depuis l'attaque des pirates. En bonne logique, sa route n'aurait jamais dû croiser celle d'un homme comme Gavin.

Certes, c'était lui qui avait raison. Ils se connaissaient mieux que la plupart des couples avant leur mariage. Alex savait qu'il ferait un bon mari, et un père aimant pour Katie et l'enfant à naître. D'ailleurs, passé le premier effet de surprise, la fillette s'était réjouie à l'idée de ces noces.

Cependant, malgré les éminentes qualités de Gavin, Alex était consciente de l'épouser d'abord pour se rassurer. Elle voulait rentrer en Angleterre protégée par un homme que ses parents aimeraient tout de suite. Gavin et le colonel ne pourraient que bien s'entendre. Plus elle y songeait, plus Alex les trouvait semblables. Gavin était moins collet monté, bien sûr. Mais les deux hommes possédaient une vraie générosité de cœur.

La porte s'ouvrit et Jane Walker, qui serait son témoin au mariage, apparut.

Après qu'Alex eut donné son accord pour épouser Gavin, l'*Héléna* s'était dérouté vers Ceylan. À Colombo, il avait fait héberger Alex et Katie chez la mère de Jane, la veuve d'un militaire anglais. Âgée de dix-huit ans, Jane était terriblement romantique, et avait offert chaleureusement ses services lorsqu'elle avait appris que l'invitée de sa mère allait se marier.

— Vous êtes ravissante, madame Warren, dit-elle en s'assurant que la robe d'Alex, qu'elle avait cousue avec sa mère, tombait comme il fallait. Avec le capitaine, vous formez un couple magnifique.

— Merci, Jane. Je crois qu'il est grand temps de partir à l'église, maintenant.

Alex prit sa fille par la main et, escortée de Jane, elle franchit à pied la centaine de mètres qui séparaient la maison des Walker de la petite église anglicane. Il faisait une chaleur tropicale, mais au moins le soleil brillait sans nuages.

Elles arrivèrent à l'église alors que le clocher commençait de sonner onze heures. Alex eut un dernier sursaut d'angoisse au moment de gravir les marches. Elle inspira un grand coup, releva le bas de sa robe et se décida à monter l'escalier d'une seule traite. Quand on était veuve et mère, le temps n'était plus aux rêveries romantiques de l'adolescence. Du reste, peu de femmes étaient aussi heureuses en mariage que sa mère et le colonel. Ce qui ne voulait pas dire pour autant que les autres étaient malheureuses.

Avec Edmund, Alex avait confondu son envie d'aventures et l'amour qu'il pouvait lui inspirer. Cette fois, elle se mariait plus par raison que par inclination du cœur. Au moins était-elle désormais assez mûre pour être parfaitement consciente de ce qu'elle faisait. Elle appréciait et respectait Gavin. Elle le trouvait également séduisant. Mais cela, c'était presque embêtant...

Lorsqu'elle l'aperçut devant l'autel, flanqué de Suryo et de Benjamin Long, elle lui trouva définitivement l'allure d'un héros romantique. D'ailleurs, il s'était conduit comme tel. Mais Alex, hélas, était trop marquée par la vie pour croire encore aux romances.

La jeune femme remonta l'allée, Katie et Jane sur ses talons. Gavin la regardait si fixement qu'elle se demanda s'il ne regrettait pas sa décision. Mais non. Quand il lui prit la main, son sourire ne trahit pas la moindre hésitation.

L'assistance étant réduite au minimum, Katie et Jane restèrent à côté d'Alex durant la cérémonie, tout comme Suryo et Benjamin près de Gavin. Le vicaire, un vieil homme aux cheveux blancs, salua tout le monde, avant de prononcer les premières paroles rituelles.

— Nous sommes ici assemblés dans la maison de Dieu pour unir...

Alex entendit la suite dans un brouillard, sauf au moment d'échanger les alliances, car Gavin lui étreignit la main si fort qu'elle ne put ignorer ce qui se passait. La jeune femme lui sourit, pour signifier qu'elle avait confiance en lui. Même si elle le connaissait à peine.

— Et maintenant, conclut le vicaire, je vous déclare mari et femme.

Après la bénédiction finale, Gavin murmura :

— Mari et femme. J'aime bien cette expression, madame Elliott...

Et il lui baisa la main.

Mme Elliott. S'entendre appeler par son nouveau nom la fit presque sursauter. Brusquement, les paroles du vicaire prenaient tout leur sens.

Jane Walker pleurait de joie. Gavin s'agenouilla devant Katie et tira une petite boîte de sa poche.

— Je voulais profiter de la cérémonie pour marquer notre nouvelle relation, dit-il en lui tendant solennellement le paquet. Sache que je suis très heureux de t'avoir pour belle-fille, Katie.

— Et moi, je suis heureuse de vous avoir pour beau-père, capitaine, répondit la fillette avec la même solennité.

Puis, ouvrant la boîte, elle poussa un petit cri d'admiration en découvrant une ravissante chaîne en or. À la fois simple – elle convenait parfaitement à une enfant –, la chaîne était en même temps assez élégante pour être encore portée quand Katie serait une jeune fille.

— Oh, merci, capitaine ! Je peux la mettre tout de suite, maman ?

— Bien sûr, ma chérie.

Alex passa la chaîne au cou de sa fille. C'était vraiment gentil de la part de Gavin d'avoir songé à l'associer à la cérémonie. À présent, la jeune femme était certaine d'avoir fait le bon choix. Il ne lui restait plus qu'à s'efforcer de devenir une épouse, dans tous les sens du terme. Elle devait bien cela à Gavin.

À la fin du déjeuner qui suivit, Gavin n'avait toujours pas entièrement réalisé qu'Alex était devenue sa femme. Elle était entrée dans l'église avec l'air de quelqu'un prêt à prendre ses jambes à son cou. Du reste, une femme qui s'était battue avec autant d'énergie contre sa captivité n'aurait pas hésité à abandonner son futur mari devant l'autel, si elle avait pensé commettre une erreur en l'épousant. Dieu merci, elle ne s'était pas enfuie !

Quand tout le monde eut replié sa serviette, Suryo annonça :

— Mademoiselle Katie, aimeriez-vous voir des éléphants ? On pourrait même partir en promenade sur le dos de l'un d'eux.

— Oh oui, s'il vous plaît, répliqua la fillette, qui ajouta avec un sourire entendu : Maman et le capitaine ont sans doute envie d'être seuls. (Elle se tourna vers Gavin, hésitante.) Ça ne vous embête pas, si je vous appelle capitaine au lieu de papa ?

— Bien sûr que non. Si tu m'autorises à t'appeler de temps en temps « ma chérie », comme le fait ta maman.

— Oh, ça me ferait plaisir, assura la fillette, qui avait déjà bondi de sa chaise, prête à une nouvelle aventure.

— Mlle Walker souhaite peut-être se joindre à nous ? proposa Suryo. Elle connaît certainement mieux Colombo que moi.

Jane acquiesça, et les candidats à la promenade à dos d'éléphant s'esquivèrent promptement. Puis ce fut au tour de Benjamin Long de prendre congé. Après son départ, Alex et Gavin se retrouvèrent seuls.

— Si nous allions nous promener, nous aussi ? suggéra Gavin, devinant que la jeune femme ne se sentait pas à son aise.

Alex parut se détendre.

— Volontiers. Ce sera une bonne occasion de découvrir la ville, puisque nous repartons demain.

Ils quittèrent la tranquille auberge où ils avaient partagé leur repas de noce en marchant côte à côte, sans se toucher. Depuis la dernière épreuve du jeu du Lion, la jeune femme avait évité tout contact physique avec quiconque, excepté Katie. Sauf la nuit où elle avait pleuré dans les bras de Gavin. Celui-ci se disait que c'était une réaction normale, et qu'il fallait laisser le temps faire son œuvre.

— Ceylan est une île très métissée, fit-il remarquer alors qu'ils déambulaient dans les rues de la capitale. Les Indiens, les Portugais, les Anglais et les Hollandais y ont tous imprimé leur marque. C'est dommage que nous n'ayons pas le temps de visiter l'intérieur des terres. Les paysages sont splendides.

— Tu as l'air de bien connaître Ceylan…

— J'y ai investi des sommes importantes dans plusieurs plantations de café.

— Une autre source de revenus, murmura-t-elle en baissant les yeux sur son alliance. J'ai beaucoup plus gagné que toi, dans ce mariage.

Il fronça les sourcils.

— Je t'interdis de raisonner ainsi, Alexandra. Nous devons nous engager dans cette union en partenaires égaux, si nous voulons qu'elle ait des chances de réussir.

Elle secoua la tête.

— J'ai du mal à me faire à cette idée, alors que j'ai si peu à apporter…

— Tu m'apportes ton courage, ta force et ton intégrité. Ces vertus n'ont pas de prix.

Sans parler de sa beauté. Mais Gavin savait qu'elle ne le croirait pas sur ce point.

— Je suis convaincu que tu seras une épouse qui saura prendre en main son mari, ajouta-t-il pour plaisanter.

La jeune femme sourit vraiment, pour la première fois de la journée.

— J'essaierai.

Ils traversèrent un marché débordant de couleurs et de senteurs, avec des femmes en sari, des enfants qui couraient et riaient dans les travées, et des paniers de piments rouges, de cardamome ou de pétales de roses. La foule se faisant plus nombreuse, Alex se rapprocha de Gavin et prit finalement son bras. Ce geste le bouleversa avec une intensité qui l'étonna lui-même.

C'était la première fois qu'elle le touchait volontairement – et c'était de sa part un formidable témoignage de confiance.

— Nous devrions profiter de ce que nous n'avons pas tout un équipage qui écoute ce que nous disons pour apprendre à mieux nous connaître, suggéra-t-il. Il y a plein de choses que je voudrais savoir sur toi. Par exemple, où avez-vous habité, quand ton beau-père a pris sa retraite de l'armée ?

— Dans le pays de Galles, où le colonel possède une ravissante propriété de campagne. (Elle rit.) Ça me fait penser que j'ai dégringolé l'échelle sociale. Ma mère s'était remariée à un colonel et moi, je n'ai épousé qu'un simple capitaine.

Il rit aussi, amusé de sa plaisanterie.

— Un capitaine de vaisseau n'est-il pas l'équivalent d'un colonel de l'armée de terre ? Mais moi, je n'opère que dans la marine marchande. En réalité, je n'ai pas de grade officiel, même si Katie tient absolument à me donner du « capitaine ». Je suppose que c'est parce qu'elle t'entend toujours appeler ton beau-père « le colonel ».

— C'est une habitude, quand on vient d'une famille de tradition militaire. Le grade d'un soldat fait partie intégrante de sa personne. Mon père était officier de cavalerie. Mon beau-père commandait un régiment d'infanterie à Waterloo. C'est là qu'il a connu ma mère. Elle servait comme infirmière, et elle l'a soigné. Le son des tambours a bercé toute mon enfance.

— Jusqu'à votre départ pour le pays de Galles. Tu n'en sortais jamais ?

— Je me rendais parfois à Londres, mais sinon j'allais plutôt chez mon arrière-grand-père, en Cornouailles. J'ai donc vraiment grandi à la campagne… Et toi ? Où vivais-tu avant le départ de tes parents pour l'Amérique ?

— Principalement à Aberdeen, qui borde la mer du Nord. Nous serons obligés d'avoir une maison à Londres, puisque j'y aurai mon bureau, mais j'aimerais bien posséder aussi une résidence secondaire sur la côte.

— Je suis d'accord. Londres est agréable, mais à petites doses. C'est indispensable de pouvoir de temps en temps s'échapper à la campagne.

— Ton premier mariage t'a-t-il rendue heureuse ? demanda Gavin.

Il savait qu'il n'aurait probablement pas dû poser cette question, mais il voulait connaître la réponse.

La jeune femme soupira.

— Edmund était plus âgé que moi. Et habitué à être le seul maître de ses faits et gestes. Je crois qu'il n'a jamais vraiment cherché à comprendre ce que pouvait penser sa femme. Cela dit, c'était quelqu'un de sérieux et de très fiable. Il s'est bien occupé de moi et de Katie. Quand il est mort… (Sa voix s'altéra.) Il avait toujours été si fort. Je n'aurais pas pu imaginer qu'une simple fièvre suffirait à l'emporter. C'était comme si un gouffre s'ouvrait sous mes pieds.

Ainsi donc, Alex avait connu un mariage solide, mais rien qui tînt du conte de fées. Cette découverte le soulageait. Il était conscient, en revanche, qu'elle devait trouver difficile de se mesurer à Héléna. Il décida de mettre la question sur le tapis.

— Je crois que tu as compris à quel point j'aimais Héléna. Mais cela n'enlève rien à ce qui existe entre nous. Avec toi, je vis une autre histoire. Quand j'ai épousé Héléna, nous étions aussi jeunes l'un que l'autre. Nous avons découvert le mariage en même temps que la vie. Alors que toi et moi, nous apportons chacun dans la corbeille notre expérience. C'est une relation différente.

La jeune femme lui étreignit les doigts.

— Je te trouve extraordinaire, Gavin. J'ignorais complètement qu'un couple puisse avoir des discussions de ce genre.

— Tes parents ne se parlaient donc pas ?

— Je ne pense pas que ma mère ait pu échanger quoi que ce soit avec mon père. C'était un bon militaire, mais il était assez borné. Avec le colonel, c'est sans doute différent. Ils sont si proches l'un de l'autre qu'ils décident probablement tout en commun. Mais je n'y avais pas pensé avant. Edmund ne me demandait jamais mon avis.

— J'espère que nous continuerons à nous parler librement, tout au long de notre union.

Leur promenade les avait conduits aux abords d'un petit parc luxuriant. Comme il n'y avait personne en vue, Gavin s'arrêta.

— Pourrais-je te demander une faveur ?

— Bien sûr.

— J'aimerais t'embrasser.

Elle se raidit aussitôt.

— Je... je suppose que c'est une requête normale, un jour de noces.

Sur ces mots, elle ferma les yeux et lui offrit ses lèvres. Il s'en empara tendrement, prenant soin de ne pas l'embrasser avec toute la fougue que lui inspirait son désir. Alex se détendit un peu, et il en profita pour glisser une main autour de sa taille.

Comme elle ne semblait pas vouloir le repousser, il s'enhardit à la prendre dans ses bras. Mais cette fois elle tressaillit et se raidit à nouveau. Il laissa retomber ses mains, devinant qu'elle ne supportait pas de se sentir prise au piège. Après un dernier baiser sur sa joue, il s'écarta.

— Merci, Alexandra, murmura-t-il.

Elle baissa les yeux.

— Ne me remercie pas. C'était... c'était agréable.

Un simple baiser n'offrait qu'un piètre échantillon de ce que Gavin était en droit d'attendre, maintenant qu'Alex était sa femme. Mais c'était un début.

16

Alex était ravie de constater que Gavin se révélait un mari plaisant et peu exigeant. Depuis leur départ de Maduri, elle et Katie avaient toujours pris leurs repas au mess des officiers. L'habitude s'en perpétuait pour le petit-déjeuner et le déjeuner. En revanche, le soir, elles soupaient en famille avec Gavin, dans leur cabine.

Il s'attardait souvent après le repas, au moins jusqu'à ce que Katie aille au lit. Ils jouaient tous les trois aux cartes, ou Alex lisait à haute voix une histoire que Gavin et la fillette écoutaient religieusement. Parfois, il évoquait ses voyages, et c'était pour Katie comme des leçons de géographie.

Alex goûtait ces séances encore plus que sa fille. Non seulement il racontait très bien, mais elle en apprenait un peu plus sur lui à travers les anecdotes qu'il leur narrait. Et elle l'appréciait chaque jour davantage.

Jamais elle n'aurait imaginé se trouver un autre mari, moins d'un an après la mort d'Edmund. Elle préférait ne pas penser à ce qu'aurait pu être sa vie si elle avait connu Gavin, plutôt qu'Edmund, lorsqu'elle avait dix-huit ans. Vraisemblablement, elle serait tombée follement amoureuse de lui – le genre d'histoire d'amour qui lui était désormais interdite.

Il y a encore quelques mois, si par exemple l'*Héléna* était venu mouiller à Sydney alors qu'elle cherchait un bateau pour l'Angleterre, elle aurait pu vivre une grande passion avec Gavin. Il n'y aurait pas eu d'attaque de pirates, pas d'enlèvement ni d'esclavage. Juste une longue traversée paisible, pendant laquelle ils auraient appris à s'apprécier mutuellement.

Mais le sort en avait voulu autrement. Alex avait d'abord embarqué sur l'*Amstel*. Le drame qui s'était ensuivi l'avait marquée à vie. Et Gavin, malgré ses belles protestations, l'avait surtout épousée par pitié, comme d'autres recueillaient les chiens ou les chats errants. Cependant, elle était obligée d'admettre que sans la tragédie de l'*Amstel,* sa route n'aurait jamais croisé celle de Gavin. Ils seraient restés des étrangers l'un pour l'autre. Or, Alex mesurait tout ce qu'elle aurait perdu en ne connaissant pas cet homme... Non, le mieux à faire était d'accepter son sort tel qu'il était. Et de se débrouiller avec.

Ils avaient déjà traversé une bonne moitié de l'océan Indien lorsqu'ils croisèrent leur premier navire. Gavin invita Alex et Katie sur la dunette, quand l'autre bateau fut si près qu'on pouvait en distinguer les détails.

— Peux-tu dire quel drapeau flotte à son mât, Katie ? demanda-t-il.

La fillette mit une main en visière pour s'abriter du soleil.

— Le drapeau hollandais ?

— Bravo. J'ajouterai que ce bateau a dû être construit au Portugal, mais qu'il est passé en cale dans les ports indiens.

— Tu peux lire sur les bateaux comme dans un livre, murmura Alex, admirative.

Il sourit.

— Les bateaux sont la seule diversion du marin.

— L'océan est très, très, très grand, n'est-ce pas ? s'enquit Katie, songeuse.

— Oui, ma chérie, répondit Gavin. Je connais un armateur de Nouvelle-Angleterre qui a croisé l'un de ses propres bateaux au milieu de la Méditerranée. Ce genre d'événement est si rare qu'ils en parlaient encore, dix ans après ! Comme tu peux le constater, la mer s'étend à perte de vue. Et c'est ainsi sur des milliers et des milliers de miles.

— J'ai vu sur la carte que nous nous approchions d'une île appelée Madagascar. Est-ce qu'on va s'y arrêter pour faire des provisions ?

— Non. Madagascar n'est pas une halte très sûre. D'ordinaire, les bateaux font plutôt escale à Sainte-Hélène, dans le sud de l'Atlantique. Mais c'est un peu loin, pour nous. Nous nous arrêterons sans doute au Cap. C'est un port très bien localisé, aussi joli que Sydney.

Et se tournant vers Alex, il ajouta :

— Aimerais-tu visiter Le Cap ?

La jeune femme hésita.

— Je ne sais pas si c'est une bonne idée de s'attarder en route. Tu as du thé et des épices à vendre, et j'ai hâte d'être à Londres pour revoir ma famille.

Dieu merci, ses parents ignoraient à quelle date précise elle rentrerait. Ils n'avaient donc pas pu s'inquiéter. Mais elle voulait être arrivée avant qu'ils ne puissent s'alarmer.

— Capitaine ! hurla soudain Benjamin Long, qui se trouvait à côté. Regardez le hollandais !

Alex regarda aussi, et fut surprise de voir que quatre trous noirs menaçants s'étaient ouverts, juste au-dessus de la ligne de flottaison de l'autre bateau.

Elle eut à peine le temps de réaliser qu'il s'agissait de bouches de canons qu'une première détonation éclata. Le boulet, heureusement, tomba au milieu de l'eau.

— Prêts à riposter ! cria Gavin.

Puis, vif comme l'éclair, il souleva Katie dans ses bras et entraîna Alex, pour les conduire jusqu'à la première écoutille venue. Il les fit descendre et les suivit, juste au moment où résonnait un second coup de canon.. Cette fois, l'*Héléna* vibra de toute sa coque, preuve qu'il avait été touché.

— Dieu du ciel ! s'écria Alex. Pourquoi nous tirent-ils dessus ?

— Leur drapeau était un piège, expliqua Gavin. Ce ne sont pas des marchands hollandais. Reste avec Katie dans la cabine, jusqu'à ce que tout soit terminé. Et surtout, ne mettez pas la tête à la fenêtre.

La jeune femme se sentit blêmir.

— Tu crois que ce sont des pirates ?

Il croisa son regard.

— Probablement. Mais je ne les laisserai pas s'emparer de l'*Héléna,* Alex. Je te le promets.

Et il repartit aussitôt.

Elle prit sa fille par la main et courut jusqu'à leur cabine. Il y eut encore un coup de canon, le bateau vibra et, cette fois, on entendit un marin hurler de douleur.

— Ne t'inquiète pas, maman, murmura Katie. Le capitaine a dit que nous ne craignons rien.

Alex n'était pas aussi optimiste. Elle soupçonnait Gavin d'avoir voulu dire que l'équipage de l'*Héléna* se battrait jusqu'à la mort, plutôt que de se rendre. Ce qui n'était pas la même chose que de promettre qu'ils sortiraient indemnes de l'affrontement. Heureusement, cette subtilité avait échappé à Katie. Elle préféra continuer à la rassurer :

— Suryo m'a un jour expliqué que l'*Héléna* possède plus de canons qu'un vaisseau marchand de cette taille n'en comporte ordinairement. Nos agresseurs vont avoir une mauvaise surprise.

Elle ouvrit la porte de leur cabine et poussa sa fille à l'intérieur. En réalité, elle était terrorisée. Si elle avait bien compris, l'autre bateau était un navire pirate utilisant un drapeau hollandais pour approcher innocemment ses proies. Même bien armé, l'*Héléna* ne sortirait pas sans dommages d'un abordage.

D'autres coups de canon éclatèrent, si proches qu'Alex en conclut que l'*Héléna* avait riposté. Rien, depuis des jours et des jours qu'ils traversaient l'océan sans croiser âme qui vive, n'aurait pu laisser penser que la situation basculerait aussi rapidement. Dieu merci, Gavin tenait toujours ses hommes prêts au combat et parés à toute éventualité.

Une fumée âcre, dégagée par les fûts des canons, commençait à se répandre et s'infiltrait jusque dans la cabine. Alex prit Katie contre elle et s'allongea par terre, jugeant que c'était ce qu'il y avait de plus raisonnable à faire.

— Tu en auras, des aventures à raconter à tes cousins, quand nous arriverons à Londres, dit-elle d'un ton exagérément enjoué. Ils seront impressionnés.

Katie réussit à sourire.

— Je suis bien contente que le capitaine soit là pour nous défendre.

— Moi aussi, chérie. Il est habitué à ce genre d'attaques. C'est ce qui explique que nos canons ont pu riposter si rapidement.

La canonnade persistait, et bientôt l'attente devint interminable. La jeune femme tenait toujours sa fille serrée contre elle, s'efforçant de ne pas céder à la panique. Parfois, de longs intervalles de silence laissaient croire que tout était fini. Puis le canon repartait de plus belle. Cette incertitude sur le sort de la bataille était pire que tout.

Alex aurait préféré pour elle-même un combat jusqu'à la mort, plutôt que de retourner en captivité. Mais Katie ? Pouvait-elle la condamner si jeune, alors que la vie lui tendait les bras ? Cependant, si elles étaient de nouveau capturées, il n'était pas sûr que la fillette ait autant de chance qu'avec le sultan de Sukau. L'hypothèse qu'elle tombe entre de mauvaises mains était si terrifiante qu'Alex préféra penser à autre chose. À la manière, par exemple, dont Gavin et son équipage pouvaient bien se défendre. Elle aurait aimé se trouver parmi eux. Elle détestait se sentir impuissante.

On frappa soudain à leur porte, et Suryo entra avant même d'avoir reçu une réponse.

— Milady, vous y connaissez-vous un peu en médecine ? Plusieurs hommes ont été blessés et réclament des soins.

Alex en oublia instantanément ses angoisses.

— Descendez les blessés dans l'entrepont. Je vais m'occuper d'eux.

Suryo était déjà reparti. Elle se releva et ouvrit le placard qui contenait la trousse à pharmacie du bord. Sur un navire marchand, le capitaine faisait à l'occasion office de médecin et de chirurgien. Gavin avait donc tout le nécessaire à portée de main. En fait de trousse à pharmacie, celle-ci avait les dimensions d'un coffre et Alex, ne pouvant le porter seule, le tira à travers la cabine.

— Ne bouge pas d'ici, Katie. Ne monte sur le pont sous aucun prétexte, tant que le capitaine ou moi-même ne t'aurons pas dit qu'il n'y a plus de danger.

La fillette suivit cependant sa mère dans le couloir.

— Laisse-moi t'aider, maman !

Alex voulut refuser, puis elle se souvint qu'elle-même n'était pas beaucoup plus âgée, lorsqu'elle aidait sa mère à soigner les blessés revenant du champ de bataille de Waterloo.

— Bon, d'accord. Mais si tu trouves cela trop pénible ou si tu sens que tu vas avoir la nausée, reviens tout de suite ici. Je ne voudrais pas avoir, en plus, à m'occuper de toi.

Katie arbora un air volontaire.

— Je tiendrai le coup, maman.

L'espace d'un instant, Alex se revit petite fille. C'était à croire que la vocation d'infirmière était héréditaire !

Quand elles arrivèrent à l'entrepont, deux blessés attendaient déjà. Alex ouvrit le coffre et en fit l'inventaire. Instruments, bandages, onguents, opium... rien ne manquait.

— Katie, va chercher un pichet d'eau, des verres et fais boire les blessés. Ensuite, tu rapporteras de l'eau pour nettoyer les plaies.

Le premier blessé, un Américain, était allongé près d'un tonneau rempli de citrons, destinés à prévenir le scorbut. L'odeur piquante des agrumes tranchait avec celle, écœurante, du sang qui maculait les vêtements de l'homme. Alex s'agenouilla devant lui, mais il secoua la tête.

— Je ne vais pas trop mal, madame. Occupez-vous plutôt d'Ollie.

Après avoir constaté qu'en effet sa blessure n'avait rien de grave, elle s'approcha de l'autre homme, un Anglais. Il avait eu le mollet emporté par un boulet, et il faudrait l'amputer rapidement. Mais le plus urgent était de stopper l'hémorragie, sinon il serait mort dans moins d'une heure.

La jeune femme n'était pas chirurgien, mais elle avait une solide expérience d'infirmière, connaissait les gestes qui pouvaient sauver, et la vue du sang ne lui faisait pas peur.

Après avoir garrotté la jambe d'Ollie, elle lui administra un peu d'opium pour calmer la douleur. Puis elle retourna à l'Américain et s'employa à nettoyer et à panser sa blessure. Dès qu'elle eut terminé, il se remit sur pied, prêt à rejoindre ses camarades afin de poursuivre le combat. Elle voulut l'en dissuader, avant de se raviser. L'équipage d'un navire marchand était plus réduit que celui d'un vaisseau de guerre. Tous les bras seraient utiles pour repousser l'assaillant.

Deux autres blessés arrivaient déjà. Ils pouvaient marcher et n'avaient besoin que d'un bandage au bras. D'autres leur succédèrent. Alex restait agenouillée, ignorant les crampes qui lui déchiraient le ventre. Elle ne voyait plus le temps passer. Toute son énergie était mobilisée pour nettoyer les plaies, les désinfecter à l'alcool et les panser. Heureusement, si les blessures étaient nombreuses, peu étaient réellement graves. Katie l'aidait en silence, sans manifester la moindre lassitude.

La jeune femme était si absorbée dans sa tâche qu'elle ne s'aperçut même pas que la canonnade avait cessé. Elle comprit que la bataille était terminée lorsqu'elle constata que le flot des blessés tarissait.

Elle finissait de bander son dernier blessé quand quelqu'un lui tapota doucement l'épaule.

— Alex ?

Elle termina sa tâche avant d'oser tourner la tête. Dieu merci, Gavin était indemne.

— C'est fini ? demanda-t-elle.

— Le bateau des pirates a coulé. Il n'y a pas de survivants.

Elle hocha la tête.

— Qu'ils rôtissent tous en enfer.

— C'est exactement le sort que je leur souhaite.

Si Alex n'avait pas connu Gavin, la dureté de son regard n'aurait pas manqué de l'effrayer. Mais pour construire un empire marchand comme le sien, il fallait être fort et déterminé.

— L'*Héléna* a beaucoup souffert ?

Il se détendit.

— Nous nous en sortons bien. Deux mâts sont endommagés et les voiles ont souffert, mais la structure du bateau n'a rien. Si la mer est clémente, nous devrions pouvoir tenir jusqu'à Londres.

Il parcourut du regard l'entrepont, où quatre blessés dormaient sous l'effet de l'opium.

— Et Dieu soit loué, nous n'avons perdu aucun homme, reprit-il. Mais si tu ne les avais pas soignés à temps, certains seraient morts d'hémorragie. Tu as fait un travail formidable, Alex. Et Katie aussi, s'empressa-t-il d'ajouter, ce qui fit rosir la fillette de plaisir.

La jeune femme se releva péniblement, comme si la fatigue accumulée au cours de ces dernières heures lui tombait d'un coup sur les épaules.

— Il faudra amputer la jambe d'Ollie. Je n'ai jamais pratiqué d'amputation, mais j'en ai vu faire. J'essaierai de me débrouiller de mon mieux...

— Tu en as largement assez fait, répliqua Gavin. Je m'occuperai de l'amputer. Ce ne sera pas la première fois, hélas.

Maintenant qu'elle se trouvait désœuvrée, elle sentait un drôle d'engourdissement la gagner.

— Je crois que je vais aller me reposer un peu.

Elle fit un pas, mais s'aperçut que ses jambes ne la portaient plus. Gavin la rattrapa dans ses bras.

— Tu saignes !

Alex eut juste le temps de voir une tache de sang se répandre à ses pieds, avant de perdre connaissance.

Alex se réveilla doucement, bercée par le roulis du bateau. Elle se sentait l'esprit vague, et le corps étrangement vide. La nuit était tombée, mais une chandelle brillait sur la table de nuit. Elle comprit qu'elle était dans son lit.

Elle tourna la tête, et vit que Gavin s'était assoupi dans un fauteuil, les jambes étirées devant lui et le visage marqué par la fatigue. Elle voulut parler, mais aucun son ne sortit de sa gorge. Elle s'humecta les lèvres et réussit finalement à murmurer :

— Où est Katie ?

Il rouvrit aussitôt les yeux.

— Elle dort dans ma cabine. Suryo est avec elle, au cas où elle aurait des cauchemars. Mais ta fille est un brave soldat.

Il abandonna son siège, remplit un verre d'eau et souleva la tête d'Alex afin qu'elle puisse boire.

— Merci.

Elle avala la moitié du verre, puis fit signe qu'elle en avait assez. Lorsque Gavin lui reposa la tête sur l'oreiller, elle demanda :

— J'ai perdu le bébé, n'est-ce pas ?

Il hocha la tête.

— Oui. Et beaucoup de sang, par la même occasion. Ton évanouissement remonte à plus de vingt-quatre heures.

— Je devrais être contente, et cependant je me sens si… vide.

Elle ferma les yeux, dans le vain espoir de retenir ses larmes.

— Est-ce qu'on pouvait savoir qui était le père ?

— Non. C'était trop tôt.

— Je l'ai tué avec ma haine. Ô mon Dieu, quand tout cela va-t-il donc finir ? se lamenta Alex, avant de fondre en larmes.

Gavin lui prit la main.

— Tu étais si souvent souffrante que je suis sûr qu'il serait mort, de toute façon.

Après un lourd silence, il ajouta :

— Héléna avait fait deux fausses couches, avant… avant de mener un bébé à terme.

Et ce bébé l'avait tuée. Alex se tourna vers lui et pressa sa joue contre sa main, sans s'arrêter de sangloter. Elle se haïssait d'être à la fois chagrinée et soulagée par cette grossesse avortée.

— Et toi ? s'enquit-elle. Tu dois être content de ne pas avoir à élever l'enfant d'un violeur…

— Je ne sais pas exactement ce que je ressens. Les choses seront plus faciles, c'est certain, mais… je suis un peu déçu. Je nourrissais l'espoir que c'était mon enfant. Et quand bien même je n'aurais pas été le père, une naissance est toujours une bénédiction. (Il caressa ses cheveux.) Le plus dur, ce fut toutes ces heures où j'ai pensé te perdre… Mais tu as finalement survécu. Tu es une femme solide, Alexandra.

— La raison de notre mariage est partie avec le bébé, objecta-t-elle, soudain anéantie. Ce n'était pas un vrai mariage, de toute manière. Nous pourrions l'annuler.

Il lui étreignit les doigts.

— Pas question, Alex. Le mariage ne se limite pas à des relations sexuelles ni à des grossesses. Notre mariage est un vrai mariage. Nous ne reviendrons pas en arrière.

La jeune femme ferma les yeux. Elle se sentait un peu honteuse de ses dernières paroles, qui avaient manifestement blessé Gavin. Et puis, elle était trop épuisée pour avoir les idées claires.

— Tu as envie de t'allonger avec moi ? murmura-t-elle.

Il soupira.

— Rien ne me ferait plus plaisir.

Elle se poussa pour lui faire de la place. Gavin était déjà en chemise et chaussettes, aussi se glissa-t-il ainsi sous les draps. Bien qu'il prît beaucoup plus de place que Katie, sa présence était chaude et rassurante. Alex lui étreignit la main et posa la tête sur son épaule. Elle se rendormit.

Son sommeil fut troublé par la vision fantomatique d'un bébé aux yeux noirs en amande. Quand elle se réveilla, le lendemain matin, elle comprit que Gavin avait raison : elle avait été si souvent malade, pendant les quelques semaines de sa grossesse, que celle-ci était sans doute condamnée depuis le début.

Mais si le bébé avait été assez vaillant pour arriver à terme, elle aurait fini par oublier les circonstances de sa conception et aurait appris à l'aimer. Elle se sentait en deuil...

La jeune femme entendit la pendule sonner six heures du matin. Elle ouvrit les yeux et vit que Gavin était étendu à côté d'elle, une main passée sur sa taille. Dans le sommeil, il paraissait étonnamment jeune, malgré la fatigue qui marquait ses traits. Elle ne put s'empêcher de songer qu'elle était une plaie pour lui, depuis qu'ils se connaissaient.

Cependant, elle ne voulait plus s'abîmer dans la mélancolie, comme le soir où le feu Saint-Elme avait illuminé le bateau, après la tempête. C'était toujours lâche de baisser les bras. Elle se trouvait aujourd'hui à la croisée des chemins, mais elle devait choisir la vie. Katie méritait une mère solide et attentionnée. Et Gavin méritait une épouse qui saurait lui donner autant qu'elle recevrait.

Elle caressa doucement sa joue, sentant un début de barbe sous ses doigts, même si la blondeur des poils la rendait presque invisible. Lui aussi avait traversé beaucoup de deuils et d'épreuves. Sa terre natale, ses parents, sa femme et leur bébé... Pourtant, il était resté généreux dans l'âme. Il n'avait pas fait que sauver Alex et Katie. Il s'était lié à elles pour toujours.

Il ouvrit les yeux et la regarda.

— Comment te sens-tu ?

— Un peu mieux. Et demain, je me sentirai encore mieux. (Elle soupira.) J'ai dit des bêtises, hier soir. Je m'excuse.

Gavin parut soulagé.

— Tu n'as pas besoin de t'excuser. Les circonstances étaient particulières.

— Comment va Ollie ? L'as-tu amputé ?

Il grimaça.

— Oui. C'est le genre de choses qui ne peuvent pas attendre. Mais il a très bien récupéré de l'opération. Il dit qu'il avait toujours rêvé de devenir cuistot, parce qu'il aime bien manger, et que maintenant il aura un bon prétexte pour faire ce métier.

— Quel courage, murmura Alex.

Il lui caressa une boucle de cheveux.

— Les hommes sont en train de fêter la victoire. Ils t'ont surnommée « sainte Alexandra », pour honorer ton héroïsme.

Elle sourit.

— Les soldats appelaient ma mère « sainte Catherine ». Comme on dit, les pommes ne tombent jamais loin du pommier... Mais ma mère était beaucoup plus sainte que moi.

— Tu penses cela parce qu'elle se montrait toujours forte devant toi. Comme toi tu le fais devant Katie... J'imagine que tu as baptisé ta fille en hommage à ta mère ?

Alex hocha la tête.

— J'ai hâte qu'elles fassent connaissance, toutes les deux.

— Ce ne sera plus très long, maintenant. Encore quelques semaines et nous serons à Londres.

La jeune femme croisa ses doigts avec ceux de Gavin.

— Quelques semaines… murmura-t-elle, comme si elle avait du mal à croire que la fin de ses épreuves était si proche.

Une fois en Angleterre, elle se promettait bien de ne plus jamais courir l'aventure.

LIVRE II

Pour la vie d'un homme

17

Londres, Angleterre, été 1835

La Tamise, sillonnée de bateaux de toutes tailles, paraissait bien encombrée après la tranquillité de l'océan. Gavin, cependant, reconnaissait le paysage, même après autant d'années d'absence. Alex et Katie furent impressionnées d'apprendre que l'observatoire de Greenwich, qui dominait le fleuve du haut d'une colline, déterminait la longitude de tous les points du globe, grâce au méridien invisible qui le traversait.

Plus ils approchaient de la ville, plus le fleuve fourmillait d'embarcations les plus diverses, témoignant de l'activité débordante de la capitale.

— Qu'est-ce que ça te fait, Katie, de découvrir ta patrie seulement aujourd'hui ? questionna Gavin.

La fillette, cramponnée au bastingage, laissa éclater sa joie.

— Je trouve ça merveilleux ! Ça a l'air tellement vivant.

Et, désignant sa mère d'apparence plus calme mais non moins fébrile en son for intérieur, elle ajouta :

— Maman m'a si souvent parlé de l'Angleterre que je m'y sens déjà chez moi.

— Tu as beaucoup de chance d'arriver par un après-midi d'été ensoleillé. S'il avait fait froid et qu'il avait plu, tu aurais peut-être voulu retourner à Sydney.

La fillette secoua résolument la tête.

— L'hiver ne me fait pas peur. Je le prendrai comme il viendra.

— Tu es une jeune fille pleine de sagesse, la félicita Gavin.

— Et toi ? lui demanda Alex. Quel effet ça te fait d'arriver au terme de ta carrière de capitaine ?

— Je me sens prêt à passer le restant de ma vie sur le plancher des vaches. Mais la mer me manquera.

Elle lui sourit.

— Je me doute bien que dès que nous aurons trouvé une maison au bord de la mer, tu reprendras un bateau, même un tout petit. Et tu l'appelleras l'*Héléna II*.

— Ou le *Katie I*, suggéra Gavin en rendant son sourire à la jeune femme.

Il était heureux de la voir en meilleure forme qu'à leur départ de Maduri. Alex avait cessé d'avoir le mal de mer après sa fausse couche, et elle avait profité des dernières semaines de traversée pour se remplumer un peu et reprendre des couleurs.

L'*Héléna* remonta le fleuve jusqu'aux fameux docks, le port de Londres et son poumon économique. Katie contemplait ce décor avec des yeux fascinés.

— Le port de Londres est aussi grand que tout Sydney ! s'exclama-t-elle.

— Quand même pas, rectifia Gavin. Mais c'est vrai qu'il est très grand. Dans ses entrepôts transitent tout le thé, la laine, les épices, le tabac, l'alcool et encore plein d'autres marchandises qui arrivent en Angleterre ou partent vers les colonies.

Alex observait ce spectacle avec autant d'émerveillement que sa fille. Gavin avait l'impression que tout lui plairait, maintenant qu'elle était enfin rentrée chez elle.

— As-tu une préférence pour un quelconque hôtel ? s'enquit-il.

La jeune femme parut surprise de sa question.

— Nous n'avons pas besoin de descendre à l'hôtel. Nous logerons chez mon oncle Stephen.

— Sans avoir prévenu de notre arrivée ? Et si ton oncle n'est pas à Londres ?

— Sa maison sert de quartier général à toute la famille, expliqua Alex. Même s'il n'est pas là et tante Rosalind non plus, les domestiques nous ouvriront quand même la porte.

— Très bien. Dans ce cas, allons chez ton oncle, répondit Gavin, qui était prêt à toutes les concessions pour la voir garder cette mine réjouie.

C'était la première fois qu'il la sentait vraiment heureuse, et il avait envie que cela continue.

Gavin échangea avec Katie un regard médusé.

— C'est ça, la maison de ton oncle ? demanda-t-il à Alex, alors que leur attelage venait de stopper devant un splendide hôtel particulier de Grosvenor Square.

Elle s'amusa de leur stupéfaction.

— Oncle Stephen n'est qu'un oncle par alliance. La famille de mes parents est plutôt pauvre, en comparaison. Mais cela ne l'empêchera pas de m'accueillir à bras ouverts.

Il aida la jeune femme à descendre de voiture. Puis ce fut elle qui l'entraîna vers le perron, en le tirant par le bras comme une enfant impatiente. Katie suivait. Gavin, entouré de sa petite famille, frappa le heurtoir.

Un majordome un peu compassé leur ouvrit. Ses traits s'éclairèrent quand il reconnut Alex.

— Mademoiselle Amy ! Euh... je veux dire, madame Warren !

Alex, tout sourire, poussa Gavin et Katie dans un hall si vaste qu'il aurait pu convenir au palais d'un roi.

— Bonjour, Riggs. Mon oncle et ma tante sont-ils là ?

— Oui, et vos parents également, répondit le majordome, qui semblait cependant décontenancé en découvrant Gavin et Katie. Mais... mais... nous pensions...

Avant que Riggs ait pu formuler sa phrase, une femme très élégante apparut sur le palier de l'étage et remarqua les visiteurs.

— Amy ! s'exclama-t-elle. Bonté divine !

Elle dévala le double escalier presque en courant, au risque de se rompre le cou. Sa robe noire volait dans son sillage.

Alex s'était précipitée à sa rencontre.

— Maman !

Les deux femmes se jetèrent dans les bras l'une de l'autre au pied des marches, en sanglotant de joie.

Était-ce donc l'intimidante Catherine Kenyon ? se demandait Gavin. Elle devait avoir eu Alex au sortir de l'adolescence, car elle ne semblait pas avoir beaucoup plus de quarante ans. C'était à peine si quelques ridules, au coin des paupières, trahissaient qu'elle n'était plus de toute première jeunesse. La ressemblance entre la mère et la fille sautait aux yeux, même si Alex était un peu plus grande. Le visage radieux de Catherine, pareil à celui d'une madone, avait dû tourner la tête des hommes.

Alex se recula la première, pour sécher ses larmes.

— Mon Dieu, tu m'as tellement manqué, maman, dit-elle, avant de s'apercevoir que sa mère était en noir. Mais... tu es en deuil ! Qui est mort ? Le colonel ? Oncle Stephen ? Tante Rosalind ?

Catherine éclata de rire.

— Pardonne-moi, Amy, mais je portais ton deuil et celui de ta fille.

Elle sortit son mouchoir et s'essuya à son tour les yeux.

— Je crois que je n'ai jamais été aussi heureuse de m'être trompée.

Alex était médusée.

— Tu nous croyais mortes ? Mais qui a bien pu te dire une chose pareille ?

— Il y a quelques mois, nous avons appris que l'*Amstel* avait été attaqué par des pirates, et qu'on vous avait tuées.

Alex secoua la tête.

— L'*Amstel* a été attaqué, c'est vrai. Mais personne ne peut prétendre nous avoir vues mortes... Je suis désolée, maman. Je ne me doutais pas une seconde qu'on vous donnerait une fausse information.

Gavin, lui, n'était pas étonné. Le capitaine de l'*Amstel* et son équipage n'avaient pas été se vanter d'avoir abandonné une femme et son enfant. Aussi avaient-ils préféré raconter que leurs passagères étaient mortes. Ils avaient été lâches jusqu'au bout.

— L'essentiel, c'est que vous soyez là aujourd'hui, trancha Catherine en se tournant vers Katie. J'imagine que cette ravissante jeune fille est à toi. Excepté ses cheveux blonds, elle est ton portrait tout craché quand tu avais son âge. (Elle s'agenouilla et pressa la fillette dans ses bras.) Je suis ta grand-mère, Katie. Et je suis ravie de faire enfin ta connaissance.

Katie lui rendit son étreinte.

— Moi c'est pareil, grand-mère. J'attendais depuis longtemps de te voir.

Catherine se releva et dirigea cette fois son regard sur Gavin. Alex prit les devants.

— Je te présente mon mari, maman. Le capitaine Gavin Elliott.

Au même instant, deux hommes surgirent dans le hall, par une porte ouvrant derrière l'escalier. Grands tous les deux, distingués, l'un encore dans la quarantaine et l'autre ayant dépassé la cinquantaine, ils étaient visiblement frères, même si le plus jeune dégageait un air d'autorité que ne possédait pas son aîné. Ils se précipitèrent pour embrasser Alex, laissant éclater leur incrédulité de la revoir.

Katie, oubliée quelques instants, prit la main de Gavin, qui commençait lui-même à se demander ce qu'il faisait là.

— Qui sont ces gens ? murmura la fillette.

— C'est la famille de ta mère. Et visiblement, ils l'aiment beaucoup. Ils t'aimeront toi aussi, puisque tu es sa fille.

Il était sincère. Qui aurait pu ne pas aimer Katie, de toute façon ? Pour lui-même, en revanche, il était moins sûr… De toute évidence, la famille d'Alex était très riche. Allait-elle accepter ce nouveau mari tombé du ciel ?

Partagée entre le rire et les pleurs, la jeune femme se libéra de l'étreinte des deux hommes pour faire les présentations.

— Colonel, oncle Stephen, voici mon mari, le capitaine Gavin Elliott. Gavin, je te présente mon oncle, le duc d'Ashburton. (Puis elle désigna l'aîné.) Et voici mon beau-père, lord Michael Kenyon.

Gavin tressaillit. Son oncle était duc? Et le colonel, qu'il s'était imaginé comme un simple officier à la retraite, était donc frère d'un duc...

Lord Kenyon lui sourit avec chaleur.

— Merci de nous avoir ramené Alex saine et sauve, capitaine, dit-il, accompagnant ses paroles d'une poignée de main vigoureuse.

Le duc lui serra à son tour la main.

— Vous arrivez à temps. Michael était sur le point de partir en Orient pour retrouver Alex et Katie.

Lord Kenyon passa une main sur l'épaule de sa belle-fille.

— Je savais bien qu'il fallait plus qu'une attaque de pirates pour venir à bout d'Alex, dit-il. Mais je suis soulagé de te voir en aussi bonne forme. Que s'est-il passé, exactement?

— Alex a certainement beaucoup de choses à nous raconter, intervint Catherine. Mais nous devrions commencer par leur donner le temps à tous les trois de se rafraîchir.

Ashburton convoqua son majordome et lui chuchota quelques ordres.

Alex n'avait pas menti en assurant qu'ils seraient bien reçus chez son oncle, songea Gavin. Il aurait préféré la neutralité d'un hôtel, mais c'était très malpoli de refuser une invitation aussi chaleureuse.

Alex, le cœur empli d'émotion, regarda Catherine emmener Katie dans la nursery, toutes deux jacassant déjà comme de vieilles amies. Elle rêvait depuis si longtemps de voir sa mère et sa fille enfin réunies qu'elle ne mesurait pas encore son bonheur.

La gouvernante conduisit la jeune femme et Gavin à l'étage. Leurs bagages les attendaient déjà dans l'appartement qui leur avait été assigné. La maison était réglée comme une horloge, et les domestiques auraient pu en remontrer à bien des militaires pour la discipline et l'efficacité.

Dès que la gouvernante se fut retirée, Alex se laissa tomber sur le lit.

— J'ai l'impression de rêver éveillée, dit-elle. À Maduri, je n'osais plus imaginer que je reverrais un jour cette maison. Et maintenant, exactement comme tu l'avais prévu, c'est Maduri qui commence à me sembler irréelle.

Gavin allait d'un bout à l'autre de la pièce, sans rien dire.

— Et tout cela, c'est à toi que je le dois, ajouta Alex.

Il se planta devant la fenêtre qui ouvrait sur un jardin luxuriant.

— J'ignorais que mon mariage m'alliait à la fine fleur de l'aristocratie britannique...

Elle comprit qu'elle aurait dû davantage lui parler de sa famille, afin qu'il ne soit pas surpris.

— Je ne suis apparentée au duc que par le remariage de ma mère, fit-elle valoir. Et même si les proches du colonel m'ont toujours considérée comme une des leurs, mes ancêtres sont de lignée beaucoup plus modeste.

— Et je suppose que mes piques sur la noblesse anglaise ne t'ont pas encouragée à trop m'en révéler, reprit Gavin, qui contemplait maintenant une peinture italienne d'époque Renaissance, représentant la Madone à l'Enfant. Ta mère, en tout cas, est aussi belle que tu le prétendais.

— Serais-tu déjà tombé amoureux d'elle ?

Le ton était mordant, et Gavin s'en aperçut.

— Bien sûr que non, s'empressa-t-il de la détromper. J'ai surtout été frappé par votre ressemblance.

Elle baissa les yeux.

— Je suis désolée. Je n'aurais pas dû dire ça. Mais avant mon mariage, les jeunes gens venaient me dire bonjour poliment et restaient ensuite aux pieds de ma mère, à la manger des yeux. Elle ne flirtait pourtant pas avec eux et ne faisait rien pour les encourager.

— Voilà pourquoi tu as préféré mettre deux océans entre ta mère et toi, conclut-il, amusé. Cependant, tu te trompais. Si ces garçons étaient attirés par ta mère, ce n'était pas parce qu'elle était plus jolie que toi, mais parce qu'elle était une femme, et toi encore une jeune fille. Ta mère avait le privilège et le mystère de la femme d'expérience. Mais à présent, vous vous valez.

Alex acquiesça. L'explication de Gavin lui semblait si logique qu'elle s'en voulait de ne pas y avoir pensé elle-même. À dix-huit ans, comme toutes les filles de son âge, elle n'avait été qu'une gamine. Alors que sa mère, dans la fleur de sa féminité, avait de quoi tourner la tête à plus d'un jeune homme...

— Maintenant, précisa-t-il, tout Londres va t'admirer. J'en suis certain.

Il reprit sa déambulation dans la pièce, avant de poser la question qui lui tenait à cœur depuis un moment :

— Comment les Kenyon vont-ils réagir à l'idée d'accueillir un vulgaire commerçant en leur sein ?

Alex comprenait son inquiétude. Elle s'empressa de le rassurer.

— Le colonel a investi une partie de sa fortune dans les mines et les aciéries. Alors je vois mal quelqu'un critiquer l'arrivée d'un riche négociant dans la famille. D'ailleurs, oncle Stephen pourrait vouloir placer une partie de ses fonds dans ta compagnie, si tu sais le convaincre de ses perspectives de développement... (Elle haussa les épaules.) Je sais que j'aurais dû t'en dire davantage, mais honnêtement, je ne pense pas d'abord à eux comme à des aristocrates. C'est juste... ma famille. Quand tu les connaîtras mieux, tu les aimeras pour ce qu'ils sont et tu oublieras leurs titres, j'en suis sûre.

— Ils ont l'air chaleureux, reconnut-il. Rassure-toi, j'ai été un peu surpris, c'est vrai, mais je ne serai pas impoli. Avoir des beaux-parents titrés n'est pas le pire de mes soucis, ajouta-t-il en coulant un regard vers le grand lit à baldaquin.

Alex rougit en réalisant qu'ils devraient partager la même chambre et que, cette fois, il n'y aurait pas de barreaux pour les séparer.

— Je... je coucherai par terre, dit-elle. À Maduri, j'ai été habituée à dormir à la dure.

Gavin secoua la tête.

— Ne parlons plus de Maduri. Mais nous pouvons demander deux chambres communicantes. La maison est assez grande pour cela.

— Oui, sauf que les Kenyon ne font jamais cela. Dans la famille, quand on se marie, c'est pour la vie.

— Et tu préfères qu'ils n'aillent pas se demander ce qui ne va pas, s'ils nous voient faire chambre à part, devina-t-il. (Il regarda de nouveau le lit.) Mais je persiste à penser que tu devrais vérifier si la chambre contiguë est libre...

La jeune femme comprit ce qui se cachait sous son insistance. Gavin était fait de chair et de sang, pas de marbre. Il préférait éloigner la tentation plutôt que d'essayer de la combattre.

— Je m'en occuperai tout à l'heure.

Alex était si contente d'être rentrée chez elle qu'elle s'était imaginé, un peu vite, que sa vie deviendrait soudain plus facile. En réalité, les complications ne faisaient que commencer.

18

Leur installation les occupa le reste de la journée. La chambre contiguë étant vacante, les affaires de Gavin y furent transférées. Il n'y eut pas de commentaires, mais il se doutait bien que les supputations iraient bon train. C'était normal. Des jeunes mariés n'étaient pas supposés faire chambre à part. Pourtant, il préférait endurer les ragots que partager une chambre avec Alex : le supplice serait moindre.

Ensuite, ils allèrent rendre visite à Katie dans la salle d'étude. Celle-ci s'était déjà liée d'amitié avec la jeune demi-sœur d'Alex et la fille cadette du duc. Privée depuis des mois de la compagnie d'autres enfants, elle était ravie de pouvoir jacasser avec des fillettes de son âge, et elle avait déjà moins besoin de la compagnie de sa mère.

Suryo arriva en début de soirée, avec une autre partie de leurs bagages, si bien que Gavin put s'habiller convenablement pour dîner chez un duc.

Alex le rejoignit dans sa chambre, dès qu'elle-même fut prête. Ils avaient convenu qu'ils descendraient ensemble dans la salle à manger, pour donner le plus possible l'image d'un couple uni.

Gavin regardait par la fenêtre lorsque la jeune femme entra. Il se retourna et eut un sursaut admiratif. Elle portait une somptueuse robe de velours vieux rose, et ses cheveux artistiquement coiffés achevaient de lui donner l'air d'une parfaite lady.

— Tu es ravissante, dit-il. Cette robe vient de ta mère ?

— Oui. Et les bijoux appartiennent à ma tante, précisa-t-elle en désignant le collier de perles et de rubis qui ornait son décolleté. La robe est un peu courte pour moi, mais comme je suis encore maigre, le résultat est présentable.

Plus que présentable, songea Gavin. Il évitait de trop regarder le décolleté, ou l'éclat des perles et des rubis sur sa peau crémeuse. Elle était si heureuse que sa bonne humeur rajoutait encore à sa beauté.

— Tu devais avoir beaucoup de succès à Sydney, dit-il. Ou alors, c'est que les Australiens avaient besoin de lunettes.

Elle rit.

— Si tu avais connu la veuve Ryan, tu aurais su ce qu'était une belle femme. Frédérica était une blonde sublime, qui avait tous les hommes à ses pieds dès qu'elle entrait quelque part. Nous avons toutes été très soulagées quand elle s'est remariée à un riche négociant anglais, qu'elle a suivi au pays.

— Tu n'as pas l'air de la porter dans ton cœur…

— Frédérica était une langue de vipère. Et elle traitait toujours de haut les autres femmes… Mais assez parlé d'elle. Il est temps de rejoindre les autres. Ne t'inquiète pas. Ce soir, c'est un tout petit dîner. Juste la famille et quelques amis proches. Tu es très élégant, je suis sûre qu'on va m'envier.

— J'ai essayé de faire de mon mieux, pour ne pas décevoir ces gens qui vont chercher à me disséquer.

Alex rit encore.

— Ne sois pas si pessimiste. Ils vont chercher à mieux te connaître, c'est normal. Mais il n'y aura pas de dissection.

Il redevint grave.

— Mais ils chercheront aussi à savoir ce qui t'est arrivé. Qu'as-tu l'intention de dévoiler ?

Elle soupira.

— Le moins possible. Des pirates nous ont attaquées, Katie et moi avons été séparées mais bien traitées, et tu es venu galamment nous sauver. Restons dans le vague. Je suppose que mes parents méritent d'en apprendre davantage, mais je ne tiens pas à ce qu'ils connaissent toute l'histoire.

Gavin acquiesça et ils quittèrent la chambre, le bras d'Alex posé sur le sien.

Tout le monde était déjà rassemblé dans le salon, pour prendre l'apéritif. Ils furent aussitôt entourés d'une douzaine de personnes, qui semblaient sincèrement ravies de revoir la jeune femme. Gavin s'écarta un peu, le temps de laisser à chacun l'occasion de serrer Alex dans ses bras. Malgré ses préventions contre les aristocrates, il devait reconnaître que ceux-là n'avaient l'air ni arrogants ni dissolus. La plupart étaient de l'âge des Kenyon, et ils paraissaient prendre leurs responsabilités très au sérieux, même s'ils devaient ployer sous les richesses.

Lady Kenyon s'approcha de Gavin. Elle tenait deux verres de sherry et lui en tendit un.

— Vous avez l'air d'un scientifique qui observerait le comportement des pingouins, se moqua-t-elle. Comptez-vous écrire un article sur notre tribu ?

Il sourit.

— J'observe, c'est vrai. Et avec beaucoup de plaisir. Cela fait si longtemps que je vis dans des pays totalement étrangers aux rites anglais.

Lady Kenyon goûta à son sherry.

— Maintenant que vous êtes allié à la tribu, vous ne pouvez plus vous contenter d'en être seulement l'observateur. Il faut vous y mêler. Mais j'ai l'impression que cela ne vous tente guère pour l'instant.

— J'ai toujours rêvé d'appartenir à une grande famille, répliqua Gavin un peu sèchement. Me voilà exaucé.

— Pardonnez-moi si je suis un peu abrupte avec vous, capitaine Elliott, mais la plupart des amis présents ce soir connaissent Alex depuis qu'elle est toute petite. Aussi ont-ils amplement mérité de se réjouir avec nous. Ce n'est pas si souvent qu'on a la chance de vivre un miracle.

Voyant qu'elle avait les larmes aux yeux, il tira son mouchoir de sa poche et le lui tendit.

— Puisque je suis désormais votre beau-fils, vous pouvez m'appeler Gavin.

— Merci, Gavin.

Elle se tamponna les paupières et s'obligea à sourire.

— Depuis que ma fille a franchi la porte de cette maison, je crois bien que je ne suis pas restée plus de cinq minutes sans verser une larme. C'est sans doute la plus belle journée de ma vie, et je pleure comme une madeleine.

— Les femmes ont cette chance d'avoir les larmes pour exprimer leurs émotions, là où les hommes ne connaissent souvent que les insultes et les coups.

Et, désireux de la voir continuer à sourire, il ajouta :

— Tout à l'heure, j'ai fait la connaissance d'Anne, votre fille cadette. Elle m'a dit qu'elle avait onze ans. Et vos garçons, quel âge ont-ils ?

— Nicolas a dix-sept ans et Stephen, quatorze. J'adore tous mes enfants, bien sûr, et ils sont tous merveilleux, mais Alexandra et moi avons toujours eu une relation particulière. J'étais si jeune, lorsqu'elle est née, que nous avons pratiquement grandi ensemble !

Ce n'était pas seulement la beauté de Catherine Kenyon qui fascinait les hommes, songea Gavin, mais son charme.

— Alex m'a expliqué que ce n'est qu'après être devenue mère elle-même qu'elle a réalisé combien votre existence avait dû être difficile, quand vous suiviez l'armée.

— Oh, ce fut une époque exaltante. Et j'étais jeune, alors… Ah ! il faut que je vous présente ! reprit-elle en désignant Ashburton qui venait à leur rencontre, au bras d'une très belle femme blonde. Rosalind, voici le nouveau mari d'Alex, le capitaine Elliott. Gavin, je vous présente la duchesse d'Ashburton, votre hôtesse.

Gavin lui baisa la main en s'efforçant de cacher sa surprise. Dans son esprit, une duchesse était forcément quelqu'un de rigide et de dédaigneux. Elle ne pouvait être ni belle ni souriante.

— Je suis ravie de faire votre connaissance, capitaine, dit-elle avec chaleur. Il va falloir que nous donnions un bal, pour fêter le retour d'Alexandra et votre mariage. La semaine prochaine, je pense.

— Si vite ? s'étonna-t-il.

— Oui. L'été a commencé, et la bonne société sera bientôt partie à la campagne, expliqua la duchesse. Il n'y a pas de temps à perdre. Avez-vous des amis, à Londres, que vous souhaiteriez me voir inviter ?

Gavin songea aux quelques négociants, pas toujours bien dégrossis, qu'il connaissait.

— Peu, je le crains. À une exception près, ce ne sont pas des gentlemen. Juste des commerçants.

Au lieu d'être choquée, la duchesse éclata de rire.

— Raison de plus pour les inviter. Une réception n'est réussie que si l'on mélange les genres. Dès que vous aurez une minute, dressez la liste de vos amis, que je puisse leur envoyer un carton.

— Qui est l'exception que vous mentionniez ? demanda lady Kenyon, curieuse.

— Lord Maxwell, l'héritier du comte de Wrexham. Je l'ai rencontré en Orient. (Gavin se tourna vers le duc.) Puis-je requérir les services d'un de vos laquais pour lui délivrer un mot ? Je pense que Maxwell se trouve à Londres, en ce moment.

— Pas de problème pour le laquais, répondit Ashburton, mais sachez que votre ami est désormais comte de Wrexham. Son père est mort il y a six mois.

Étant donné la santé chancelante du vieux comte, la nouvelle n'avait rien de surprenant.

— Je suis navré de l'apprendre, mais c'est une bonne chose que Maxwell ait pu rentrer assez tôt pour passer un peu de temps avec lui.

Dans ses lettres, son ami lui avait raconté comment, au cours de ces deux dernières années, il s'était rapproché de son père. Sa mort n'avait pu lui causer que plus de chagrin, mais au moins n'avait-elle pas engendré de remords.

— J'aurai du mal à ne plus l'appeler Maxwell, reprit-il.

Le duc sourit.

— Quand quelqu'un hèle mon fils, lord Benfield, j'ai parfois le réflexe de répondre à sa place, alors que j'ai pris le titre de duc depuis vingt ans.

— C'est tellement plus simple de n'avoir qu'un nom et de le garder toute sa vie.

— Je suis d'accord avec vous.

Lady Kenyon et la duchesse s'éloignèrent pour accueillir un nouvel arrivant. Le duc poursuivit à voix basse :

— Vous êtes le bienvenu ici, aussi longtemps que vous le souhaiterez. Mais j'imagine que vous préférerez avoir votre propre toit. Je peux vous aider à trouver quelque chose, si vous voulez.

Gavin se demanda si son embarras de se trouver au milieu de tous ces gens titrés était à ce point visible.

— C'est très gentil de votre part. J'apprécie votre invitation, mais en effet, je souhaite nous trouver une maison. Pas trop éloignée, cependant, pour que Katie et Alex puissent venir souvent vous rendre visite.

Lord Kenyon les rejoignit, l'air songeur. Gavin pressentit des questions indiscrètes.

— Capitaine, qu'est-il arrivé exactement à Alex ? lança Kenyon sans préambule. Je sais que ce n'est pas un sujet de conversation pour un dîner, mais... j'ai besoin de savoir.

Le beau-père d'Alex semblait réellement soucieux. Après tout, c'était normal. Il l'avait connue toute petite et la considérait comme sa propre fille.

Gavin se félicita d'avoir demandé à son épouse ce qu'elle souhaitait dévoiler de son histoire. Fort des réserves de la jeune femme, il resta dans le vague.

— L'*Amstel* a été attaqué par des pirates juste après avoir essuyé une sévère tempête. L'équipage s'est enfui, laissant Alex et Katie aux mains de ces esclavagistes. Katie a été séparée de sa mère, mais heureusement pour elle, un rajah l'a accueillie parmi ses femmes. Elle a été choyée comme une enfant gâtée.

— Et Alex ? s'enquit lord Kenyon.

— Les pirates l'ont conduite sur l'île de Maduri. La chance a voulu que je passe justement par là, au moment où on la vendait sur le marché aux esclaves. Dès que j'ai réalisé qu'elle était européenne, j'ai proposé de la racheter.

Ashburton ne releva pas – ou ne voulut pas relever – cette dernière précision, pourtant d'importance.

— Quand cela s'est-il passé ? Aussitôt après sa capture ?

Gavin n'osa pas mentir.

— Non. En fait, c'était six mois après.

— Comment a-t-elle été traitée, pendant ces six mois ?

— Ce sera à elle de vous le dire, lorsqu'elle le souhaitera.

Et, pour adoucir sa réponse, Gavin précisa :

— Alex a vécu des moments pénibles, mais elle a su admirablement résister. C'est une forte femme.

— Comme Catherine, acquiesça lord Kenyon, qui contemplait son verre de sherry en le faisant tourner dans sa main. Les femmes sont souvent plus fortes que les hommes. D'ailleurs, si ce n'était pas le cas, l'espèce humaine aurait déjà disparu. Mais aucun homme n'aimerait voir la femme qu'il aime endurer pareille épreuve.

Il y eut un silence pénible, qu'Ashburton finit par rompre.

— L'essentiel, c'est qu'Alexandra soit revenue parmi nous. Ce soir, c'est la fête.

— Oui, approuva lord Kenyon, dont les traits s'étaient détendus. Vous savez, capitaine, c'est toujours un arrachement de voir ses enfants partir. Parfois, on aimerait les garder sous clé. Surtout les filles. Vous découvrirez cela avec Katie.

— J'ai encore quelques années avant de m'inquiéter à ce sujet.

— Ne croyez pas cela. Ma cadette et la fille de Stephen ne vont pas tarder à lui donner de mauvaises idées, répliqua lord Kenyon.

Gavin réalisait avec étonnement qu'il était déjà accepté dans la famille. Et que lui-même appréciait son beau-père.

La soirée avançant, il découvrit qu'il aimait aussi les autres invités. L'abondance de comtes, comtesses et gens titrés chagrinait un peu son esprit républicain, mais il devait reconnaître qu'ils étaient tous intéressants. Leurs titres et leurs fortunes ne les avaient pas préservés des épreuves de la vie, et ils avaient su en tirer une sagesse qui les rendait attachants.

Dans cette atmosphère brillante, Alex s'épanouissait comme un bouton de rose caressé par le soleil. En regardant la jeune femme rire et plaisanter avec ses amis, Gavin se rappelait ce qu'elle lui avait dit après leur mariage : qu'il ne l'avait encore jamais vue sous son meilleur jour. Ce soir, pour la première fois, il y avait droit, et il la trouvait encore plus resplendissante.

Tout en bavardant poliment avec une comtesse assise à sa gauche, il ne pouvait s'empêcher de penser à la cruauté du destin. Il n'aurait jamais dû épouser Alex. Certes, il l'avait fait avec les meilleures intentions du monde. Désespérée comme elle l'était, surtout après avoir découvert qu'elle était enceinte, elle avait eu besoin d'un mari pour la réconforter et la protéger. Mais si elle avait fait sa fausse couche plus tôt, le mariage n'aurait pas eu de raison d'être. Elle aurait réintégré la société londonienne avec un statut de veuve ravissante, libre d'aimer et d'épouser un homme de sa condition. Au lieu de quoi, elle se trouvait désormais liée à lui. Et Gavin se demandait dans combien de jours ou de semaines elle commencerait à le regretter.

Pour l'instant, la jeune femme semblait tout à la joie des retrouvailles avec sa famille. Et elle était si belle que Gavin, la gorge sèche, détourna les yeux.

Lui aussi se trouvait lié par ce mariage qui n'aurait pas dû avoir lieu. Mais, égoïstement, il ne pouvait pas le regretter.

Alex commençait à se sentir un peu enivrée par le champagne, quand le moment fut venu de souhaiter bonne nuit aux derniers invités. La soirée s'était merveilleusement passée à parler, rire, manger, parler, boire et encore parler. La jeune femme n'en revenait toujours pas de son bonheur d'être rentrée chez elle.

Malgré ses préventions contre l'aristocratie, Gavin semblait avoir passé, lui aussi, une bonne soirée et il avait paru à l'aise. Ce n'était guère étonnant, au fond. Quiconque savait se conduire à la cour d'un sultan était capable de s'en sortir partout. Du reste, il avait été très bien accueilli par tout le monde. Plusieurs femmes avaient même fait à Alex des commentaires flatteurs à son égard.

Maintenant que leurs épreuves étaient terminées, elle jugea le moment venu de franchir une nouvelle étape dans leur mariage. Aussitôt le dernier invité parti, elle prit le bras de son époux et l'entraîna vers l'escalier.

— Alors, tu t'es bien amusé ?

— Oui. Ta famille et tes amis sont très plaisants. Mais je vais finir par croire que tout le monde, à Londres, porte un titre de noblesse.

Parvenue à la première marche, Alex trébucha, et il lui tint plus solidement le bras.

— En revanche, reprit-il, amusé, ils n'auraient pas dû te laisser boire autant de champagne. Manifestement, cela affecte ton sens de l'équilibre.

Elle rit.

— Un peu, c'est vrai. Mais personne ne m'a forcée à boire. J'ai abusé délibérément du champagne.

Ils étaient arrivés devant sa chambre. Gavin ouvrit la porte et voulut s'effacer pour la laisser entrer, mais la jeune femme lui fit signe de la précéder. Elle entra à sa suite, referma la porte et tourna la clé dans la serrure d'une main tremblante. Dans la pénombre, Gavin lui semblait beau comme dans un rêve... Elle prit une profonde inspiration. C'était maintenant l'étape cruciale de son plan.

— Je... je désire que nous soyons réellement mariés, Gavin.

Il cessa de sourire.

— Serais-tu en train de me demander de rester avec toi cette nuit ?

Elle hocha la tête. Elle croisait et décroisait les doigts, sous l'empire de la nervosité.

— Je veux surmonter mes peurs. Voilà pourquoi j'ai abusé du champagne. Je me sens bien, pour l'instant. J'ai l'impression de flotter. Je pense que ce sera plus facile pour moi.

— Pour autant que j'en ai l'expérience, l'alcool complique les choses plus qu'il ne les simplifie. Es-tu sûre de vouloir faire ça ce soir, alors que la journée a déjà été éprouvante ?

Pour toute réponse, la jeune femme ôta les épingles de son chignon. Aussitôt, ses cheveux cascadèrent librement sur ses épaules, dans un flot de boucles soyeuses.

— Je veux affronter mes fantômes, Gavin. Quand ce sera fait, nous pourrons enfin regarder l'avenir, au lieu d'être enchaînés par le passé.

Il s'approcha.

— J'espère que tu sais ce que tu fais, Alex, car je te désire trop pour ne pas chercher à me retenir plus longtemps.

Là-dessus, il s'empara de ses lèvres. Alex, toujours un peu ivre, s'agrippa à lui. La seule fois où il avait tenté de l'embrasser, depuis leur mariage, elle s'était sentie les nerfs tellement à vif qu'elle l'avait repoussé. Mais aujourd'hui, elle avait davantage confiance en elle.

Je peux le faire, se répéta-t-elle. Je n'ai qu'à me détendre et laisser mon mari me faire l'amour. C'est à ma portée.

Elle refusait de croire qu'elle n'en serait pas capable.

19

Alex savait depuis longtemps que Gavin était un homme patient, mais elle n'en avait pas vraiment apprécié l'avantage avant ce soir. Au lieu de la culbuter sur le lit, comme un mari pressé de prendre son plaisir, il commença par l'embrasser contre la porte, avec passion, pendant de longues minutes, en même temps qu'il caressait tout son corps. Si la jeune femme avait été une chatte, elle aurait ronronné.

Les mains de Gavin étaient d'une redoutable efficacité. Alex, toujours un peu embrumée par le champagne, réalisa tout à coup qu'il avait déboutonné sa robe. Il n'eut ensuite qu'à tirer légèrement sur le tissu et la soie rose glissa d'abord sur ses bras, puis autour de sa taille, et pour finir le vêtement tomba en corolle à ses pieds.

Deux minutes plus tard, son corset fut délacé. Elle put inspirer à pleins poumons, maintenant que sa poitrine était libre. Elle ne portait plus sur elle que sa camisole.

Gavin, pendant ce temps, continuait son exploration. Mais cette fois, son habileté ne put retenir Alex d'avoir un mouvement de recul, quand il voulut insinuer une main entre sa camisole et sa peau. La jeune femme tenta de masquer sa réaction de défiance, en faisant mine d'éprouver les pires difficultés à déboutonner la chemise de son mari. Il rit lorsque ses doigts le chatouillèrent.

— Tu deviens dangereuse, chérie…

Pour toute réponse, elle le chatouilla de nouveau.

Il rit encore, puis la débarrassa de son corset avant de la porter dans ses bras jusqu'au lit à baldaquin. Alex sentit sa tête chavirer, et elle se demanda si elle n'avait pas un peu abusé du champagne, finalement.

Le lit était d'un moelleux exquis, après tant de mois passés à dormir sur le sol ou dans une cabine de bateau. Elle laissa sa tête s'enfoncer dans l'oreiller, tandis que Gavin lui ôtait ses bas.

— Tu as de jolis pieds, dit-il.

— Je les trouve trop grands. Comme mes mains. Ça ne fait pas très lady.

— Ils sont déliés, fins et solides. À ton image.

Il lui massa un pied, puis l'autre, et elle tortilla de plaisir ses doigts de pied.

Puis il défit le ruban de sa camisole. Cette fois, Alex ne put s'empêcher de tressaillir. Gavin suspendit alors son geste et se pencha pour lui embrasser tendrement la gorge, puis la naissance des seins, qu'il caressait à travers la fine étoffe de la camisole. Enfin il s'allongea sur elle, prenant garde de ne pas l'écraser de tout son poids. Elle laissa échapper un gémissement, mais n'aurait pas su dire si c'était d'excitation ou d'appréhension.

À mesure que les caresses de Gavin se faisaient plus intimes, la jeune femme s'obligea à surmonter sa nervosité. Après tout, c'était elle qui avait voulu coucher avec lui. La première fois ne pouvait être que pénible. Après, ça irait beaucoup mieux, et les souvenirs de Maduri finiraient par s'estomper complètement.

Il respirait lourdement, et Alex sentait l'évidence de son désir se presser contre ses cuisses. Elle comprit que l'homme rationnel et pondéré qu'elle connaissait était maintenant sous l'emprise de ses pulsions viriles. Cependant, elle savait qu'il ne lui ferait pas de mal. Même pendant l'humiliant jeu du Lion, il ne lui avait pas fait mal. Puisqu'elle avait pu endurer cette odieuse épreuve, elle pouvait endurer aujourd'hui ce qui se passait dans l'intimité de leur lit conjugal.

Gavin avait immiscé une main dans son panty. Alex sentit sa respiration tellement s'accélérer qu'elle craignit de manquer d'air.

Détends-toi. *Détends-toi !* se répéta-t-elle. Encore quelques minutes, et tout sera fini.

Pourtant, elle s'alarma de nouveau quand il introduisit ses doigts au cœur de sa féminité. Cette intrusion dans sa chair lui semblait insupportable, et elle dut se mordre la lèvre jusqu'au sang pour ne pas crier.

Mais lorsqu'elle sentit sa virilité palpiter entre ses cuisses, elle ne put maîtriser sa panique.

— Non ! Non ! hurla-t-elle en tentant de le repousser de toutes ses forces. Non !

Gavin roula aussitôt de côté, et Alex se sentit brusquement libérée, mais il plaqua une main sur sa bouche pour l'empêcher de crier encore.

— Alex ! Alex ! (Il la secouait par l'épaule.) C'est fini. M'entends-tu ? *C'est fini !*

La jeune femme commençait déjà à recouvrer la raison. Elle le regarda.

— Si tu me promets de ne plus crier, j'enlève ma main, dit-il. Je suppose que tu n'as pas plus envie que moi de voir toute ta famille débarquer ici, en s'imaginant que je t'assassine.

La respiration un peu apaisée, elle finit par hocher la tête. Gavin ôta sa main et sortit du lit. Il s'agrippa quelques secondes au montant du baldaquin, le temps de recouvrer lui-même son calme, puis quitta la pièce et referma sans bruit la porte qui donnait dans sa chambre.

Alex se retrouva seule, libre... mais brisée. La tête enfouie dans l'oreiller, elle tenta, sans succès, de retenir ses larmes. Elle avait tellement espéré que cela réussirait... Mais Gavin avait sans doute raison. Elle avait bu trop de champagne. Au début, c'était l'alcool qui lui avait donné la hardiesse de le retenir dans sa chambre. Et ensuite, l'ivresse n'avait fait qu'ajouter à son angoisse.

Au bout de quelques minutes, quand enfin ses battements de cœur se furent apaisés, elle décida qu'elle ne pouvait laisser les choses en l'état. Gavin devait être furieux. Et aussi brisé qu'elle, sinon davantage, car elle lui avait laissé espérer que tout se passerait bien. Saurait-il lui pardonner ?

Quoi qu'il en soit, elle jugeait de son devoir de lui présenter des excuses. Elle s'essuya les yeux, se leva et enfila un peignoir emprunté à sa tante. Puis elle attacha ses cheveux avec un ruban et se dirigea vers la porte communiquant entre leurs chambres.

Gavin ne l'avait pas verrouillée. Elle tourna doucement la poignée et entra sur la pointe des pieds, ne sachant pas trop ce qui l'attendait. Comme dans sa chambre, une seule chandelle était allumée, sur la table de nuit, empêchant la pièce d'être plongée complètement dans l'obscurité. Le lit était vide.

Gavin était assis devant la fenêtre, contemplant la ville endormie. Alex était convaincue qu'il l'avait entendue entrer, et pourtant il ne tourna pas la tête.

Elle prit une profonde inspiration avant de se lancer.

— Tu dois être furieux... Et tu en as le droit.

— Je ne suis pas fâché, répliqua-t-il d'une voix tranquille qui glaça la jeune femme. Tu as essayé de ton mieux. Je ne peux t'en vouloir.

— Il n'empêche que je suis navrée pour ce qui s'est passé. Je... je pensais y arriver...

— Ne t'excuse pas d'avoir été courageuse.

Une brève lueur brilla devant ses lèvres, et Alex réalisa qu'il tirait sur un cigare. C'était la première fois qu'elle le voyait fumer.

— Je n'ai pas été courageuse. J'ai été... inconsciente. Tu avais raison, le champagne était une erreur. Ça n'a fait qu'aggraver les choses.

Elle se mordit les lèvres.

— Tu sais, ce n'est pas après toi que j'en avais, ajouta-t-elle.

— Je sais. (Il tira de nouveau sur son cigare.) Si nous voulons avoir une chance de progresser sur ce terrain, il faut que j'en sache un peu plus sur ce que tu as dans la tête.

Alex était soulagée qu'il ne soit pas fâché contre elle, mais elle était effrayée à l'idée de devoir lui révéler toutes les humiliations qu'elle avait subies. Elle se laissa tomber dans le fauteuil le plus proche.

— Demande-moi ce que tu veux. J'essaierai de te répondre.

— Me trouves-tu attirant ?

La jeune femme ne s'attendait pas du tout à pareille question. Elle décida d'être sincère.

— Je te considère comme le plus bel homme que j'aie jamais connu.

— Merci, mais tu n'as pas vraiment répondu à ma question. On peut admirer un beau corps, sans avoir forcément envie de l'avoir dans son lit. Et, à l'inverse, on peut être irrésistiblement attiré par quelqu'un dont l'apparence physique n'a rien d'exceptionnel.

Alex comprit le sens de la question. Elle se rappela alors le plaisir qu'il avait réussi à éveiller en elle, à Maduri, malgré les circonstances de leur intimité.

— Je me sens attirée par toi, c'est un fait. Mais je ne peux pas m'empêcher de penser à ce qui s'est passé.

— Autrement dit, ton comportement est conditionné par tes craintes et ta répulsion.

Il avait malheureusement raison.

— J'en ai bien peur, oui.

— En être consciente est déjà une bonne chose, fit valoir Gavin.

Et après avoir tapoté le bout de son cigare dans un cendrier, il reprit :

— Pardonne-moi de te demander cela, mais comment ça se passait au lit, avec ton mari ? C'était agréable ou juste une corvée pour toi ?

Heureusement que la chambre était à peine éclairée, car Alex se sentit piquer un fard.

— Je n'étais pas une jeune fille prude. Je trouvais Edmund séduisant et j'avais hâte de l'épouser.

— Mais est-ce que tu t'entendais bien au lit avec lui ?

Elle aurait dû se douter que Gavin ne se satisferait pas de sa première réponse.

— Pour être sincère, j'étais un peu déçue. Maman et le colonel ont toujours été très discrets en public, mais on voit tout de suite, même après vingt ans de mariage, qu'il y a quelque chose de fort entre eux. Il est clair que le mariage leur apporte une pleine satisfaction sur tous les plans. Ce n'était pas mon cas avec Edmund. Cela dit, j'étais ravie d'être sa femme, et lui-même m'a dit un jour qu'il était très fier de m'avoir pour épouse.

Cette fois, il se contenta de la réponse. Mais il avait une autre question :

— Alexandra, que t'a-t-on fait subir, pendant que tu étais esclave ? Je me doute que c'est difficile pour toi d'en parler, mais j'ai besoin de savoir.

— Les pirates m'ont respectée. Pas forcément par vertu. Mais la traversée jusqu'à Maduri n'a pris que deux jours. Si le voyage avait duré plus longtemps, j'aurais sans doute été livrée à l'équipage. À Maduri, j'ai d'abord été achetée par un marchand du nom de Payaman. Son grand plaisir était de collectionner toutes sortes de femmes dans son harem. Il avait acheté des Chinoises, des Indiennes, des Africaines, une Circassienne et d'autres encore. Ce n'était pas un mauvais bougre. Mais il n'arrivait pas à comprendre pourquoi je pleurais et me débattais, quand il voulait coucher avec moi. Il a fini par conclure qu'il n'y avait rien à tirer de moi, et il m'a revendue à Tuan Budhy.

Alex ne put réprimer un frisson.

— À l'inverse de Payaman, Budhy aimait qu'on lui résiste. Ça l'excitait. Dès que je me débattais, il appelait ses domestiques... qui m'enchaînaient. Et ensuite... ensuite, il me violait.

Gavin s'était redressé dans son fauteuil.

— Combien de fois cela t'est-il arrivé ?

— Je ne saurais le dire. Ça a duré plusieurs mois. Puis il a fini, lui aussi, par se lasser de ma résistance.

La jeune femme se releva et, en proie à une vive agitation, se mit à faire les cent pas dans la pièce.

— Pour me donner une leçon, il a décidé de me vendre en place publique. Non sans m'avoir violée une dernière fois, avant de m'envoyer sur l'estrade les chaînes aux pieds. C'est là que tu m'as rencontrée.

— Dieu du ciel... murmura Gavin. Comment as-tu résisté sans devenir folle ?

— Je n'ai jamais cessé de penser à Katie. Et je me disais aussi que je finirais un jour par tuer Budhy. Ça m'aidait à tenir.

Il lui sourit.

— Tu aurais pu être un homme, Alexandra. Tu possèdes un cœur de guerrier.

— C'est sans doute parce que je ne suis pas assez féminine qu'Edmund avait préféré prendre une maîtresse, après la naissance de Katie.

Gavin secoua la tête.

— S'il t'était infidèle, c'était sa faute, pas la tienne.

— Je pense plutôt qu'à partir du moment où j'étais mère, il ne me considérait plus comme une femme désirable, répliqua Alex. Au moins, il avait la bonne grâce d'être discret. Sa maîtresse était une jeune Irlandaise qui servait chez nous comme soubrette. Quand j'ai découvert le pot aux roses, il a refusé d'avoir une discussion avec moi là-dessus, mais il a logé la fille dans une petite maison à l'autre bout de la ville. Si bien que je ne l'ai plus jamais revue. J'en ai été très reconnaissante à Edmund.

— Maintenant que je sais tout ça, je m'étonne presque que tu puisses encore supporter les hommes.

— Heureusement, j'ai connu des hommes merveilleux.

Alex ne pouvait pas imaginer le colonel infidèle à sa mère, par exemple.

— Gavin, reprit-elle après un silence, j'ai besoin, moi aussi, de comprendre mieux ce que tu as vécu. Comment était-ce, entre Héléna et toi ? Comment as-tu pu apprendre autant de choses sur les femmes, si ton expérience s'est limitée à une seule ?

Il hocha tristement la tête, comme si des souvenirs douloureux lui revenaient.

— Héléna et moi étions tels deux jouvenceaux – innocents, mais enthousiastes. Nous avons tout découvert ensemble, avec l'envie de rendre à l'autre le plaisir qu'il nous donnait. Et pour répondre complètement à ta question, connaître une seule femme peut être beaucoup plus instructif que d'en connaître des dizaines d'un point de vue charnel.

C'était vrai. Alex savait tout d'Edmund, alors qu'elle n'avait rien appris de ses violeurs. Elle était en tout cas soulagée que Gavin n'ait pas témoigné le moindre dégoût en apprenant ce qu'elle avait subi.

— Maintenant que tu connais mon histoire, que proposes-tu ? demanda-t-elle.

— Nous n'avons aucun moyen de punir ceux qui t'ont fait du mal. Alors laissons cela à Dieu. Ta meilleure revanche serait encore d'arriver à surmonter ton drame, pour retrouver le bonheur et une vie heureuse.

Il tira sur son cigare et lâcha une bouffée de fumée vers la fenêtre, avant d'ajouter :

— Laissons le temps faire son œuvre. Maduri n'est pas si loin derrière nous, et tu viens juste de rentrer dans ta famille. Tout à l'heure, quand tu m'as invité à rester dans ta chambre, j'ai eu l'intuition que c'était trop tôt. Mais j'ai voulu croire le contraire. Si bien que les torts sont autant de mon côté que du tien. Je te désire tellement que je n'ai pas montré beaucoup de volonté pour te résister.

— Je suis contente de savoir que je ne te dégoûte pas, murmura-t-elle. (Elle n'aurait sans doute pas osé dire cela en pleine lumière, mais la pénombre lui donnait de l'audace.) Et que tu me désires toujours.

— Les trophées les plus importants sont toujours les plus difficiles à obtenir.

— Il faudra que j'apprenne à séparer mon désir de mes appréhensions. Je ne sais pas trop comment m'y prendre, mais... mais j'ai au moins une idée sur la manière de commencer.

Alex ne souhaitait pas finir cette nuit sur une froide séparation. Elle s'approcha du fauteuil où était assis son mari.

— Merci, Gavin, dit-elle en lui prenant la main pour la poser contre sa joue. Tu me redonnes espoir.

Il lui étreignit les doigts, avant de libérer sa main.

— Dans l'immédiat, commençons par nous investir dans le quotidien. Présentons-nous nos amis respectifs, cherchons une maison et installons-nous dans nos meubles. Le reste viendra ensuite.

Elle acquiesça silencieusement. Pour l'instant, c'était en effet suffisant.

20

Gavin finit par rejoindre son lit, mais il ne trouva pas le sommeil. Il restait hanté par ce qu'Alex lui avait confié de son drame. Comment des hommes pouvaient-ils se comporter aussi cruellement avec les femmes ? C'était, pour lui, incompréhensible.

À sa grande honte, il avait encore les sens échauffés par les caresses de tout à l'heure. Si Alex avait pu aller jusqu'au bout, peut-être le pire serait-il maintenant derrière eux. À présent, il ne se sentait plus en état de rien tenter avec elle. Ce serait à la jeune femme de faire le premier pas, quand elle serait prête – si elle était prête un jour, ce qui n'était pas certain.

Cependant, il ne voulait pas sombrer dans le pessimisme. Malgré leurs problèmes, ils avaient réussi à poser les bases d'un mariage solide, fait de confiance et d'estime mutuelles. Et de tendresse, aussi. C'était largement assez pour compenser l'aspect qui manquait pour l'instant.

Après quelques heures d'un sommeil agité, Gavin se réveilla tôt. Il s'habilla, puis écrivit un mot à Maxwell – enfin, Wrexham, à présent – tout en prêtant l'oreille aux bruits qui lui parvenaient de la chambre contiguë. Lorsqu'il estima qu'Alex devait être prête, il alla frapper à sa porte.

— Entre, lui dit-elle.

Il poussa le battant et découvrit son épouse vêtue d'une élégante robe de soie bleue, coupée à la dernière mode. Sa tenue lui donnait l'air d'une parfaite lady londonienne, mais ses yeux cernés attestaient qu'elle avait mal dormi, elle aussi.

Il l'embrassa sur la joue et lui sourit.

— Si nous descendions prendre le petit-déjeuner, chérie ?

La jeune femme parut soulagée de son ton badin, comme si elle avait craint qu'il ne lui garde rancune de ce qui s'était passé la veille. Elle prit le bras qu'il lui offrait.

— Voilà des mois et des mois que je rêvais d'un vrai petit-déjeuner à l'anglaise. La cuisine de l'*Héléna* était bonne, pour un bateau, mais quand même un peu... rudimentaire.

Gavin hocha la tête.

— Moi aussi, ça m'a manqué.

Ils descendirent l'escalier en devisant gaiement, s'étant entendus tacitement pour garder privés leurs problèmes intimes.

En traversant le hall, Gavin confia sa lettre au majordome, puis ils entrèrent dans la salle à manger réservée aux petits-déjeuners, qui était déjà baignée de soleil. Tous les adultes étaient là – et Katie également –, occupés à se servir au buffet. Il y eut de nouvelles embrassades, et Gavin se fit la réflexion qu'il n'avait jamais vu de famille si unie et si démonstrative dans son affection. C'était du reste très agréable. Il trouvait fort plaisant d'être embrassé par lady Kenyon, toujours chaleureuse, ou même par la duchesse, qui irradiait le charme et la sérénité.

— Savez-vous monter à cheval, capitaine ? demanda lord Kenyon dès qu'ils furent assis à table avec leurs assiettes. Catherine et moi avons prévu de faire une promenade dans Hyde Park ce matin, et nous serions ravis de vous voir tous les deux vous joindre à nous.

— Je sais reconnaître le devant d'un cheval de son derrière, et j'arrive à peu près à tenir sur son dos, si l'animal n'a pas trop mauvais caractère, répliqua Gavin.

Si c'était un test, il craignait d'échouer. La vie de marin offrait peu d'occasions de monter à cheval.

— Mais je suis disposé à vous accompagner, si Alex souhaite sortir, ajouta-t-il.

— Nos chevaux sont parfaitement dressés, le rassura son beau-père. Et toi, Alex, tu n'as pas oublié comment on montait ?

La jeune femme esquissa un sourire mutin.

— Attends tout à l'heure. Tu verras bien.

Katie, qui dévorait un œuf à la coque, agita sa cuiller d'un air sentencieux.

— Maman était la meilleure cavalière de Sydney, proclama-t-elle. Tout le monde le disait.

— Je n'ai pas oublié comment on monte à cheval, mais je n'en ai pas eu l'occasion depuis... oh, depuis facilement un an, précisa Alex. (Elle passa une main dans les cheveux de sa fille.) Ma chérie, il va falloir que nous nous trouvions rapidement une couturière, toi et moi. Nous ne pouvons pas éternellement emprunter nos robes à la famille.

— J'ai pensé qu'on s'en occuperait demain matin, intervint lady Kenyon, qui ajouta avec un sourire pour Gavin : Rassurez-vous, nous parviendrons à nous passer de votre présence.

— Vous m'en voyez immensément soulagé, plaisanta-t-il.

Le reste du petit-déjeuner se passa dans la même bonne humeur. Entre-temps, les deux autres fillettes de la maisonnée s'étaient jointes aux convives. Gavin appréciait de voir que les enfants n'étaient pas confinés dans la nursery pour y prendre leurs repas. L'atmosphère était si détendue qu'il en arrivait à se demander si Ashburton était vraiment duc. Il le trouvait presque trop humain pour son titre.

En revanche, les écuries où ils se retrouvèrent, après s'être changés pour revêtir des tenues d'équitation, étaient bien celles d'un duc. Les stalles du vaste bâtiment étaient occupées par de splendides chevaux de race. Alex, ravissante dans un habit écarlate à la coupe d'inspiration militaire, choisit une belle jument à la robe sombre. Gavin envia l'animal, à qui la jeune femme murmurait des mots gentils. Il l'aida à monter en selle, avant de s'installer sur sa propre monture, une jument noisette à l'air placide.

Durant le court trajet qui les séparait de Hyde Park, Gavin chevaucha à côté d'Alex, du colonel et de lady Kenyon, un peu médusé de se retrouver au milieu de cette aristocratie qu'il avait toujours méprisée. Cependant, ce n'était pas parce que cette famille était accueillante et généreuse qu'il avait l'intention de renoncer à ses bons vieux principes républicains.

Lorsqu'ils entrèrent dans le parc, encore désert à cette heure matinale, le colonel proposa à Alex :

— Si nous faisions la course jusqu'au bout de la grande allée ?

— D'accord ! répliqua la jeune femme, en lançant aussitôt sa monture au galop dans un éclat de rire, tandis que son beau-père essayait de la rattraper.

Gavin n'en revenait pas.

— Alex est née sur un cheval ?

Lady Kenyon éclata de rire.

— Non, quand même pas. Mais elle n'avait pas plus de trois ans quand elle a pris sa première leçon d'équitation. Et, bien sûr, Michael a passé la moitié de sa vie sur un cheval. J'aime bien les voir heureux comme cela. Parfois, on jurerait qu'Alex est vraiment sa fille.

Ils remontèrent l'allée à une allure plus raisonnable, puis lady Kenyon reprit :

— Vous et Katie semblez aussi très bien vous entendre...

— Quand Alex a accepté de m'épouser, Katie et moi étions déjà très amis, expliqua Gavin. Nous n'avons eu aucun mal à former une famille. (Il sourit.) Et, ce qui ne gâte rien, elle a un vrai talent pour la navigation.

Lady Kenyon contemplait son mari et sa fille, qui avaient presque atteint l'extrémité de l'allée.

— Je suis heureuse pour vous, capitaine. Pour un homme qui a dû passer des années seul sur son bateau, l'arrivée d'une fillette comme Katie doit sembler magique.

— C'est assez bien vu, lady Kenyon.

— Vous pouvez m'appeler Catherine. J'ai l'habitude de vivre dans le pays de Galles, où les relations sont moins formelles qu'à Londres.

— Entendu, Catherine, répondit-il en coulant un regard vers son profil parfait. J'espère qu'Alex continuera de marcher sur les traces de sa mère. Auquel cas, d'ici trente ans, on continuera de m'envier.

— Flatteur ! lui retourna Catherine, amusée. Et vous êtes plutôt bon cavalier, contrairement à ce que vous avez voulu nous faire croire.

— Quand j'étais petit, je dévalais les collines d'Écosse sur mon poney, en m'imaginant invincible. Mais depuis que je suis marin, je n'ai pas eu souvent l'occasion de remonter à cheval.

— Vous retrouverez vite l'habitude.

Ils continuèrent quelques minutes en silence. Catherine ajusta la voilette de son chapeau, avant de demander tout à trac :

— À quel point Alexandra a-t-elle été maltraitée ? Viols ? Tortures ? Coups ?

Il s'attendait si peu à cette question abrupte que ses mains se crispèrent sur les rênes.

— Pourquoi me demandez-vous cela ?

— Ne faites pas l'innocent, Gavin. Je suis sa mère. J'ai bien vu qu'elle avait beaucoup souffert.

Il aurait préféré être ailleurs.

— Alex ne souhaite pas parler de ce qui lui est arrivé. Même moi, je ne savais rien. Hier soir, pour la première fois, elle a bien voulu lever un peu le voile sur ses épreuves.

— La vérité me fera sans doute mal, mais je ne serai pas choquée, fit valoir Catherine. J'ai passé des années à suivre l'armée, et je sais ce dont sont capables les hommes quand la morale les abandonne. Si vous ne me dites pas ce qui s'est passé, mon imagination ne sera pas en repos.

— Avez-vous été... ?

Gavin, se sentant indiscret, n'osa poursuivre sa question. Mais elle la devina aisément.

— Violée ? Non. Mais ça a bien failli... Allons, capitaine Elliott, dites-moi ce qui est arrivé à ma fille.

— Elle a été violée, en effet. Plusieurs fois. Et battue, aussi, parce qu'elle refusait de se soumettre. Elle n'en gardera pas de cicatrices dans sa chair, mais pour ce qui est des blessures morales...

— Je vois. Merci de m'avoir répondu.

Il y eut un lourd silence, puis Catherine ajouta :

— Surtout, abstenez-vous de la prendre en pitié. Elle détesterait ça plus que tout.

C'était un bon conseil. Alex était trop fière – elle l'avait montré en résistant à ses agresseurs – pour accepter la pitié.

— Vous êtes très intuitive, Catherine.

— J'ai fait des erreurs, dans ma vie. Mais j'en ai toujours tiré la leçon. (Elle se tourna vers lui.) Aimez-vous ma fille, Gavin ?

Il hésita, car il cherchait les mots justes.

— J'ai déjà été marié une fois. La perte de mon épouse et de l'enfant qu'elle venait de mettre au monde m'a tellement bouleversé que je pensais ne jamais me remarier. Mais avec Alex, tout est différent. Elle inspire le respect, la tendresse, l'amitié, le désir... Je tiens énormément à elle. C'est une forme d'amour, il me semble.

Elle hocha la tête.

— J'espérais une réponse moins équivoque, mais merci d'être honnête. Alex a eu de la chance de vous trouver.

— Le bénéfice est aussi pour moi, répliqua-t-il avec humour. J'avais toujours rêvé d'avoir une grande famille. Me voilà servi !

Alex fut ravie de voir que pendant qu'elle galopait avec le colonel, sa mère et Gavin avaient commencé de lier amitié. Si son mari et ses parents s'étaient détestés, elle se serait trouvée dans une position délicate.

Alors qu'ils rentraient vers la maison, la jeune femme approcha sa monture de celle de Gavin.

— Cette promenade m'a réjouie. Cela faisait si longtemps que je n'avais pas eu le plaisir de monter à cheval.

— Si j'ai bien compris, tu essaies de me dire que tu voudrais une maison avec des écuries ?

— Oui, si nous pouvons nous le permettre. Tu as l'air d'aimer cela aussi, d'ailleurs. En tout cas, tu te débrouilles plutôt bien, pour un marin.

— Peut-être, mais je suis à peu près sûr que demain, j'aurai des crampes.

Le soleil jouait dans ses cheveux, et Alex le trouva si beau qu'elle ressentit une bouffée de désir. Certes, celle-ci disparut aussi vite qu'elle était apparue, chassée par ses souvenirs pénibles. Cependant, l'espace d'un instant, son attirance pour Gavin avait eu raison de ses angoisses.

C'était un début.

Dès qu'ils eurent regagné la maison, le majordome s'approcha de Gavin pour lui remettre une lettre. Ce dernier s'empressa de la décacheter.

— Wrexham et sa femme nous invitent à dîner chez eux ce soir. Es-tu d'accord, Alex, ou as-tu d'autres projets ? Je suis sûr que tu les aimeras.

— J'ai évidemment très envie de connaître tes amis, répondit-elle. (Elle fit la grimace.) Mais je vais devoir encore emprunter une robe à ma mère. J'avais fini par oublier combien c'est fatigant d'être obligée de toujours se changer. Le sarong et la *kebaya* ont leurs avantages.

— Les aristocrates adorent changer de tenue en fonction de leurs activités, commenta-t-il. Moi aussi, je vais devoir renouveler ma garde-robe, maintenant que je suis dans ta famille. Mes quelques costumes ne sont plus adaptés à la vie londonienne.

Ils échangèrent un regard complice et amusé, puis Alex partit vers l'escalier. Elle était la première étonnée de voir qu'elle regrettait ses vêtements indiens. Finalement, ces quelques mois à Maduri ne lui avaient pas laissé que des mauvais souvenirs.

Ils se rendirent à leur dîner dans l'un des attelages du duc.

— Comment as-tu connu lord Wrexham ? s'enquit Alex.

— Nous nous sommes rencontrés dans une taverne de Calcutta. Au bout de quelques verres, le trouvant sympathique, je lui ai expliqué que ma compagnie était au bord de la banqueroute.

— Comment est-ce possible ? Ton entreprise n'est-elle pas prospère, aujourd'hui ?

— Après la mort d'Héléna, j'avais perdu goût au travail. C'est justement la période où ma société a subi plusieurs coups du sort. Un bateau avait sombré dans une tempête, des pirates avaient volé une de nos cargaisons... J'étais affaibli, mais j'aurais pu m'en sortir si un négociant anglais n'avait pas essayé de profiter de l'occasion pour me ruiner. Et puis, j'ai rencontré Maxwell. Il a proposé de renflouer la société. Je lui ai vendu un quart des actions. Cela suffisait pour résoudre mes problèmes financiers, et depuis nous sommes amis et associés.

— Il était donc content de son investissement ?

— Je crois que ça l'amusait de participer à une société de négoce. C'est tellement peu aristocratique.

Elle fronça les sourcils.

— Ce marchand qui a essayé de te ruiner, est-ce celui contre lequel tu as mis Kasan en garde ? Barton quelque chose ?

Alex avait décidément autant d'intuition que sa mère.

— Oui. Mais je suis étonné que tu t'en souviennes.

— Ça te ressemble tellement peu de critiquer les gens, que j'en ai déduit que celui-là était vraiment dangereux.

— Il l'est, confirma Gavin. Barton Pierce est le pire gredin que je connaisse. Il ne laisse jamais rien deviner de ses mauvaises intentions. En apparence, il est parfaitement charmant. Mais dès que ses intérêts sont en jeu, il ne connaît plus aucune morale.

— Que t'a-t-il fait, exactement ?

— Il avait offert de m'acheter une grosse quantité de thé, à un prix qui aurait assuré l'avenir de ma société. Nous avions conclu l'affaire sur une simple poignée de main, comme c'est souvent le cas dans cette partie du monde. Faute de contrat écrit, Pierce n'a eu aucune peine à revenir sur notre marché. Je me suis retrouvé à la fin de la récolte avec des tonnes de thé, que j'ai été obligé de brader à un prix dérisoire.

— Une tactique immonde, mais qui se révèle toujours efficace, commenta Alex. C'était ta parole contre la sienne, et si tu avais protesté publiquement, tu serais apparu affaibli.

— Exactement. Plus tard, j'ai appris qu'il avait fait la même chose à d'autres concurrents et ruiné ainsi plusieurs compagnies. Mais Pierce n'avait aucune raison de s'attaquer à moi. Je ne le menaçais pas dans son commerce. Je crois que la véritable explication, c'est qu'il prend plaisir à détruire les autres.

— Drôle de bonhomme... Où vit-il ? À Macao ?

— La dernière fois que j'ai entendu parler de lui, il s'apprêtait à rentrer à Londres, pour profiter de sa fortune.

Elle fronça de nouveau les sourcils.

— Est-ce qu'il n'y aurait pas un rapport entre son retour en Angleterre et ton projet de venir t'installer ici ?

— Un peu, avoua-t-il. Mais je ne cherche pas à me venger. Juste à obtenir... justice.

Alex se mordit la lèvre.

— C'est toujours dangereux de vouloir se battre avec des serpents, Gavin. Ils sont trop venimeux pour nous. Qu'as-tu exactement l'intention de faire ?

— Je ne sais pas trop. Si je trouve un moyen de l'attaquer par la voie légale, je n'hésiterai pas une seconde. En revanche, je n'ai aucunement l'intention de le provoquer en duel. (Il sourit.) C'est une pratique trop aristocratique pour moi.

— Tu ne me rassures pas vraiment, Gavin.

Alex était décidément trop intuitive.

21

Alex n'eut pas l'occasion de faire parler plus longtemps Gavin de Barton Pierce : ils étaient arrivés à destination. Mais cette discussion l'avait troublée. Elle avait bien sûr confiance dans les compétences de son mari, mais quelqu'un d'honnête comme lui était toujours à la merci des vauriens.

Cependant, le moment était mal choisi pour y penser. À peine eurent-ils pénétré dans Wrexham House, qu'un grand brun au sourire charmeur vint à leur rencontre.

— Gavin ! Je n'aurais jamais cru que tu finirais par venir à Londres.

— J'avais épuisé toutes les excuses pour ne pas le faire, répliqua Gavin, qui lui serra chaleureusement la main. Mais j'ai été navré d'apprendre que j'arrive trop tard pour voir ton père.

— Il me manque beaucoup. Au moins, ses deux dernières années ont été heureuses. Il est mort tranquillement dans son sommeil. C'est une bénédiction, de partir ainsi… Mais assez parlé du passé, présente-moi plutôt ta femme.

Se tournant vers Alex, Wrexham haussa les sourcils.

— Nous ne nous connaissons pas déjà ? Ne seriez-vous pas la nièce d'Ashburton ?

Alex lui présenta sa main en riant.

— Si, mais c'était il y a une douzaine d'années. Nous avons dansé plusieurs fois ensemble, si ma mémoire est bonne. Vous étiez un jeune homme horriblement sérieux.

Et très intimidant aussi. Mais cela, elle préféra ne pas le dire à haute voix.

— En fait, dit-il, je m'ennuyais terriblement et je complotais de m'enfuir très loin de ce monde si rigide. J'ai fini par mettre mon plan à exécution et je suis parti en Inde.

Alex cherchait dans ses souvenirs.

— Vous n'aviez pas un frère jumeau ? Une fois, je l'avais pris pour vous, mais il en avait été très vexé.

Wrexham éclata de rire.

— C'est vrai que nous n'aimons pas être confondus. Mais venez donc faire la connaissance de ma femme...

Lady Wrexham les attendait dans la salle à manger. Alex fut surprise de découvrir qu'elle était chinoise, ou plus exactement eurasienne. Et d'une beauté admirable. On aurait dit une orchidée tropicale.

— Honorable Gavin Elliott ! s'exclama-t-elle avec chaleur. Cela fait si longtemps !

Gavin l'étreignit dans ses bras comme une vieille amie.

— Mei-Lian, cela me fait tellement plaisir de te revoir !

Alex, de plus en plus étonnée, trouvait à lady Wrexham un petit accent écossais, semblable à celui de Gavin.

— Mei-Lian, reprit-il, permets-moi de te présenter mon épouse, Alexandra Elliott.

— Ravie de vous rencontrer, madame Elliott, dit Mei-Lian.

— J'imagine que vous avez connu Gavin à Macao ? s'enquit Alex. Je compte sur vous pour me raconter des histoires sur son passé.

Les yeux de Mei-Lian s'illuminèrent.

— Mais très volontiers. Ce sera un plaisir.

Les deux hommes échangèrent un regard.

— Je crois que nous avons commis une grosse erreur en les présentant l'une à l'autre, lança Gavin d'un air sombre.

— C'est également mon avis, répliqua Wrexham, la mine grave.

Le dîner donna à Alex encore plus envie d'en apprendre davantage sur ce passé chinois que partageaient ses trois compagnons. La cuisine, excellente, mélangeait en effet les plats de tradition anglaise avec quelques spécialités purement chinoises, comme le canard laqué. Et l'influence de la comtesse se voyait aussi dans la décoration de la maison, qui alliait un subtil mélange d'influence orientale aux canons de l'ameublement occidental.

Le repas terminé, Gavin proposa à Wrexham de boire un porto :

— Je voudrais discuter avec toi, expliqua-t-il. Je suppose que ces dames ne nous en tiendront pas rigueur, si nous ne parlons pas trop longtemps ?

La comtesse se leva de table.

— Bien sûr que non. (Elle se tourna vers Alex.) Madame Elliott, aimeriez-vous connaître notre petit garçon ?

— Rien ne me ferait plus plaisir, assura Alex. Vous savez, j'ai moi-même une fille de neuf ans.

Les deux femmes quittèrent la salle à manger pour monter à la nursery. Parler de leurs enfants les avait rapprochées, et le temps d'arriver à l'étage, elles s'appelaient désormais par leur prénom.

Quand elles entrèrent dans la nursery, un petit garçon assis par terre leva les yeux de son jeu de construction. Il se précipita aussitôt vers sa mère.

— Maman !

— Dominic, mon chéri...

Mei-Lian s'accroupit afin de serrer son fils dans ses bras. Elle lui murmurait des petits mots doux dans une langue étrange, qu'Alex reconnut pour être du chinois.

— Voulez-vous prendre Dominic dans vos bras ? lui proposa Mei-Lian. Mon petit vicomte est très sociable.

— J'en serai très honorée, répondit Alex, qui tendait déjà les bras pour accueillir le garçon.

L'enfant la fixa quelques instants avec de grands yeux, avant de poser un baiser sonore sur son menton et de nouer les bras à son cou.

Alex éclata de rire.

— Je crois qu'il m'a adoptée.

— Il sait reconnaître les gens qui vont l'aimer.

Les yeux de Dominic trahissaient son héritage oriental. Alex songea au bébé aux yeux en forme d'amande qu'elle avait failli avoir, et fut obligée de cligner les yeux pour retenir ses larmes.

— Il est mignon comme tout...

— Merci, murmura Mei-Lian, qui avait deviné son malaise. Quelque chose ne va pas ?

— J'ai fait une fausse couche, pendant notre trajet de retour, expliqua Alex en détachant le petit garçon de son cou pour le rendre à sa mère. Ce bout de chou me l'a soudain rappelé.

— Je suis désolée, dit Mei-Lian avec compassion. Moi aussi, j'ai fait une fausse couche, il y a quelques mois. Le médecin m'a assuré qu'il n'y avait aucune raison pour que cela se reproduise. Mais ça n'empêche pas d'éprouver une grande tristesse et un sentiment de vide.

C'était un autre point commun qui pouvait rapprocher les deux femmes et, espérait Alex, marquer le début d'une véritable amitié. Mei-Lian embrassa une dernière fois son fils et le confia à la nurse.

— Vous apprenez le chinois à Dominic ? demanda Alex quand elles furent ressorties dans le couloir.

— Oui. Avec un peu de chance, il le maîtrisera aussi bien que l'anglais. Comme cela, si jamais il va un jour là-bas, il connaîtra déjà la langue. Et puis, je souhaitais que mes enfants possèdent un peu de culture chinoise.

— C'est tout naturel, approuva Alex. Il leur manquerait quelque chose, s'ils étaient élevés sans profiter de cette partie de leur héritage.

— Je suis contente que vous me compreniez, car tout le monde n'a pas votre tolérance. En particulier les cousins et les tantes Renbourne. Mais ils sont bien obligés de s'y faire. Le vieux comte leur avait pratiquement ordonné de m'accepter, sous peine de les déshériter.

Alex éclata de rire.

— C'est une excellente chose que vous apportiez un peu de sang neuf aux Renbourne. Trop de grandes familles anglaises ont la détestable habitude de se marier entre elles depuis des générations. Mon oncle a d'abord pris Gavin pour un Américain, et il était ravi que je l'aie épousé. Il a été déçu en apprenant que Gavin est en réalité anglais de naissance.

Mei-Lian sourit.

— Vous ne pouviez pas trouver meilleur mari que Gavin Elliott. Voulez-vous que nous prenions le thé dans la serre ? J'en profiterai pour vous parler de lui. Mais forcément en bien. J'ai travaillé à son service pendant plusieurs années, comme interprète et traductrice, et je ne l'ai jamais vu mal agir ou se comporter malhonnêtement.

— Le contraire m'aurait étonnée, répliqua Alex, qui poussa un cri d'admiration en pénétrant dans la serre. Oh, c'est magnifique ! On dirait un jardin tropical.

— Kyle me l'a offerte à la naissance de Dominic, expliqua Mei-Lian, qui s'était penchée pour humer le parfum d'un lis. Ma belle-sœur est une jardinière accomplie et elle m'aide à l'entretenir. Meriel saurait faire pousser n'importe quoi.

Alex déambulait dans les allées de la serre, caressant avec émerveillement les plantes qui jalonnaient son passage. Des statues d'inspiration chinoise ou européenne étaient disséminées au milieu de la verdure, et on entendait chanter une fontaine.

— Quel bonheur d'avoir ce petit morceau d'Orient à Londres ! dit-elle.

C'était aussi un très beau cadeau d'amour de la part d'un mari.

Les allées se rejoignaient sur une sorte de rond-point, occupé par une table et des chaises. L'endroit permettait d'admirer à la fois la serre et le jardin plus conventionnel, de l'autre côté des vitres.

— Vous prenez souvent vos repas ici ? demanda Alex.

— Oui, quand Kyle et moi dînons seuls.

Un valet apparut avec le plateau du thé, qu'il posa sur la table. Mei-Lian servit deux tasses.

— Suryo est-il toujours avec votre mari ?

— Oui. Il est arrivé à Londres en même temps que nous.

— Parfait. J'espère le voir bientôt. Nous avons travaillé ensemble pour Gavin. Quand notre emploi du temps nous accordait quelque loisir, j'enseignais le chinois à Suryo, et lui m'apprenait les rudiments du *pentjak silat*.

Alex reposa sa tasse, stupéfaite.

— Vous savez vous battre ?
— Un peu. Je suis moi-même étonnée de constater que vous savez ce qu'est le *silat*.
— J'ai vu Gavin à l'œuvre. Il est très doué.
Mei-Lian but une gorgée de thé.
— Suryo est un excellent professeur. Il m'a enseigné les mouvements de base, mais je ne suis pas aussi experte que Gavin.
Alex n'en revenait pas.
— Vous pourriez m'apprendre quelques prises ?
Ce fut au tour de Mei-Lian d'être stupéfaite.
— Vous en avez vraiment envie ?
— Une femme doit pouvoir se défendre, répliqua Alex avec véhémence. Je n'ai plus envie de me retrouver impuissante face à des hommes.
— Je comprends...
Mei-Lian avait manifestement deviné plus de choses qu'Alex n'aurait souhaité lui révéler, cependant la jeune femme n'en fut pas attristée. Leur relation était déjà profonde et sincère.
— Les arts martiaux sont autant une affaire de physique que de mental, expliqua Mei-Lian. Le problème, c'est que les femmes ont rarement l'esprit guerrier. Il ne suffit pas de savoir se battre. Il faut en avoir l'envie et la volonté.
Alex se remémora comment elle s'était débattue – en vain, certes – lorsqu'elle était esclave.
— Je crois avoir la volonté. Il me manque la technique.
Mei-Lian esquissa un sourire.
— Sachez que vous n'en sortirez pas forcément indemne. Même quelques leçons de base peuvent occasionner des bleus.
— Aucune importance. Si vous me faisiez une démonstration ?
— Maintenant ? Nous ne sommes pas habillées pour nous battre, fit valoir Mei-Lian. Un pantalon et une tunique seraient plus adaptés que nos robes.
— Une toute petite démonstration, alors ? insista Alex, qui ne savait pas au juste pourquoi cela lui paraissait soudain important. Si je suis appelée un jour à me défendre, je serai probablement habillée comme aujourd'hui.

— Exact, acquiesça Mei-Lian.

Elle se releva, poussa la table et les chaises de côté et vint se planter au milieu de l'espace ainsi dégagé, les mains plaquées sur les hanches, dans une posture détendue.

— Attaquez-moi.

Alex, maintenant, se sentait un peu ridicule. Elle fit tout de même un pas pour frapper du poing, sans conviction, l'épaule de Mei-Lian. Celle-ci n'eut aucune peine à détourner son bras.

— Rappelez-vous ce que j'ai dit sur l'ardeur des femmes au combat. Et recommencez.

— Je ne voudrais pas vous faire mal…

— Vous ne me ferez pas mal. Mais si vous voulez vraiment devenir une guerrière, il faut avoir envie d'abîmer son adversaire. Faites comme si j'étais votre pire ennemi. Quelqu'un que vous haïssez au plus profond de vous-même.

Alex recula d'un pas et contempla Mei-Lian en se remémorant les cruautés de Budhy. *Le monstre!* Elle se lança tout à coup, pour abattre son poing sur la joue de son adversaire.

Elle n'eut pas le temps d'atteindre sa cible qu'elle se retrouva par terre. Mei-Lian lui avait énergiquement saisi le bras, avant de la déséquilibrer. Pour une femme aussi mince, elle était remarquablement forte.

— C'était déjà mieux, commenta-t-elle en tendant la main pour aider Alex à se relever. Mais êtes-vous sûre de vouloir continuer ?

— Plus que jamais ! Pouvez-vous me montrer comment vous avez fait ça ?

Mei-Lian sourit.

— Je crois, Alexandra, que nous allons devenir très amies…

— Je l'espère bien. Montrez-moi comment vous placez vos mains.

Alex ne se souciait pas d'attraper des bleus. Elle ne voulait plus jamais être une victime des hommes.

22

— Le thé Earl Blend se vend comme des petits pains. Grâce à lui, nous allons encore nous enrichir, commenta Wrexham, qui montrait à Gavin les comptes des six derniers mois.

Celui-ci émit un sifflement admiratif en parcourant le document.

— Tu as eu une fière idée d'inventer ce mélange, Maxwell – ah, zut ! C'est vrai que tu t'appelles Wrexham, maintenant. Je n'arrive pas à m'y faire.

— Mon prénom n'a pas changé, lui. Appelle-moi donc Kyle, ce sera plus simple.

— Merci, répondit Gavin.

Sachant combien les aristocrates anglais désapprouvaient l'usage public de leur prénom, il se sentait très honoré. Puis, repoussant les documents comptables, il ajouta :

— Barton Pierce est-il à Londres ?

— Oh, oui ! Sa présence ne peut pas passer inaperçue. Avant de rentrer en Angleterre, il s'est trouvé à l'autre bout de la planète une ravissante veuve, blonde comme les blés. Et il a réussi à s'acheter un titre. À présent, sir Barton et lady Pierce s'emploient à recevoir le Tout-Londres. On murmure qu'il brigue un siège à la Chambre des députés.

— Pierce, membre du Parlement ? Autant faire garder des agneaux par un loup !

Kyle les resservit en porto.

— D'après mes informations, la fortune de Pierce a beaucoup souffert, depuis que la Compagnie des Indes orientales a perdu le monopole du commerce en Chine. Il ne serait pas loin de la faillite.

— Voilà des nouvelles intéressantes, dit Gavin, qui savourait son porto. Cela deviendra plus facile d'obtenir justice.

Kyle fronça les sourcils.

— Pierce s'est conduit de manière méprisable, et je sais que je ne pourrai pas t'empêcher de vouloir lui faire payer son attitude. Mais sois prudent, Gavin. Ce type est dangereux comme le diable.

— Rassure-toi, je n'ai pas de plan spectaculaire en tête. Je vais simplement pousser un peu son chapeau sur son crâne, pour l'aider à tomber tout seul.

Ne désirant pas approfondir le sujet, Gavin se releva.

— Si nous allions voir ce que complotent nos femmes ?

Kyle termina son porto, avant de se lever à son tour.

— C'est drôle et en même temps logique que tu sois tombé sur Alexandra. Elle était très différente des autres jeunes filles que je voyais à cette époque dans les réceptions. Plus vivante, plus curieuse du monde. Et bien sûr, très belle.

Gavin sourit.

— Je m'en suis aperçu.

Le majordome leur apprit qu'ils pourraient retrouver leurs épouses dans la serre. Au moment de pousser la porte, ils entendirent Mei-Lian s'écrier :

— Non, non, pas comme ça ! Concentrez votre force dans le bassin.

— Ça y est, j'ai compris, répliqua Alex.

Les deux hommes débouchèrent sur le ring improvisé, pour voir Alex jeter son hôtesse à terre. Mei-Lian roula sur le côté et se redressa rapidement.

— Bien joué, Alex ! Vous avez de bons réflexes.

Gavin était médusé.

— Bonté divine... j'ai dû boire plus de porto que je ne pensais.

— Le porto n'est pas en cause, objecta Kyle, qui ne semblait pas plus étonné que cela de voir sa femme se battre avec leur invitée. Mei-Lian, ma chérie, j'espère que tu ne fais pas de mal à Alex ?

Les deux femmes se tournèrent en riant vers leurs maris. Elles étaient complètement décoiffées, et leurs tenues débraillées évoquaient deux collégiennes qui se seraient chamaillées.

— Tout est ma faute, dit Alex. Dès que j'ai su que Mei-Lian savait se battre à mains nues, je lui ai demandé de me donner une leçon. Et j'espère bien qu'elle m'en donnera d'autres.

— Avec grand plaisir, assura Mei-Lian, qui essayait de défroisser sa robe.

Kyle se pencha pour ramasser une fleur brisée, tombée à terre.

— Ces prochaines leçons pourraient peut-être avoir lieu dans un endroit approprié, suggéra-t-il. Ce serait plus sûr pour vous. Sans parler des plantes.

— Nous n'avons pas beaucoup fait attention, c'est vrai, reconnut Mei-Lian. Mais c'était tellement amusant !

Gavin n'était pas certain de se réjouir de voir sa femme apprendre les arts martiaux. Cependant, Alex semblait tellement joyeuse qu'il n'osa protester. Si elle était heureuse, cela valait le risque de se casser un bras ou une jambe.

Le lendemain matin, toute la gent féminine d'Ashburton House partit en expédition. Le prétexte officiel était de trouver de nouvelles robes pour Alex et Katie, mais Gavin était convaincu que Catherine, la duchesse et leurs filles ne rentreraient pas à la maison les mains vides.

Au moment où lui-même s'apprêtait à sortir pour commencer à organiser ses nouvelles activités, Ashburton le fit venir dans son bureau.

— Puisque vous cherchez une maison, vous devriez visiter celle-ci, dit-il en tendant à Gavin un papier portant une adresse, ainsi qu'un trousseau de clés. C'est une demeure qui m'appartient. Très plaisante. Les précédents locataires sont partis il y a un mois. Elle est donc libre.

— Merci, monsieur. J'irai voir cet après-midi.

Gavin empocha l'adresse et les clés. La maison était probablement parfaite, mais il ignorait s'il devait se sentir reconnaissant ou embarrassé. Il opta finalement pour la gratitude. Il était de toute façon trop impatient d'habiter sous son propre toit, alors tant pis si celui-ci appartenait à l'oncle d'Alex.

Une fois dehors, il prit la direction de l'est de la ville. L'entrepôt, loué par Kyle, où Gavin comptait installer ses bureaux, offrait une vue imprenable sur les bateaux des docks et la Tamise.

Après avoir visité les lieux, il fit un tour sur l'*Héléna*. Benjamin Long supervisait le déchargement de la cargaison, tandis qu'une partie des marins s'affairait à réparer les voiles et la mâture endommagées par la tempête et l'attaque des pirates. Suryo avait terminé d'emballer les effets personnels de Gavin, et il attendait de savoir où les envoyer : soit à Ashburton House, soit à une autre adresse.

Puisque sa présence n'était pas nécessaire, il repartit très vite et loua un fiacre, pour aller visiter la maison indiquée par le duc. Il eut un frisson en réalisant qu'elle se tenait sur Berkeley Square – là où son grand-père habitait également. Simple coïncidence, ou signe du destin ? Aujourd'hui était-il le bon jour pour faire cette petite visite familiale dont il rêvait depuis vingt ans ?

Gavin débattit la question tout au long du trajet, sans pouvoir la trancher. Finalement, arrivé à Berkeley Square, il renvoya le cocher. Il rentrerait à pied à Ashburton House.

La maison du duc était spacieuse et bien entretenue. Elle leur conviendrait parfaitement, si elle plaisait à Alex. En regardant par l'une des fenêtres, il aperçut la maison de son grand-père qui se trouvait juste en face, de l'autre côté du square.

Cette fois, il avait pris sa décision. Il referma à clé la maison du duc et traversa le square. La façade de Seabourne House trahissait la fortune et l'opulence. Il songea qu'il était un peu idiot de venir sans s'être fait annoncer. Son grand-père n'était peut-être pas à Londres. Ou alors, il était à son club. Et à supposer qu'il soit chez lui, il y avait peu de chances qu'il accepte de recevoir un étranger.

Toutes ces préventions n'empêchèrent pas Gavin de frapper le lourd heurtoir en forme de dauphin. Moins de trente secondes plus tard, un majordome, aussi raide et stylé que celui des Ashburton, lui ouvrit. Il contempla le visiteur de la tête aux pieds, et conclut que celui-ci avait assez l'air d'un gentleman pour l'inviter à entrer.

— Bonjour, monsieur. Souhaitez-vous laisser votre carte ?

Gavin inspecta le vestibule du regard. C'était plus petit que chez le duc, mais impressionnant quand même. Il tendit sa carte au majordome.

— J'aimerais voir lord Seabourne.

Le majordome déchiffra la carte, regarda à nouveau son interlocuteur, puis l'introduisit dans un petit salon.

— Je vais voir si milord reçoit.

Gavin déambula dans la pièce sans parvenir à s'asseoir. Bien qu'il eût attendu ce moment pendant des années, il ne savait pas exactement ce qu'il voulait en retirer, à part brandir une bannière symbolique en mémoire de son père.

— Vous êtes Gavin Elliott ? demanda soudain une voix glaciale, dans son dos.

Il se retourna. Il fut déçu de voir un jeune homme.

— Oui, c'est moi, répondit-il en forçant sur l'accent américain. Seabourne refuse de me voir ?

— Au contraire. Je suis Philip Elliott, septième comte de Seabourne. Mon grand-père est mort cet hiver.

La déception de Gavin atteignit son comble. Il arrivait trop tard !

— Mes condoléances, dit-il, tout en dévisageant son hôte, dont les traits lui étaient étrangement familiers. Même stature ou presque, même couleur de cheveux, un visage assez semblable : ils auraient pu facilement passer pour deux frères.

— Je suppose que vous êtes mon cousin, ajouta-t-il.

Seabourne ricana.

— D'où sortez-vous ? Si vous êtes un bâtard, je ne souhaite nullement faire plus ample connaissance avec vous.

— Je ne suis pas plus bâtard que vous, rétorqua Gavin, retenant difficilement sa colère. Mes parents ont été légalement mariés en Écosse par mon autre grand-père, même si ce bougre de Seabourne, qui vient de mourir, a toujours refusé d'accepter ma mère. Puisque je me trouvais à Londres, j'avais pensé lui rendre visite. Mais je vois que je perds mon temps.

Seabourne avait blêmi.

— Qui était votre père ?

— James Elliott. Le mari d'Anna Fraser, qu'il avait épousée à Aberdeen, répondit sèchement Gavin. Le capitaine James Elliott, de la Royal Navy, qui s'est illustré à Trafalgar avant d'être renié par sa famille. Il est parti vivre en Amérique, où il a fait fortune dans le négoce. Ne vous inquiétez pas, je ne suis pas plus impatient que vous de faire votre connaissance. J'espérais voir le sixième comte, pour lui dire tout le mal que je pensais de lui, mais j'ai visiblement trop attendu.

Il reprenait déjà son chapeau quand Seabourne lança :

— Pouvez-vous prouver votre identité ?

— Bien sûr, répliqua Gavin, étonné. Certificat de naissance, certificat de mariage de mes parents... je possède tout. Mais quelle importance ? Je n'attends rien de vous.

— Si je vous demande cela, rétorqua son cousin d'un ton bizarre, c'est que, au cas où vous dites vrai, le septième comte de Seabourne... c'est vous.

23

Gavin en resta bouche bée.

— Moi, l'héritier du titre ? C'est absurde ! Mon père était fils cadet.

— James Elliott était le second fils du comte, précisa Philip. Albert, mon père, est venu ensuite. John, l'aîné, son fils et mon propre père sont tous morts avant mon grand-père.

Si c'était vrai, cela expliquait le mécontentement visible de Philip. Le jeune homme se voyait soudain rétrogradé dans l'ordre d'héritage. Mais pourquoi avait-il pris la peine de raconter tout cela à Gavin, qui ne se doutait de rien ?

Certainement parce que la vérité aurait fini par éclater tôt ou tard, et son cousin n'avait pas voulu courir le risque de la cacher. Gavin l'admira d'avoir su prendre le taureau par les cornes.

— Inutile de me regarder ainsi, dit-il. Le titre ne m'intéresse pas. Ni la fortune. Mais comment avez-vous pu ignorer mon existence ? Mon père communiquait parfois avec le notaire de la famille. Je suis né bien avant que nous partions vivre en Amérique. Vous auriez dû savoir tout de suite que j'étais l'héritier légitime.

— Nous avons cru que vous aviez péri dans le naufrage qui a emporté vos parents. Soit la nouvelle était fausse, soit vous êtes un imposteur.

— Je ne suis pas un imposteur. Mais je vous l'ai dit, vous n'avez pas à vous inquiéter. Vous n'aurez qu'à faire comme si je ne vous avais pas rendu visite.

Philip secoua la tête.

— Pour que votre existence continue de planer au-dessus de ma tête comme une épée de Damoclès ?

Comment pourrais-je trouver le sommeil, en sachant qu'à tout moment vous pouvez venir réclamer votre titre ? Il faut résoudre le problème. Où résidez-vous ?

— Chez le duc d'Ashburton, sur Grosvenor Square.

— Mon avocat vous convoquera. Maintenant, partez. Vous n'êtes pas le bienvenu dans cette maison, tant que vous n'aurez pas prouvé que vous en êtes le légitime propriétaire.

Gavin se retrouva dans Berkeley Square plus médusé que jamais. S'il ne savait pas trop à quoi s'attendre en rendant visite à son grand-père, en tout cas, il ne s'attendait pas à *cela*.

Courir les boutiques avec d'autres femmes était un bonheur épuisant. Alex rentra à la maison en rêvant d'une bonne sieste. Katie, en revanche, semblait infatigable. La fillette partit rejoindre ses cousines dans la salle d'étude, tandis que sa mère se laissait tomber sur son lit.

Quelques minutes plus tard, la jeune femme fut réveillée par l'ouverture de la porte communiquant avec l'autre chambre.

— C'est toi, Gavin ?

— Désolé. Je ne voulais pas te réveiller...

Alex fut tout de suite alertée par son attitude. Il semblait étrangement tendu. Elle ne l'avait jamais vu ainsi, même pendant le jeu du Lion. Elle se redressa pour s'asseoir dans le lit.

— Gavin ? Qu'est-ce qui ne va pas ?

Il resta près de la porte.

— Je suis allé chez mon grand-père. Il est mort cet hiver.

— Je suis désolée que tu n'aies pas eu l'occasion de parler avec lui, mais quand on sait ce qu'il a fait, ce n'est pas une très grande perte, non ? rétorqua-t-elle brutalement. Sa mort t'a davantage bouleversé que tu ne l'imaginais ?

— Un peu, oui. Mais ce qui me perturbe le plus, c'est que... (Il inspira à pleins poumons.) Je suis tombé sur un cousin qui m'a dit que j'étais le nouveau comte de Seabourne.

Alex était stupéfaite.

— C'est vrai ? Félicitations, milord mon mari. Voilà un honneur inattendu.

Il haussa les sourcils.

— Tu trouves que c'est une bonne nouvelle ?

Elle comprit le malentendu. N'importe quel Anglais aurait été ravi, mais son mari n'était plus anglais.

— Excuse-moi, mais on m'a toujours appris qu'un titre et une fortune ne faisaient peut-être pas un homme, mais qu'ils n'étaient jamais négligeables.

Gavin grimaça.

— Et moi, on m'a appris à en penser du mal. Je ne veux pas de ce damné titre. J'ai décidé de le refuser.

— Ça risque d'être impossible, fit valoir Alex.

— Et pourquoi donc ? Tu tiens tant que cela à devenir comtesse ?

Alex l'aurait volontiers giflé. Comment pouvait-il aussi mal la juger ? Cependant, il se montrait si patient avec elle avec ses humeurs et ses angoisses, que la jeune femme se sentait obligée de lui témoigner un peu de patience en retour.

— J'ai vécu jusqu'ici sans porter le moindre titre et ça ne me manque pas. Mais le droit nobiliaire est complexe. Nous devrions en parler à oncle Stephen. Il est très au courant de ce genre de choses.

— D'accord, répliqua Gavin, qui repartait déjà dans sa chambre. Je vais voir s'il est disponible.

— Veux-tu que je t'accompagne ? proposa-t-elle.

Il hésita.

— Ce n'est pas une mauvaise idée. Tu me traduiras le raisonnement anglais en raisonnement américain.

— J'essaierai, mais je ne te promets rien.

Elle remit ses chaussures et arrangea prestement sa coiffure, avant de suivre Gavin dans le bureau du duc.

Ashburton leva les yeux du document qu'il lisait, en voyant s'ouvrir la porte de son bureau.

— Oui, qu'est-ce que c'est ?

Gavin passa la tête dans l'entrebâillement de la porte.

— Excusez-moi, je souhaiterais discuter d'un sujet avec vous. Mais ça peut attendre. Je ne voudrais pas vous déranger...

— Non, non, entrez. J'étudiais un projet de loi sur le commerce, et c'est atrocement ennuyeux. Avez-vous aimé la maison de Berkeley Square ?

— Très belle. Si elle plaît à Alex, je serais enchanté de vous la louer.

— Je connais cette maison, intervint Alex. Si elle est disponible, ce serait une adresse parfaite.

— Dans ce cas, elle est à vous, conclut le duc avant de se tourner vers Gavin. Mais asseyez-vous donc, et dites-moi ce qui vous amène.

Gavin prit un fauteuil et son épouse s'installa près de lui.

— Me voilà comte de Seabourne, lâcha-t-il.

Il raconta par le menu sa visite à Seabourne House et ce qu'il avait appris, avant de conclure :

— Je ne veux pas de cet héritage. Comment puis-je le refuser ?

Ashburton secoua la tête.

— Vous ne pouvez pas, malheureusement. La jurisprudence, sur ce point, n'a jamais varié. Les titres sont attachés au sang. Si vous étiez né en Amérique, la situation aurait été différente. Mais vous êtes né ici, vous avez donc la nationalité britannique et, en d'autres termes, vous n'avez pas le choix. Vous êtes désormais comte et, ce qui va avec, vous disposez d'un siège à la Chambre des lords.

Gavin semblait dépité.

— Et pour ce qui est des biens matériels, je peux au moins les refuser ?

— Non, dans la mesure où ils sont dépendants du titre.

— C'est injuste que mon cousin se retrouve brutalement dépossédé de tout ce qu'il pensait lui appartenir.

— Le droit d'aînesse ne s'est jamais préoccupé d'être juste, fit valoir le duc. Il a été conçu pour empêcher le démantèlement des propriétés familiales, et il y a parfaitement réussi. De toute façon, rien ne vous empêche de faire une donation à votre cousin. Mais avant d'engager quoi que ce soit, je vous suggère de consulter un avocat spécialisé dans ces domaines.

— Et si je ne produisais pas les documents attestant mon identité ? Ça ne serait pas un moyen d'échapper à l'héritage ?

Le duc soupira.

— Si vous ne vous étiez pas manifesté, vous auriez pu vous épargner ces soucis. Mais à présent, la machine est en marche et rien ne pourra l'arrêter. Que vous le souhaitiez ou non, vous êtes bel et bien le septième comte de Seabourne.

Gavin était désappointé. Le duc jugea utile de le réconforter.

— J'ai un peu connu votre père, et je le respectais beaucoup. Le scandale de son mariage était dû davantage à la réaction de son propre père qu'à la personnalité de son épouse. Déshériter un fils qui s'était illustré à la guerre n'était pas très élégant. Votre grand-père n'a jamais été très aimé, et ce geste l'a rendu encore plus impopulaire.

Ces quelques mots ébranlèrent Gavin.

— Ainsi, ce n'était pas la société qui leur tournait le dos, mais uniquement le vieux comte ?

— Oui. Mais pour votre père, c'était déjà beaucoup à porter.

— Et quelle a été la réaction des gens, quand mon père a été obligé de démissionner de la Navy ?

— D'après les témoins présents au combat, votre père s'était comporté comme le bon officier qu'il avait toujours été. Hélas, je crains que l'Amirauté ne veuille jamais reconnaître qu'elle s'est trompée. Mais le nom de votre père est toujours respecté. C'est l'essentiel.

— Pensez-vous qu'il le savait ?

— Probablement, s'il avait gardé des relations avec le notaire de votre famille. J'en déduis que s'il a préféré rester en Amérique, c'était qu'il aimait sincèrement ce pays.

Gavin s'abîma dans un profond silence. Il se voyait soudain forcé de réexaminer le passé. James Elliott avait sans doute gardé de l'amertume pour la façon dont on l'avait traité en Angleterre, mais il n'était pas vraiment un banni. Le duc avait raison : il était resté en Amérique parce que le pays lui plaisait. Et il n'avait plus reparlé du passé car, justement, c'était le passé. Finalement, Gavin se demandait si ce n'était pas lui qui avait le plus souffert de leur départ d'Angleterre...

Alex lui prit la main.

— Tu n'as pas besoin de chercher à tout comprendre maintenant, Gavin. Montons dans notre chambre. Il faut que tu te détendes un peu avant le dîner.

Il se releva.

— Ma réaction doit vous sembler comique, dit-il au duc.

— C'est un peu inattendu, mais il n'y a rien de risible. Je comprends que vous vous sentiez oppressé par le poids d'un héritage auquel vous ne vous attendiez nullement.

Réconforté par ces paroles, Gavin sortit du bureau, la main d'Alex toujours rivée à la sienne... Alex ? Non. La comtesse de Seabourne, désormais.

Il n'arrivait toujours pas à s'y faire.

Alex compatissait pour Gavin. Dès qu'ils entrèrent dans la chambre de la jeune femme, elle lui passa un bras autour du cou.

— Mon pauvre chéri. On dirait que le ciel t'est tombé sur la tête...

— C'est un peu ça.

Il enfouit son visage dans la chevelure de la jeune femme, en même temps qu'il la prenait dans ses bras.

Elle se pressa contre lui, comme si elle pouvait absorber sa détresse.

— Tu avais raison de haïr ton grand-père, et je comprends que ce soit pénible de porter aujourd'hui son titre, dit-elle. Mais si tu veux honorer la mémoire de tes parents, la meilleure revanche serait de devenir un comte aimé de tous ses semblables, tu ne crois pas ?

— C'est vrai. Le vieux gredin se retournerait dans sa tombe, s'il savait que je suis son héritier... Mais c'est aussi des ennuis en perspective. Le plus simple serait encore de quitter l'Angleterre pour ne plus revenir. Me suivrais-tu, Alex ?

— Bien sûr que je te suivrais : je suis ta femme. Mais la fuite ne résoudra rien. Tu seras comte, et le titre n'échoira à ton cousin qu'après ta mort. Si tu pars, cela créera d'autres problèmes. Tous les gens qui travaillent sur tes nouvelles propriétés ne sauront plus à quoi s'en tenir.

Il soupira.

— Tu as raison. N'empêche que j'ai quand même très envie de reprendre la mer, avec toi et Katie…

— Tu resteras tel que tu es, Gavin. Ce n'est pas ce titre qui changera ta personnalité.

Il secoua la tête.

— Le regard des gens sur moi changera forcément.

Elle réfléchit.

— Tu devrais faire la différence entre ce que tu penses de l'aristocratie et ce que tu ressentais pour ton grand-père. Wrexham est ton ami, et tu sembles aimer oncle Stephen. Leur titre ne les a pas empêchés de rester humains. Ce sera pareil pour toi. Quant à ton grand-père, il aurait été désagréable même s'il n'avait pas été noble. Le pouvoir et l'argent l'avaient simplement rendu encore pire. Mais il est mort, à présent. On ne peut pas refaire le passé.

— Sauf que le passé a beaucoup évolué au cours de ces dernières heures, objecta Gavin. Du moins, la façon dont je voyais le passé. (Il serra un peu plus fort Alex contre lui.) Je m'étais fourvoyé…

Elle comprenait que pour un homme orgueilleux comme lui, habitué à être son propre maître, cette découverte était déstabilisante. Ne trouvant pas les mots pour le réconforter, la jeune femme l'embrassa. Elle voulait par ce geste à la fois lui signifier qu'elle tenait à lui et le rassurer : tout cela finirait par être surmonté.

Il répondit à son baiser avec fougue. Ils avaient échangé très peu de baisers, jusqu'ici. Mais ce soir, une émotion particulière les attirait l'un vers l'autre. Au lieu d'être alarmée par le désir qu'elle éveillait chez lui, Alex sentit son propre désir renaître, avec une vigueur qu'elle n'avait pas connue depuis des années.

Leurs corps étaient tellement soudés qu'elle sentit le membre de Gavin s'ériger. Presque aussitôt, il s'écarta d'elle, comme s'il avait peur de l'effrayer. Mais Alex suivit son mouvement, jusqu'à ce qu'il se retrouve dos au mur et ne puisse plus reculer. Alors, soudain pleine de hardiesse, elle porta une main à son entrejambe, en même temps qu'elle déposait une traînée de baisers dans son cou.

Le désir donnait maintenant toutes les audaces à la jeune femme. Elle dégrafa la braguette de Gavin et glissa une main pour s'emparer de son membre. Ignorant ses gémissements, elle se mit à le caresser avec une lenteur délibérée, puis de plus en plus vite.

Acculé contre le mur, il hoquetait de plaisir. Sa jouissance éclata dans un spasme, tandis qu'il murmurait le nom d'Alex en s'accrochant à elle comme un noyé s'accroche à sa bouée.

Elle ressentit son plaisir comme si elle l'avait éprouvé elle-même. Elle était heureuse d'avoir pu lui procurer cette satisfaction.

Gavin, la respiration encore haletante, frottait sa joue contre ses cheveux.

— Tu as un don remarquable pour me distraire de mes soucis, chuchota-t-il.

Elle rit.

— J'essaierai de le perfectionner.

— Tu seras toujours la bienvenue.

Il se dégagea légèrement pour sortir un mouchoir de sa poche, qu'il lui tendit afin qu'elle puisse s'essuyer.

— Je ne me souviens même plus pourquoi je n'aime pas les aristocrates, reprit-il.

En même temps qu'il disait cela, il avait entrepris de caresser les seins de la jeune femme à travers l'étoffe de sa robe. Alex sentit une onde brûlante lui traverser le corps, comme si un feu liquide la faisait fondre. Il descendit plus bas et elle poussa un soupir.

Pourtant, lorsqu'il retroussa ses jupes, elle ne put s'empêcher de se raidir. Bon sang, non ! Alors que tout avait si bien commencé...

Gavin, cependant, ne se laissa pas impressionner par sa réaction. Il poursuivit ses caresses et immisça une main entre ses cuisses. Elle se détendit peu à peu, et écarta même les jambes pour s'offrir à son exploration. *Oui, oh oui...*

Bientôt, il lui arracha des convulsions de plaisir. Un peu honteuse de son impudeur et en même temps incapable de se refréner, elle se pressa contre lui et, à l'instant ultime, mordit sauvagement le revers de son veston pour étouffer le cri qui montait dans sa gorge.

Puis tout reflua. La jeune femme se sentit soudain si faible qu'elle serait sans doute tombée, si Gavin ne l'avait pas soutenue.

— Je suis désolée, murmura-t-elle.

Il lui caressa le dos.

— Désolée de quoi ? D'avoir pris du plaisir ? Nous sommes mari et femme. Ce que nous avons fait est normal.

Alex inspira à pleins poumons, pour reprendre son souffle.

— Parce que ma réaction... était normale ?

— Bien sûr. C'est l'équivalent féminin de la jouissance masculine.

— Je... je ne savais pas que c'était possible, avoua-t-elle.

Maintenant que le monde recommençait à tourner, elle jugeait l'expérience diaboliquement délicieuse et rêvait déjà de la connaître à nouveau, mais cette fois en sachant à quoi s'attendre.

— J'ai toujours aimé les relations maritales, reprit-elle. Mais là, c'était... différent. Plus intense.

— Ce genre d'intensité survient quand un couple est bien assorti.

Il avait dit cela d'un ton détaché, mais Alex devina qu'il éprouvait une grande satisfaction d'avoir été le premier à la conduire à pareille jouissance.

Jusqu'à ce soir, elle s'était toujours considérée comme une femme équilibrée, capable d'apprécier les plaisirs charnels liés au mariage. Son intimité avec Edmund l'avait satisfaite. Cependant, elle découvrait qu'il existait une dimension du plaisir physique qu'elle ignorait. À présent, elle comprenait pourquoi certaines femmes étaient prêtes à abandonner mari et respectabilité pour suivre un amant.

Peut-être que si elle s'était montrée plus passionnée avec Edmund, il n'aurait pas été chercher une consolation auprès d'une soubrette. Il n'en avait pas moins trahi leur mariage, mais elle pouvait désormais mieux comprendre ses motifs.

Une boule dans la gorge, elle nicha son visage contre l'épaule de Gavin. Elle avait l'impression d'avoir raté son premier mariage.

Se méprenant sur sa réaction, il lui tapota tendrement l'épaule.

— Tout espoir n'est pas perdu pour nous. Je suis vraiment très, très content, chérie.

Alex aussi était contente. Ce qu'ils venaient de faire les avait rapprochés. Elle avait presque fini par croire qu'elle ne pourrait jamais plus coucher avec un homme, fût-il son mari. Mais l'avenir, tout à coup, semblait s'annoncer sous un jour radieux.

24

Quand Gavin se réveilla de bonne heure le lendemain matin, il commença par se demander s'il n'avait pas rêvé les événements de la veille. Mais non. Il se retrouvait bien comte de Seabourne. Et ce petit intermède sensuel avec Alex l'avait trop marqué dans sa chair pour avoir été rêvé. D'ailleurs, le seul fait d'y penser suffisait à fouetter son désir. Il regrettait qu'Alex ne partage pas son lit. Il se serait fait un plaisir de la réveiller avec des baisers... et plus encore.

Mais cela viendrait. Il suffisait d'être patient. Sauf qu'il avait de plus en plus de mal à se montrer patient, à mesure que leur intimité grandissait. Il était plus facile de renoncer totalement au plaisir, que de vivre en sachant qu'il serait éventuellement possible de le satisfaire.

Puisqu'il était encore tôt pour prendre le petit-déjeuner, il se rasa et s'habilla en se demandant si, maintenant qu'il était comte, il serait obligé d'embaucher un valet. Pourvu que non !

Ensuite, il s'assit à la table afin de dresser la liste de tout ce qui serait nécessaire à la bonne marche de son bureau londonien. Il travailla ainsi jusqu'à ce qu'une soubrette frappe à sa porte, pour lui proposer un plateau avec du thé et des scones.

— Je vais porter moi-même le thé destiné à ma femme, dit-il.

La soubrette lui décocha un sourire entendu en lui remettant le plateau. Gavin le porta d'une main et poussa de l'autre la porte qui communiquait avec la chambre d'Alex. La jeune femme se redressa en le voyant entrer.

Elle avait encore les yeux ensommeillés, et ses cheveux retombaient en désordre sur ses épaules.

Il referma la porte derrière lui.

— Prête pour le thé du matin, chérie ?

Elle se cala le dos sur les oreillers.

— Oui, volontiers.

Gavin lui donna un petit baiser sur la joue, puis il posa le plateau et les servit tous deux. Après avoir tendu sa tasse à Alex, il prit la sienne et s'assit au bout du lit, contemplant la jeune femme qui buvait son thé, les yeux baissés. Jamais il ne se fatiguerait d'admirer l'ovale parfait de son visage.

— Maintenant que nous avons une maison, dit-il, de combien de temps as-tu besoin pour la rendre habitable ?

— Tu es impatient de déménager ? demanda-t-elle, sans lever les yeux.

— J'avoue que oui. J'aime beaucoup ta famille, mais je ne souhaite pas rester indéfiniment ici. J'ai hâte de vivre sous mon propre toit.

— Je te comprends. J'adore ma mère et ma tante, mais habiter ici me donne l'impression d'être retombée en enfance. La maison de Berkeley Square est grande. Nous pourrions aménager une pièce en salle d'arts martiaux.

— Bonne idée. Suryo et moi aurons besoin de nous entraîner. Ce sera très pratique.

Elle trempa un scone dans son thé.

— Mei-Lian et moi avons songé à donner des cours aux femmes, lâcha-t-elle, les yeux toujours baissés.

Ainsi, Alex entendait surmonter le souvenir de ses épreuves en aidant les autres à se défendre. Gavin tenta d'imaginer la réaction des gentlemen londoniens, quand ils sauraient qu'elle avait l'intention d'apprendre à leurs femmes et à leurs filles comment se battre.

— Je trouve que c'est un excellent projet. Savoir se défendre rend quiconque plus confiant en lui. Parfois, cela suffit à triompher de l'adversaire.

Il se resservit du thé, avant d'ajouter :

— As-tu l'intention de me regarder un jour, ou vas-tu rester dix ans les yeux baissés ?

— Excuse-moi, mais je ne suis pas encore tout à fait remise de ce qui s'est passé hier soir, répondit la jeune femme qui se décida, le feu aux joues, à redresser la tête. Tu n'es pas le seul à avoir sa vision du monde bouleversée...

Ces paroles confirmèrent l'intuition de Gavin. Alex avait été heureuse avec son premier mari, mais elle n'avait jamais connu la vraie passion.

— Le plaisir charnel peut vous changer la vie. Avec le bon partenaire, c'est un cadeau inestimable.

— Je commence à le comprendre.

Cependant, il n'était pas dupe. Malgré le progrès enregistré, elle restait prisonnière de ses angoisses.

— J'ai une théorie. Tu vas me dire si je me trompe. Je pense que ce qui t'effraie le plus, c'est de te sentir prisonnière des bras d'un homme. Comme si tu étais prise au piège de sa force.

La jeune femme blêmit.

— Je crois que tu as raison. J'ai d'autres peurs, mais celle-là est la pire...

— On peut faire l'amour dans beaucoup de positions différentes, tu sais.

Elle ouvrit la bouche, puis la referma, embarrassée. Elle se décida finalement :

— Tu me donnes des idées, capitaine.

Gavin eut un sourire mutin.

— C'était un peu le but. Je suis prêt à expérimenter tout ce que tu souhaiteras.

Elle baissa de nouveau les yeux, mais cette fois ses lèvres esquissèrent un sourire songeur.

Satisfait de la manière dont s'organisait son bureau londonien, Gavin rentra en fin d'après-midi à Ashburton House. Quand le majordome lui ouvrit la porte, il se retrouva devant une femme d'âge mûr, mais encore très séduisante, qui venait juste de laisser sa carte de visite.

Elle le dévisagea, intriguée.

— Vous devez être le nouveau comte de Seabourne...

— Pardon ? fit Gavin d'un ton agacé.

— Excusez-moi, j'ai été un peu rapide, reprit la femme. (Elle offrit sa main.) Je suis lady Jane Elliott Holland. Votre tante. Auriez-vous quelques minutes à m'accorder ?

Sa tante ? Elle avait un air de famille, en effet.

— Oui, bien sûr. Riggs, y aurait-il un endroit où je pourrais m'entretenir avec lady Holland ?

Le majordome les conduisit dans un petit salon et promit de leur apporter des rafraîchissements.

— Pardonnez-moi si je me suis montré un peu brusque, dit Gavin, une fois qu'ils furent assis. Mais je ne me suis pas encore habitué à mon titre.

Il marqua une pause, avant d'ajouter :

— Qu'est-ce qui vous fait supposer que je suis bien le comte de Seabourne ?

— James était mon frère préféré. Je vous ai rencontré une fois, mais vous étiez trop petit pour vous en souvenir. J'étais venue vous rendre visite en secret à Aberdeen, sans rien dire à mon père. James ne vous a jamais parlé de moi ?

Une phrase revint soudain en mémoire à Gavin. *Jane est la seule récupérable de tout le lot.*

— Si. Je crois que mon père n'avait d'indulgence que pour vous, dans sa famille.

— Il m'a beaucoup manqué, après son départ pour l'Amérique. Mais jusqu'à sa mort, nous n'avons jamais cessé de correspondre. James était très fier de vous. Il pensait que vous feriez un bon marin, et il m'avait expliqué dans sa dernière lettre que vous vous étiez engagé sur un bateau au long cours. Sachant cela, j'en avais conclu que vous n'aviez pas pu périr en même temps que vos parents. Mais je n'en avais pas la preuve, et personne n'a voulu tenir compte de mes doutes. Surtout pas Philip.

— Je suis peut-être un imposteur.

Avec un sourire, Jane se pencha vers lui pour souligner, du bout du doigt, une cicatrice presque invisible qu'il avait au front.

— J'étais là, quand vous vous êtes fait ceci. Vous couriez après un chat et vous êtes tombé sur des cailloux. Votre front saignait beaucoup, mais votre maman a réagi très calmement et vous a merveilleusement soigné.

Un autre souvenir remontait à la mémoire de Gavin. Il se revoyait pressant sa main sur son front ensanglanté. Et sa mère lui disant qu'il garderait une cicatrice. Puis une autre femme lui avait donné des bonbons, pour le consoler...

— C'est vous qui m'avez donné des caramels ! s'exclama-t-il en se levant pour serrer sa tante dans ses bras. Ils étaient délicieux !

— Vous vous en souvenez ! s'exclama à son tour la vieille dame, qui lui rendit l'accolade. J'ai hâte de vous présenter mes enfants. Dommage qu'aucun ne soit à Londres, en ce moment. James, mon second fils, a été ainsi baptisé en souvenir de votre père. Il est lieutenant de vaisseau dans la Navy.

— Décidément, la tradition maritime se porte bien dans la famille.

— Maintenant que vous êtes apparenté aux Kenyon et aux Penrose, vous voilà lié à la moitié de l'aristocratie anglaise.

Il haussa les sourcils.

— Les Penrose ?

— C'est la famille du côté de lady Kenyon. Une très ancienne dynastie de Cornouailles.

Gavin hocha la tête.

— Me voilà bel et bien pris au piège. On m'a gentiment expliqué que je ne pouvais pas refuser mon héritage.

— C'est exact. On ne décline pas ce genre d'honneur. Vous êtes désormais le comte de Seabourne. Ça ne se discute pas.

— Mais si Philip décide de me contredire ? Il a tout à perdre, dans l'histoire.

— Oui, mais il n'est pas idiot. Il saura accepter l'évidence. Par chance, cela fait à peine six mois qu'il a hérité. Il aura donc moins de difficulté à rentrer dans le rang commun. Je me demande même s'il ne sera pas soulagé. Comme votre père, il déteste tout protocole. Et il n'a pas grand goût pour la gestion des nombreux domaines liés au titre.

Gavin n'affectionnait pas davantage le protocole, mais apparemment il n'avait plus le choix. Gavin Elliott, septième comte de Seabourne... Sa nouvelle étiquette ne lui plaisait toujours pas, mais il commençait un peu à s'y habituer.

La porte s'ouvrit soudain. C'était la duchesse.

— Bonjour, Jane. Désolée de vous interrompre, mais Riggs m'a appris que tu étais ici avec Gavin.

Les deux femmes s'embrassèrent.

— Je suis sa tante, Rosalind, expliqua Jane en se rasseyant. Et je l'encourageais à réclamer son titre au plus vite.

La duchesse acquiesça.

— Si le cousin de Gavin accepte la situation de bonne grâce, le bal que j'avais prévu pour Gavin et Alexandra pourrait marquer son entrée officielle dans son nouveau statut.

— Excellente idée. Si Gavin est présenté chez toi, personne n'osera émettre le moindre doute sur son identité.

Les deux femmes s'embarquèrent ensuite dans une discussion animée à propos des invitations à lancer pour ce bal. Gavin avait l'impression de se retrouver au milieu d'un ouragan.

— Je suppose que vous n'avez plus besoin de moi ? dit-il.

— Non, confirma la duchesse avec un large sourire. Mais n'oubliez pas que vous pouvez inviter qui vous souhaitez. Comme je vous l'ai déjà suggéré, faites-moi une liste.

Il eut soudain une idée.

— Dans ce cas, invitez donc sir Barton et lady Pierce.

Comme la duchesse, intriguée, haussait les sourcils, il s'empressa d'expliquer :

— Je l'ai connu en Chine. Nous n'étions pas vraiment amis, mais ce serait discourtois de ne pas l'inviter.

Pierce serait furieux d'apprendre qu'il était comte. Voilà au moins une petite consolation que lui vaudrait son héritage...

Albert Finn était le notaire de la famille Elliott depuis des années. Dans son bureau, Philip Elliott examinait scrupuleusement les documents fournis par Gavin pour attester sa filiation et son identité. Par ailleurs, lady Jane Holland avait signé un papier, dans lequel elle disait reconnaître formellement son neveu. Le duc d'Ashburton, lord Kenyon et l'avocat des Ashburton étaient également présents. Gavin avait tenu à ce que tout soit fait dans les règles, afin d'éviter la moindre contestation.

Les traits figés, Philip reposa les documents sur le bureau.

— Je reconnais vos prétentions, milord, dit-il. Dès demain, je déménagerai de Seabourne House.

Milord. C'était la première fois que quelqu'un s'adressait ainsi à Gavin, et ce mot résonna à ses oreilles comme une paire de menottes qui aurait claqué sur ses poignets.

— Vous n'avez pas besoin de vous presser. Ma femme et moi avons loué une autre demeure. (Il s'adressa à Finn.) Lady Holland m'a dit que le manoir de Hurley était vacant ? (Finn hocha la tête.) J'ai l'intention de vous le confier, Philip.

Celui-ci haussa les sourcils.

— Vous me donneriez Hurley ? C'est très généreux de votre part...

Le manoir et ses terres rapportaient trois mille livres de rente par an. C'était généreux, en effet. Mais Gavin avait pris sa décision. Il se leva et tendit la main à Philip.

— Je doute que vous me portiez dans votre cœur, mais nous sommes cousins. Essayons de ne pas devenir ennemis.

À contrecœur, Philip se résigna à lui serrer la main.

— Je ne peux vous reprocher d'être vivant. Même si j'aurais préféré que vous restiez loin d'ici...

25

Alex s'était courbée, de manière que la pointe de ses doigts touche ses orteils. Entendant un bruit derrière elle, elle se redressa et vit sa mère entrer dans la salle de bal des Ashburton.

— Désolée de te déranger, ma chérie, mais nous allons commencer la décoration de la pièce, annonça Catherine. Répétais-tu une danse orientale ?

— Non, répondit Alex. Le taï chi est une technique chinoise de relaxation que m'apprend Mei-Lian. Le bal ayant lieu demain, j'ai pensé que j'avais besoin de me détendre un peu.

— J'ai l'impression que ton séjour en Orient t'a beaucoup influencée.

Ce n'était pas une question innocente. Alex réfléchit soigneusement à sa réponse.

— Mes six mois passés dans les îles ne m'ont pas laissé que de bons souvenirs, loin de là. Mais ce pays est très beau et ses coutumes sont originales. Mei-Lian m'aide à mieux les connaître.

— C'est une femme remarquable. Je suis contente que vous soyez amies.

Puis, après une hésitation, Catherine ajouta :

— As-tu des problèmes avec Gavin ?

La jeune femme tressaillit malgré elle.

— Tu n'aimes pas Gavin ?

— Je l'aime beaucoup, mais ce n'était pas ma question. Votre mariage se passe-t-il bien ?

— Qu'est-ce qui te fait penser que nous pourrions avoir des problèmes ?

— Eh bien, par exemple, le fait que tu ne me répondes pas. Je sais que… tu as traversé des épreuves, pendant ta captivité. Les répercussions sont sans doute loin d'être terminées...

Ainsi, sa mère savait. Alex se sentit trahie.

— Gavin t'a raconté ?

— Non. Mais je l'ai un peu questionné, et il a fini par admettre que tu avais beaucoup souffert. Je n'ai pas eu de mal à deviner ce qui avait pu t'arriver.

Après une pause, Catherine reprit :

— Je sais bien que tu n'es plus une fillette et que tu as déjà été mariée une fois, mais je pense que dans ta situation présente, les conseils de ta mère ne seraient pas forcément malvenus. Je suis chagrinée de sentir de la distance entre toi et ton mari.

Alex rougit légèrement en se remémorant la seule fois, depuis leur arrivée à Londres, où il n'y avait plus eu aucune distance entre eux. Elle avait envie de revivre cette expérience et, en même temps, une telle perspective l'effrayait un peu. Le pire était de savoir que Gavin le souhaitait lui aussi très fort. Il ne disait rien sur ce sujet, mais elle percevait l'intensité de son désir et craignait ce qui pouvait arriver s'il ne se contrôlait plus.

— Ce n'est pas... facile, mais il est très patient.

— C'est une étrange façon de décrire son mari. Pourquoi l'as-tu épousé ?

La question était brutale. Alex y répondit tout aussi brutalement.

— Parce que j'étais à bout de ressources et désespérée, et qu'il a été assez gentil pour m'offrir sa protection. Ce n'est sans doute pas une excellente raison pour se marier, mais tout le monde ne peut pas être aussi chanceux que toi et le colonel.

Sa mère secoua la tête.

— La chance n'a rien à voir là-dedans. Un mariage réussi se mérite, Alexandra. Y compris sur le plan physique. Fais confiance à ton mari, ma chérie, et oublie tes peurs. La confiance est la clé de voûte du mariage. Elle est encore plus importante que l'amour.

— Faisais-tu confiance à mon père ? objecta Alex.

Catherine mesura sa réponse.

— Colin avait du courage et il connaissait son devoir. Mais il n'était pas fait pour le mariage. Gavin ne lui ressemble pas. Il est comme Michael – le genre d'homme qui serait prêt à tout pour la femme qu'il aime. Mais toi aussi, tu as des devoirs. Et ils t'obligent à prendre des risques. Si tu veux le bonheur, il faut que tu apprennes à risquer ta fierté et ton cœur. Et même à risquer tes rêves.

Alex hocha la tête.

— J'essaierai d'y penser. Gavin mérite mieux que ce que je lui ai donné jusque-là.

Catherine la serra dans ses bras.

— Toi aussi, ma chérie, tu mérites mieux. Ce qui t'est arrivé en captivité est horrible, mais cela te fournit aussi une formidable opportunité pour affronter l'avenir. Tu as toujours été une fille courageuse. Je suis convaincue que tu y parviendras.

Alex se sentit réchauffée par la foi que lui portait sa mère. Mais elle n'en avait pas autant envers elle-même.

Le bal allait bientôt commencer. Les premiers invités ne tarderaient plus à arriver, mais pour l'instant la maison ne résonnait que du vacarme des musiciens accordant leurs instruments.

Résigné, Gavin contemplait son reflet dans le miroir de sa chambre.

— Je ressemble à un pingouin, dit-il en faisant allusion à sa queue-de-pie. Connaissez-vous les pingouins, Hubble ? Ce sont de grands oiseaux qui vivent dans les mers australes, et ils ont l'air de toujours porter le smoking.

— J'en ai vu en gravure, répliqua le valet du duc, qui avait été désigné pour aider l'invité d'honneur à s'habiller. Ils sont fort élégants, dans leur livrée blanc et noir. Exactement comme vous dans votre habit.

— Flatteur, va.

Imperturbable, Hubble salua poliment, puis se retira pour rejoindre son maître. Aussitôt après son départ, Gavin s'empara d'un écrin à bijoux et alla frapper à la porte de son épouse.

Alex s'examinait dans la glace. Gavin eut un choc en la voyant. La jeune femme portait une somptueuse robe de soie bleue au décolleté audacieux. Sa chevelure était parsemée de fleurs du jardin. Elle était devenue une tout autre femme que la créature amaigrie et désespérée qu'il avait connue à Maduri.

Elle se retourna.

— Tu es parfait, approuva-t-elle. Un vrai comte.

— Et toi, tu es resplendissante.

Elle détourna le regard.

— Resplendissante ? J'ai essayé de faire de mon mieux, pour une ancienne esclave...

Gavin comprenait que le passé continuait de peser de tout son poids. À ce bal, Alex devrait affronter la bonne société dans laquelle elle avait grandi. Sachant plus ou moins ce qu'elle avait vécu, tout le monde la regarderait avec curiosité.

— Mais à présent, tu es la comtesse de Seabourne, répliqua-t-il en déposant un petit baiser sur ses lèvres. Et tu n'as rien à te reprocher.

Elle sourit.

— Merci, Gavin. C'est important, pour moi, de voir que tu me regardes en face, alors que tu sais tout.

Il aurait volontiers passé le reste de la soirée à contempler les yeux de la jeune femme.

— La réciproque est vraie. Nous savons tant de choses l'un sur l'autre que nous n'avions pas d'autre solution que de nous marier.

Elle éclata de rire.

— C'est un destin plutôt agréable... Je vais faire un tour dans la nursery, pour montrer ma robe aux filles. Tu me suis ?

— Volontiers. Mais je voudrais d'abord te donner ça. (Il lui tendit l'écrin.) J'ai acheté les pierres à Ceylan, la veille de notre mariage, et je les ai fait sertir ici. Considère-le comme mon cadeau de mariage, avec un peu de retard.

Alex ouvrit l'écrin et sa bouche forma un « Oh » stupéfait. Il contenait une parure en saphirs, les boucles d'oreilles et le bracelet étant assortis au collier.

— C'est magnifique. Je... je ne sais pas quoi dire.

— Eh bien, ne dis rien. (Il souleva le collier de son écrin.) Aimerais-tu le porter ce soir ?

Elle rit.

— Comment as-tu deviné ?

Puis, ôtant le rang de perles prêté par sa mère, elle ajouta :

— Ces pierres iront à ravir avec ma robe.

— Je les ai choisies pour qu'elles aillent avec tes yeux, répondit Gavin, qui s'était placé derrière la jeune femme afin d'attacher le collier.

Ensuite, il déposa un baiser sur sa gorge, juste en dessous des saphirs.

Alex frissonna, mais ce n'était pas de répulsion.

— Tu as un don pour que les femmes se sentent belles, Gavin.

— Je ne fais que parler avec mon cœur. Tes yeux sont les plus magnifiques que je connaisse. Maintenant, allons voir les filles, avant que les hostilités ne débutent.

Les fillettes ne marchandèrent pas leur admiration.

— Tu as l'air d'une princesse, maman ! s'exclama Katie.

Alex éclata de rire.

— Merci du compliment, mais d'ici une dizaine d'années, tu seras encore plus belle que moi.

— C'est impossible !

— Tante Rosalind, elle, a l'air d'une fée, fit valoir Anne Kenyon, la demi-sœur d'Alex.

Les fillettes se lancèrent alors dans une discussion animée sur les mérites respectifs des fées et des princesses. Alex en profita pour donner un baiser à Katie et s'éclipser. Puis elle descendit avec Gavin au rez-de-chaussée, rejoindre le bal.

Juste avant de paraître en public, elle se figea un instant, comme si elle s'apprêtait à partir au combat.

— Courage, lui murmura-t-il. Ce ne sera pas si terrible que tu l'imagines.

— Espérons-le, souffla Alex.

Et, la tête bien droite, elle entra dans l'arène.

Durant la première partie de la soirée, Alex et Gavin se tinrent dans le hall, pour recevoir les invités. Ces derniers s'intéressaient surtout à Gavin, qui était nouveau pour eux.

Philip Elliott arriva parmi les premiers.

— Je suis content que vous soyez venu, lui dit Gavin.

— Il ne faut jamais montrer son sang aux charognards, répondit le jeune homme.

Ce trait d'humour laissait penser que Philip commençait à se remettre de sa déconvenue. Gavin en fut grandement soulagé.

Alex, pour sa part, était surtout assaillie par les gens qui l'avaient connue avant son premier mariage. Elle semblait avoir vaincu son anxiété et incarnait à la perfection le charme et la grâce. C'était bien la fille de sa mère.

Un homme dans la cinquantaine, avec un regard un peu satirique, se présenta devant Gavin.

— Je m'appelle Markland, dit-il en tendant la main. Bienvenue à la Chambre des lords, Seabourne. Nous avons besoin de voix républicaines.

Gavin lui serra la main.

— Comment savez-vous que je suis républicain ?

Markland pouffa.

— Le monde est petit, dans certains cercles. Vous avez dû entendre parler de moi sous mon vrai nom, Jason Travers.

— Bien sûr ! s'exclama Gavin. Vous êtes armateur, vous aussi. Et très réputé dans la profession.

— Le siège de ma compagnie est à Liverpool, mais j'ai envoyé mon fils faire ses études en Amérique, à Harvard, pour qu'il soit contaminé par les idées démocratiques. Le mouvement réformateur commence à faire des progrès, ici. Nous préparons un projet de loi qui interdirait le travail des enfants en usine. Seriez-vous des nôtres dans cette affaire ?

— Évidemment. Qui ne le serait pas ?

— Vous seriez surpris de voir combien d'honorables lords sont incapables de regarder plus loin que leurs propres intérêts. Heureusement, les idées démocratiques font leur chemin dans les esprits.

Gavin sourit.

— Vous me rendez soudain impatient d'occuper mon siège à la Chambre des lords. Peut-être pourrai-je me rendre utile dans ce nouvel emploi...

— Vous le pourrez si vous en avez la volonté. Et si vous avez besoin de conseils, n'hésitez pas à me faire signe. (Il se tourna vers Alex.) Pourquoi n'es-tu pas encore venue nous rendre visite, à Kira et à moi, petite impertinente ?

— Oncle Jason ! s'exclama la jeune femme en le serrant dans ses bras. Quel bonheur de te revoir. Où est tante Kira ?

— Elle était un peu souffrante, alors elle a préféré rester à la maison. Mais elle a insisté pour que je n'oublie pas de t'inviter à venir prendre le thé, un jour de la semaine prochaine.

Gavin ne s'étonnait même plus de constater qu'Alex était bel et bien apparentée à toute l'aristocratie britannique. D'ailleurs, il n'avait plus son mot à dire, maintenant qu'il était comte...

Il ne restait que quelques invités retardataires à saluer, quand il se retrouva soudain face à Barton Pierce. Un Barton Pierce qui en imposait plus que jamais. Il avait grossi, depuis la dernière fois que Gavin l'avait vu, mais ses rondeurs ajoutaient à sa suffisance.

— Ravi de faire votre connaissance, lord Seabourne, dit-il d'une voix onctueuse. J'étais très impatient de...

Il se figea brutalement en reconnaissant celui à qui il venait de tendre la main.

Gavin la serra avec une politesse exagérée.

— Bienvenue à notre petite fête, Pierce. À moins que vous ne préfériez que je vous appelle sir Barton, désormais ?

— Comment diable êtes-vous devenu comte de Seabourne ? grommela Pierce, qui semblait enrager.

— Par la voie la plus ordinaire, répliqua Gavin, ravi. Mon grand-père était le précédent comte. Il a rendu l'âme cet hiver. La famille avait oublié mon existence, mais tout est rentré dans l'ordre.

Pierce s'était déjà remis de sa mauvaise surprise.

— Maintenant que vous êtes lord, vous ne devriez plus vous salir les mains dans le commerce. Je serais ravi de racheter votre entreprise à un prix honorable.

Gavin éclata de rire.

— Ma société n'est pas à vendre, mon cher.

Et, avisant la femme qui accompagnait Pierce, il demanda :

— Serait-ce lady Pierce ? On m'a raconté que vous vous étiez trouvé une jolie épouse au cours de vos voyages, mais la rumeur lui rendait à peine justice.

Sur ce point au moins, il était sincère. Lady Pierce était une blonde ravissante avec un visage parfait. Elle lui offrit sa main en souriant.

— Vous êtes trop aimable. Merci de nous avoir invités ce soir. Je rêvais depuis longtemps de rencontrer le duc et la duchesse d'Ashburton.

Pour les flatter, sans nul doute... Gavin n'était pas dupe de l'air angélique de lady Pierce. Il devinait chez elle un féroce appétit de reconnaissance. Pas étonnant qu'elle eût épousé Barton. Ils étaient tous deux dévorés d'ambition, et leur mariage s'était probablement conclu sur des bases très matérielles : la beauté en échange de la richesse, et inversement.

Au moment où Gavin s'inclinait pour baiser la main de lady Pierce, Alex lâcha d'une voix fraîche :

— Frédérica... Quelle surprise !

Lady Pierce se raidit. Elle semblait aussi médusée que son mari, lorsqu'il avait reconnu Gavin.

— Alexandra ! C'est une sacrée surprise, en effet.

Les deux femmes échangèrent un sourire de pure façade. Gavin se souvenait d'avoir entendu Alex évoquer une certaine Frédérica à la langue trop bien pendue.

— Nous nous sommes connues à Sydney, expliqua Frédérica à Gavin. (Puis elle s'adressa de nouveau à Alex.) Vous avez drôlement bien joué, ma chère...

Ce ton laissait supposer qu'elle trouvait miraculeux qu'un homme ait consenti à épouser Alex.

— Frédérica était la beauté la plus admirée de Sydney, expliqua à son tour Alex. Beaucoup d'hommes ont pris le deuil quand elle s'est remariée et qu'elle nous a quittés. Je ne me souvenais plus du nom de votre époux. Tant d'eau a passé sous les ponts, depuis.

Les traits de Frédérica se durcirent.

— C'est ce que j'ai cru comprendre. L'un des bateaux de Barton est arrivé récemment à Londres, et son équipage racontait une histoire étonnante. Est-il vrai que vous ayez été vendue comme esclave à un sultan de Bornéo, en échange de votre poids d'or ?

Alex avait blêmi. Gavin vola à son secours :

— Les récits des marins sont toujours exagérés. Mais on devrait peut-être laisser cette histoire se colporter. Après tout, elle est terriblement romantique.

Il enlaça sa femme à la taille, d'un geste possessif, puis reprit :

— C'est toujours un plaisir de retrouver de vieux amis, mais nous allons devoir vous laisser. Puisque tous les invités sont arrivés, je vais réclamer la prochaine valse à ma femme. J'ai été ravi de faire votre connaissance, lady Pierce.

Sur ces mots, il s'inclina poliment avant d'entraîner Alex vers la salle de bal.

— J'ai pensé qu'il valait mieux vous séparer, sinon vous alliez vous entre-tuer, murmura-t-il à l'oreille de la jeune femme, alors qu'ils commençaient à valser.

Elle soupira.

— Bientôt, tout Londres saura ce qui m'est arrivé. Frédérica est terrifiante. C'est vrai que les hommes de Sydney étaient tristes de son départ, mais les femmes, en revanche, étaient soulagées. C'est la personne la plus égoïste que je connaisse. Elle n'a pas de cœur.

— Elle ignore ce qui t'est arrivé vraiment, et elle ne l'apprendra jamais. Son mari commerce avec l'Orient, mais ses bateaux ne sont pas admis à Maduri.

— Oui, mais suppose qu'un marin de l'*Héléna* pris de boisson aille tout raconter dans une taverne de la ville ?

— Personne, à part moi et Suryo, ne sait exactement ce qui s'est passé. Rassure-toi, nous ne parlerons ni l'un ni l'autre. Et quand bien même la vérité finirait par éclater, quelle importance ? Frédérica ne peut rien contre toi. Tu as une famille et des amis puissants. En comparaison, elle n'est rien.

Alex s'obligea à se détendre.

— Comme les femmes ont tendance à la détester, je suppose qu'aucune ne croira ses fables. En revanche, les hommes l'écoutent trop souvent d'une oreille attentive.

— Pas tous les hommes, crois-moi. Quiconque un peu sensé ne peut que prendre ses distances avec elle. On devine tout de suite que sous sa blondeur éthérée se cache la noirceur d'une mygale. Avec Pierce, elle forme un couple assorti.

Alex réussit à sourire.

— Tu n'as même plus besoin de rêver à une revanche contre lui : Frédérica est une punition suffisante.

Gavin pensait différemment. Mais, au moins, il n'aurait plus à s'inquiéter de nuire à une épouse innocente en s'attaquant à son mari. Il n'y avait rien d'innocent chez la ravissante Frédérica.

26

Quand la valse se fut achevée, Alex et Gavin se séparèrent pour se mêler, chacun de son côté, aux autres invités. Gavin dansait avec sa belle-mère lorsqu'il remarqua Barton Pierce en grande conversation avec Philip. Cette découverte ne lui inspira rien de bon, d'autant que la discussion semblait vive.

Sitôt la danse terminée, il rendit Catherine à lord Kenyon, puis se fraya un chemin parmi la foule. Quand il arriva près de Philip, Barton avait déjà disparu, et son cousin contemplait les danseurs d'un air maussade.

— J'ai vu que vous parliez avec Pierce, dit Gavin d'un ton détaché. Il était étonné de me retrouver ici, car nous nous sommes connus en Orient.

— Drôle de bonhomme, marmonna Philip. Maintenant que je ne suis plus comte, il en oublie la politesse à mon égard. Je suppose qu'à l'inverse il s'est montré charmant avec vous ?

— Pas vraiment. Nous n'avons jamais été amis, précisa Gavin par euphémisme. Si vous êtes en affaires avec lui, je ne saurais trop vous conseiller la prudence.

Philip parut hésiter.

— Je suppose que je dois vous en parler, car indirectement cela vous concerne, désormais. Je lui avais promis de le recommander pour obtenir un siège à la Chambre des députés. Il est très fâché que je ne puisse plus honorer ma promesse.

D'autant que Pierce se doutait bien que le nouveau comte de Seabourne refuserait une pareille recommandation. En outre, Gavin pressentait que Philip n'avait pas tout dit.

— Vous avait-il témoigné par avance sa gratitude ? Il aurait pu, par exemple, vous prêter de l'argent et exigerait maintenant d'être remboursé sans délai...

— Où est le problème ? rétorqua Philip, piqué au vif. Barton Pierce me semblait parfaitement qualifié pour entrer à la Chambre des députés. Je ne voyais aucun obstacle à le recommander.

— Il sait se présenter sous des dehors avenants, mais c'est un homme sans scrupule. Si vous lui devez de l'argent, je suis disposé à vous prêter de quoi le rembourser, et à un meilleur taux que celui qu'il vous avait proposé.

Cette fois, Philip laissa éclater sa colère.

— De quel droit me dictez-vous ma conduite ? Ce n'est pas parce que vous êtes le comte que je dois me plier à votre autorité !

Comprenant qu'il s'y était mal pris, Gavin essaya de recoller les morceaux.

— Je vous demande pardon. Je n'ai évidemment aucun ordre à vous donner. Je souhaitais simplement vous avertir sur la vraie nature de Pierce. Si vous avez besoin de mon aide...

— C'est très gentil à vous, cousin, mais je n'ai pas besoin de votre aide. Ni aujourd'hui ni demain. À présent, si vous voulez bien m'excuser...

Philip s'éloigna, le poil hérissé comme un chat en colère. Gavin le regarda se fondre dans la foule, espérant qu'il ne venait pas malencontreusement de déclencher une alliance entre deux hommes qui le détestaient.

Mei-Lian se rafraîchissait avec un ravissant éventail chinois en ivoire.

— Vous semblez plus heureuse qu'au début du bal, dit-elle.

Alex lui sourit.

— J'avais peur que tout le monde s'aperçoive que j'avais terriblement changé. Mais, de toute façon, ces gens n'avaient gardé de moi que le souvenir d'une jeune fille.

— Vous vous souciez trop de ce qu'ils pensent, rétorqua Mei-Lian. Personnellement, je me sens beaucoup plus libre, depuis que j'ai suivi le conseil de mon mari de ne pas attacher d'importance à l'opinion des autres. C'est eux qui ont fini par m'accepter telle que je suis, et croyez-moi, c'est une ironie délicieuse.

— Je me suis toujours considérée comme une femme indépendante et même un peu rebelle, mais vous avez peut-être raison, concéda Alex. Je m'inquiète trop de savoir ce que pense le monde. J'essaierai d'y remédier.

Mei-Lian acquiesça.

— Plus on se sent fort et plus il est facile d'ignorer ce que disent les autres.

Alex ne pouvait qu'approuver. Cesser de craindre l'opinion d'autrui l'aiderait probablement à surmonter ses angoisses. Et si ses angoisses disparaissaient, il n'y aurait bientôt plus aucune barrière entre elle et son mari. Elle parcourut du regard la salle de bal et finit par le repérer, près du buffet. Il discutait avec deux femmes d'âge mûr qui semblaient le manger des yeux. Il faut dire qu'il était si beau... Et il était à elle. Alex en éprouva une brutale bouffée de désir, dont la violence l'étonna elle-même. C'était décidément bon signe...

— Alexandra ?

La jeune femme reconnut aussitôt cette voix. Elle se retourna pour faire face à l'un de ses anciens soupirants, qui arborait un uniforme rutilant.

— Mark ! Je vois que vous êtes devenu major... Félicitations. Connaissez-vous mon amie, lady Wrexham ? Mei-Lian, je vous présente le major Colwell, un vieil ami.

Mei-Lian et Mark échangèrent un salut poli, mais ce dernier n'avait d'attentions que pour Alex.

— Danserez-vous avec moi, Alexandra ? Voilà douze ans que j'attends une valse avec vous.

— Bien volontiers.

Souriante, elle lui offrit son bras et ils se mêlèrent aux danseurs. Mark avait mûri et cela lui allait bien. Il n'avait qu'un an de plus qu'Alex, et elle avait un moment hésité lorsqu'il lui avait demandé sa main. Cependant, à l'époque, il faisait encore gamin, comparé à Edmund. Et puis, son régiment était basé en Angleterre. Et elle rêvait alors de partir...

— C'est si agréable de se revoir, après tant d'années, dit-elle. Qu'avez-vous fait tout ce temps, à part monter en grade ? Vous êtes-vous marié ? Êtes-vous devenu un héros ?

— Ni l'un ni l'autre. Votre vie a été plus aventureuse que la mienne. J'ai été navré d'apprendre la mort de votre mari – et encore plus navré de découvrir que vous vous étiez déjà remariée. Si seulement vous aviez attendu d'être rentrée en Angleterre, j'aurais peut-être eu une chance. C'est dur, de vous avoir perdue deux fois.

Alex se sentait gênée par sa véhémence.

— On ne peut perdre ce qu'on n'a jamais eu. Beaucoup d'années ont passé, depuis notre jeunesse. Nous avons tous les deux changé.

— Les années n'ont fait que vous embellir, Alexandra. Vous étiez mon idéal féminin et vous l'êtes restée.

Et il précisa, d'une voix presque inaudible :

— Je vous aime toujours...

Il avait de toute évidence construit un piédestal à une femme qui n'existait que dans son esprit.

— Je suis flattée de votre réaction, Mark, mais vous ne tarderez pas à découvrir que je ne corresponds à aucun idéal.

Il sourit.

— Vous ajoutez la modestie à vos qualités.

Avait-il toujours été aussi fleur bleue ? Oui, sans doute. Mais cela semblait plus naturel, lorsqu'il n'avait que dix-neuf ans.

— Avez-vous déjà rencontré mon mari ? Je me ferais un plaisir de vous présenter.

Il s'assombrit.

— Si vous m'aviez fait signe, je serais venu vous chercher à Sydney pour vous escorter jusqu'en Angleterre, avec votre fille. Je vous aurai protégée des horreurs qui vous attendaient dans les îles.

Alex frissonna. Frédérica avait déjà dû commencer à répandre ses odieux mensonges... Mais, se souvenant qu'elle avait décidé de ne plus s'en soucier, elle s'obligea à sourire.

— Ne croyez pas les fables qui circulent sur mon compte. Elles sont fausses.

— N'avez-vous pas été forcée d'épouser un marchand pour sauver votre réputation ? Si seulement vous aviez attendu, Alexandra ! Je vous aurais volontiers donné mon nom.

Elle était à la fois choquée et furieuse.

— Je n'ai pas été « forcée » d'épouser un marchand. J'ai eu l'incroyable bonne fortune de trouver le mari le plus courageux et le plus méritant dont une femme puisse rêver.

— Excusez-moi. Vous êtes loyale envers votre époux, c'est normal. Mais si seulement les choses avaient pu suivre un autre cours !

— Avec des « si », on referait le monde, major Colwell.

Comme la musique s'arrêtait, elle sourit et conclut :

— C'est gentil à vous d'être venu ce soir, Mark. J'espère que vous vous amuserez. Maintenant, si vous voulez bien m'excuser...

Il lui prit la main avec force.

— Pardonnez-moi, Alexandra ! Je vous ai offensée, et c'est bien la dernière chose que je souhaitais.

Elle craignait d'être obligée de tirer sur son bras pour se libérer. Ou pire, de devoir faire à Mark une prise de *silat* ! Heureusement, Gavin se matérialisa devant elle.

— Chérie, le souper va être servi, annonça-t-il.

Puis il s'adressa à Colwell :

— Je ne vous connais pas, major. Je suis lord Seabourne. Êtes-vous l'un des anciens amis de ma femme ?

Un court instant, Alex redouta que Mark ne commette un geste mélodramatique. Heureusement, il était trop timide pour cela.

— Je m'appelle Mark Colwell. Ainsi que vous l'avez deviné, Alexandra et moi... étions très liés, avant qu'elle ne parte pour l'Australie.

Il voulait paraître dédaigneux, mais il était difficile de ne pas se laisser impressionner par le calme impérieux de Gavin.

— Londres a beaucoup de chance qu'elle soit revenue, termina-t-il.

Gavin hocha la tête, tout en posant une main sur le bras d'Alex, d'un geste possessif.

— Figure-toi, chérie, que les rumeurs les plus incroyables circulent sur ton compte, parmi les invités. Ma préférée est celle qui prétend que tu as été divinisée par une tribu de Nouvelle-Guinée.

Alex éclata de rire.

— Vous entendez cela, Mark ? Si seulement c'était vrai ! J'ai toujours rêvé d'être reine, mais déesse c'est encore mieux.

En tout cas, beaucoup mieux que d'être esclave…

Mark avait légèrement rougi.

— Je suis sûr que vous feriez une reine d'exception. (Il relâcha finalement la main d'Alex, après l'avoir portée à ses lèvres.) J'espère que nous aurons l'occasion de nous revoir en tête à tête, Alexandra. Ravi de vous avoir connu, Seabourne.

— Merci d'être venu à mon secours, Gavin, dit-elle dès que le major se fut éloigné. Mark a passé ces douze dernières années à m'imaginer comme la femme idéale. Quel benêt !

— En réalité, je suis venu à *son* secours, rectifia Gavin. Je craignais que tu ne lui fasses une démonstration d'arts martiaux.

— Je n'en étais pas encore là, mais ce n'était pas loin, admit la jeune femme, tandis que son mari l'escortait vers la salle où serait servi le souper.

— Je crois que tout s'est bien passé, résuma la duchesse d'Ashburton, soulagée, alors que les derniers invités venaient de partir.

— Oui, ce fut un succès. Merci, tante Rosalind.

Alex étreignit son oncle et sa tante, puis elle prit le bras de Gavin pour l'entraîner à l'étage. En tant qu'invités d'honneur, ils avaient été obligés de rester jusqu'à la fin, alors que les Kenyon étaient déjà couchés depuis une heure.

Gavin hésita devant la porte de la jeune femme, mais Alex le poussa à l'intérieur. Puis, après avoir refermé le battant, elle se jeta dans ses bras.

— Je suis contente que ce soit fini. Et tu t'es très bien débrouillé, milord.

Il lui caressa le dos.

— Tu dois être épuisée, après toutes ces danses.

— Je crois que je pourrais dormir pendant un tour d'horloge complet. (Elle soupira, et sa bonne humeur s'estompa soudain.) Ce qui m'embête, c'est que Frédérica a passé la soirée à colporter ses sornettes. J'essaie de ne pas trop y penser, mais c'est plus fort que moi...

— Il y aura bientôt tellement de rumeurs contradictoires à ton sujet qu'elles finiront par s'annihiler. Dans une semaine, les gens raconteront que tu commandais une jonque de pirates.

— Je préfère encore ça à la vérité.

Elle enfouit son visage au creux de l'épaule de Gavin, se demandant si elle réussirait à formuler ce qu'elle avait en tête.

Il lui massa tendrement la nuque. Il la sentait contractée.

— Quelque chose ne va pas ?

Alex repensait aux paroles de sa mère. *Risque ta fierté. Risque ton cœur et tes rêves...*

— Je réfléchis à un moyen de t'inviter à rester pour la nuit, sans que ça ressemble à une invitation...

— Eh bien voilà, tu y es parvenue, répondit-il, amusé.

Elle se retourna.

— Si tu dénouais ma robe ? Je suis trop épuisée pour le faire moi-même.

Gavin s'exécuta, et elle songea que c'était agréable d'avoir un homme qui vous aide à vous déshabiller, au soir d'une longue journée.

— Merci, dit-elle quand ce fut terminé. Je vais aller au lit tout de suite. D'ici que tu me rejoignes, je serai endormie.

Il lui embrassa la nuque.

— Moi-même, je m'endormirai cinq minutes après toi.

Dès qu'il se fut retiré dans sa chambre, elle s'empressa de se déshabiller et enfila une nuisette de fine mousseline, puis se brossa rapidement les cheveux. Elle voulait être couchée et feindre le sommeil avant que Gavin ne revienne, car son désir de dormir avec lui n'avait d'égal que la nervosité que cette perspective lui procurait.

La jeune femme venait de se glisser entre les draps et de fermer les yeux, lorsqu'il revint sur la pointe des pieds. Il éteignit la chandelle, puis se coucha à son tour. Alex ne put s'empêcher de se raidir.

Elle commençait à peine à se détendre, constatant qu'il restait à distance raisonnable, quand il posa une main sur ses hanches.

— Alors ? On fait le mort ?

Zut ! songea Alex. Inutile de faire semblant de dormir. Et comme il était plus facile de parler dans le noir, elle en profita.

— Mes angoisses ont beaucoup diminué, murmura-t-elle.

Il fit remonter sa main jusqu'à ses seins, qu'il caressa l'un après l'autre en dessinant de petits cercles avec ses doigts, à travers la mousseline de la nuisette.

— C'est agréable, chuchota-t-elle. Mais je te préviens que je suis trop fatiguée pour que ça me fasse plus d'effet.

Pour toute réponse, il continua de lui caresser les seins, comme s'il caressait un chaton.

Alex finit par s'apercevoir qu'elle n'était pas si fatiguée que cela. Les caresses de Gavin suscitaient des réactions dans tout son corps. Elle se rapprocha de son mari, pour se coller contre lui.

Il fit alors descendre sa main, l'immisçant sous la nuisette, éveillant partout où ses doigts passaient un incendie que lui seul pouvait éteindre.

Cette fois, Alex sentit son plaisir monter et, sachant ce qui l'attendait, elle ne songea même pas à résister à la vague qui allait la submerger...

— Ô mon Dieu ! murmura-t-elle lorsqu'elle put à nouveau parler. Quand je pense que je me croyais fatiguée, tout à l'heure... Maintenant, je peux à peine bouger.

Gavin pouffa. Il avait laissé sa main sur la partie la plus intime de l'anatomie de la jeune femme.

— Dors bien, chérie.

Elle ne demandait pas mieux que de dormir. Mais elle devinait qu'il ne trouverait pas aussi aisément le sommeil. Elle tendit la main vers son bas-ventre et eut la preuve de ce qu'elle pressentait. Ce constat opéré, elle releva sa chemise de nuit.

— Tu n'es pas obligée de le faire, Alex...

— Je sais, dit-elle, en même temps qu'elle empoignait son membre. Mais j'en ai envie.

Elle commença à le caresser d'une main experte. Gavin sentit sa respiration devenir haletante.

— À ce train-là, chérie, tu n'auras pas longtemps à te fatiguer...

Elle s'était redressée sur un coude, pour être plus efficace et se concentrer sur le plaisir qu'elle lui donnait.

Sa mère avait raison. La confiance était le ciment d'un mariage réussi. Alex avait perdu sa propension à faire confiance aux hommes après être devenue leur victime. Mais, grâce à Dieu, elle avait épousé un homme merveilleux qui, peu à peu, l'aidait à remonter la pente.

Gavin laissa exploser sa jouissance avec une violence qui l'enchanta. Elle aimait lui procurer une satisfaction aussi intense. Doublement comblée, elle se rallongea sur son oreiller, un bras posé sur son mari.

Cinq minutes après, elle dormait.

27

Alex regardait d'un œil distrait par la fenêtre de la salle à manger de Berkeley Square, où elle prenait le petit-déjeuner. Une bruine tombait ce matin-là, qui mouillait de perles d'eau les fleurs de leur nouveau jardin. La jeune femme ne s'aperçut de l'entrée de Gavin que lorsqu'il l'embrassa sur la joue.

— À quoi penses-tu, chérie ?

Elle lui sourit.

— Je me disais que ces dernières semaines ont passé comme un rêve. Il y a encore six mois, je désespérais de revoir l'Angleterre un jour. Et maintenant, me voilà dans cette belle maison, avec Katie, un mari aristocrate (elle rit en le voyant faire la grimace) et ma famille qui habite dans le voisinage. Je n'arrive pas à croire à ma chance.

— Dans une certaine mesure, nous avons nous-mêmes construit notre chance. Si tu ne t'étais pas battue contre ta situation, nos chemins ne se seraient jamais croisés.

Il avait raison. C'était parce qu'elle s'était rebellée qu'Alex avait pu marcher vers la liberté. Mais Gavin avait eu le tact de ne pas rappeler le prix qu'elle avait dû payer pour son intransigeance…

Après la nuit du bal, ils avaient fait lit commun tous les soirs. Sa présence rassurante avait aidé Alex à bannir ses derniers cauchemars, et ils prenaient plaisir à explorer mutuellement leur corps… jusqu'à cette nuit désastreuse où tout s'était écroulé.

Ce soir-là, Alex avait attiré Gavin à elle, persuadée que cette fois tout se passerait bien et qu'ils pourraient consommer totalement leur mariage. Mais au dernier moment, elle avait paniqué. Ses muscles s'étaient raidis lorsque son mari s'était allongé sur elle. Elle s'était mordu les lèvres jusqu'au sang, décidée à tout endurer jusqu'au bout, comme elle l'avait fait pour le jeu du Lion. Mais Gavin était trop intuitif pour ne pas avoir deviné sa réaction. Il avait roulé sur le côté, en disant d'une voix crispée qu'il attendrait qu'elle soit prête. Puis il était parti dormir dans son propre lit.

Alex lui avait été reconnaissante de sa patience, mais cet épisode leur avait fait beaucoup de mal à tous les deux. Depuis, ils n'avaient plus dormi ensemble. Elle avait tellement peur d'échouer à nouveau qu'elle préférait ne plus recommencer. Gavin était probablement encore plus troublé qu'elle. Cela devait être horrible de savoir qu'il terrorisait son épouse, même s'il avait conscience que sa réaction n'avait rien à voir avec lui.

Malgré tout, ils arrivaient à plutôt bien supporter leur quotidien. Ils étaient devenus de bons amis, qui se faisaient une mutuelle confiance, et ils partageaient tout. Avec le temps, l'ultime barrière qui les séparait encore finirait par céder…

La voix de son mari interrompit la jeune femme dans sa rêverie.

— Qu'as-tu prévu de faire, aujourd'hui ?

— Dès que j'aurai conduit Katie chez les Ashburton pour ses cours, j'irai prendre une leçon de combat avec Mei-Lian. Elle dit que j'ai fait des progrès. Ensuite, après déjeuner, j'irai faire un tour chez Hatchard, avec ma mère et ma tante. Voudrais-tu que je t'achète un livre en particulier ?

— Regarde si tu trouves des ouvrages américains. Ça me ferait plaisir d'y jeter un coup d'œil.

Alex acquiesça, puis s'occupa de verser le thé, se demandant comment aborder l'idée qu'elle avait en tête. L'expérience lui avait appris qu'il ne fallait jamais évoquer un sujet délicat avec un homme, tant qu'il n'avait pas pris son petit-déjeuner. Aussi attendit-elle qu'ils aient terminé de manger pour lancer :

— Tu n'aurais pas un emploi pour moi, à ton bureau ? Maintenant que la maisonnée est organisée et que Katie suit régulièrement des cours avec ses cousines, j'ai plein de temps libre. Je n'ai pas envie de le perdre à courir les boutiques, ou à rendre visite à des gens qui ne m'intéressent pas.

La plupart des maris anglais auraient froncé les sourcils devant une telle requête. Mais Gavin se contenta de réfléchir.

— T'y connais-tu, en gestion de propriétés ?

— Un peu. Le colonel a toujours trouvé cela ennuyeux. Il préférait s'intéresser à ses investissements dans les mines et l'industrie. Et comme maman avait les enfants, c'est moi qui me suis occupée des comptes du domaine. Quand je me suis mariée, le colonel m'a dit qu'il ne perdait pas seulement une fille, mais aussi une intendante.

Il paraissait ravi.

— Je n'en espérais pas tant. Depuis que le comté de Seabourne m'est tombé sur les épaules, Finn ne cesse de me bombarder de documents relatifs à mes différentes possessions. Je n'ai pas le temps de les regarder. Toute mon énergie est prise par l'installation de mon bureau londonien. Ce serait merveilleux si tu pouvais t'en occuper. J'avais justement besoin de quelqu'un de confiance...

Elle fronça les sourcils.

— Tu crois que Finn te cache des choses ?

— Non. Il me semble honnête et compétent. Mais je n'aime pas devoir systématiquement m'en remettre à ses choix, simplement parce que je suis trop débordé pour me plonger dans les dossiers.

— Dans ce cas, je serai ravie de m'en charger... Pourrais-tu me faire une place dans tes bureaux ? Comme cela, tu ne seras jamais loin à chaque fois que j'aurai besoin de ta signature. Et je pourrais en profiter pour me familiariser avec ton commerce.

— Excellente idée ! Au cas où il m'arriverait quelque chose, tu pourrais ainsi me remplacer.

Alex n'en revenait pas.

— Serais-tu vraiment prêt à déléguer toutes tes affaires à une femme ?

— Qui se débrouillerait mieux que toi ? Tu es intelligente, digne de confiance, et ce serait évidemment dans ton intérêt de bien gérer l'entreprise. (Il sourit.) En plus, ça ferait râler tellement de gens que j'en ris d'avance.

Elle sourit à son tour.

— Tu es décidément un incorrigible républicain.

— Merci, je le prends comme un compliment.

Ils échangèrent un regard plein de tendresse.

— Quand irons-nous visiter le berceau des Seabourne ? demanda Alex. Il faudrait que tu fasses la connaissance des gens qui travaillent pour toi, que tu voies l'état des fermes et toutes ces choses qui ne peuvent pas être réglées à distance.

— Philip m'a dit qu'il aurait déménagé pour la Saint-Michel. C'est fin septembre, non ?

— Oui, le 29 septembre. J'ai hâte de voir le château. Je suis contente de savoir que c'est près de la mer. Toi qui voulais une maison sur la côte, te voilà servi. Nous pourrions peut-être y passer une quinzaine de jours début octobre ?

— Ça me paraît une bonne idée. Mon bureau pourra tourner sans moi, d'ici là. Et nous inviterons les cousines de Katie pour lui tenir compagnie.

Gavin termina son thé et se leva de table.

— Que dirais-tu de commencer à travailler pour moi dès demain ?

— Le plus tôt sera le mieux, répondit Alex avant de lui donner un baiser.

À défaut d'être totalement son épouse, elle voulait au moins lui être précieuse.

La librairie Hatchard était fréquentée par tous les gens à la mode – du moins, ceux qui appréciaient la lecture.

— Je vais voir s'ils ont des livres sur la gestion des domaines, annonça Alex en entrant.

— Tu prends tes nouvelles responsabilités très à cœur, commenta Catherine.

— Comme vous allez tous bientôt partir à la campagne, il faut que je trouve à m'occuper, fit valoir Alex, ravie d'appartenir à une famille où les femmes étaient traitées à l'égal des hommes.

Tandis qu'elle furetait dans les rayonnages, elle aperçut, dans la pièce voisine, Frédérica Pierce. Celle-ci était accompagnée d'une jeune domestique de couleur, aux bras encombrés d'une pile de livres. Quand Frédérica ajouta un autre volume, le fragile édifice chancela et tomba à terre.

— Excusez-moi, milady, dit la soubrette avec une jolie voix musicale, en s'agenouillant pour ramasser les livres.

— Tu es vraiment idiote, ma pauvre Daisy! s'emporta Frédérica, qui la souffleta avec son réticule.

Alex se demanda combien de temps la malheureuse tiendrait avant de démissionner. Frédérica était si méchante qu'elle avait toujours eu les pires difficultés à garder ses domestiques, en Australie. Les pauvres gens préféraient encore le chômage plutôt que d'endurer ses sévices et ses insultes.

— Je m'excuse, répéta Daisy, les yeux humblement baissés.

— Je ne sais pas pourquoi je m'obstine à te garder, grommela Frédérica. Si tu continues à être aussi maladroite, je te renvoie en Caroline et tu finiras tes jours dans les champs de coton!

Alex, intriguée par cette dernière réplique, décida d'intervenir.

— Bonjour, Frédérica. Avez-vous besoin d'aide?

Lady Pierce haussa les sourcils en la reconnaissant.

— Ma domestique s'en sortira. Elle a beau avoir deux bras gauches, elle est capable de ramasser des livres.

— La façon dont vous lui parliez m'a fait penser qu'elle était esclave. J'ai dû me tromper, bien sûr. L'esclavage est désormais illégal en Angleterre...

— Mêlez-vous de vos affaires, Alexandra. Daisy est américaine.

Or l'esclavage avait toujours cours dans les États sudistes d'Amérique. Alex s'agenouilla pour ramasser quelques-uns des livres tombés par terre.

— Même si vous êtes née esclave, Daisy, en Angleterre vous êtes une femme libre.

La jeune fille la regarda avec des yeux terrifiés. Elle ne devait pas avoir plus de vingt ans et avait un visage ravissant. Elle se dépêcha de finir de ramasser les livres et se redressa.

— Comment osez-vous interférer dans mes affaires domestiques ? s'exclama Frédérica. Vous êtes peut-être comtesse, mais ça ne vous donne pas le droit de me dicter ma conduite !

Ignorant cette furie, Alex continua de s'adresser à Daisy :

— Si vous souhaitez changer de statut, venez me rendre visite à mon domicile, 42, Berkeley Square. Quoi qu'en dise votre maîtresse, vous êtes aussi libre qu'elle. Je vous trouverai un nouvel emploi, où vous serez correctement payée et bien traitée.

— Pourquoi vous intéressez-vous autant aux esclaves, Alexandra ? persifla Frédérica. Parce que vous avez été esclave vous-même ? Vous vous revoyez dans cette créature, c'est cela ?

Si sa mère ne l'avait pas retenue par le bras, Alex aurait volontiers frappé cette peste. Cependant, la situation appelait une réaction. Jusqu'à présent, ils avaient gardé le secret sur ce qu'elle avait vécu à Maduri, refusant de confirmer ou d'infirmer les rumeurs qui circulaient. Mais devant cette malheureuse fille, Alex ne pouvait avoir la lâcheté de nier ce qui lui était arrivé. D'autant que, comme Gavin le lui avait dit, rien n'avait été sa faute.

— Oui, Frédérica, j'ai été esclave, lâcha-t-elle d'une voix assez forte pour que les autres clients prêtent soudain l'oreille. Et c'est dommage que cela ne vous soit pas arrivé aussi. Cela vous aurait peut-être ouvert l'esprit et donné un peu plus de compassion. (Elle s'adressa de nouveau à Daisy.) Voulez-vous me suivre ? Je vous promets que votre situation sera bien plus agréable.

Daisy jeta un regard vers sa maîtresse et tressaillit comme si elle avait été frappée. Puis elle se tourna de nouveau vers Alex et secoua la tête, les yeux piteusement baissés.

Frédérica était ravie de constater que Daisy lui était soumise. Mais cela ne lui suffisait pas.

— Vous me paierez ça, dit-elle à Alex.

Celle-ci l'ignora.

— Rappelez-vous, Daisy : 42, Berkeley Square, répéta-t-elle. Venez n'importe quand.

Daisy se détourna, et Frédérica arbora un sourire triomphant.

— Maintenant que vous avez avoué que vous étiez esclave, les gens n'auront aucune peine à s'imaginer ce que vous avez vécu. Même si vous n'êtes plus de première jeunesse, il y a forcément eu des hommes pour vous acheter.

— Quel esprit déplaisant vous avez, lady Pierce ! intervint la duchesse avec un dédain souverain. J'espère que la bonne société ne vous invitera plus jamais.

Frédérica avait blêmi. La duchesse lui tourna ostensiblement le dos, donnant ainsi le coup de grâce, avant de s'éloigner. Catherine prit Alex par le bras et elles suivirent Rosalind à travers la boutique. Les autres clients s'écartèrent sur leur passage.

Alex tremblait de tous ses membres.

— Je suis désolée de vous avoir causé cet embarras, dit-elle lorsque les trois femmes sortirent dans la rue.

— Ne dis pas de bêtise, répliqua Catherine. Je n'ai jamais été aussi fière de toi, ma chérie.

— Je n'aime pas cette femme, renchérit Rosalind, qui avait levé le bras pour héler son cocher. Et j'ai été ravie de lui montrer ce que je pense d'elle.

— Elle aura du mal à se remettre de s'être fait rabrouer par la duchesse d'Ashburton, admit Alex. Mais j'ai échoué à convaincre cette pauvre Daisy de la quitter. Frédérica la punira sûrement pour ce qui s'est passé.

— Daisy viendra peut-être sonner à ta porte, suggéra Catherine tandis qu'elles montaient dans l'attelage. Elle n'a pas conscience qu'elle est libre, ici. Lady Pierce se sera évidemment abstenue de le lui dire. Mais quand elle prendra le temps de réfléchir à son sort, elle quittera sa maîtresse à toutes jambes.

Alex voulait l'espérer, cependant elle doutait que les choses se passent aussi bien. Ni sa mère ni sa tante ne pouvaient savoir à quel point l'esclavage minait la volonté. Six mois avaient presque suffi à briser Alex.

Daisy, elle, était probablement née esclave, et traitée comme telle depuis sa plus tendre enfance... Alors que l'attelage roulait sur les pavés de la ville, elle ferma les yeux et pria très fort pour que la jeune fille ait le courage de se libérer.

28

Ce soir-là, Alex chercha Suryo. Ils vivaient sous le même toit depuis que l'*Héléna* avait accosté, et pourtant elle ne le voyait presque jamais, tant il était discret.

Elle frappa à la porte de sa chambre. Il l'invita aussitôt à entrer.

— Suryo, pourrais-je vous parler ?

Le Malais désigna une chaise.

— Bien sûr, milady. Que puis-je pour votre service ?

Alex s'assit et demanda tout à trac :

— Que pensez-vous de l'esclavage ?

— Que c'est une abomination, répondit Suryo avec une véhémence qui mit la puce à l'oreille de la jeune femme.

— Vous avez... Vous en avez fait l'expérience ?

— Oui, avoua-t-il. Mais je n'en parle jamais. C'est le capitaine qui m'a libéré. Depuis ce jour, je me suis voué à lui.

— N'est-ce pas une autre forme d'esclavage ?

— Je le sers de ma propre volonté. Et lui me respecte parfaitement.

Alex comprit qu'il s'agissait d'une mise en garde voilée. Suryo ne ferait jamais rien qui serait contraire à l'intérêt de Gavin. Mais c'était un avertissement inutile : elle ne comptait rien lui demander de tel.

— Aujourd'hui, j'ai rencontré une jeune esclave américaine, qui a été amenée en Angleterre sans savoir qu'elle est désormais libre. J'ai malheureusement échoué à la convaincre de quitter sa maîtresse. Mais cet épisode me fait me poser des questions. Je n'aurais jamais imaginé croiser une esclave en plein Londres. Comment cela peut-il s'expliquer ?

— Certains bateaux qui font la traite des Noirs entre l'Afrique et l'Amérique transitent par l'Angleterre. La Navy essaie d'enrayer ce trafic, mais avec un succès tout relatif. Il y a trop de gens prêts à contourner la loi, si cela leur rapporte beaucoup d'argent.

Elle fronça les sourcils.

— Vous connaissez bien le monde des ports, Suryo. Les marins, les tavernes… Vous pourriez être averti d'un arrivage illégal.

— Oui, probablement. Mais que faire d'une telle information ? La Navy n'ira pas se fier à des racontars.

— Sauf s'ils tombent dans les bonnes oreilles, objecta Alex. Mon beau-père connaît du monde dans l'Amirauté. Mais en tant que femme, je n'aurai jamais accès aux mêmes informations que vous. Qu'en pensez-vous ?

— On peut sans doute tenter quelque chose…

— Donc, vous êtes d'accord pour m'aider ?

Une lumière éclaira les yeux du Malais.

— Ça vaut le coup d'essayer. Mais pourquoi me l'avoir proposé à moi, plutôt qu'au capitaine ? Auriez-vous l'intention de ne rien lui dire à ce sujet ?

— Pas dans l'immédiat, en tout cas. Il a déjà assez de soucis comme cela. Je préfère attendre d'avoir des résultats.

— Comme vous le souhaiterez, milady.

Elle tendit sa main.

— Eh bien, travaillons de concert au service de la liberté.

Suryo lui serra la main.

— Pour la liberté, milady. Et parce que la justice est la meilleure des vengeances.

Alex aimait beaucoup les bureaux de Gavin. Situés au dernier étage d'un entrepôt des docks, les locaux embaumaient le thé et les épices stockés aux étages inférieurs, et les grandes baies vitrées ouvraient sur le fleuve. Les pièces débordaient d'activité. Les quatre principaux employés, probablement mis au parfum par leur patron, accueillirent Alex sans témoigner la moindre surprise.

Le bureau assigné à la jeune femme contenait déjà tous les documents reçus par Gavin concernant son héritage. Il n'en avait pas exagéré l'ampleur. Elle commença par faire un tri, pour se représenter la tâche qui l'attendait.

À midi, Gavin arriva avec un panier pique-nique préparé par leur cuisinière, qu'ils mangèrent ensemble.

Quand Alex eut terminé son dernier sandwich, elle s'exclama :

— Je me suis beaucoup amusée, ce matin ! Je crois que je suis née pour être intendante.

— Plus que moi, approuva son mari, qui mordait dans une pomme. Tout te semble en ordre ?

— Oui. Finn a fait du bon travail. Philip s'est montré un peu dépensier quand il a cru hériter, mais à part cela, je n'ai pas détecté de problème majeur. Cependant, l'année prochaine, il faudra investir un peu.

— C'est nécessaire ?

— Les investissements sont toujours nécessaires pour entretenir un domaine. Irrigation, drainage, clôtures, nouvelles semences, il faut veiller à tout.

— Je m'en remets complètement à toi, conclut Gavin, avant d'apposer son paraphe sur les documents qu'Alex lui avait préparés.

Elle retourna au travail avec le sourire. C'était merveilleux de se savoir utile.

Comme chaque soir, Alex était venue faire la lecture à Katie avant qu'elle ne s'endorme.

— Anne et Maria vont bientôt partir à la campagne, dit la fillette. Ça veut dire que c'est la fin de mes leçons ?

Alex ne put s'empêcher de rire.

— Pas du tout. Mlle Thompson, la gouvernante des Ashburton, m'a recommandé une de ses amies, Mlle Hailey. Je l'ai rencontrée et elle m'a plu. Dès la semaine prochaine, elle deviendra ta préceptrice.

Katie fit la grimace.

— Je préférerais te suivre à ton bureau et apprendre plein de choses sur le commerce du thé ou des épices.

Quand je serai grande, j'aimerais faire comme le capitaine.

Cette fois, Alex cacha son sourire.

— Si tu veux devenir comme lui, il faut d'abord faire des progrès en calcul, en géographie et en langues étrangères.

Le visage de la fillette s'illumina.

— C'est à ça que servent les leçons ?

— Bien sûr. L'instruction est la clé du pouvoir, ma chérie. (Elle embrassa Katie sur le front.) Et les femmes ont besoin de pouvoir.

En quittant la chambre, Alex se demanda si, lorsque sa fille serait grande, les femmes pourraient étudier à l'université et faire le même travail que les hommes. Sans doute pas si rapidement. Mais un jour, sûrement...

Arrivée au bas des marches, Bard, le majordome – un ancien valet d'Ashburton House, à qui elle avait offert cette promotion –, lui annonça qu'une visiteuse l'attendait.

— Si tard ?

— Ce n'est pas une visiteuse ordinaire, milady. Je l'ai introduite dans le petit salon.

Intriguée, elle poussa la porte du petit salon. Elle sursauta en reconnaissant la jeune esclave de Frédérica.

— Daisy ! Je suis si contente que vous soyez venue !

Alex étreignit les mains de la jeune fille. Elles étaient glacées. Décider de se couper de tout ce qu'elle avait connu devait être terrifiant.

— Désirez-vous du thé ? Quelque chose à manger ?

— Oh non, milady ! se récria Daisy, comme si elle était choquée à l'idée de manger devant elle.

Elle portait la même robe que la veille, et à ses pieds elle avait posé un maigre baluchon qui devait contenir toutes ses affaires.

— Je vais commander du thé, alors, décida Alex. Asseyez-vous. Lady Pierce était une maîtresse difficile ?

Daisy se laissa choir dans un fauteuil, une main figée sur le bleu qu'elle avait à la joue.

— Sir Barton m'a achetée à Charleston. Personne ne m'a dit qu'ici j'étais libre. Hier, lady Pierce m'a battue après notre retour de la librairie. Elle disait que vous aviez menti, mais je ne pouvais pas m'empêcher de repenser à vos paroles... C'est vrai qu'on ne peut plus m'emprisonner pour fuite ?

Alex se remémorait combien elle avait craint, elle aussi, de s'enfuir, par peur des représailles.

— Ni lady Pierce ni son mari n'ont le droit de faire quoi que ce soit contre vous.

Daisy, au bord des larmes, enfouit son visage dans ses mains.

— Vous n'avez plus rien à craindre, Daisy. C'est fini. Savez-vous ce que vous aimeriez faire de votre liberté, ou est-ce encore trop tôt ? En tout cas, je vous aiderai.

— Vous êtes trop bonne, milady.

Elle se tamponna les yeux avec son mouchoir, puis redressa la tête.

— Pourrais-je travailler pour vous, s'il vous plaît ? Je suis une bonne femme de chambre, mais si vous en avez déjà une, je peux servir dans la cuisine. Je suis prête à tout, du moment que je peux le faire librement.

— Il se trouve que j'ai justement besoin d'une femme de chambre, répondit Alex, qui s'apprêtait en effet à en embaucher une. Vous serez logée, nourrie, blanchie, et vous toucherez trente livres de gages par an, que vous pourrez dépenser à votre guise. Cela vous convient-il ?

Daisy n'en croyait pas sa bonne fortune.

— Merci, milady ! Je promets de bien vous servir.

— Je n'en doute pas une seconde. Comment vous appelez-vous, Daisy ?

— Daisy Adams, milady.

— Bien. Désirez-vous quelque chose de particulier ? Quelque chose dont vous auriez toujours eu envie ?

La jeune fille retint son souffle.

— Pourrais-je... pourrais-je apprendre à lire et à écrire ?

Alex était médusée.

— Mais évidemment. On ne vous a jamais appris ?

Daisy secoua la tête.

— C'est illégal d'apprendre aux esclaves à lire.

Alex enrageait contre ce système qui niait toute dignité à ses victimes.

— Je viens d'engager une préceptrice pour ma fille. Je demanderai à Mlle Hailey de vous avoir aussi pour élève.

— Merci, murmura Daisy, les larmes aux yeux. Vous êtes si bonne. Je... je ne mérite pas tant.

— Bien sûr que si.

Le majordome entra, avec le plateau du thé.

— Bard, je vous présente Daisy Adams, ma nouvelle femme de chambre. Pouvez-vous demander à la gouvernante de lui préparer une chambre ?

— Je vais m'en occuper moi-même, milady.

Après qu'il se fut retiré, Alex versa le thé.

— Si vous souhaitez manger quelque chose avant de vous coucher, la gouvernante vous montrera la cuisine. Je suis sûre que vous avez eu une journée éprouvante.

Daisy hocha la tête, l'air songeur.

— Puis-je vous poser une question, milady ?

— Bien sûr. Et vous n'êtes pas obligée de m'appeler tout le temps milady. Madame suffira.

— Avez-vous vraiment été esclave, madame ?

— Oui.

— Et vous n'avez pas honte de l'admettre ?

Si, songea Alex. Mais plus maintenant.

— La honte est pour les esclavagistes, pas pour leurs victimes, répliqua-t-elle. Devant Dieu, nous sommes tous égaux. Le jour viendra où ce sera également vrai sur terre.

Daisy acquiesça, mais de toute évidence elle n'y croyait pas.

Alex but son thé en se disant que si son plan avec Suryo n'aboutissait pas, elle aurait au moins réussi à rendre sa liberté à une jeune femme.

29

Un soir, Alex entra dans le bureau de Gavin, une pile de dossiers dans les mains.

— Nous sommes les derniers à travailler encore, dit-elle. Je pensais qu'en t'apportant mon aide, tu serais moins occupé, mais nous sommes surchargés tous les deux !

Gavin sourit, amusé. Il recula son fauteuil pour étirer ses jambes.

— Je te promets que ça ne durera pas. Je suis en train de former Peter Spears pour qu'il devienne mon adjoint. D'ici la fin de l'année, il sera capable de me remplacer. Et comme tu t'occuperas du domaine, je n'aurai plus rien à faire.

Elle éclata de rire.

— J'y croirai quand je le verrai.

La jeune femme alla se planter devant l'une des baies vitrées qui donnaient sur les docks. Au cours de cette dernière quinzaine, elle avait imprimé sa marque dans ces locaux. Le bureau de Gavin était maintenant orné d'un tapis d'Orient, et des vases et des tableaux complétaient la décoration. C'était Alex, aussi, qui avait trouvé le nouveau fauteuil de son mari. Un modèle solide, en bois, avec de larges accoudoirs et dont les pieds se terminaient en griffes de lion. Gavin n'avait jamais songé, auparavant, qu'un bureau puisse être joli.

— Dois-je comprendre que ça t'embête de rester à Londres à cause de mes activités, alors que la plupart de tes proches sont partis à la campagne ? demanda-t-il.

— Non, non. J'aime beaucoup Londres. Mais il est vrai que je serai très contente d'aller à la campagne en octobre.

Et, se retournant d'un mouvement fluide, elle ajouta :

— Ce sont les leçons de Mei-Lian qui me manquent. C'est beaucoup moins drôle de s'entraîner toute seule.

Gavin se retint de lui proposer de devenir son partenaire. Trop de barrières les séparaient pour qu'ils puissent se livrer à un exercice qui impliquait de se toucher en permanence.

En vérité, il ne s'était pas encore remis de l'échec qui les avait de nouveau séparés la nuit. Il comprenait bien que lorsque Alex paniquait, sa réaction n'avait rien à voir avec lui, mais ce violent rejet le blessait quand même. Et puis, ce célibat forcé était pour lui un enfer. Comment regarder Alex et éviter d'y penser sans cesse ?

Cependant, il était heureux dès que la jeune femme se trouvait près de lui. Et il gardait espoir pour l'avenir.

— Je vais régler ça tout de suite, dit-il en désignant les documents qu'elle lui avait apportés. Ensuite, nous rentrerons à la maison.

Il signa sans sourciller les différentes factures. Mais, au dernier document, il sursauta.

— Alex, je ne comprends pas ce papier... Pourquoi notes-tu les arrivées des bateaux, en les assortissant de commentaires ?

— Zut ! fit la jeune femme. Je me suis trompée. Je ne voulais pas déjà te parler de cela... En fait, Suryo et moi rassemblons des informations sur la traite des esclaves. Plusieurs vaisseaux anglais sont impliqués, alors que c'est parfaitement illégal. J'en ai parlé à oncle Stephen, qui est d'accord pour que la Navy intervienne.

Il se leva de son bureau, le visage grave.

— C'est dangereux de se mêler de cela, Alex. Les esclavagistes sont des gens sans scrupule. Ils sont prêts à tout afin de protéger leurs profits.

— Pour l'instant, Suryo ne fait que rapporter ce qu'il entend dans les tavernes. Je ne vois pas ce qu'il y a de dangereux là-dedans.

Gavin croisa son regard. Il voulait l'impressionner, pour lui faire comprendre le sérieux de la situation.

— Tu sous-estimes le caractère explosif de ces informations. J'aurais préféré que tu me consultes, avant de t'embarquer dans cette histoire.

Elle se détourna de la fenêtre.

— Je n'ai pas pensé une seconde que tu voudrais m'empêcher de combattre l'esclavage par tous les moyens à ma disposition. Tu n'as rien dit quand j'ai engagé Daisy.

— C'est différent, et tu le sais bien. (Il désigna les notes de la jeune femme.) Là, tu remues des eaux autrement plus troubles...

— J'assume les risques, répliqua-t-elle.

— C'est courageux de ta part. Mais Suryo ? C'est lui qui met sa vie en jeu, en fréquentant les tavernes. Comment réagiras-tu s'il est tué pour s'être montré trop curieux ?

Alex hésita une seconde. Elle n'avait pas pensé à cela.

— Je suis sûre qu'il pressent le danger mieux que moi. Et lui-même a d'autres informateurs. Il n'est pas seul.

— Plus il y a de gens impliqués, plus vos manœuvres risquent d'être découvertes ! s'emporta-t-il. Ces informateurs dont tu parles sont généralement prêts à se vendre au plus offrant.

— Bon, d'accord, il y a du danger. Mais combattre l'esclavage n'est pas une mission d'enfant de chœur.

— Encore faut-il le combattre efficacement. Sais-tu que certains capitaines esclavagistes n'hésitent pas à passer leur « cargaison » par-dessus bord, quand ils craignent d'être arraisonnés par les autorités ? À chaque fois, ce sont des centaines d'hommes et de femmes qui meurent noyés.

Elle était horrifiée.

— Raison de plus pour empêcher cet odieux trafic.

Gavin s'efforça de rester patient, malgré l'entêtement de la jeune femme.

— Je comprends que ce soit important pour toi, mais...

— Crois-tu vraiment comprendre ? le coupa Alex, soudain hors d'elle. Tu n'as jamais été esclave, toi. Tu ne sais pas ce que c'est, de se retrouver à la merci d'autres hommes qui ont droit de vie et de mort sur toi. Sans la moindre chance de s'échapper !

— Tu as raison, admit-il, ébranlé par sa colère. Je ne peux pas me mettre à ta place, ni à celle de tous les autres esclaves...

— Je peux peut-être t'y aider.

— Comment cela ?

Elle désigna son fauteuil.

— Rassieds-toi !

Il s'exécuta, se demandant ce qu'elle pouvait bien avoir en tête.

La jeune femme s'empara de morceaux de ficelle qui traînaient sur une étagère, et s'en servit pour attacher Gavin à son fauteuil par les poignets et les chevilles.

— Commences-tu à avoir une idée de ce qu'est l'esclavage ? s'enquit-elle.

Il tira sur ses liens. Avec un peu de temps, il arriverait sûrement à les défaire, mais pour l'instant il était bel et bien immobilisé. Et ce n'était pas une impression agréable.

— Un peu, grommela-t-il. J'ai affronté un dragon, mais je ne m'étais encore jamais retrouvé impuissant devant une lionne en furie. Tu fais très bien les nœuds.

— C'est Suryo qui m'a appris, ainsi qu'à Katie, pendant notre voyage.

Si c'étaient des nœuds inspirés par Suryo, Gavin n'avait aucun espoir de se libérer. Il lutta contre un désir instinctif de se débattre.

— Peux-tu me détacher, maintenant que tu as réussi ta démonstration ?

— Pas encore, répondit la jeune femme, dont les prunelles pétillaient de malice. La leçon n'a pas assez porté. Il faut que le supplice dure, pour que tu mesures combien il est atroce.

Il commençait à se demander jusqu'où Alex pousserait ce petit jeu. Elle semblait de bonne humeur, à présent, mais si jamais elle s'emportait de nouveau contre lui...

Elle s'assit sur le bureau et le regarda.

— Être attaché à ce fauteuil ne peut te donner qu'une petite idée de ce qu'est l'esclavage. Imagine-toi déporté à des milliers de kilomètres de chez toi, dans un pays dont tu ne connais pas la langue, pour y être traité tel un objet par des gens qui prétendent te posséder.

S'emparant de la dague de Kasan, dont Gavin se servait comme coupe-papier, elle ajouta :

— Et maintenant, imagine que c'est vraiment ta situation, et pas une mise en scène.

Il fixait la dague.

— Voudrais-tu me punir pour tous les péchés des hommes ?

— Je ne te ferais jamais de mal, Gavin. Mais j'avoue éprouver une certaine satisfaction à constater que tu te demandes si j'en serais capable.

Et, d'un geste fluide du poignet, elle envoya la dague se ficher en plein centre de la porte.

— Comprends bien une chose, Gavin. Pour l'instant, tu es à ma merci.

Il contemplait la porte, éberlué.

— Où as-tu appris à faire ça ?

— N'oublie pas que j'ai passé mon enfance dans des camps militaires. Tu serais étonné de savoir tout ce que des soldats peuvent apprendre à une fillette. T'ai-je déjà dit que je savais très bien tirer ?

Gavin avait beau savoir que ses intentions n'étaient pas belliqueuses, il n'était pas rassuré.

— Et quoi d'autre, maintenant ? Tu veux me violer, pour me montrer à quoi ça ressemble ? Je ne crois pas que tu en sois capable, après ce que tu as subi.

Ces quelques mots furent comme l'étincelle qui enflamme la poudre. La colère d'Alex – et sa frustration sexuelle – trouva soudain un exutoire. Pour la première fois, elle ne devait pas s'en remettre à la bonne volonté de Gavin : c'était lui qui se retrouvait entièrement à sa merci. Et cette sensation de pouvoir était diablement érotique.

— Ah bon, tu ne crois pas ? Eh bien, je prends cela comme un défi.

Elle dégrafa son bustier.

— Puisque tu es un gentleman, tu essaies de ne pas trop regarder mes seins, mais tu n'y arrives pas toujours. Maintenant, tu peux les contempler tout ton soûl. Mais tu ne pourras pas les toucher sans ma permission.

Puis elle ôta ses chaussures et releva ses jupes pour faire glisser ses bas sur ses jambes avec une lenteur étudiée.

— Tu as des jambes ravissantes, murmura-t-il, la gorge sèche.

— Merci. Mes cheveux ne sont pas mal non plus, répliqua la jeune femme, qui se débarrassait à présent des épingles retenant son chignon, laissant ses cheveux cascader librement sur ses épaules. J'aime te voir comme cela, reprit-elle. Savoir que je peux tout faire avec toi est assez excitant.

— Moi, je trouve cela… instructif.

Alex se défit ensuite de son corset. Gavin l'observait, ravagé de désir et en même temps totalement impuissant.

— Maintenant, tu vas pouvoir toucher, mais seulement quand je te le permettrai.

Elle se pencha vers lui, de façon que ses seins frôlent presque ses poignets attachés, mais en gardant assez de distance pour qu'il ne puisse la toucher. Puis elle lui mordilla le lobe de l'oreille. Mais lorsqu'il tourna la tête pour l'embrasser, elle s'empressa de s'esquiver. Cependant, Gavin se rattrapa avec son sein gauche, dont il réussit à emprisonner le téton entre ses lèvres. Alex en ressentit une onde de chaleur dans tout le corps, comme si elle était un feu Saint-Elme qui irradiait dans la nuit. Son sein droit aspirait au même traitement, mais c'était à elle de prendre l'initiative. Chaque décision n'appartenait qu'à elle seule.

Elle pivota pour lui présenter son autre sein.

— Tu es resplendissante, murmura-t-il avant de lui lécher le téton, exactement comme elle le souhaitait.

Avide, maintenant, de lui rendre caresse pour caresse, elle lui ôta sa cravate et déboutonna sa chemise, pour promener sa main sur son torse et s'attaquer aussi à ses tétons, qui se durcirent au premier contact.

— Dieu du ciel, Alex… C'est un supplice de ne pas pouvoir te toucher.

— Alors que moi, je peux te toucher partout où j'en ai envie…

Elle aventura ses mains plus bas, là où une bosse déformait son pantalon, afin de l'exciter un peu plus.

Gavin s'agitait dans son fauteuil. Satisfaite de le voir perdre le contrôle de lui-même, Alex s'empara de ses lèvres. Il répondit à son baiser avec une ardeur vorace. Puis, sans cesser de l'embrasser, elle lui déboutonna sa braguette et libéra son membre, qu'elle prit entre ses mains. Elle dut se retenir pour ne pas le caresser trop fort – elle ne voulait pas que tout se termine déjà.

Elle s'assit ensuite à califourchon sur lui, les jambes en appui sur les accoudoirs du fauteuil. Puis elle ajusta ses jupes en corolle autour d'eux. Elle ressentait tout à coup un désir plus violent que ses angoisses.

— Détache-moi, Alex, supplia-t-il. Je te promets de faire des miracles avec mes mains...

— Non.

Et elle s'empala sur son membre. Elle se sentait l'âme d'une conquérante, d'une guerrière de l'amour, et cette assurance attisait une sensualité trop longtemps endormie.

Gavin essayait de se mouvoir en elle, avec le peu de liberté que lui laissaient ses liens.

— Alexandra, tu me tues...

La jeune femme noua les bras à son cou et se mit à mouvoir ses hanches à un rythme de plus en plus effréné. Elle ressentait dans tout son corps un plaisir totalement neuf, qu'elle n'avait jamais expérimenté à ce degré.

Au moment ultime, elle se cramponna à Gavin tandis que montait dans sa gorge un cri de pure jouissance. Elle resta agrippée un long moment à son mari, le temps que sa respiration redevienne plus calme.

— J'ai l'impression d'avoir essuyé une tempête au beau milieu de l'océan, chuchota-t-elle. Et d'avoir tout juste survécu.

— Quel dommage que je n'aie pas pu te serrer dans mes bras pour te protéger de cette tempête !

Les joues en feu, Alex lui détacha les poignets. Il la prit aussitôt dans ses bras.

— Je me sens un peu honteuse, admit-elle. Comme si j'avais cédé à une crise de folie...

— La passion est une forme de folie. Dans ton cas, elle était influencée par ce que tu as subi. Je préfère que tu aies choisi ce moyen d'exorciser ta rage, plutôt que de me donner un coup de dague.

Elle frissonna à cette idée, mais Gavin avait raison. Elle réalisait, à présent, que sa colère de tout à l'heure avait été plus ou moins dirigée contre lui. Ce qui était absurde, bien sûr. C'était elle qui avait insisté pour qu'il « honore la Déesse » à l'issue du jeu du Lion. Cependant, en son for intérieur, elle le haïssait de l'avoir violée, et sa colère était d'autant plus amère qu'elle la savait injuste.

— Tu as raison, pour la rage. J'avais tort de m'en prendre à toi. C'est... mal. Je ne m'aime plus beaucoup, tout à coup.

Gavin lui tapota affectueusement le dos.

— Chut, chérie. Même si les moyens employés étaient inattendus, le résultat est important. Tu as réussi ce que nous n'avions pas pu faire jusqu'ici.

C'est seulement à cet instant qu'elle réalisa que leur mariage était désormais pleinement consommé. Cette satisfaction eut raison de ses remords.

— Je ne t'attacherai plus jamais, mais j'ai bien aimé la position. C'était... différent. Et très excitant. J'aimerais le refaire.

Il rit.

— Si tu veux, je peux acheter d'autres fauteuils comme celui-ci et en mettre dans toutes les pièces.

— En fait, il y en a un deuxième à la maison, mais il est dans l'une des chambres d'amis. Je crois que je vais le rapporter dans ma chambre.

Il redevint sérieux.

— Pourrait-elle devenir *notre* chambre ?

La jeune femme hésita quelques secondes.

— Je pense que oui. J'ai l'impression que le mur invisible qui existait entre nous s'est plus ou moins écroulé. Toutes les pierres n'ont pas encore disparu, mais le pire est passé.

— J'en suis content, parce que j'adore dormir avec toi et te sentir près de moi. Et je suis aussi content que tu travailles dans ces bureaux.

Ces derniers mots rappelèrent Alex à la réalité. La nuit tombait, et ils rentreraient tard pour dîner. Elle descendit des genoux de Gavin, puis s'empressa de libérer ses chevilles.

— C'est quand même un peu ridicule d'avoir fait ça dans ton bureau !

Il se releva et étira ses jambes.

— La folie de la passion est parfois ridicule, mais c'est l'un des plus grands bonheurs de l'existence.

— Je n'aurais jamais dû t'accuser de ne pas comprendre. En fait, tu es plus compréhensif que la plupart des hommes que je connais.

30

Quand ils quittèrent enfin l'immeuble, après avoir remis un semblant d'ordre dans leur tenue, la nuit était tout à fait tombée. Heureusement, Gavin avait songé à se munir d'une lanterne, pour franchir les quelques centaines de mètres qui les séparaient de l'écurie de louage où les attendait leur voiture.

Tout à coup, un groupe d'hommes émergea d'une ruelle, devant eux. Ils avaient l'allure chaloupée de marins regagnant leur bateau après une soirée arrosée. Gavin les épia en serrant Alex contre lui. Toutefois, il ne s'inquiétait pas vraiment. Cette partie des docks était surveillée par la police qui y faisait des rondes régulières.

Les marins semblaient passer leur chemin, lorsque celui qui menait la marche se précipita soudain vers Gavin, un couteau à la main.

— C'est lui ! cria-t-il, en même temps qu'il jetait quelque chose par terre.

Instinctivement, Gavin poussa la jeune femme derrière lui, tandis qu'il déviait le couteau de l'assaillant. Puis, lâchant sa lanterne pour avoir les deux mains libres, il attrapa l'homme par le bras et le projeta sur ses comparses.

Ses leçons de *pentjak silat* lui avaient appris à se battre contre plusieurs adversaires en même temps, aussi réussit-il à parer les coups qui arrivaient de plusieurs côtés à la fois.

— Gavin, derrière toi ! s'exclama sa compagne.

Il se retourna juste à temps pour neutraliser un autre assaillant. Au même instant, Alex se retrouva plaquée contre un mur par l'un des gredins, lui aussi armé d'un couteau. Gavin s'apprêtait à voler à son secours, quand il vit la jeune femme décocher un coup de genou bien placé à son agresseur et le désarmer d'une prise astucieuse.

— Holà! lança alors une voix autoritaire, depuis le bout du quai.

L'instant d'après, la silhouette d'un sergent apparut, accourant vers eux.

— Les flics! cria l'un des voyous à ses complices.

Ils se volatilisèrent aussitôt dans la ruelle d'où ils étaient venus, sauf deux, qui restèrent sur le carreau. Le sergent leur courut après, en leur ordonnant de s'arrêter.

Gavin se précipita vers son épouse.

— Alex, ça va?

Elle hocha la tête.

— Et toi?

— Ça va.

Il l'enlaça, en proie à une frayeur qu'il n'avait pas eu le temps d'éprouver pendant l'attaque.

— Tu as vu, dit-elle avec fierté, je me suis bien défendue!

— Comme un chef, approuva-t-il, rongé d'angoisse à l'idée de ce qui aurait pu arriver.

Le sergent les rejoignit, bredouille.

— Pas de blessés? demanda-t-il.

— Non, répondit Gavin.

— Que s'est-il passé?

— Mes bureaux sont au dernier étage de ce bâtiment, expliqua Gavin. D'habitude, ma femme et moi partons plus tôt, mais… nous avons travaillé tard, ce soir. Nous étions sur le chemin de l'écurie, quand ces marins pris de boisson nous ont agressés.

Le policier s'agenouilla auprès des deux gredins qui n'avaient pu s'enfuir.

— Ils sont morts, dit-il en se relevant. Vous les avez tués à mains nues?

Morts tous les deux? Gavin ne pensait pas avoir frappé aussi fort…

— Ils étaient armés, se justifia-t-il.

— J'ai vu. Mais ils ne sentent pas l'alcool. Bizarre, pour des marins soi-disant ivres… Vous allez devoir me suivre au poste. Nous ferons un rapport.

Deux petits objets traînaient sur le pavé. Se souvenant que le premier assaillant les avait jetés avant de se ruer sur lui, Gavin se pencha pour les ramasser.

— Qu'avez-vous pris ? s'étonna le sergent.

— Juste une paire de dés, répliqua Gavin en dissimulant le frisson glacé que lui avait procuré la découverte des dés. Ces gredins devaient sortir d'une taverne où ils avaient joué, ajouta-t-il en les glissant dans sa poche. Ma femme s'est comportée courageusement, mais j'aimerais la reconduire chez nous.

Il coula à Alex un regard éloquent, auquel elle répondit en faisant mine d'être sur le point de défaillir. Mais quand il voulut glisser un bras pour la retenir, elle ne put s'empêcher de sursauter violemment :

— Tu saignes !

Gavin baissa les yeux et s'aperçut que son bras gauche était maculé de sang. Alex s'empressa de lui retrousser la manche et se servit de son mouchoir comme d'un bandage provisoire. Pendant ce temps, il tira une carte de visite de sa poche et la tendit au policier.

Celui-ci haussa les sourcils.

— Le comte de Seabourne ? J'ai entendu parler de vous, milord. Je suis le sergent Mayne.

— Ravi de vous avoir rencontré, sergent Mayne. Si vous n'étiez pas arrivé à point nommé, Dieu sait ce qui se serait passé.

Mayne considéra les deux cadavres.

— Bah ! Vous avez montré que vous saviez vous défendre. Mais, à l'avenir, vous feriez bien de surveiller où vous mettez les pieds.

— C'est mon intention, assura Gavin. (Il enlaça Alex.) Auriez-vous la gentillesse de nous escorter jusqu'à l'écurie ?

— Vous pouvez utiliser votre voiture pour vous rendre au poste, mais étant donné qu'il y a eu mort d'homme, j'ai besoin de votre déposition ce soir, rétorqua Mayne, poli mais implacable. Ce ne sera pas long, milord.

Gavin fut tenté de faire valoir ses privilèges aristocratiques, mais ce serait aller contre ses principes républicains. Du reste, mieux valait régler les formalités relatives à cet incident le plus rapidement possible.

— C'est d'accord, dit-il. Nous vous suivons.

La police se montra courtoise, mais curieuse et insistante. Quand Gavin et Alex purent enfin rentrer chez eux, après avoir répondu à de multiples questions, il était si tard et ils étaient si épuisés qu'ils allèrent directement au lit.

Ensemble.

Le lendemain matin, Gavin se réveilla enlacé à sa femme. C'était une merveilleuse sensation. D'ailleurs, il avait mieux dormi que toutes les nuits précédentes.

Alex se réveilla à son tour et se tourna vers lui. Elle posa délicatement une main sur son bras bandé.

— Alors, je n'ai pas rêvé... murmura-t-elle.

— J'ai bien peur que non.

— Tu avais raison de dire que le *pentjak* est dangereux.

— J'aurais dû cogner moins fort, mais tu étais là... et j'ai perdu le contrôle de moi-même.

Elle le regarda avec gravité.

— Un meurtre ne doit jamais être pris à la légère, mais je n'éprouve aucune sympathie pour ces gredins.

Elle retroussa la manche de sa chemise de nuit pour examiner le bandage qu'elle avait confectionné la veille.

— Ça n'a plus saigné, dit-elle, satisfaite. Heureusement, la blessure n'était pas profonde.

Elle était si soulagée qu'elle l'embrassa tendrement dans le cou. Il n'en fallut pas davantage pour fouetter le désir de Gavin. Son corps se réveillait, après toutes ces semaines de célibat forcé. Il aurait voulu s'enfoncer en elle et oublier ce qui s'était passé hier soir. Mais sa raison lui intima la prudence.

— Ce mur dont tu parlais hier, crois-tu toujours qu'il est tombé ?

Elle hésita.

— Je pense que oui.

— J'aurais préféré une réponse plus explicite.

Il roula sur le dos en attirant la jeune femme sur lui.

— Oh ! dit-elle, surprise. Ça ressemble à hier soir...

— Vérifie, pour être sûre.

Gavin se reprochait de ne pas y avoir songé plus tôt. En étant dessous, il pouvait lui faire l'amour sans qu'elle se sente prisonnière de ses bras.

Ils se débarrassèrent de leurs vêtements de nuit, puis Alex s'empala sur son membre avec un petit cri de plaisir.

Ils firent l'amour avec beaucoup plus de douceur que la veille. Elle était émerveillée de découvrir qu'elle pouvait contrôler le rythme de leur passion. Quand tout fut consommé, elle s'écroula, pantelante, sur le torse de son mari.

— J'aimerais que tous les réveils soient comme ça, dit-il.

— Pas de problème, répliqua-t-elle en déposant un baiser dans son cou.

Hélas, des moments aussi parfaits ne pouvaient durer éternellement. Alex finit par rouler sur le côté.

— Levons-nous, sinon nous allons nous rendormir. Je meurs de faim. Ce n'est pas le sandwich avalé hier au poste qui m'a nourrie. Je vais commencer par un bon bain, et ensuite un énorme petit-déjeuner.

— Ce programme me convient tout à fait.

Elle sortit du lit.

— J'ai toujours pensé que le quartier des docks était assez sûr, dit-elle, soudain sérieuse. J'étais bien naïve. On trouve des marins ivres dans tous les ports.

— L'agression ne devait rien au hasard. C'est à moi qu'ils en voulaient.

La jeune femme fronça les sourcils.

— C'est vrai. Je me rappelle, maintenant. Le premier qui t'a attaqué a dit : « C'est lui ! » Mais pourquoi t'en voulaient-ils ?

— Attends une seconde.

Gavin se leva pour fouiller dans les poches de son pantalon. Il lui tendit les deux dés qu'il avait ramassés la veille.

— Ils ont lancé ça par terre.

Alex sursauta, horrifiée.

— Des dés à douze faces ! Comme à Maduri ! Mais... pourquoi ?

— Je suppose que c'était une carte de visite codée qu'ils pensaient laisser à côté de mon cadavre, et dont seul celui qui voulait ma mort pouvait connaître la signification.

— Crois-tu que Kasan aurait envoyé des hommes à l'autre bout de la planète pour te tuer ? S'il voulait ta mort, il aurait pu t'exécuter à Maduri.

— Cela n'a pas de sens, en effet. Donc, c'est probablement quelqu'un d'autre. Mais je ne vois pas qui.

Il récupéra les dés afin de les examiner.

— Les candidats ne manquent pas, reprit-il. Philip essaie peut-être de récupérer son titre. Ou Barton Pierce veut se venger de l'affront fait à sa femme. À moins que ton major Colwell ne cherche à te rendre veuve, pour avoir enfin une chance de t'épouser...

Elle frissonna.

— C'est inquiétant.

Il remit les dés dans sa poche. Il avait préféré ne pas en parler à la police.

— La vérité se trouve peut-être encore ailleurs, soupira-t-il.

— Crois-tu que je sois aussi en danger ?

Gavin jugea plus prudent d'être sincère.

— Ce n'est pas impossible. Ne serait-ce que parce qu'ils n'auraient pas souhaité laisser vivre le témoin de leur meurtre.

Comme la jeune femme frissonnait de nouveau, il ajouta :

— Excuse-moi, Alex. Je n'aurais jamais imaginé attirer le danger sur toi.

Elle secoua la tête.

— C'est plutôt le contraire. Si tu n'avais pas volé à mon secours, tu aurais quitté Maduri sans te faire d'ennemis.

— Peut-être. Quoi qu'il en soit, nous allons devoir prendre des précautions. Désormais, je serai armé. Et je ne veux plus que tu sortes toute seule.

Elle acquiesça, et il en profita pour formuler une autre suggestion, qui risquait davantage de lui déplaire.

— J'aimerais également que tu ne viennes plus travailler au bureau, tant que cette histoire n'aura pas été éclaircie.

Comme il s'en doutait, Alex se montra moins coopérative.

— Et toi, cesseras-tu d'aller au bureau ?

— Non. Mais je te promets que je ne rentrerai jamais tard.

Elle haussa les sourcils d'un air ironique.

— Si les docks ne sont pas sûrs pour moi, ils ne le seront pas davantage pour toi. D'autant que tu étais la cible de l'agression.

Gavin refréna son exaspération.

— J'ai besoin de travailler à mon bureau, tant que Peter Spears n'est pas complètement au courant de tous les dossiers. En revanche, tu peux très bien gérer nos affaires depuis la maison, où tu seras en sécurité.

— Je ne veux pas être prisonnière chez moi, Gavin. Pas plus que je ne veux laisser la peur dicter mon existence. Si tu prends le risque d'aller aux docks, je le prendrai aussi.

— Bon sang, Alex, je t'interdis de…

Il ne s'aperçut qu'il criait que lorsque la porte s'ouvrit sur Daisy, qui apportait le thé de sa maîtresse. Effrayée, la jeune fille murmura une excuse et fit marche arrière.

— Non, Daisy, restez, dit Gavin qui avait retrouvé son calme. Je suis certain que mon épouse préférera boire son thé que continuer à m'écouter.

Et pour Alex, il ajouta :

— Excuse-moi de m'être emporté. Nous reparlerons de cela après le petit-déjeuner.

Elle acquiesça d'un hochement de tête.

Gavin se retira dans sa propre chambre, passablement perturbé par son éclat. Il avait toujours pensé être capable de se dominer, mais chaque fois que la sécurité d'Alex était en jeu, il perdait son calme. Malheureusement, en réagissant aussi violemment, il n'avait pas arrangé les choses.

Quand la mère d'Alex lui avait demandé s'il aimait sa fille, il n'avait pas su quoi répondre. Mais les semaines écoulées depuis leur retour en Angleterre lui avaient éclairci l'esprit. Il y voyait désormais plus clair dans ses émotions. Parce qu'il avait cru son cœur mort avec Héléna, il n'avait pas tout de suite compris qu'il était en train de tomber amoureux d'Alex. Jour après jour, elle avait su gagner son cœur par son courage, sa sincérité, sa gentillesse et sa passion.

Oui, il aimait sa femme. Et il ne pouvait supporter l'idée de la perdre.

Alex se contemplait, incrédule, dans son miroir. Dire qu'elle s'était imaginé que sa vie en Angleterre serait tranquille ! Et voilà qu'en moins de vingt-quatre heures, les événements sombres se succédaient : d'abord cette agression, puis sa première dispute avec son mari.

— Ça va, milady ? demanda Daisy, manifestement inquiète.

— Oui, ça va. Mon mari et moi étions simplement en désaccord.

Sans autre commentaire, Daisy s'employa à ramasser les vêtements que sa maîtresse avait jetés à travers sa chambre, en rentrant la veille au soir. La soubrette portait une petite robe de lin rose pâle que lui avait offerte Alex. Elle avait un sens inné de l'élégance que beaucoup de couturières lui auraient envié, cependant elle demeurait marquée par ses années d'esclavage. Elle semblait souvent au bord des larmes.

— Êtes-vous heureuse dans cette maison, Daisy ?

La jeune fille parut surprise de cette question.

— Tout le monde est très gentil avec moi, madame. Je n'avais jamais connu cela.

Et, de toute évidence, elle ignorait comment réagir devant tant de gentillesse.

— Comment se passent vos leçons ?

Le visage de Daisy s'illumina.

— Mlle Hailey est un merveilleux professeur. Et elle dit que j'apprends vite. Hier, j'ai réussi à lire un chapitre entier d'un des livres de Mlle Katie.

— Je suis très heureuse pour vous. Moi, c'est ma mère qui m'a appris à lire. Et je me souviens qu'elle m'avait expliqué que savoir lire et écrire ouvrait toutes les portes.

Daisy acquiesça.

— C'est pour ça qu'on l'interdit aux esclaves.

Alex frissonna.

— L'esclavage est une honte, Daisy. Un affront à Dieu et à l'humanité. Je suis déterminée à le combattre de toutes mes forces pour le restant de mes jours.

— C'est très généreux de votre part, madame.

Alex comprit que la jeune fille s'imaginait qu'elle se contentait de donner des fonds aux associations antiesclavagistes. Cela lui donna une idée.

— S'il vous plaît, Daisy, ne parlez à personne de cela, mais je cherche des informations qui aideraient la Navy à intercepter des vaisseaux complices du trafic d'esclaves. Connaissez-vous quelqu'un qui pourrait me renseigner ? Ou qui accepterait de chercher des informations pour moi ?

— Madame, ne vous mêlez pas des affaires des esclavagistes ! se récria Daisy, affolée. C'est trop dangereux !

— C'est parce qu'ils sont dangereux qu'il faut les empêcher de sévir. Ne voyez-vous personne susceptible de m'aider ?

Daisy fronça les sourcils, comme si elle était en proie à un conflit intérieur.

— Je connais peut-être quelqu'un, répondit-elle finalement. Mais j'aurais besoin de quitter la maison quelques heures, pour le trouver.

— Vous avez ma permission. Et merci de votre collaboration.

Alex but son thé avec ravissement. L'ami de Daisy lui permettrait sans doute de faire de gros progrès dans son enquête.

31

Gavin aimait particulièrement le négoce du thé. C'est pourquoi il trouva du réconfort à déambuler dans son entrepôt. L'agression de la veille lui avait rappelé certaines sensations éprouvées en mer, lorsqu'il sentait qu'une tempête se préparait, mais ne savait pas où et quand elle frapperait.

L'entrepôt, lui, était un sanctuaire de tranquillité. Gavin contemplait les piles de sacs avec un sentiment de plénitude. Il y avait là presque tous les thés de la planète, purs ou mélangés, avec chacun son caractère : le Lapsang Souchong, le Pekoe... Il s'arrêta devant les sacs d'Earl Blend, un mélange secret, composé de thé et de bergamote, qui dégageait un délicieux arôme fruité. Et l'Earl Blend le fit naturellement penser à Kyle, qui avait inventé ce mélange. Gavin aurait aimé parler de la situation avec son ami. Hélas, Kyle et Mei-Lian étaient partis dans leur propriété de campagne.

C'était Kyle, aussi, qui avait choisi l'entrepôt. Comme la plupart des bâtiments des docks, il était construit au-dessus de caves à vin, où étaient entreposées toutes les bonnes bouteilles venues de France et destinées au marché anglais. Pour l'instant, l'entrepôt était plein à craquer. Mais les stocks de thé diminueraient progressivement, et il serait vide à la fin du printemps, pour l'arrivée des nouvelles récoltes de thé.

Dès que Peter Spears serait capable de gérer seul ce négoce, Gavin se lancerait dans une nouvelle entreprise : l'ouverture d'un salon de thé raffiné, où la clientèle serait invitée à goûter les différents mélanges dans un décor plaisant. Il avait déjà repéré un emplacement, au cœur d'un quartier chic de la ville.

— Vous attendez que le thé vous parle ?

La voix de Suryo le tira de ses pensées. Il se tourna vers son ami.

— J'ai peur d'attendre longtemps... Pourtant, j'aurais besoin de conseils. Tu as dû apprendre que ma femme et moi avons été attaqués hier soir, en sortant d'ici ?

Suryo acquiesça.

— Vous vous en êtes admirablement tiré.

— Si tu ne m'avais pas bien entraîné, je serais sans doute mort à l'heure qu'il est. Et Alex aussi. (Gavin soupira.) Mais je n'avais pas l'intention d'en tuer deux.

— Vous protégiez votre femme, objecta Suryo. Tuer un homme à mains nues est toujours... dérangeant. Mais les canons de l'*Héléna*, ripostant à ceux des pirates qui nous ont attaqués près de Madagascar, envoyaient aussi la mort.

Comme d'habitude, Suryo avait la sagesse de tout remettre à sa place. Gavin sortit les dés de sa poche.

— L'un des assaillants a jeté ça par terre. Qu'en dis-tu ? Vois-tu un rapport avec Maduri ?

Son compagnon examina les dés d'un air grave.

— Pas avec le sultan Kasan, en tout cas. Et il n'y a peut-être pas de lien direct avec Maduri. Il n'y a que vous, votre femme et moi pour savoir ce qui s'est exactement passé là-bas. Mais beaucoup de gens sont au courant que vous y avez trouvé votre épouse. Les dés auraient pu être rapportés par un marin de l'*Héléna* et donnés à quelqu'un ici, puis utilisés pour égarer les soupçons.

Tout cela confirmait le sentiment de Gavin : son agression pouvait s'expliquer de différentes façons, et les suspects ne manquaient pas. Toutefois, il excluait le major Colwell. C'était plutôt le genre d'homme à provoquer son adversaire en duel. Il n'aurait pas été échafauder un stratagème aussi tortueux. Philip Elliott faisait un suspect plus plausible. Il était intelligent, rusé, et devait garder rancune à Gavin de lui avoir ravi le titre et la fortune des Seabourne. Cependant, irait-il jusqu'au meurtre ? C'était peu probable.

— J'aimerais pouvoir accuser Barton Pierce, dit-il. Malheureusement, je ne vois pas quel mobile aurait pu l'animer. Il ne m'a jamais aimé, certes. Mais de là à m'assassiner ! Je ne représente pas une menace, pour lui. Et je l'imagine mal risquer tout ce qu'il a construit en allant tuer bêtement quelqu'un.

Suryo hocha la tête, comme s'il partageait ce raisonnement.

— Je vais enquêter discrètement dans les tavernes du port, pour voir s'il se murmure des choses au sujet de l'agression d'hier.

— Merci, répondit Gavin. (La proposition de son ami lui rappela soudain sa conversation avec Alex.) Au fait, j'ai cru comprendre que tu avais été recruté par mon épouse pour recueillir des informations sur la traite des Noirs. Sois prudent, s'il te plaît.

— Je le suis. Vous et votre femme devez prendre aussi des précautions.

— Ne t'inquiète pas.

Dorénavant, Gavin ne se séparerait plus de la dague offerte par Kasan. Il l'avait glissée dans sa poche, et quand il sortait, il se munissait en outre d'une canne-épée.

— Ne penses-tu pas que tes investigations pour le compte d'Alex pourraient avoir un rapport avec l'agression ?

Suryo considéra cette hypothèse, avant de secouer la tête.

— Je suis sûr que personne n'a repéré mon manège. Et de toute façon, c'est à moi qu'on s'en serait pris.

Gavin acquiesça. Il était arrivé à la même conclusion.

— J'ai demandé à ma femme de ne plus remettre les pieds ici, tant que le danger ne sera pas éloigné. Elle a accepté pour aujourd'hui, mais j'ai peur d'être obligé de trouver d'autres arguments à l'avenir.

Suryo esquissa l'un de ses rares sourires.

— C'est une femme très indépendante...

Gavin considérait que c'était une qualité. Mais à double tranchant.

Katie contemplait sa broderie d'un œil maussade.
— Pourquoi dois-je apprendre les travaux d'aiguille, alors que je déteste ça et que toi-même tu m'as avoué que ça te déplaisait ?
— Parce que faire des choses qu'on n'aime pas est une excellente discipline, répliqua Alex. Et parce qu'une femme doit savoir se débrouiller un minimum avec des aiguilles.
— Je préférerais apprendre à tondre les moutons. J'aime bien les moutons.
— Tu es encore un peu jeune. Il faut de la force pour tondre les moutons. Mais, au printemps prochain, nous pourrions peut-être au moins assister à ce spectacle...
— Promis ?
— Promis.
Le colonel possédait plusieurs troupeaux de moutons sur ses terres. Ce serait un excellent prétexte pour y faire un petit tour. D'autant qu'Alex aimait assister à la tonte de la laine.
Daisy entra sur ces entrefaites dans le petit salon. Lorsqu'elle vit Katie, elle voulut se retirer, mais la jeune femme la retint :
— Vous souhaitiez me parler, Daisy ?
— Oui, madame. Quand vous serez libre.
Alex se tourna vers sa fille.
— Et si tu allais faire un tour en cuisine, voir ce qui se mijote pour le dîner ?
— Oh, oui ! s'exclama la fillette, ravie d'échapper à sa broderie.
Dès qu'elle fut partie, Daisy s'approcha d'Alex.
— J'ai trouvé mon ami. Il sait des choses qui pourraient vous être utiles...
— Excellent ! Que vous a-t-il dit ?
Daisy contemplait le plancher.
— Il travaille dans une taverne du port. C'est un Américain, comme moi. Un ancien esclave, qui s'est enfui au Canada avant d'arriver ici. Il dit qu'il pourrait nommer plusieurs esclavagistes anglais – des gens en apparence très respectables. Mon ami voudrait les dénoncer, mais qui écouterait la parole d'un pauvre Noir ?

— Moi, je l'écouterai. Et je connais des gens qui m'écouteront, répliqua Alex, qui se demandait si l'« ami » de Daisy était un ami de cœur.

La jeune fille ne parlait jamais de sa vie privée, ni du temps qu'elle avait passé chez Frédérica. Et Alex, du reste, ne la pressait pas. Elle respectait sa discrétion.

— Il dit qu'il peut vous rencontrer ce soir. Quelque part sur les docks.

— Si vite ? s'étonna Alex.

Daisy hocha la tête. Elle semblait nerveuse.

— Il a un peu peur, et il pourrait changer d'avis si vous attendez trop.

Alex comprenait cela. Et elle ne voulait pas perdre un informateur de première qualité. Mais d'un autre côté, elle hésitait à se rendre sur les docks, après ce qui s'était passé la veille.

— Ne pourrait-il pas rencontrer mon mari et moi à notre bureau ?

Daisy réfléchit.

— Je pense qu'il peut aller jusque là-bas. Ce n'est pas loin d'où il travaille. Mais il faut que vous soyez seule. Il ne parlera pas à un homme blanc.

— Et si je viens avec Suryo ?

La jeune fille parut désemparée.

— M. Suryo ? Oh, non. Vous seule. Parce que... parce que vous m'avez aidée.

Alex prit rapidement une décision.

— Bon, d'accord. Dites-lui de venir au bureau de mon mari à six heures et demie ce soir. Il m'y trouvera seule.

Elle demanderait à un valet de la conduire, avec ordre de l'attendre en bas de l'immeuble. Gavin n'aimerait pas cela, mais il ne l'apprendrait que lorsqu'elle serait rentrée. Elle ne pensait pas courir un grand danger.

Et, de toute façon, maintenant elle savait se défendre.

Ce soir-là, Gavin avait donné congé à ses employés un peu plus tôt que d'habitude, et leur avait recommandé de sortir groupés. Il avait le sentiment de se montrer trop prudent, et en même temps son instinct l'avertissait que le danger rôdait toujours dans les parages. N'ayant pas élucidé qui pouvait lui en vouloir, il souhaitait au moins éviter que sa famille ou ses employés soient les innocentes victimes de la violence dirigée contre lui.

Dès qu'il rentra à la maison, il demanda au majordome où sa femme se trouvait.

— Milady est sortie, répondit Bard. Mais elle vous a laissé ce mot.

Gavin l'ouvrit, intrigué qu'Alex se soit absentée à pareille heure.

Mon chéri,

Je serai un peu en retard au dîner, car je dois rencontrer à ton bureau quelqu'un qui a d'importantes informations à me communiquer sur le trafic d'esclaves. Ne t'inquiète pas. Je ne crains rien. Je t'expliquerai tout à mon retour.

Je t'embrasse très fort,

Alex

Il proféra un juron de marin. Bard en fut choqué.

— Expliquez à la cuisinière que le dîner est reporté, lui dit Gavin. Je vais chercher milady.

Il courut vers les écuries. Chevaucher lui-même lui permettrait d'arriver plus vite que d'emprunter un attelage, aussi ordonna-t-il qu'on lui selle un cheval immédiatement. Deux minutes plus tard, il galopait à travers la ville, sans se soucier d'attirer l'attention sur lui.

Parvenu près de ses bureaux, il avisa un gamin qui passait par là.

— As-tu peur des chevaux, mon garçon ?

— Non, monsieur ! rétorqua le gamin, indigné.

— Parfait.

Gavin lui offrit une demi-couronne, en même temps qu'il lui tendait les rênes de sa monture.

— Tu auras une autre pièce si tu retiens mon cheval quelques minutes.

— Oui, monsieur !

— Merci. Et en prime, je vais te donner un bon conseil : ne te marie jamais.

Gavin monta quatre à quatre l'escalier menant à ses bureaux.

Vêtue très sobrement d'une robe de cotonnade, Alex travaillait au bureau face à la porte. Elle leva les yeux.

— Tu as été rapide, dit-elle. Je pensais en avoir terminé avant que tu n'arrives.

Il laissa exploser sa colère.

— Enfin, Alex ! Qu'est-ce qui t'a pris de venir ici toute seule, après ce qui s'est passé ?

— Je ne suis pas venue seule : un valet m'a conduite et me raccompagnera. Et en cas de souci... j'ai prévu quelque chose, ajouta-t-elle en brandissant un petit pistolet.

Gavin fut un peu rassuré à la vue de l'arme.

— Au moins, je constate que tu n'as pas complètement perdu tout sens commun. Mais qu'y a-t-il donc de si important ?

— Un ami de Daisy, un ancien esclave, va venir tout à l'heure. Il prétend pouvoir nommer plusieurs esclavagistes. Avoue que cela méritait de courir un risque.

— Pour moi, rien n'est plus important que ta vie.

Elle sourit.

— Je ne pourrais pas rêver meilleur protecteur que toi, Gavin. Mais ce soir, j'ai moins besoin de protection que de pouvoir agir selon mes convictions. L'ami de Daisy ne viendra peut-être pas et j'aurai perdu mon temps, mais je voulais tenter le coup. Il faut que tu partes, maintenant. Daisy assure que son ami ne parlera pas devant un homme blanc. Si tu restes, il pourrait tourner les talons et ne jamais revenir. Je t'en prie...

Il se sentait écartelé entre son pressentiment et la requête de son épouse.

— Tu comprends tellement de choses, Gavin. Ne peux-tu pas comprendre celle-là ?

Il contempla sa femme. Elle avait beaucoup travaillé sur elle-même pour retrouver de l'assurance, après ce qu'elle avait vécu.

— Très bien, lâcha-t-il. Je t'attendrai à l'écurie de louage pendant exactement une heure. Je reviendrai ensuite te chercher ici, et nous rentrerons ensemble à la maison.

Elle le gratifia d'un sourire radieux.

— Merci, Gavin.

— Mais rappelle-toi que j'ai déjà perdu une femme, et que je ne supporterais pas de te perdre à ton tour.

En sortant, il s'arrêta sur le seuil.

— Au fait, où as-tu eu ce pistolet ?

— Je l'ai emprunté à Ashburton House. Maintenant, va-t'en.

Il obéit, même si l'envie le démangeait de faire marche arrière. Dehors, il n'aperçut aucun Noir dans les parages. L'ami de Daisy ne viendrait peut-être pas. Mais s'il venait et si ses informations étaient précieuses, Alex avait une chance de porter un coup fatal au trafic d'esclaves. Il pria pour que tout se passe bien.

Pourtant, un mauvais pressentiment continuait de le tarauder.

32

L'ami de Daisy avait déjà une bonne demi-heure de retard. Alex espéra qu'il n'avait pas croisé Gavin, ce qui lui aurait fait rebrousser chemin, et elle continua de travailler en attendant.

Plongée dans ses dossiers, elle n'entendit aucun bruit de pas, si bien qu'elle sursauta en voyant la porte s'ouvrir. Elle leva les yeux et réalisa immédiatement que les craintes de Gavin étaient, hélas, fondées. Car ce n'était pas un ancien esclave qui venait de pénétrer dans son bureau, mais quatre hommes à la mine patibulaire. Les deux premiers avaient des têtes de marins. Le troisième aussi. Celui-là, elle le reconnut : c'était celui qu'elle avait frappé, lors de l'agression de la veille.

Et le quatrième était Barton Pierce.

Alex ne l'avait vu qu'une fois, au bal des Ashburton, mais elle n'avait pu oublier ses traits. Elle savait qu'il était le pire ennemi de Gavin. Elle se leva, son pistolet à portée de main, dissimulé sous des papiers.

— Quelle surprise, dit-elle. Si vous cherchez mon mari, sir Barton, il n'est pas là.

— Je sais. Je l'ai vu sortir il y a quelques minutes. Je doute que votre famille le laisse se remarier, après votre disparition. Comme cela, il n'aura pas d'héritier à son précieux comté.

Alex s'efforça de masquer son angoisse.

— Je n'ai pas l'intention de disparaître, sir Barton...

Pierce ricana.

— Vous n'avez plus guère le choix, ma chère. Mais ne vous inquiétez pas, on ne vous fera pas de mal. Laissez-vous simplement faire.

— Il y a toujours des gens pour vous épier, à Londres, répliqua la jeune femme. On vous aura vu entrer dans l'immeuble avec vos hommes. Et on vous verra m'entraîner à l'extérieur contre mon gré.

— Nous ne sommes pas entrés par-devant, expliqua Pierce. J'ai loué sous un faux nom l'entrepôt d'à côté, qui communique avec celui-ci. Personne n'a pu nous voir pénétrer ici. Et personne ne nous verra sortir. Maintenant, assez discuté. Laissez-nous vous ligoter et bâillonner, sinon je serai obligé de demander à mes hommes de s'amuser un peu avec vous.

— J'ai un petit compte à régler avec la dame, intervint l'homme qu'Alex avait frappé la veille.

— Plus tard, Webb. Nous n'avons pas le temps, gronda Pierce. (Il regarda autour de lui.) Où est le coffre? Ce serait dommage de laisser brûler l'argent.

Brûler? Alex réalisa soudain qu'une odeur de brûlé commençait à pénétrer dans le bureau. Pierce devait avoir d'autres comparses, qui mettaient le feu au thé entreposé en dessous. Tout ce qu'avait si patiemment construit Gavin allait partir en fumée!

Elle crispa la main sur la crosse de son pistolet. Elle n'avait que deux balles. Ce serait insuffisant pour venir à bout de ses quatre agresseurs.

Il fallait commencer par faire sortir au moins l'un d'eux.

— Il y a un petit coffre dans le bureau de lord Seabourne, dit-elle.

Aussitôt, Pierce alla fouiller dans la pièce voisine. Comme la jeune femme avait menti, il chercherait le coffre un bon moment.

Il restait encore trois hommes dans la pièce. Cependant, Alex ne voyait pas comment se débarrasser d'un autre. Elle décida de passer à l'action. Brandissant le pistolet, elle visa le premier assaillant qui s'approcha pour la ligoter. L'homme eut le temps de se jeter de côté, et la balle manqua sa cible.

Webb se précipita alors pour la désarmer. Alex tira à nouveau, et cette fois elle fit mouche. Webb poussa un cri, tandis que du sang maculait déjà sa chemise. Il parvint toutefois à se saisir de l'arme. Comme Alex n'avait plus d'autres balles, elle le laissa s'en emparer, puis se rua vers la porte. Si elle parvenait à atteindre l'escalier, elle avait une chance de...

— Garce ! cria l'un des marins en la rattrapant par le bras.

Elle se débattit férocement, mais un autre assaillant aida son comparse à la maîtriser.

— Bon sang, que vous êtes maladroits ! s'emporta Pierce, de retour dans la pièce. Dépêchez-vous. Il faut qu'on soit tous sortis d'ici avant que le feu ne prenne dans l'escalier. Assommez cette diablesse.

Alex sentit un coup s'abattre sur sa nuque. Elle éprouva un instant d'euphorie en songeant qu'au moins elle était morte en combattant.

Katie... Gavin...

Puis ce fut le noir.

Gavin faisait les cent pas dans l'écurie de louage, sans parvenir à maîtriser sa nervosité. Le valet qui avait conduit Alex l'observait, mal à l'aise. Gavin s'était abstenu de le réprimander, car le pauvre n'avait aucune raison de désobéir à un ordre de sa maîtresse.

Il consulta sa montre. Encore un quart d'heure avant d'aller la chercher.

— L'attelage est prêt ?

— Je vais vérifier, milord, répondit le valet, ravi de ce prétexte pour s'éloigner.

Plus que quatorze minutes. Treize. Gavin s'obligea à attendre encore un peu. L'entrepôt n'était qu'à cinq minutes de marche, et la jeune femme serait furieuse s'il effrayait son informateur.

Douze minutes. Il était décidément nerveux. Était-ce à cause de l'orage qui se préparait ? Ou parce qu'il avait raison de redouter quelque chose ?

Le gamin qui avait tenu tout à l'heure les rênes de son cheval fit irruption dans l'écurie.

— Monsieur, c'est à vous, l'entrepôt dans lequel vous êtes entré ?

Gavin sentit son sang se figer dans ses veines.

— Oui, pourquoi ?

— Il est en feu.

Cette fois, Gavin eut la certitude d'un désastre.

— Appelez les pompiers ! hurla-t-il à Fitzgerald, le propriétaire de l'écurie.

Il se précipita dehors. Une épaisse colonne de fumée montait dans le ciel, indiquant la direction du sinistre. Il courut à perdre haleine vers ses bureaux, priant le Ciel qu'Alex ait eu le temps de s'échapper.

Une petite foule s'était déjà amassée devant le bâtiment.

— Ma femme était dans l'immeuble ! cria-t-il. Quelqu'un l'a vue sortir ?

Un badaud secoua la tête.

— Personne n'est sorti depuis que l'incendie a éclaté.

Non ! *Oh, non !* Gavin contemplait l'incendie, paralysé par sa terreur du feu qui le poursuivait depuis l'adolescence.

Mais Alex était à l'intérieur ! Surmontant sa frayeur, il fendit la foule qui restait à distance respectable des flammes et s'approcha de la porte de l'immeuble. Avec un peu de chance, il allait la croiser dans l'escalier…

— Non, mon gars, l'interrompit un solide gaillard en le tirant par le bras. Si elle est toujours là-dedans, elle est forcément morte.

— Bon sang, laissez-moi aller voir ! protesta Gavin en se débattant. C'est ma femme !

Le gaillard secoua la tête, sans lâcher prise.

— Trop tard.

Gavin s'apprêtait à recourir au *pentjak silat*, quand un craquement sinistre résonna dans son dos. Il se retourna juste à temps pour voir le toit du bâtiment s'effondrer sur les étages.

Pétrifié, il refusait d'accepter ce qu'il voyait. Alex ne pouvait pas être morte… Il l'avait quittée une heure plus tôt, en pleine santé. Elle avait forcément pu s'échapper de l'immeuble, avant que l'incendie ne lui coupe toute retraite.

— Elle a dû sauter d'une fenêtre !

L'homme le relâcha avec un regard de pitié. Gavin fit aussitôt le tour du bâtiment, mais il se retrouva bloqué par l'arrivée d'un attelage de pompiers, bientôt suivi d'un deuxième. Les hommes du feu comprirent au premier coup d'œil qu'il n'était plus possible de sauver le bâtiment, aussi décidèrent-ils de porter leurs efforts sur l'entrepôt adjacent, qui n'était pas encore atteint par les flammes.

Gavin retourna vers les badauds et demanda, encore et encore, si personne n'avait vu sa femme. Non.

L'orage qui menaçait depuis tout à l'heure éclata. La pluie, violente, conjugua ses efforts à ceux des pompiers, et en moins d'une demi-heure l'incendie fut circonscrit. Entre-temps, les badauds étaient partis, chassés par la pluie qui cessa à son tour.

Un homme s'approcha et lui prit le bras.

— Il est temps de rentrer chez vous, milord...

Gavin reconnut aussitôt ce visage.

— Je ne peux pas partir, sergent Mayne. Ma femme est à l'intérieur. Je... je ne peux pas l'abandonner.

— Elle n'est plus là, milord, répondit le policier, qui n'avait pas osé employer de formule plus brutale.

Gavin contemplait le bâtiment en ruine. Tout avait basculé si rapidement dans l'horreur...

— Elle est morte et c'est ma faute, murmura-t-il.

Puisqu'une personne était présumée disparue, les pompiers entreprirent de fouiller les décombres, à la recherche du corps. Gavin voulut se porter volontaire, mais le chef des pompiers refusa.

— Vous n'êtes pas habillé pour marcher au milieu des braises, milord.

Gavin attendit toute la nuit. Les premières lueurs de l'aube commençaient à teinter le ciel, quand le chef des pompiers revint vers lui.

— Nous avons trouvé un corps, milord.

— Laissez-moi la voir !

Le pompier secoua la tête.

— Non. Il ne reste plus grand-chose. Tout juste de quoi identifier un corps humain. Votre femme était-elle grande ?

Gavin baissa les yeux, effondré.

— Oui, elle est... elle était grande.

Un autre policier approcha, avec un objet dans la main.

— Nous avons trouvé cela près du corps, dit-il. Était-ce à votre femme ?

Gavin reconnut le petit pistolet qu'Alex lui avait montré. Le canon de l'arme avait fondu sous l'effet de la chaleur, mais le barillet était intact. Cette fois, il perdit tout espoir.

— Oui, murmura-t-il. C'était à elle.

Gavin se laissa reconduire chez lui sans protester. Une belle journée ensoleillée s'annonçait, lorsqu'il arriva à Berkeley Square.

Bard vint à sa rencontre. Le majordome n'arborait pas une tenue aussi impeccable que d'habitude, et ses yeux étaient rouges. De toute évidence, la mauvaise nouvelle s'était déjà répandue dans la maison.

— Quels sont vos ordres, milord ?

Gavin essaya de réfléchir au plus urgent.

— Envoyez un valet à Ashburton House prévenir la famille de milady.

Bard hocha la tête.

— Voulez-vous que je vous prépare un bain ?

— Il faut que je parle à Katie.

Le majordome blêmit, mais pas autant que Gavin quand il découvrit que la fillette prenait tranquillement son petit-déjeuner dans la nursery avec sa préceptrice. Cependant, le sourire de Katie s'évanouit dès qu'elle le vit.

— Capitaine… ça ne va pas ?

La vue de ce visage, qui était la copie miniature de celui d'Alex, serra le cœur de Gavin.

— Katie… j'ai de mauvaises nouvelles. Il y a eu un incendie dans mes bureaux. Ta maman travaillait là-bas et… et elle n'a pas pu s'échapper à temps.

— Non ! s'écria la fillette en bondissant de sa chaise. Maman ne peut pas être morte. C'est impossible !

— Je suis désolé, Katie…

Si seulement il avait pu mourir à la place d'Alex ! songeait-il. Tout, plutôt que de devoir annoncer à sa fille ce qui s'était passé.

Katie fondit en larmes. Il s'agenouilla pour la serrer dans ses bras et, réprimant ses propres larmes, tenta de lui expliquer qu'il était là, qu'il l'aimerait toujours, et que sa maman avait connu une mort héroïque.

Ils restèrent ainsi un long moment, jusqu'à ce que Gavin sente une main lui tapoter l'épaule. Il se retourna et vit sa tante, lady Jane Holland.

— M. Suryo m'a appris la terrible nouvelle, dit-elle. Reposez-vous, Gavin. Je vais m'occuper de Katie, avec Mlle Hailey.

Il se releva, tout étourdi, et confia l'enfant à sa tante. Puis il alla dans sa chambre – évitant de jeter un œil dans celle d'Alex – et s'écroula sur son lit.

Quand il se réveilla, c'était de nouveau le soir. Il demeura allongé sur le dos, à contempler le plafond. Après la mort d'Héléna, il avait pensé ne plus jamais connaître un tel chagrin, mais il s'était trompé. Manifestement, on ne s'habituait jamais à la souffrance...

Malgré tout, il essaya de remettre de l'ordre dans ses pensées. Il fallait prendre sans délai plusieurs décisions. Trouver de nouveaux bureaux, prévenir les assurances. Et, bien sûr, organiser les funérailles.

Pour cela, il préférait attendre le retour de la campagne des parents d'Alex, ce qui prendrait trois ou quatre jours. C'est eux qui diraient où elle devait être enterrée. Sans doute décideraient-ils de l'inhumer au pays de Galles.

Gavin redoutait d'affronter les Kenyon. Il leur avait promis de prendre soin de la jeune femme, et il avait misérablement échoué.

Se décidant à se lever, il songea que les parents d'Alex voudraient probablement se charger de Katie. Il aurait préféré la garder, mais il ignorait s'il en avait le droit. Et puis, la fillette serait sans doute plus heureuse dans la famille de sa femme, avec ses cousines.

Il se frotta les tempes, abasourdi par la rapidité des événements. Hier, à cette même heure, Alex était encore vivante. S'il avait suivi son intuition et refusé de la laisser seule pour son rendez-vous, elle serait toujours en vie.

C'était seulement maintenant qu'il commençait à se demander ce qui s'était réellement passé. Ni la mort d'Alex ni l'incendie ne pouvaient être accidentels... Son visiteur avait-il voulu la voler ? L'avait-il tuée parce qu'elle résistait, et avait-il ensuite mis le feu au bâtiment pour couvrir son crime ? L'homme avait-il des complices ?

Une personne connaissait peut-être la réponse à ces questions.

Gavin commanda un bain, puis fit appeler Daisy. C'était elle qui avait arrangé le rendez-vous fatal. Elle devait savoir bien des choses.

Mais on eut beau fouiller toute la maison : Daisy Adams avait disparu.

Gavin était en train de dîner, quand Bard vint le prévenir que deux hommes désiraient lui parler.

— Je ne veux voir personne.

— Ils sont de la police, milord.

Gavin abandonna aussitôt son repas, dans l'espoir que les policiers lui donneraient des informations sur les causes de l'incendie. Il se rendit dans le petit salon, où le sergent Mayne l'attendait, avec un autre homme qui semblait plus gradé.

— Inspecteur Blake, se présenta l'homme. Vous êtes bien Gavin Elliott, septième comte de Seabourne ?

— Oui. Avez-vous appris quelque chose sur l'incendie ? Je suis convaincu qu'il ne s'agit pas d'un accident.

La réponse de Blake le prit de court.

— Milord, nous vous accusons de l'assassinat de votre femme, Alexandra Elliott, comtesse de Seabourne.

33

Alex émergea de sa nuit avec une migraine atroce. Ouvrant les yeux, elle s'aperçut qu'elle gisait sur une sorte de paillasse, avec tout juste assez de couvertures pour la protéger du froid. L'unique chandelle allumée lui révéla qu'elle se trouvait dans une cave voûtée. Le silence était total, et l'atmosphère oppressante.

La jeune femme se tourna et constata qu'une arche faisait communiquer sa cellule avec un étroit couloir en pierre. Mais une grille cadenassée obstruait le passage.

Elle referma les yeux, pour se concentrer. Elle essayait de comprendre où elle était, et ce qui s'était passé. Son mal de crâne lui rappelait le jour où elle s'était réveillée, après l'attaque des pirates. Mais cela remontait à trop longtemps...

Tout à coup, la mémoire lui revint. *Gavin !* Elle se rappelait sa colère. Oui, parce qu'elle avait insisté pour rencontrer seule un homme, à propos du trafic d'esclaves. En fait, il en était venu quatre, dont Barton Pierce. Elle se souvenait aussi d'avoir reçu un coup sur la tête...

— Notre comtesse s'est donc réveillée ? demanda soudain une voix suave.

Elle rouvrit les yeux et vit Frédérica Pierce qui s'approchait avec une lanterne. Elle était vêtue d'un ample manteau bleu et escortée d'un solide gaillard portant un plateau.

Alex soupira, mais elle n'était pas vraiment étonnée. Puisque Barton Pierce l'avait agressée, il était logique de voir maintenant apparaître sa femme.

Frédérica s'assit sur une chaise en paille posée dans le couloir, tandis que son compagnon s'agenouillait afin de glisser le plateau de nourriture sous la grille. L'espace était suffisant pour qu'il n'ait pas besoin d'ouvrir la porte.

Alex se redressa et s'assit au bord de sa paillasse.

— Depuis combien de temps suis-je ici ?

— Quatre jours. J'ai d'abord cru que vous ne survivriez pas à votre coup sur la tête, mais vous avez une sacrée santé.

Ce n'était pas dit sur le ton du compliment.

— Pourquoi ne pas m'avoir tuée là-bas ? Ç'aurait été plus simple que de m'amener ici.

— J'ai un meilleur plan, répondit Frédérica. (Elle fixait Alex avec des yeux brillants d'excitation.) Barton avait imaginé l'embuscade de l'autre soir pour nous débarrasser de vous deux, mais Seabourne sait trop bien se battre. Nous avons perdu deux hommes, cette nuit-là.

— Pourquoi votre mari souhaiterait-il notre mort ? Il n'aime pas Gavin, mais de là à vouloir le tuer...

— Nous avons plein de bonnes raisons, au contraire. Pour commencer, Barton a « prêté » une grosse somme au cousin de votre mari, afin d'obtenir son soutien pour un siège de député. Depuis que Philip Elliott n'est plus comte, Barton a peu de chances de récupérer son argent.

— Ce n'est pas la faute de mon mari, fit valoir Alex.

— Peu importe, de toute façon. Barton a approché un autre lord dont l'influence, cette fois, ne lui fera pas défaut pour entrer au Parlement. Mais le vrai crime de Seabourne a été de dire au sultan Kasan de ne pas prendre Barton comme agent exclusif pour son commerce avec l'Occident. Savez-vous ce que cela nous a coûté ? Plus de dix mille livres ! Quand Barton l'a appris, il a décidé de châtier Seabourne.

Alex n'en revenait pas. Elle n'aurait jamais imaginé que la mise en garde de Gavin à Kasan aurait de telles répercussions. Mais les mobiles de Pierce ne l'intéressaient qu'à moitié. Sa situation présente la préoccupait davantage.

— Mon mari est-il mort ?

— Pas encore. Barton projetait une autre agression, cette fois avec des armes à feu. Mais Daisy m'a raconté votre désir de combattre l'esclavage. Elle est maligne, pour une esclave. Elle a vite compris qu'on pourrait facilement vous manipuler, avec votre idéalisme naïf.

Alex était effondrée.

— Daisy était une espionne ?

Frédérica hocha la tête.

— Après cette scène déplacée chez Hatchard, j'ai senti qu'il y avait une opportunité pour la placer à votre service, et ainsi tout apprendre de votre emploi du temps.

— Mais pourquoi Daisy a-t-elle fait ça ? Lui avez-vous offert une grosse récompense en échange de sa trahison ? J'ai du mal à croire qu'elle puisse vous être dévouée.

Frédérica haussa les épaules.

— Cette idiote était enceinte quand elle a quitté l'Amérique. Je ne supporte pas les domestiques qui ont des enfants, mais Daisy n'a pas son pareil pour me coiffer, alors je l'ai gardée à mon service. Et pour qu'elle ne songe pas à se rebeller une fois en Angleterre, nous avons placé le bébé à la campagne, dans l'une de nos propriétés. Comme cela, elle se tient tranquille.

Alex n'arrivait pas à imaginer une telle cruauté. Et quel dilemme, pour une mère ! Voilà pourquoi Daisy n'avait jamais osé affronter son regard.

— Puisqu'elle vous a si bien obéi, j'espère qu'au moins elle a pu retrouver son bébé ?

— Oui. Elle est partie le rejoindre à la campagne. De toute façon, il valait mieux qu'elle quitte Londres, après le rôle qu'elle a joué pour vous tendre un piège. Si jamais la police la questionnait, elle pourrait paniquer et laisser échapper la vérité.

Alex frissonna. Elle ne pouvait en vouloir à Daisy d'avoir aveuglément obéi aux ordres de Frédérica, mais si seulement la jeune soubrette avait révélé sa situation à ses nouveaux employeurs ! Gavin et Alexandra auraient bien fini par retrouver la trace de l'enfant.

— Mon mari est-il emprisonné dans ces caves ?

— Mieux que ça, rétorqua Frédérica avec un sourire malicieux. Il croupit dans la Tour de Londres, en attendant son procès pour vous avoir assassinée.

Alex poussa un cri.

— Comment est-ce possible, puisque je ne suis pas morte ?

— Il faut remercier le Ciel, déclara Frédérica.

— Je ne vois pas ce que le Ciel vient faire ici !

— Parce que vous avez tué Webb, l'un de nos hommes.

Alex haussa les sourcils.

— J'ai tué quelqu'un ?

— Vous ne vous rappelez pas ? Vous lui avez tiré une balle en pleine poitrine. Barton et les autres ont été obligés d'abandonner son corps sur place. L'incendie a été si dévastateur qu'il était impossible d'identifier les restes. Webb avait à peu près votre taille, et on a retrouvé votre pistolet à côté de lui. Puisqu'on cherchait votre corps, on en a déduit que c'était vous. Honnêtement, je n'aurais pu imaginer un meilleur enchaînement du sort.

Alex contempla sa cellule.

— Je vais finir ma vie ici ?

— Vous resterez quelques semaines, en attendant la fin du procès de votre mari, dont je me ferai un plaisir de vous narrer les audiences. Les charges retenues à son encontre sont très lourdes. Il sera probablement pendu.

Alex sentit son cœur se retourner.

— Mais il ne peut pas y avoir de *preuves* contre lui !

— Il y en a beaucoup, au contraire. Mais s'il échappe par miracle à la pendaison, Barton se chargera de le faire exécuter. On mettra ça sur le compte d'un de vos proches, qui aura voulu venger votre mort. Votre beau-père, par exemple. Il aurait dit à son club qu'il voulait tuer Seabourne... On murmure d'ailleurs que l'affection de lord Kenyon pour vous n'est pas seulement paternelle. N'auriez-vous pas épousé un mari qui vous emmenait en Australie pour échapper aux avances de votre beau-père ?

Comme Alex savait que son interlocutrice serait trop contente de la voir exploser, elle s'obligea à garder son calme.

— Pures balivernes. Aucun homme marié à ma mère ne songerait à regarder ailleurs. Et mon beau-père aime beaucoup Gavin. Il n'ira pas le tuer.

— Vous avez peut-être raison, mais on peut toujours espérer...

— Que m'arrivera-t-il, après le procès ? Recevrai-je une balle dans la tête ?

Frédérica sourit cruellement.

— Puisque vous êtes si curieuse de le savoir, je vais vous le dire. L'un des bateaux de Barton vous conduira chez les Barbaresques, où vous aurez tout loisir de renouer avec votre passé d'esclave.

Alex était pétrifiée d'horreur. Mais elle masqua son désarroi.

— Au moins, il fera plus chaud qu'ici.

Frédérica pinça les lèvres.

— Vous êtes vraiment étonnante, Alexandra. Vous auriez dû naître dans la peau d'un homme. Si cela avait été le cas, j'aurais aimé coucher avec vous. (Elle désigna la chandelle.) Si je vous l'enlevais, pour voir comment vous appréciez l'obscurité ?

Alex préféra ne pas penser aux créatures qu'elle avait vues courir dans l'ombre.

— Naturellement, je préfère la lumière, mais je peux m'en passer, répliqua-t-elle.

Et, voulant détourner l'attention de Frédérica de la chandelle, elle ajouta :

— Où suis-je ?

— Vous n'avez jamais visité les caves à vin des docks ? Elles courent sous tous les entrepôts, et même une partie des rues.

Des caves à vin ? Alex s'expliquait maintenant l'étrange odeur, un peu surette, qui flottait dans l'air.

— Il y a quelques mois, reprit Frédérica, Barton a voulu se lancer dans le commerce du vin. Il a acheté cette cave et tout son contenu. Personne d'autre que nous n'a les clés. C'est un cachot idéal.

Elle se releva et secoua la poussière de son manteau.

— Finalement, je vous laisse la chandelle, dit-elle. Et vous en aurez une neuve, avec le repas de demain. Ce ne serait pas gentil de vous laisser dans le noir... Au revoir, Alexandra. Faites attention aux rats.

Frédérica et son domestique disparurent au bout du couloir, laissant Alex seule avec sa misérable chandelle qui ne durerait pas jusqu'au lendemain. Dieu du ciel ! Qu'avait-elle donc fait pour se retrouver à nouveau en captivité ?

Mais ce n'était pas le moment de s'apitoyer sur son sort. Elle devait à tout prix s'échapper de cette prison. D'abord, il lui fallait reprendre des forces. Aussi se leva-t-elle pour aller chercher le plateau de son dîner. Il contenait un bol de soupe aux légumes, un morceau de fromage et un quartier de pain. Et même du thé. C'était largement suffisant pour se nourrir.

Une fois rassasiée, la jeune femme poussa le plateau de côté. C'est alors qu'un miaulement la fit sursauter.

Intriguée, elle regarda autour d'elle et finit par apercevoir un chat de gouttière, lové juste derrière la grille. L'animal contemplait les miettes du repas et miaula de nouveau.

— Viens ici, minou, l'invita Alex.

Pour le convaincre d'entrer dans sa cellule, elle posa par terre ce qui restait du fromage. Elle aurait dû se douter que là où il y avait des rats, il y avait des chats.

Le petit chat dévora le fromage et en réclama d'autre. Alex lui donna son restant de pain, et l'animal se laissa alors caresser. Sa fourrure était délicieusement soyeuse.

— Et si je t'appelais Capitaine Chat ?

L'animal ronronna.

— Très bien, Capitaine. Je serais enchantée que tu me rendes visite régulièrement pour tenir les rats à distance. En échange, je partagerai mes repas avec toi. C'est d'accord ?

Capitaine Chat grimpa sur la paillasse de la jeune femme, tourna plusieurs fois sur lui-même et finit par se coucher pour un petit somme.

Réconfortée par sa présence, Alex se mit à inspecter l'endroit. Les « sanitaires » se limitaient à un trou creusé dans un coin, surmonté d'un couvercle pour les odeurs. Elle examina ensuite les barreaux de la grille. Ils étaient récents, mais solidement encastrés dans la pierre. Rien à espérer de ce côté-là. Le cadenas aussi semblait très solide. Et elle n'avait sous la main aucun morceau de métal assez petit pour le glisser dans la serrure. Barton et Frédérica devaient être les seuls à posséder les clés. Elle ne pouvait donc pas espérer séduire l'un de ses geôliers afin qu'il la laisse sortir.

Si seulement le garde avait eu besoin d'ouvrir pour lui passer son repas ! Elle aurait pu le maîtriser d'une prise de *silat*.

Puisque les barreaux et le cadenas étaient inviolables, il ne restait plus que les murs. Alex entreprit de les ausculter avec soin. Les docks avaient été construits une trentaine d'années auparavant, et en certains endroits le mortier entre les pierres commençait à s'effriter sous l'action de l'humidité. La proximité de la Tamise n'était sans doute pas étrangère à ce travail de sape.

Elle songea alors à la cuiller qui lui avait servi à manger sa soupe. Ce n'était pas un instrument bien solide, mais faute de mieux elle s'en contenterait. Après avoir gratté un moment entre deux pierres, le mortier tomba en morceaux. Un frisson d'excitation parcourut la jeune femme. Il lui faudrait des semaines pour ménager un trou par lequel elle pourrait passer, mais le jeu en valait la chandelle. Une fois qu'elle aurait pénétré dans la cave voisine, elle serait libre de remonter à l'extérieur.

Mais par où commencer ? Elle jeta son dévolu sur le recoin le plus obscur de sa cellule. Tant que les pierres resteraient en place, personne ne s'apercevrait que le mortier avait été enlevé.

Déterminée à ne pas se laisser abattre, elle entreprit son long chemin vers la liberté.

34

La Tour de Londres n'accueillait que des prisonniers de choix. Et les cellules n'étaient pas des cachots. Celle de Gavin comportait même une cheminée. Il se tenait devant la fenêtre surplombant la cour de la prison, quand il entendit la porte s'ouvrir.

— D'habitude, c'est toujours à toi de me tirer d'affaire, lança une voix. Pas l'inverse.

Gavin se retourna.

— Kyle ! Comment es-tu déjà au courant ?

— Grâce à Suryo. Il m'a fait parvenir un message dès que tu as été arrêté. Mei-Lian est revenue à Londres avec moi, mais elle ne te rendra visite que demain. Elle est bouleversée par la mort d'Alexandra... Et toi, comment vas-tu ?

— Pas très bien. Je n'arrive toujours pas à réaliser qu'Alex ait disparu. Ni qu'on m'accuse de l'avoir tuée !

— C'est absurde, bien sûr. Que s'est-il passé ?

— Tu n'as donc aucun doute sur mon innocence ?

— Pas l'ombre d'un seul, assura Kyle. Je ne te vois pas faire de mal à une femme. Surtout à celle que tu aimes.

Gavin lui était reconnaissant de sa confiance. Mais les paroles de son ami résonnaient lourdement dans son cœur, car il n'avait jamais dit à Alex qu'il l'aimait. Maintenant, c'était trop tard.

— Ton procès va se tenir rapidement, reprit Kyle. Je suis venu avec sir Geoffrey Howard, l'un des meilleurs avocats de la ville. Il attend dans le couloir, car je voulais te voir d'abord seul à seul. Acceptes-tu de le faire entrer ?

Gavin comprit qu'il ne devait pas céder au désarroi.
— Oui, soupira-t-il.
Il alla ouvrir une bouteille de sherry pour ses visiteurs. Ses domestiques, révulsés par son arrestation, s'étaient employés à améliorer son ordinaire de prisonnier.
Sir Geoffrey Howard était un homme élancé, au regard aigu.
— Lord Seabourne, dit-il après que Kyle eut fait les présentations, je suis honoré d'avoir été choisi pour vous défendre.
— Remerciez lord Wrexham.
— Milord, reprit l'avocat, pourriez-vous me raconter votre version des faits ?
Un verre de sherry à la main, les trois hommes s'assirent devant la cheminée, dont les bûches peinaient à chasser la froideur et l'humidité de la pièce. Gavin raconta par le menu l'enchaînement d'événements qui avaient conduit à l'incendie de l'entrepôt et à la mort d'Alex, tandis que sir Geoffrey prenait des notes.
— Quelles preuves pourrait bien fournir l'accusation ? demanda Gavin, quand il eut fini son récit. De toute évidence, il n'y a eu aucun témoin de la mort de ma femme.
— Non, admit l'avocat. Mais, en revanche, plusieurs personnes vous ont entendu vous disputer avec votre femme. Et la veille de sa mort, vous avez tué deux hommes à mains nues.
— C'était de la légitime défense !
— Oui, mais cela tend à prouver que vous êtes enclin à la violence. D'autre part, il a pu être prouvé que l'incendie qui a détruit votre entrepôt était criminel. Or, vous aviez souscrit récemment une coquette assurance.
Gavin avait l'impression de voir un piège se refermer sur lui.
— Si je comprends bien, on m'accuse d'avoir été en colère contre ma femme, de l'avoir tuée pendant une dispute, et d'avoir ensuite mis le feu à mes entrepôts pour cacher mon crime et empocher l'argent de l'assurance.

— Exactement. Même s'il n'y a eu aucun témoin, tout cela peut paraître parfaitement plausible.

— Mais ça ne s'est pas passé comme ça !

— On pourrait suggérer que vous ne vouliez pas la tuer, mais que vous l'avez frappée dans le feu de la dispute, avec toutes les conséquences tragiques que cela a entraînées. Ce serait un homicide involontaire.

— Je n'aurais jamais frappé Alex ! protesta Gavin.

Il se calma, cependant, car il avait bien conscience que l'avocat ne faisait que suggérer les thèses de l'accusation.

— J'aimerais savoir pourquoi lord Seabourne a été arrêté si vite, intervint Kyle. Pour que l'enquête ait été menée avec une telle rapidité, il faut que quelqu'un ait songé à l'accuser.

— Bien vu, lord Wrexham, approuva sir Geoffrey. C'est précisément ce qui s'est passé. Connaissez-vous lord Wylver ?

Gavin échangea un regard intrigué avec son ami.

— Jamais entendu parler de lui. Tu le connais, toi ?

— C'est une espèce de vicomte écervelé, répondit Kyle. Je ne l'aurais jamais imaginé ayant le moindre rapport avec une affaire criminelle.

— Cependant, il s'est présenté à la police quelques heures après l'incendie de votre entrepôt, pour vous accuser du meurtre de votre femme, annonça l'avocat à Gavin. Il prétend être un parent du premier mari de votre épouse, ce qui lui donnerait des droits pour veiller à ce que justice soit rendue. Êtes-vous sûr de ne pas vous être fait un ennemi de ce monsieur, milord ?

— Je ne vois pas comment, répliqua Gavin. Sauf si lord Wylver agit pour le compte de quelqu'un d'autre, qui serait mon ennemi…

Kyle fronça les sourcils.

— Penses-tu que ton cousin ou Barton Pierce auraient pu enrôler Wylver pour t'enfoncer, quand ils ont compris que la mort de ta femme t'exposait dangereusement ?

— C'est possible, admit Gavin. Mais je ne vois pas quel mobile aurait pu les animer. Un faux témoignage dans une affaire criminelle est très risqué.

— Tu m'as dit l'autre jour que Pierce t'avait proposé de racheter ton entreprise. Une accusation de meurtre t'obligerait à vendre.

— Un peu tiré par les cheveux, mais pas impossible, concéda Gavin.

L'avocat referma son carnet de notes, signifiant que l'entrevue était terminée.

— Les preuves contre vous sont minces, dit-il. À moins d'un coup de théâtre de dernière minute, vous avez de grandes chances d'être acquitté.

Gavin ne demandait qu'à le croire.

La chandelle avait fini par s'éteindre depuis longtemps. Mais Alex était si occupée à gratter le mortier qu'elle n'avait pas cédé à la panique.

Elle s'efforçait également de ne pas songer à Katie. C'était une fillette courageuse, mais la douleur de perdre sa mère, ajoutée à l'horreur de voir arrêter son beau-père adoré, était une épreuve bien lourde à porter pour une enfant. Le seul réconfort d'Alex était de savoir que sa fille ne manquerait de rien. Ses grands-parents se hâteraient de rentrer à Londres pour s'occuper d'elle. Cela n'empêcherait sans doute pas Katie de verser de chaudes larmes, et Alex avait mal rien que d'y penser.

Une lumière apparut à l'extrémité du couloir. Aussitôt, elle abandonna son travail pour s'asseoir sur sa paillasse, la cuiller cachée sous les couvertures. Elle s'attendait à voir Frédérica, ou Barton Pierce, mais son visiteur n'était autre que le domestique impassible de la veille. Il apportait un plateau-repas et une lanterne.

— Je suis contente de vous voir ! s'exclama Alex. Je n'aime pas être dans le noir.

— J'm'en doute.

L'homme accrocha sa lanterne à un piton, puis sortit trois chandelles de sa poche.

— J'me doutais qu'une, ça suffirait pas. Avec trois, vous devriez tenir jusqu'à d'main.

Il alluma la première chandelle à sa lanterne, puis la tendit à la jeune femme et fit glisser le plateau sous la grille.

— Vous êtes bien aimable, monsieur... Comment vous appelez-vous ?

Il hésita, avant de répondre :

— Jones.

Alex devinait que c'était un faux nom, mais ça ne faisait rien.

— Merci, monsieur Jones, dit-elle en lui rendant le plateau de la veille.

Jones l'inspecta du regard.

— Où est la cuiller ?

Elle réfléchit à toute vitesse.

— Il y avait un bruit de grattement, là, derrière, dit-elle en désignant le minuscule soupirail, en haut du mur, qui devait communiquer avec la cave d'à côté. J'ai voulu taper et ma cuiller est passée par le trou.

Jones hocha sévèrement la tête.

— Ne refaites pas ça, sinon vous devrez vous passer de cuiller pour manger.

— Je ferai attention, promit Alex. Et puis, avec les chandelles, j'aurai moins peur.

La jeune femme se souvint brusquement qu'elle avait un peu d'argent dans la poche de sa robe. Après avoir vérifié que personne n'avait songé à la voler pendant qu'elle était inconsciente, elle décida de s'en servir pour gagner l'affection de Jones. Elle disposait d'un billet de banque et d'un souverain en or. Gardant le billet pour un usage ultérieur, elle lui offrit le souverain.

— Monsieur Jones, je viens de m'apercevoir qu'il me restait cet argent... Pourriez-vous m'acheter une brosse, avec ?

Jones accepta sans la moindre hésitation. Payer pour obtenir un peu plus de confort était une vieille habitude des prisons.

— Vous n'avez besoin de rien d'autre, m'dame ?

— Si ça ne vous donne pas trop de travail, j'aimerais bien avoir un seau d'eau tous les jours, afin de pouvoir me laver.

Il fit disparaître la pièce dans sa poche.

— Le problème, c'est que le seau d'eau ne passera pas à travers les barreaux de la grille.

C'était exact.

— Dans ce cas, vous pourriez me glisser une petite bassine, par-dessous la grille, que je remplirais en plongeant ma tasse à café dans le seau. Ce n'est pas le temps qui me manque !

Jones parut mal à l'aise de voir la jeune femme lui rappeler aussi crûment sa captivité.

— C'est d'accord. Je pourrais aussi vous apporter des serviettes et du savon, si vous le souhaitez.

— Ce serait merveilleux, acquiesça Alex avec un grand sourire. Vous êtes vraiment très gentil, monsieur Jones.

Le garde esquissa un sourire.

— À d'main, dit-il en la saluant de la main.

Et il repartit avec sa lanterne et le vieux plateau.

Alex retourna s'asseoir sur sa paillasse et commença aussitôt à manger. Le menu était le même que la veille, mais la soupe était bonne et presque chaude. Probablement venait-elle d'une taverne des environs.

— Miaaou !

Capitaine Chat montra judicieusement le bout de son nez. Elle lui donna la moitié de son fromage.

— Tu fais du bon travail. Je n'ai plus vu un seul rat.

Son repas terminé, elle s'autorisa une petite sieste. Maintenant qu'elle avait des chandelles en nombre suffisant, elle ne craignait plus de s'endormir dans le noir.

Capitaine Chat vint se coucher à son côté. Alex fut trop heureuse de lui faire une place. En fermant les yeux très fort, elle pouvait s'imaginer dormir avec Gavin…

35

Le moment que Gavin avait le plus redouté survint le cinquième jour de son emprisonnement. La porte de sa cellule s'ouvrit au milieu de la matinée, et il tressaillit en voyant apparaître lord et lady Kenyon. Comment accueillir les parents de la femme qu'il était accusé d'avoir tuée ?

Lord Kenyon avait vieilli de dix ans depuis leur dernière rencontre. Et s'il avait brandi un pistolet à ce moment-là, Gavin n'aurait pas été autrement surpris. Sans doute même n'aurait-il rien fait pour éviter la balle.

Catherine brisa la tension en venant l'embrasser.

— Mon pauvre Gavin. Quel horrible drame…

Gavin lui rendit son étreinte. Il était ému par sa compassion.

— Je suis désolé, Catherine. Désolé pour tout. Comment va Katie ?

— Elle est bouleversée, mais elle essaie d'être courageuse. Elle est venue habiter avec nous, chez les Ashburton. Elle aurait voulu vous rendre visite aujourd'hui, mais nous avons préféré d'abord vous parler. Elle prétend que vous ne lui avez même pas dit au revoir.

Gavin avait une boule dans la gorge.

— Les policiers étaient très impatients de m'emmener. Et puis… je ne voulais pas qu'elle me voie embarqué sous l'accusation d'avoir tué sa mère. Mais je ne sais pas si j'ai bien fait d'agir ainsi.

Catherine prit un siège.

— On ne sait jamais si on fait bien, avec les enfants.

— C'est pareil avec les femmes. Si j'avais eu plus de bon sens, Alex serait toujours vivante…

— Asseyez-vous et racontez-nous ce qui s'est passé, intervint lord Kenyon.

Pour la énième fois, Gavin narra toute l'histoire. Les Kenyon l'écoutèrent sans broncher, témoignant seulement d'une nervosité bien compréhensible lorsqu'il évoqua la découverte du corps de son épouse.

— Vous n'auriez pas pu empêcher Alex d'aller à ce rendez-vous, dit finalement lord Kenyon quand il eut terminé son récit. Elle était très butée. Exactement comme sa mère, ajouta-t-il avec un pâle sourire pour sa femme.

Catherine le lui rendit, malgré les cernes qui ombraient ses yeux.

— Michael a raison. Après ce qu'Alexandra avait vécu, personne n'aurait pu la dissuader de vouloir combattre l'esclavage par tous les moyens. Si seulement...

Elle ne termina pas sa phrase. Avec des si, évidemment, on pouvait toujours espérer réécrire l'histoire.

— Quelqu'un a-t-il cherché à savoir qui aurait pu entrer dans l'entrepôt pendant que vous vous trouviez à l'écurie ? s'enquit lord Kenyon.

— Un vieux monsieur qui habite juste à côté prétend que personne n'est entré, expliqua Gavin. Mon avocat essaie d'en savoir plus, mais apparemment il n'y a aucun témoin.

— Mais vous dites qu'on a pu prouver que l'incendie était d'origine criminelle ?

— Oui. Des lampes à huile brisées ont été retrouvées dans les ruines de l'immeuble. Malheureusement, on ne peut pas dire qui les a jetées là.

— Quelle est votre théorie ?

— Je n'en ai pas, admit Gavin. L'explication la plus simple serait que la soubrette, Daisy, avait un amant malfrat, qui aura pensé dépouiller une femme riche. Sauf qu'Alex ne s'était pas rendue là-bas avec des bijoux ou de l'argent sur elle. Et si l'amant de Daisy voulait simplement cambrioler l'entrepôt, pourquoi ne pas l'avoir fait lorsqu'il n'y avait personne ? La porte n'était pas bien difficile à forcer. Non, tout cela n'a pas de sens.

— Nous découvririons un sens quand toute la lumière sera faite, commenta Catherine. Mais il est difficile d'y voir clair : on n'a que des questions, et pas de réponses. Je suppose que Daisy a disparu ?

— Oui. Elle a dû quitter Londres le soir même, car les policiers n'ont pas retrouvé sa trace.

Et si elle ne s'était pas enfuie, elle était bien cachée. À moins qu'elle n'ait été assassinée, elle aussi, parce qu'elle en savait trop...

— Ashburton vous transmet ses amitiés, reprit lord Kenyon. Il serait volontiers venu vous rendre visite, mais cela ne lui a pas paru approprié, dans la mesure où il sera l'un de vos juges.

Gavin hocha la tête. En tant que comte de Seabourne, il serait jugé par ses pairs de la Chambre des lords, même s'il n'avait pas encore eu le temps d'être officiellement reçu au sein de l'assemblée.

— Comment réagit l'opinion à mon sujet ? s'enquit-il.

En fait, il avait déjà posé cette question à Kyle et à sir Geoffrey, mais ils n'avaient pas voulu lui répondre.

— La presse a pris parti contre vous. Et Ashburton dit qu'au moins un lord est aussi de cet avis.

— Lord Wylver, je suppose ? On m'a raconté que c'était lui qui m'avait dénoncé à la police. Il prétend avoir été un parent de feu Edmund Warren, mais ma tante, lady Jane Holland, en doute fort. Or elle connaît l'aristocratie anglaise sur le bout des doigts. Wylver doit simplement m'en vouloir pour mes idées républicaines.

Ou alors il agissait pour le compte de quelqu'un d'autre. Bien sûr, cela restait à prouver. Kyle et sir Geoffrey enquêtaient de leur mieux, mais pour l'instant ils n'avaient rien trouvé. Et le temps pressait...

Catherine se releva.

— Voulez-vous que je vous amène Katie, avant que nous repartions pour le pays de Galles ?

Gavin hésita.

— C'est à vous de juger. Je serais ravi de la voir, bien entendu, mais à condition que cette visite ne la bouleverse pas davantage.

— Elle est encore plus chagrinée de ne pas vous voir. Elle est comme… comme sa mère, qui préférait toujours la vérité et l'action aux spéculations de l'esprit.

— Alors, amenez-la-moi, dit Gavin.

Surtout si cela devait être la dernière fois…

— Demain, promit Catherine en lui donnant de nouveau l'accolade. Ayez foi en la justice, Gavin.

— Je ne demande pas mieux.

Il les raccompagna à la porte et ajouta :

— C'est très important pour moi de savoir que vous ne me croyez pas coupable.

Lord Kenyon attendit que son épouse soit sortie, avant de répondre :

— Si je le pensais, vous seriez déjà mort.

Là-dessus, il referma la porte.

Son statut d'aristocrate permettait à Gavin de recevoir autant de visiteurs qu'il le désirait. Et les visiteurs ne manquaient pas. Cet après-midi-là, ce fut Philip Elliott qui se présenta. Il semblait embarrassé.

Gavin terminait de déjeuner. Il ne prit même pas la peine de se lever de table pour accueillir son cousin.

— Êtes-vous venu me reprocher d'avoir sali le nom des Seabourne ? Ou espérez-vous ne pas avoir à déménager de mes propriétés ?

Son cousin s'empourpra.

— Étant votre héritier, j'ai pensé qu'il était de mon devoir de vous rendre visite…

— Si vous souhaitez le savoir, je n'ai pas tué ma femme. Mais j'ai peur qu'aucun de mes juges n'accepte de le croire. Si je suis pendu, le comté de Seabourne vous reviendra de droit. En revanche, vous n'hériterez pas de ma fortune personnelle. Aussi, je ne saurais trop vous conseiller de vous montrer un peu plus économe, à l'avenir.

Philip paraissait encore plus mal à l'aise qu'à son arrivée.

— Je ne suis pas panier percé. Mais après des années de privation, c'est vrai que je me suis laissé un peu aller au moment de l'héritage. Si... si je redeviens comte, je serai plus prudent.

— Je suis ravi de l'entendre. Et les fermiers qui travaillent pour les Seabourne le seront également. Pendant que j'y pense, d'ailleurs, si vous avez besoin de gens, les domestiques de Berkeley Square sont tous compétents et honnêtes.

Forcément : ils avaient été recrutés par Alex.

— Je saurai m'en souvenir.

Comme les deux hommes n'avaient pas grand-chose d'autre à se dire, un silence pénible s'installa dans la pièce.

— C'est bien de votre part d'être venu, dit finalement Gavin. Sachez que j'apprécie votre geste, même si je ne me montre pas très hospitalier.

— Je ne peux vous en blâmer, répondit Philip. Votre situation n'est guère agréable. Mais sachez que je n'irai pas tabler sur la mort d'un innocent pour grimper dans l'échelle sociale.

Et, la main sur la porte, il ajouta :

— Je regrette beaucoup la disparition de lady Seabourne. C'était une femme remarquable.

Gavin le remercia, mais dès qu'il se retrouva seul, les dernières paroles de son cousin résonnèrent lugubrement dans sa tête. Il n'arrivait toujours pas à croire qu'Alex ait péri. La nuit, quand il essayait de s'endormir, il la sentait si proche qu'il avait l'impression qu'en tendant la main il parviendrait à la toucher...

Un peu plus tard dans l'après-midi, ce fut au tour du major Colwell de lui rendre visite. Il se montra en grand uniforme, et sa visite n'était pas de courtoisie.

— Monstre ! dit-il depuis la porte. J'ai hâte de vous voir pendu.

— N'avez-vous pas envisagé une seconde que je pourrais être innocent ?

Le regard de Colwell trahissait la haine.

— Il y a assez de preuves pour vous condamner. J'espère que vos juges ne vous accorderont pas le bénéfice du doute, sous prétexte que vous êtes comte. J'ai vu clair dans votre jeu. Dès que vous avez hérité de votre titre, vous avez décidé de vous débarrasser d'Alexandra. Elle ne vous était plus utile, puisque vous n'aviez plus besoin des relations de sa famille. Alors, vous n'avez pas hésité à la tuer, elle qui était si parfaite…

Toute la sympathie que Gavin aurait pu éprouver pour le chagrin de Colwell s'évapora soudain. Il bondit de sa chaise et se rua sur lui.

— Espèce de pauvre idiot! Savez-vous seulement qui était Alex? Combien elle était forte et courageuse? Et passionnée?

Gavin se retenait à grand-peine de ne pas étrangler le major.

— Alex était ma femme, reprit-il d'une voix apaisée. Et aussi la mère de Katie, et la fille de lord et lady Kenyon. Sa mort est une tragédie pour nous tous, qui n'a rien à voir avec votre stupide fantaisie romantique. Fichez-moi le camp.

Colwell avait blêmi.

— Puissiez-vous rôtir en enfer, dit-il avant de disparaître.

Tendu, Gavin alla se planter devant la fenêtre. Colwell devait être apparenté à plusieurs lords, et sans doute essaierait-il de les convaincre que le meurtrier d'Alex devait être pendu sans remords.

Quel étrange pays, décidément. Son sort serait fixé par une clique d'hommes arrogants, dont la seule qualité était de posséder un titre de noblesse. Peu importait qu'ils fussent intelligents ou non. S'il échappait au gibet, il quitterait l'Angleterre pour toujours.

Maintenant qu'Alex n'était plus de ce monde et que Katie avait été recueillie par ses grands-parents, plus rien ne le retenait ici.

36

La captivité d'Alex tournait à la routine. Elle passait le plus clair de ses journées à gratter le mortier, se ménageant des pauses pour s'étirer les muscles par des exercices de taï chi. Jones lui avait donné un crayon, et chaque fois qu'il lui apportait à manger, elle faisait une marque sur le mur. Cela faisait près de six semaines qu'elle croupissait là.

Pouvoir se laver l'aidait à garder le moral. Et la nourriture restait mangeable, ce qui satisfaisait aussi Capitaine Chat. La présence de l'animal était un vrai réconfort pour Alex. Dès qu'elle s'allongeait, il venait dormir à côté d'elle.

La jeune femme avait la quasi-certitude d'être à nouveau enceinte. Mais cette fois, à l'inverse de ce qu'elle avait enduré sur l'*Héléna,* elle se sentait bien. Aussi bien que lorsqu'elle avait porté Katie. Si Dieu le permettait, elle aurait un autre enfant, fort et résistant comme sa fille. Et elle refusait totalement l'idée d'être envoyée chez les Barbaresques. Il lui paraissait impensable de mettre son enfant au monde dans l'esclavage.

Ses longues heures de solitude lui donnaient tout loisir de repenser à Gavin. Il s'était présenté à elle en sauveur et en héros. Elle lui avait été profondément reconnaissante de l'avoir sauvée.

Après avoir quitté Maduri, elle avait peu à peu retrouvé son équilibre, mais elle s'était toujours sentie un objet de compassion pour Gavin, qui la protégeait uniquement parce qu'il était un gentleman. De son côté, elle l'appréciait, bien sûr, et elle lui était aussi reconnaissante d'être si gentil envers Katie. Cependant, pas une seconde Alex n'avait pensé qu'elle pourrait l'aimer.

À présent, dans le silence de sa cellule, elle y voyait plus clair sur leur relation et sur ses sentiments.

Elle l'aimait autant qu'elle l'admirait. Elle aimait sa présence, elle aimait parler et rire avec lui, elle aimait qu'il la considère comme son égale. Et elle le désirait. La nuit, elle rêvait qu'elle était dans ses bras.

Si elle devait s'échapper, ce n'était pas seulement pour elle-même. C'était aussi pour Gavin. Pour le libérer.

Elle avait compté qu'il lui faudrait desceller une douzaine de pierres afin de se ménager une issue. Pour l'instant, elle n'avait déplacé aucune pierre, par crainte de se trahir. Ce serait la dernière étape, quand elle serait prête à s'enfuir. Elle se contentait de gratter le mortier, jusqu'à ce qu'elle sente que les pierres n'étaient plus soudées entre elles. Mais, avec une cuiller pour seul instrument, cette tâche lui prenait un temps infini.

Elle s'interrompit dans son travail dès qu'elle entendit marcher dans le couloir. Elle reconnut le pas lourd de Jones et un autre, plus léger. Frédérica Pierce venait lui rendre visite.

Après avoir chassé la poussière de ses vêtements, Alex s'allongea sur son grabat et fit semblant d'être assoupie. Lorsque Frédérica apparut, elle se redressa en réprimant un bâillement.

Jones glissa le plateau sous la grille et récupéra celui de la veille.

— Je suppose que vous avez des mauvaises nouvelles pour moi, lança Alex à sa visiteuse. Ne vous privez pas. Je manque cruellement de distractions.

Frédérica eut un sourire triomphant.

— Le procès de Seabourne s'ouvre demain.

Déjà ? songea Alex, mortifiée.

— Je suis certaine qu'il doit être soulagé d'en terminer bientôt, pour recouvrer sa liberté.

— Ne vous réjouissez pas trop vite. Il a l'opinion publique contre lui. Les gens sont convaincus de sa culpabilité. Et d'après ce que j'ai pu entendre, une majorité des lords également.

— Vous n'avez pas d'autres nouvelles ? demanda Alex, qui ne voulait surtout pas montrer son désarroi.

Frédérica hésita. Au fil de ses visites, elle s'était laissée aller à révéler beaucoup de choses à Alex, qui arrivait à lui tirer les vers du nez.

— Daisy a disparu. Avec son gamin.

— Je suis contente pour elle ! Cette fois, elle est vraiment libre.

Frédérica eut un sourire cruel.

— Barton l'a accusée de vol. Elle ne tardera pas à être arrêtée. Une fille noire, avec un petit enfant, ça se repère facilement. Dès que nous aurons mis la main dessus, elle repartira en Amérique.

Alex en doutait. Daisy était intelligente, et suffisamment déterminée pour éviter de se faire prendre. Elle viendrait sans doute se cacher à Londres. La ville était assez grande pour permettre à quiconque, même une personne de couleur, de se fondre dans la masse. Malgré sa trahison, Alex lui souhaitait bonne chance. La pauvre fille avait voulu se sauver et sauver son enfant, c'était compréhensible. Dans des circonstances analogues, elle aurait agi pareillement.

— Vous avez décidément bien des soucis avec vos domestiques, Frédérica... Peut-être devriez-vous mieux les traiter ?

— J'ai maintenant une femme de chambre française. Elle est bien supérieure à cette idiote d'esclave, ricana sa visiteuse, avant de tourner les talons.

Alex perdit toute envie de sourire dès qu'elle se retrouva seule. Elle avait beau prendre plaisir à taquiner Frédérica, cela n'enlevait rien au fait qu'elle était toujours prisonnière. Elle attendit de ne plus entendre aucun bruit de pas, puis se remit au travail.

Le temps lui était compté.

Selon le cérémonial britannique employé chaque fois que l'on jugeait un lord, le procès de Gavin commença par une longue procession à travers le palais de Westminster.

— La salle d'audience peut contenir deux cent cinquante personnes, chuchota sir Geoffrey, qui marchait à côté de son client. Et c'est lord Saint-Aubyn qui a été désigné pour présider les débats.

Ce nom ne disait rien à Gavin.

— C'est bon ou mauvais signe ?

Sir Geoffrey fit la moue.

— Ça aurait pu être pire. Lord Saint-Aubyn est sévère, mais juste.

Tandis qu'il pénétrait dans la salle au plafond immense, Gavin admira cette mise en scène flamboyante. Les lords étaient tous revêtus de leur costume d'apparat, si caractéristique avec ces habits écarlates et ces longues perruques bouclées qui leur retombaient sur les épaules. Les ducs marchaient en tête, suivis des marquis, des comtes et des vicomtes. Les barons fermaient le ban.

Tout au bout de la salle, il y avait un trône, qui resterait vide. Le roi William laisserait les pairs du royaume juger l'un des leurs.

Le président de séance prit place devant le trône. Lord Saint-Aubyn avait la soixantaine, mais il avait gardé un bon teint et l'œil vif. Pendant qu'on lisait les préambules du procès, Gavin se tourna discrètement vers Ashburton. Le duc croisa son regard et le salua discrètement de la tête.

Gavin reconnut d'autres visages familiers – qu'il avait aperçus pour la plupart lors du bal donné par les Ashburton : le duc de Candover, la marquise de Wolverton, les comtes de Strathmore et d'Aberdare. Et aussi lord Kimball.

Kyle était si grave qu'il était presque méconnaissable. À côté, son frère jumeau affichait un visage impénétrable. Heureusement, il partageait avec Kyle la conviction que Gavin était innocent.

Mais tous les autres lords étaient pour lui des étrangers. Et c'étaient ces gens-là qui le jugeraient. Que Dieu lui vienne en aide ! Il se demandait lequel était lord Wylver.

Puis ce fut la lecture de l'acte d'accusation. Gavin ne put réprimer un frisson. Non seulement Alex était morte, mais on le désignait publiquement comme son meurtrier.

— Faites venir l'accusé à la barre, ordonna lord Saint-Aubyn.

Conscient que tous les regards étaient braqués sur lui, Gavin, encadré de deux gardes, quitta le box des accusés pour venir à la barre. Après avoir salué trois fois, il s'agenouilla, conformément à la coutume. Il détestait ces pratiques d'un autre âge, mais Kyle l'avait convaincu que ce n'était pas le moment de montrer son attachement aux principes républicains.

— Vous pouvez vous relever, lui dit Saint-Aubyn.

Gavin s'exécuta.

— Plaidez-vous coupable, ou non coupable, de la mort de votre femme ? demanda alors Saint-Aubyn.

— Non coupable, milord, répondit Gavin d'une voix assez forte pour être entendu à l'autre bout de la salle.

On fit ensuite appeler les témoins, qui pourraient être interrogés par n'importe lequel des lords.

Les deux premiers témoins étaient des domestiques de Gavin. Ils rapportèrent, un peu mal à l'aise, qu'ils avaient entendu leurs maîtres se disputer un jour ou deux avant la mort de milady. Interrogés par sir Geoffrey, les domestiques, cependant, jurèrent qu'ils n'avaient entendu aucune menace particulière. Ils se souvenaient simplement de la scène, parce qu'une telle altercation entre leurs maîtres était rarissime.

Puis le sergent Mayne vint raconter comment il était intervenu dans une bagarre de rue, au cours de laquelle lord Seabourne avait tué à mains nues deux hommes qui l'avaient agressé – l'un en lui brisant le cou, l'autre en lui fracturant le crâne. Il y eut des murmures parmi l'assistance, et certains lords dévisagèrent Gavin comme s'il était une bête féroce.

Sir Geoffrey se leva.

— Sergent Mayne, vous avez bien dit qu'il y avait cinq agresseurs ? (Mayne opina du chef.) En d'autres termes, lord Seabourne cherchait à défendre sa vie contre des assaillants en surnombre. Lady Seabourne était-elle présente lors de l'agression ?

— Oui, monsieur. Elle était là.

— Autrement dit, lord Seabourne ne se battait pas seulement pour défendre sa vie, mais aussi pour défendre celle de sa femme. En pareilles circonstances, n'importe quel homme réagirait comme un tigre. (Geoffrey laissa planer un silence.) À votre avis, sergent Mayne, lady Seabourne paraissait-elle effrayée par le comportement de son mari ?

— Non, monsieur. Elle le regardait avec des yeux admiratifs.

Le procureur fit valoir que la réponse du sergent relevait de l'opinion personnelle, mais c'était trop tard : les mots avaient été dits. Peut-être influenceraient-ils les juges.

D'autres témoins défilèrent ensuite. Jem Brown, le gamin qui avait tenu les rênes de Gavin juste avant l'incendie, raconta comment celui-ci était arrivé très en colère, et aussi qu'il lui avait dit « de ne jamais se marier ».

Gavin grinça des dents. Il ne se souvenait même plus d'avoir formulé cette sentence, qui pouvait faire mauvaise impression. Heureusement, interrogé par l'avocat, Jem convint que lord Seabourne ne paraissait pas assez en colère pour vouloir tuer quelqu'un. Et qu'en outre, son propre père lui répétait souvent qu'il ferait mieux de ne pas se marier quand il serait grand.

Après lui, vint le vieil homme qui habitait à côté de l'entrepôt. Il certifia avoir vu Gavin pénétrer dans l'immeuble et assura que personne n'était entré après lui, jusqu'à ce que l'incendie se déclare. Cependant, sir Geoffrey fit valoir que le témoin ne pouvait voir, de sa fenêtre, que la façade de l'immeuble et non l'arrière, où il existait aussi une porte. D'ailleurs, selon les dires du témoin, lord Seabourne n'était resté que quelques minutes dans l'immeuble. Ce qui ne semblait pas lui avoir laissé le temps de tuer sa femme au dernier étage, puis d'incendier la totalité de l'entrepôt. En outre, aucune fumée ne se dégageait des fenêtres lorsqu'il avait quitté les lieux.

L'après-midi touchait à sa fin. L'audience fut suspendue jusqu'au lendemain matin.

— S'ils n'ont pas davantage de preuves, je vais vous obtenir facilement un acquittement, chuchota sir Geoffrey à son client, avant qu'il ne soit reconduit, sous bonne garde, à sa cellule de la Tour de Londres.

Gavin ne demandait qu'à y croire, mais il ne voulait pas trop espérer. Le procureur avait sans doute gardé le meilleur – c'est-à-dire le pire – pour la fin.

Les craintes de Gavin étaient fondées. Le lendemain matin, le premier témoin appelé fut un homme à la mine patibulaire répondant au nom de Throup. Il avait l'air d'un bandit qui aurait fait des efforts pour paraître respectable.

— Avez-vous déjà rencontré l'accusé, lord Seabourne ? lui demanda le procureur Oliver.

— Oui, monsieur. Le jour de l'incendie de son entrepôt.

Sir Geoffrey interrogea Gavin du regard, qui haussa les épaules. Cet homme avait pu faire partie de la foule des badauds qui contemplaient l'incendie.

— Pouvez-vous nous raconter les circonstances de cette rencontre ? continua Oliver.

Throup fixa Gavin avec des yeux trahissant la malveillance.

— Ce monsieur m'a proposé de l'« aider » en échange de dix pièces d'or. Je devais l'attendre à la porte de derrière de son entrepôt. Il m'a fait entrer par là, et m'a ensuite donné des lampes à huile, que je devais briser un peu partout dans les étages. Après quoi, je devais repartir par la porte de derrière.

Gavin n'en croyait pas ses oreilles.

— Mais c'est faux ! Il ment ! cria-t-il.

— L'accusé est prié de garder le silence, intervint lord Saint-Aubyn. Poursuivez, monsieur Throup.

— N'avez-vous pas trouvé la requête de lord Seabourne pour le moins... inattendue ? suggéra le procureur.

Throup haussa les épaules.

— Qui sait ce que les riches ont en tête ? Pendant que je répandais l'huile, j'ai entendu du bruit au-dessus.

Et puis un cri. Comme il me restait du temps avant de filer, j'ai été jeter un coup d'œil.

— Et qu'avez-vous vu, monsieur Throup ? le pressa Oliver.

— Une jeune femme aux cheveux noirs gisait par terre. Elle avait reçu une balle dans le ventre.

Un grondement d'indignation secoua la salle. Gavin se demanda si ce dernier détail n'était pas le seul élément de vérité dans tout ce faux témoignage. Alex avait-elle été tuée par balle ?

— La femme était morte ?

— Non. Elle vivait encore, mais à peine. Je me suis penché vers elle pour lui demander qui lui avait tiré dessus, et elle m'a répondu que c'était son mari.

37

Dès qu'elle entendit deux personnes approcher de sa cellule, Alex s'empressa de cacher sa cuiller et retourna s'asseoir sur son grabat.

Elle était rongée d'angoisse depuis que Frédérica lui avait annoncé l'ouverture du procès de Gavin, deux jours auparavant. Entre-temps, Frédérica n'était pas revenue et Alex avait pensé que c'était bon signe. Mais cette fois, elle arrivait avec son mari. Et leur air réjoui à tous les deux terrorisa la jeune femme. Cependant, elle s'obligea à masquer son anxiété.

— Bonjour, sir Barton, dit-elle. Vous allez bien ? Je n'avais pas eu le plaisir de vous voir, depuis ce jour mémorable où j'ai tué l'un de vos sbires.

Pierce conserva son sourire.

— Je vais très bien. Et aujourd'hui est un jour à marquer d'une pierre blanche. Votre mari a été condamné à la pendaison. Il sera exécuté dans huit jours.

Alex était médusée et bouleversée. Elle n'avait jamais imaginé que les choses iraient si loin. Qui pouvait croire Gavin coupable ?

— Vous êtes la mieux placée pour apprécier l'ironie de la situation, intervint Frédérica. Votre mari va mourir pour vous avoir tuée ! J'aimerais bien savoir ce que vous ressentez, en ce moment précis...

Alex ignora cette vipère pour ne s'intéresser qu'à Pierce. Elle soupçonnait qu'il ne saurait pas s'empêcher plus que sa femme de se vanter de son ingéniosité.

— Comment vous y êtes-vous pris pour obtenir un tel résultat ? Vous avez payé un faux témoin ?

— Vous êtes perspicace, lady Seabourne. C'est exactement ce que j'ai fait. J'ai trouvé quelqu'un d'assez talentueux pour faire avaler aux lords les mensonges qu'il leur débiterait.

— Et quelle histoire avez-vous inventée ?

— Que notre homme avait été embauché par Seabourne pour mettre le feu à son entrepôt. Ce faisant, il a entendu une femme crier à l'étage et, après être monté voir, il vous a découverte agonisante.

Pierce marqua une pause afin de ménager son effet.

— Notre témoin providentiel a raconté devant la cour qu'il a recueilli votre dernier souffle, et que vous avez accusé votre mari de vous avoir tuée.

— Personne n'a pu croire un mensonge pareil ! riposta Alex.

— Tout le monde ne l'a pas cru, convint Frédérica. Notamment ceux qui connaissent personnellement Seabourne. Mais il s'est trouvé une majorité de cinq voix pour le déclarer coupable. Notre homme s'est montré réellement convaincant. Et Seabourne avait prouvé qu'il pouvait être très violent.

— Le fait qu'il ne soit pas vraiment un gentleman anglais a joué en sa défaveur, renchérit Pierce. Cela devenait moins extraordinaire qu'il ait pu tuer sa femme. Mon cher ami lord Wylver s'est ingénié à faire passer cette idée parmi ses pairs.

— Mon mari n'a pas eu droit à se défendre ?

— Sir Geoffrey Howard, son avocat, a fait de son mieux. Mais il était difficile de lutter contre le témoignage de celui qui avait recueilli vos dernières paroles. D'autant qu'il était établi que votre mari avait tué deux hommes, la veille.

Frédérica acquiesça avec solennité.

— Puisque Seabourne est un assassin, son sort n'est que justice.

— La légitime défense n'a jamais été un crime, fit valoir Alex.

Cependant, elle voyait bien que l'enchaînement des événements s'était acharné contre Gavin.

— Howard a joué sa dernière carte en demandant à votre mère de jurer que Seabourne n'aurait jamais pu vous tuer, reprit Pierce.

— Ma mère assistait au procès ?

— Oui, et elle s'est montrée fort touchante. Surtout quand elle a imploré les lords d'épargner la vie de Seabourne.

Alex se sentit glacée jusqu'aux os en se représentant sa mère plaidant la clémence pour Gavin. Mais au moins était-elle soulagée de savoir que ni sa famille ni ses amis n'avaient accordé foi au faux témoignage qui l'accusait.

Hélas, cela n'enlevait rien au fait que Gavin était condamné à mort. Et qu'il ne restait plus qu'une semaine avant son exécution.

— Profitez bien de vos derniers jours en Angleterre, Alexandra, lui dit Frédérica. Aussitôt après l'exécution, vous embarquerez pour les côtes barbaresques. Mais avant votre départ, je me ferai une joie de vous narrer dans le détail la mort de votre cher époux.

Elle coula un regard énamouré à son mari, puis ajouta :

— Barton a déjà loué un balcon face au gibet de Newgate. Nous aurons une vue imprenable sur la pendaison de Seabourne.

Pierce retourna le même regard tendre à sa femme et l'enlaça. Ces deux-là s'aimaient, dans leur folie meurtrière.

— Je reviendrai bientôt vous voir, Alexandra, promit Frédérica. Viens, Barton, j'ai hâte de rentrer chez nous, à présent.

Alex demeura pétrifiée après leur départ. Il ne lui restait qu'une semaine, et elle n'était toujours pas venue à bout du mortier. Si seulement elle avait disposé d'un outil plus solide que sa cuiller, les pierres auraient été descellées depuis longtemps ! Mais ce n'était pas le moment de faiblir, ni de se trouver des excuses pour ne pas persévérer.

Le cœur lourd, elle se remit au travail.

— C'est un crime impardonnable ! explosa Kyle, qui faisait les cent pas dans la petite cellule de la prison de Newgate, où Gavin avait été transféré pour y passer sa dernière nuit avant son exécution.

De cette façon, la police n'aurait pas à forcer un passage à travers la foule pour conduire le condamné de la Tour de Londres jusqu'au gibet.

— Ce genre de crimes arrive hélas fréquemment, répliqua Gavin. La seule différence, c'est que j'ai beaucoup d'argent. Les riches sont rarement victimes de pareilles injustices.

— Comment peux-tu être si calme et si détaché? s'étonna son ami.

— Parce que cela ne changerait rien si je trépignais. Veux-tu goûter à cet excellent brandy?

Kyle accepta le verre qu'il lui tendait et se laissa tomber sur une chaise. Il n'y avait plus grand-chose à dire, sinon évoquer l'exécution du lendemain, qui n'était vraiment pas un sujet de réjouissance. Gavin avait déjà mis ses affaires en ordre et fait ses adieux à la plupart de ses proches. Ce soir, il n'y avait plus que Suryo et Kyle autour de lui, et il aurait volontiers demandé à ce dernier de partir, car son ami était incapable de cacher sa frustration. Suryo était d'une compagnie beaucoup plus apaisante, en ces instants ultimes.

On frappa soudain à la porte. Suryo alla ouvrir. Ashburton et lord Kenyon entrèrent. Ils semblaient défaits.

Gavin se leva.

— Voulez-vous du brandy? Il a l'air de faire un peu frisquet, dehors.

— Oui, volontiers, répondit Ashburton en se débarrassant de son manteau. Je viens d'avoir une audience avec le roi. William n'est pas méchant. C'est un passionné de navigation et il a beaucoup d'estime pour tous les marins. Mais il dit que c'est aux lords de juger leurs pairs, et qu'il ne peut pas intervenir dans une affaire qui relève de la noblesse.

— C'était prévisible, commenta Gavin qui remplit deux nouveaux verres.

Lord Kenyon prit le sien et s'assit. Aussitôt après le jugement, il avait conduit Catherine et Katie au pays de Galles, de façon à les éloigner le plus possible du lieu de l'exécution.

— Je n'ai jamais vu de mort aussi stupide, lâcha-t-il. Et imméritée.

— Vraiment ? fit Gavin. Je pensais pourtant que vous nourrissiez quelques réserves sur mon innocence ?

— Au début, oui, avoua Kenyon. Je pouvais admettre que vous ayez frappé Alex par mégarde, dans le feu d'une dispute. Mais vous ne lui auriez jamais tiré dessus. C'est tout bonnement impensable. Le témoignage de ce Throup ne tient pas debout.

— Malheureusement, une majorité de lords y a cru.

— Faire mourir un innocent est encore le meilleur argument contre la peine de mort, dit Ashburton d'un ton morose. Je crois que je vais déposer un projet de loi réclamant son abolition.

— Il ne passera jamais, objecta Kyle. Les gens aiment trop assister aux exécutions.

— Ce n'est pas parce que mon projet ne sera pas voté que je ne dois pas essayer, répliqua le duc.

— Alex était bien votre nièce, murmura Gavin avec un pâle sourire. La justice avant tout...

On frappa de nouveau à la porte. Cette fois, ce fut Gavin qui ouvrit. Il tomba sur un vicaire armé d'une bible.

— Je suis venu apporter le réconfort du Seigneur au condamné.

Gavin soupira. C'était déjà assez dur comme ça de devoir être pendu. Inutile de rajouter des prières.

— Merci, mais ma conscience est en ordre. Vous pouvez rentrer chez vous.

Il ferma la porte au nez du vicaire, puis se retourna vers ses amis.

— Ça me paraît la soirée idéale pour boire plus que de raison. Qui a envie de se joindre à moi ?

Excepté Suryo, qui ne buvait jamais d'alcool, tous acceptèrent. Gavin songea qu'il avait bien de la chance de posséder quatre amis aussi indéfectibles.

Hélas, il n'aurait pas le loisir de les fréquenter longtemps.

Une épaule plaquée contre le mur, Alex rassembla ses forces pour pousser sur les pierres qu'elle avait descellées. Elle perçut un mouvement et, encouragée, poussa de nouveau. Il fallait que ça réussisse. Toute cette dernière semaine, elle avait gratté le mortier presque avec frénésie. D'après ses calculs, Gavin serait pendu dans quelques heures. La jeune femme n'avait pas de montre, mais elle se refusait à croire qu'il puisse être trop tard.

Les pierres avaient bougé, oui. Mais pour l'instant elles restaient en place. Alex avait envie de pleurer. Cependant, elle ne se découragea pas et renouvela ses efforts.

Brusquement, avec une soudaineté inattendue, un pan entier du mur bascula dans la cave voisine. Pour un peu, elle en aurait sauté de joie!

— Je reviendrai te chercher plus tard, dit-elle à Capitaine Chat qui la regardait, couché sur le grabat. Tu viendras habiter chez nous.

Puis elle s'agenouilla. Le trou était juste assez grand pour la laisser passer dans l'autre cave, et encore ses jupes se déchirèrent-elles contre les pierres. Si sa grossesse avait été plus visible, elle aurait été bloquée. Par chance, son corps n'avait pas vraiment commencé à changer.

Munie de sa dernière chandelle, elle découvrit une petite cave voûtée, semblable à celle où elle avait été emprisonnée, mais cette fois aucune grille n'en barrait l'issue. Alex remonta un couloir, longeant d'autres caves, la plupart remplies d'énormes barriques. Il y avait là assez de vin pour enivrer tout Londres.

Le couloir se terminait par une massive porte en fer. Elle examina la serrure, puis chercha sur le mur, au cas où une clé aurait été suspendue quelque part. Malheureusement, elle n'en vit aucune.

Il ne lui restait plus qu'à attendre la visite quotidienne de Jones. Le temps pressait, mais il n'y avait pas d'autre solution. Alex posa sa chandelle sur une pierre et fit des exercices de taï chi. Un peu de relaxation maintenant lui donnerait plus de force tout à l'heure.

Soudain, elle entendit une clé tourner dans la serrure. Aussitôt elle éteignit la chandelle et se cacha dans l'ombre, espérant réussir à s'enfuir par la porte sans que le garde s'en aperçoive.

Mais ce n'était pas Jones.

Frédérica entra, une lanterne à la main, son mari sur ses talons.

— Nous n'avions vraiment pas le temps de ce détour, marmonnait Pierce. Nous allons finir par manquer l'exécution.

— Il n'y en a que pour cinq minutes, chéri. Je veux faire souffrir cette garce jusqu'au bout. Imagine un peu comme ça va être drôle, de lui faire croire que son mari a été gracié et de revenir dans une heure lui raconter les détails de sa mort.

Il éclata de rire. Alex, horrifiée, découvrait que la cruauté de Frédérica était sans bornes. Cette femme était folle.

Pierce repoussa la porte et la verrouilla derrière lui. Alex comprit qu'elle devait agir immédiatement, pour bénéficier de l'effet de surprise. Sinon, arrivés dans sa cellule, ses ravisseurs comprendraient qu'elle s'était échappée.

Elle bondit de sa cachette, arracha la clé des mains de Pierce et lui donna un coup de pied dans le bas-ventre. Il hurla de douleur et, reculant, bouscula sa femme. Frédérica émit un cri et laissa échapper sa lanterne, qui se brisa en tombant au sol, plongeant du même coup la pièce dans l'obscurité.

Alex profita de la confusion pour ouvrir la porte et s'engouffrer vers la sortie. Tandis qu'elle essayait de refermer à clé, elle sentit que Pierce retenait le battant en proférant des jurons. Elle tira de toutes ses forces sur la poignée et réussit à verrouiller la serrure.

— Vous feriez mieux de prier que j'arrive à temps pour empêcher l'exécution, dit-elle à travers la porte. Sinon, vous mourrez dans d'atroces souffrances !

Puis, sans perdre de temps, la jeune femme gravit les quelques marches en pierre qui s'offraient à elle, se demandant où elle allait déboucher. Une autre porte terminait l'escalier, mais celle-ci, heureusement, était ouverte. Quand elle la poussa, elle faillit tomber à la renverse, tellement la lumière du jour, à laquelle elle n'était plus habituée, l'aveugla. Elle s'agrippa à la porte quelques instants, les yeux fermés, afin de se remettre du choc. Après quoi, elle rouvrit doucement les yeux et les leva vers le ciel. D'après le soleil, il devait être entre onze heures et onze heures et demie. L'exécution était prévue pour midi. Il n'était donc pas trop tard.

Puis elle étudia les alentours. Elle se trouvait dans une grande cour, environnée d'entrepôts portant la marque Pierce & Co. Arborant un air détaché, elle se mit à marcher tranquillement devant elle. Elle croisa deux ouvriers qui, par chance, ne lui demandèrent pas ce qu'elle faisait là. La minute d'après, soulagée, elle avait atteint la rue.

L'écurie de louage où Gavin était client ne se trouvait qu'à une centaine de mètres. Alex y courut. Malgré ses exercices d'étirement, elle avait perdu l'habitude de bouger et arriva essoufflée. Elle entra directement dans le bureau, qui était sur la gauche.

Fitzgerald, le patron, eut le choc de sa vie en la voyant apparaître.

— Sainte Mère de Dieu ! s'écria-t-il, ponctuant son exclamation d'un signe de croix.

— Je ne suis pas un fantôme, monsieur Fitzgerald, le rassura Alex. Si c'était le cas, je pense que je serais plus propre et mieux habillée. J'ai été kidnappée et retenue prisonnière tout près d'ici. (Elle reprit son souffle.) Le... l'exécution n'a pas encore eu lieu, n'est-ce pas ?

Fitzgerald commençait seulement à recouvrer ses esprits.

— Non. Mais c'est pour dans pas longtemps...

— Savez-vous si lord Seabourne se trouve toujours à la Tour, ou s'il est en chemin pour Newgate ?

— Il a passé sa dernière nuit à Newgate. On craignait que ses amis n'essaient de le libérer en profitant de la confusion générale, s'il avait traversé la ville au milieu de la foule.

— Prêtez-moi votre meilleur cheval, ordonna Alex qui cependant avait peur de ne pas trouver le chemin toute seule. Quelqu'un pourrait-il me guider ?

Fitzgerald se leva.

— Moi, milady. En revanche, je n'ai qu'une selle pour femme et elle est cassée.

— Je sais monter comme un homme, répliqua-t-elle, impatientée. *Partons immédiatement !*

Et que Dieu fasse qu'ils arrivent à temps !

38

— C'est l'heure, milord, prévint respectueusement le garde.

— Très bien, répondit Gavin, qui termina son thé.

Malgré tout l'alcool ingurgité hier soir, il avait veillé à ne pas être ivre mort, pour ne rien perdre des derniers instants qui lui restaient à vivre.

Même si cela dépassait l'entendement, il avait fini par accepter que sa mort était imminente et inévitable. D'ordinaire, la vie s'arrêtait par accident, du fait d'une maladie, ou tout simplement à cause de l'âge. Mais une exécution avait quelque chose de monstrueusement froid.

Il reposa sa tasse, se leva et vérifia dans la glace qu'il était présentable, avant de se tourner vers ses compagnons. Ashburton était parti à l'aube, pour tenter une ultime fois d'obtenir la grâce du condamné. Les trois autres amis de Gavin semblaient anéantis. D'une certaine manière, c'était plus dur pour eux que pour lui.

Il commença par serrer la main de lord Kenyon.

— Prenez bien soin de Katie.

— Nous n'y manquerons pas, assura le colonel. Elle saura la vérité.

Puis Gavin s'approcha de Kyle.

— Merci. Merci pour… tout.

Incapable de parler, Kyle lui donna l'accolade, avant de détourner la tête.

Gavin prit enfin la main de Suryo dans la sienne.

— Tu auras plus compté à mes yeux que mon propre père.

— Et vous avez été le fils que je n'ai jamais eu, répondit Suryo. Puisse Allah veiller sur votre âme.

Gavin quitta la pièce sans un regard en arrière. Ses amis avaient obtenu une place juste au pied du gibet, mais il ne savait pas s'il devait se réjouir ou se désoler de leur présence. Il était bien sûr réconfortant de savoir que ceux qui tenaient le plus à lui l'accompagneraient jusque dans ses derniers instants, mais c'était aussi une douleur supplémentaire.

Tandis qu'il traversait la cour de la prison, vers la grande double porte qui ouvrait sur le dehors, il entendit un concert de voix hurler :

— Sept... huit... neuf...

La foule comptait les cloches du carillon de la prison.

Au douzième coup de midi, la porte de Newgate s'ouvrit. Il fut conduit vers le gibet, cerné d'un cordon de policiers. Devant lui s'étendait une foule immense. Chaque fenêtre de chaque immeuble avait été louée, parfois fort cher, pour offrir une meilleure vue.

— Une fois, chuchota l'un des policiers qui l'escortaient, un balcon s'est effondré, tuant douze personnes. Ce jour-là, le condamné est mort avec le sourire.

Gavin pouvait comprendre pourquoi.

Quelques hommes attendaient déjà sur la potence. Le bourreau, son assistant, et lord Saint-Aubyn. Lors des délibérations, ce dernier avait usé de son autorité pour suggérer que les preuves contre Gavin semblaient insuffisantes. À présent, il devait présider à une sentence qui le troublait profondément.

Le vicaire aussi était présent.

— Voulez-vous prier avec moi, lord Seabourne ? demanda-t-il dès que Gavin eut gravi les marches. Quoi qu'il en soit, je prierai pour vous.

Cette fois, Gavin hocha la tête. Ce qui lui avait paru stupide, la veille au soir, lui semblait maintenant opportun. Deux coussins furent apportés, et il s'agenouilla à côté du vicaire pour réciter une prière. Il avait depuis longtemps perdu l'habitude d'aller à l'église, mais n'avait pas oublié les paroles de son grand-père, lui intimant de toujours vivre en accord avec ses principes. Cela avait-il été suffisant ? Il l'espérait, car sinon ces quelques ultimes secondes de repentance ne parviendraient pas à sauver son âme...

Lorsqu'il se releva, il s'aperçut que les premiers symptômes de la peur prenaient possession de son corps. Son pouls s'était accéléré, il respirait plus vite, et il avait de plus en plus de mal à rester calme. Il espérait cependant pouvoir garder le contrôle de lui-même jusqu'à la fin. Quand il ne vous reste plus que la mort comme seule issue, autant l'affronter avec honneur.

On lui lia les mains.

— Désirez-vous prononcer quelques dernières paroles, lord Seabourne ? proposa Saint-Aubyn.

Gavin avait pensé rester silencieux, mais il se surprit à répondre :

— Puisse Dieu protéger les innocents de l'injustice des hommes.

Saint-Aubyn, les lèvres pincées, hocha la tête.

— Voulez-vous la cagoule, milord ? demanda ensuite le bourreau.

Gavin faillit refuser, pour ne pas perdre une miette de ce beau ciel d'automne qui couvrait la ville. Mais, voyant tous ces regards curieux braqués sur lui, il acquiesça. Si jamais, au dernier moment, la panique lui déformait les traits, au moins personne ne le verrait.

Sa nervosité s'accrut dès qu'il eut la tête emprisonnée par la cagoule. Il avait le sentiment de suffoquer, et dut faire appel à toute la force mentale que lui avait enseignée Suryo pour s'abstraire du présent. Ce détachement lui apporta la paix. Après tout, c'était le destin de tous les hommes de mourir un jour. Lui-même avait souvent taquiné la mort, par le passé. Cette fois, le moment était venu. Eh bien, qu'il en soit ainsi.

Le bourreau lui passa la corde au cou. Si le vicaire avait raison, si Dieu existait, Gavin se dit qu'il n'allait plus tarder à rejoindre Alexandra...

Alex poussa un cri d'horreur en découvrant la foule assemblée devant Newgate. Fitzgerald freina son cheval et l'incita à faire de même.

— Vous aurez plus vite fait de terminer à pied, milady.

— Merci de m'avoir aidée.

Elle sauta de cheval et commença à se frayer un chemin dans la foule.

— Laissez-moi passer, s'il vous plaît! répétait-elle inlassablement.

— Et pourquoi on vous laisserait passer? rétorqua un gaillard ironique.

— Je suis la femme que lord Seabourne est censé avoir assassinée. Aidez-moi à les empêcher de tuer un innocent!

Le gaillard ricana devant l'apparence de la jeune femme.

— Vous, lady Seabourne? Et moi, je suis le roi d'Angleterre.

Alex lui tendit sa main, où brillaient les bagues de prix que les Pierce n'avaient pas songé à lui voler.

— Devant Dieu, je vous jure que je suis lady Seabourne. Au nom du Ciel, aidez-moi à sauver mon mari!

Le gaillard changea subitement d'expression. Se retournant, il commença à jouer des coudes parmi la foule.

— Ouvrez le passage! grondait-il de sa voix puissante. Ouvrez le passage!

Alex marchait sur ses talons. Au milieu des têtes, elle aperçut Gavin, à qui on liait les mains dans le dos. Il lui parut magnifique, comme si la vulgarité de cette foule n'avait pas de prise sur lui. Elle cria pour attirer l'attention des hommes rassemblés au pied du gibet, mais il y avait trop de bruit autour d'elle pour que sa voix porte.

Plus ils s'approchaient, plus la foule était dense, ralentissant leur progression. Mon Dieu! On venait maintenant de passer la corde au cou de Gavin! Alex désespérait d'arriver à temps.

Finalement, elle se retrouva devant la potence, sous les regards médusés de Kyle, de Suryo et de son beau-père.

— Arrêtez! hurla-t-elle en se précipitant sur le cordon de policiers. Arrêtez tout!

— Dieu du ciel! s'exclama lord Kenyon qui venait à la rencontre de la jeune femme, tandis que Kyle et Suryo, jouant des coudes, grimpaient sur la potence.

Mais au même instant, Alex entendit le bruit sinistre de la trappe qui s'ouvrait sous les pieds du condamné.

Pour Gavin, tout ralentit brusquement lorsque le sol se déroba sous ses pieds. La corde, à son cou, se resserra presque avec douceur, étouffant le cri qui avait failli monter dans sa gorge.

Mais soudain quelqu'un se rua sur lui, comme un boulet de canon, pour le pousser de côté. La corde continuait de le serrer au cou, mais ses pieds reposaient de nouveau sur le bois.

— Détachez-le !

C'était la voix de Kyle.

Gavin voulut protester, craignant que son ami ne reçoive un châtiment exemplaire pour avoir interféré dans une exécution capitale. Mais il n'avait plus de souffle et commençait à manquer d'air.

Puis la corde se détendit comme par enchantement, et on lui retira sa cagoule. Passablement hébété, il vit Suryo finir de trancher la corde avec sa dague, tandis que Kyle lui libérait les poignets. Il lui parlait en même temps, mais Gavin ne parvenait pas à comprendre.

Les officiels, à côté, semblaient éberlués et la foule murmurait bizarrement, comme si une nouvelle extraordinaire se répandait peu à peu, à la vitesse d'une immense vague. Une femme brune, les cheveux en désordre et la robe déchirée, conférait avec lord Saint-Aubyn, accompagnant ses paroles de gestes véhéments. Puis elle se retourna.

Alex ! C'était impossible. Gavin était victime d'une hallucination.

Mais l'hallucination s'approchait de lui en souriant.

— C'est vraiment moi, dit-elle. À mon tour de te sauver la vie.

— Alex...

Il tendit la main pour la toucher. Elle était bien de chair et de sang. Ce n'était pas un esprit. Et cependant, il n'arrivait toujours pas à y croire.

— Non. Ce n'est pas... ça ne peut pas...

— Si, Gavin, mon amour.

La jeune femme l'enlaça, et il comprit que c'était bien elle. Il lui rendit son étreinte, enfouissant le visage dans son cou.

Si cela était l'enfer, il voulait bien y rester l'éternité.

De retour au 42, Berkeley Square, Alex commençait à donner des signes d'épuisement. Sans compter les bleus qu'elle avait reçus en se forçant un passage dans la foule. Mais cela n'avait pas d'importance.

Après que lord Saint-Aubyn eut fait rentrer tout le monde dans la relative quiétude de la prison, la jeune femme avait expliqué le complot dont elle et Gavin avaient été victimes. Saint-Aubyn avait immédiatement envoyé des policiers arrêter Pierce, en promettant que cette fois la justice serait bien rendue.

Le colonel avait serré Alex dans ses bras jusqu'à lui briser les côtes, puis il était reparti pour le pays de Galles, afin de ramener Catherine et Katie le plus vite possible à Londres. Kyle, jubilant, s'était précipité chez lui pour annoncer la bonne nouvelle à Mei-Lian. Et Philip Elliott, avant de quitter la prison, avait tenu à serrer la main de Gavin avec ce qui avait semblé un plaisir sincère. Après quoi, Suryo s'était chargé de reconduire Alex et Gavin à leur domicile, dans le propre attelage de lord Saint-Aubyn.

Gavin n'avait pas dit un mot de tout le trajet. Alex se doutait qu'il devait être encore perturbé par l'expérience qu'il venait de vivre. Il avait été très près de passer dans l'autre monde.

Bard faillit avoir une attaque en ouvrant la porte à deux personnes qu'il croyait mortes.

— Suryo, pourriez-vous expliquer à tout le monde ce qui s'est passé ?

— Avec plaisir, milady.

Et il entraîna Bard rejoindre les autres domestiques à l'office pour leur apprendre la bonne nouvelle.

Comme son mari ne semblait pas savoir quoi faire ensuite, Alex lui prit la main et le poussa vers l'escalier.

— Tout ce que je veux, pour l'instant, c'est un peu de paix et de tranquillité avec toi, dit-elle.

Quand ils se retrouvèrent dans l'intimité de leur chambre, Gavin parla enfin.

— Je n'arrive toujours pas à croire que tu n'es pas un rêve de l'au-delà...

— Laisse-moi essayer de te le prouver, répondit la jeune femme en le serrant contre elle. Il faudra que tu t'habitues à m'avoir dans tes bras, Gavin. Car dorénavant, je ne te lâcherai plus d'un centimètre.

Il commençait à s'extirper de sa paralysie.

— Alexandra, murmura-t-il. Tu es la femme la plus courageuse et la plus indomptable du monde.

Elle rit.

— Et aussi la plus débraillée. Heureusement, je pouvais au moins me laver, sinon je ne sais pas à quoi je ressemblerais aujourd'hui !

— Ça n'a pas d'importance. Tu es toujours aussi belle...

Il l'embrassa et, soudain, la joie, le bonheur et la passion se remirent à couler dans ses veines. La jeune femme répondit à son baiser avec une ardeur égale à la sienne et, les lèvres scellées, ils se dirigèrent vers le lit. Gavin se laissa tomber sur le dos et l'attira sur lui.

— Non, dit-elle. Pas cette fois.

Un instant, il crut que les épreuves de ces dernières semaines avaient créé de nouvelles barrières, mais Alex le détrompa bien vite en le prenant dans ses bras pour le faire rouler sur elle.

— Aujourd'hui, Gavin, je n'ai plus peur de rien.

Il souleva ses jupes et la pénétra avec un sentiment d'urgence. Cette vie, qu'il avait crue terminée, les animait tous les deux de son feu intense.

Elle cria très fort sa jouissance et, à cet instant sublime, Gavin eut le sentiment que leurs âmes se rejoignaient.

Ils restèrent ensuite longuement enlacés, incapables de se séparer. Finalement, il consentit à rouler sur le côté, mais resta lové contre la jeune femme, qui avait glissé une jambe entre les siennes.

— Je ne me suis jamais senti aussi vivant de ma vie, dit-il. Et toi, mon amour, tu es belle au-delà des mots.

Il l'embrassa sur le front, avant d'ajouter :

— Une des choses que je regrettais le plus, c'était de ne t'avoir jamais dit que je t'aimais. Je... je pensais avoir perdu la faculté d'aimer. D'aimer vraiment. C'est pourquoi j'ai mis si longtemps à le reconnaître...

Elle hocha la tête.

— J'ai eu le même problème. Sans doute parce que nous avons tout fait à l'envers. Le désastre pour commencer, ensuite le mariage... et pour finir, l'amour !

Il rit.

— Je pourrais peut-être te faire la cour ?

Alex lui prit la main pour la poser sur son ventre.

— Dépêche-toi, alors. Car je suis à peu près certaine d'avoir ici un petit comte.

Gavin semblait partagé entre la joie et l'inquiétude. Elle s'empressa de le rassurer.

— Cette fois, tout ira bien.

Il sourit.

— Cette fois, et toujours. Ne crois-tu pas que nous avons gagné le droit de vivre enfin heureux ?

Épilogue

D'ordinaire, la réception d'un nouveau membre à la Chambre des lords était une cérémonie calme et compassée. Mais c'était la première fois que l'auguste assemblée honorait quelqu'un qu'elle avait auparavant condamné à mort. Ce qui rendait l'atmosphère pour le moins... intéressante.

Gavin éprouva un sentiment d'irréalité en pénétrant dans la grande salle du conseil, revêtu de son costume d'apparat. Combien de malheureuses hermines avaient dû être sacrifiées pour la grandeur des Seabourne ? Trop, assurément.

Alex le suivait des yeux depuis la galerie des spectateurs. Elle était entourée de sa fille, de sa mère et de quelques proches. Il y avait là Mei-Lian, lady Jane Holland et la duchesse d'Ashburton.

Elle portait un collier orné de la perle que Gavin avait décrochée au cou du dragon de Maduri, et la jeune femme la caressa lorsqu'il leva les yeux vers elle. Par ce geste destiné à lui seul, elle voulait lui signifier que les « dragons » du Parlement n'étaient rien en comparaison de celui qu'il avait défié pour elle. Gavin ne put s'empêcher de sourire, malgré la solennité de la circonstance.

Leur fils, James Michael Elliott, était né voici un mois et Alex rayonnait de sa maternité. La nuit précédente, elle lui avait annoncé qu'elle était désormais disponible pour reprendre son devoir conjugal. Et elle s'était employée à le faire avec beaucoup d'imagination et d'enthousiasme...

Gavin préféra occulter ces souvenirs intimes pour se consacrer au moment présent. Cette fois, les lords assemblés devant lui n'étaient plus là pour le juger, mais pour l'adouber comme l'un des leurs. Beaucoup ne pouvaient cacher leur embarras : c'étaient bien sûr ceux qui avaient voté sa mort, quelques mois plus tôt. Les lords dont la conscience était plus tranquille arboraient pour leur part un sourire détendu.

Comme l'exigeait la tradition, le nouveau lord devait être présenté par deux parrains. Aussi Gavin était-il flanqué de Kyle et de son frère, lord Grahame. La présence des jumeaux ajoutait encore à l'extraordinaire de la scène.

Après avoir été officiellement présenté, Gavin devait faire serment d'allégeance au roi et à la Couronne. Mais il décida de profiter de l'occasion pour expliquer d'où il venait, et qui il était.

— Mes nobles lords, dit-il, vous me faites là un honneur inattendu. Étant né en Écosse et ayant grandi en Amérique, mon esprit et mon cœur ont été forgés par les idéaux républicains. Très tôt, j'ai acquis la conviction que tous les hommes naissent égaux devant Dieu, et l'aristocratie me paraissait une vieille institution décadente.

Il parcourut l'assemblée du regard, avant de poursuivre :

— J'ai donc été horrifié d'apprendre que j'héritais d'un comté et que je ne pouvais refuser mon titre. Puis vous m'avez jugé, et condamné à mort.

Il y eut des froncements de sourcils – beaucoup considérant de très mauvais goût de rappeler, ici et aujourd'hui, cet épisode douloureux. Mais Gavin n'en avait cure. Il continua :

— Eh bien, figurez-vous que c'est précisément ce jour-là que j'ai appris à respecter cette Chambre et les hommes qui y siègent. Non pas pour votre verdict, qui était erroné, mais parce que vous m'avez donné la preuve que même un pair du royaume n'est pas au-dessus de la justice. J'ai réalisé, tout à coup, que ce que j'aimais le plus en Amérique s'inspirait directement des coutumes et des lois anglaises. Aussi, j'espère et je prie pour que cet idéal, que nous partageons d'un côté et de l'autre de l'Atlantique, permette à nos deux nations de rester éternellement amies. La justice britannique, conjuguée à la compassion de tout un peuple, a réussi à créer l'une des civilisations les plus avancées du monde. C'est l'Angleterre qui, la première, a décrété que l'esclavage était une abomination. Au cours des dix dernières années, le Parlement a voté de nombreuses lois favorables à l'émancipation de tous les individus, hommes et femmes, dans toutes les couches sociales. Je suis fier et heureux de rejoindre aujourd'hui votre assemblée où j'entends contribuer, avec d'autres hommes de bonne volonté, à l'édification d'une société encore plus juste et plus humaine.

Les lords les plus traditionalistes semblaient bien sûr peinés d'un tel discours, mais les réformateurs hochaient vigoureusement la tête.

Aussitôt la cérémonie terminée, un groupe de lords vint l'entourer pour le congratuler. Alex se joignit à eux.

— Je suis très fière de toi, milord mon amour.

Gavin se perdit dans les yeux de la jeune femme et en oublia les gens qui l'entouraient.

— Les trophées les plus beaux sont aussi les plus durs à conquérir, murmura-t-il.

Et comme il n'était pas à une entorse au règlement près, il embrassa passionnément son épouse.

Découvrez les prochaines nouveautés
de la collection

Aventures et Passions

Le 4 avril

Plaisirs interdits de Eloisa James (n° 6535)

Angleterre, XIXe siècle. Gabrielle Jerningham rejoint Londres depuis l'Inde pour épouser, comme convenu avec leurs parents, Peter Dewland. Dandy, il est horrifié par l'allure peu conventionnelle de sa future épouse, ses cheveux décoiffés et ses maladresses répétées. Alors que son frère aîné, Quentin, est immédiatement charmé par l'intelligence et la très grande beauté de la jeune fille... et entreprend de la séduire. Et tant pis pour son frère !

Le 11 avril

Dans les bras du shérif de Jill Gregory (n° 6536)

Emily Spoon vit dans le Colorado avec son frère et son oncle, qui a passé plusieurs années en prison pour avoir attaqué des diligences. Désormais, toute la famille veut vivre en paix et élever tranquillement du bétail. Mais le shérif de la bourgade voisine, Clint Barclay, voit d'un mauvais œil l'installation de ces nouveaux arrivants. La belle maîtresse de maison pourra-t-elle le faire changer d'avis ?

Le 18 avril

Un amant de rêve de Virginia Henley (n° 4848)

Quoi de plus atroce que d'être mariée à un homme qu'on méprise ? Cette situation est si odieuse à Esmeralda que, chaque jour, elle fuit au moment où son époux regagne le domicile conjugal ! Ce soir-là, elle vient à peine de s'engager dans Baker Street qu'un fiacre s'arrête à sa hauteur. La portière s'ouvre et Esmeralda découvre avec stupeur Sean, l'homme auquel elle rêve depuis cinq ans...

Le 28 avril

Un séduisant ravisseur de Lael St. James (n° 6537)

Angleterre, XIVe siècle. Gabrielle Redclift doit quitter malgré elle sa mère et ses sœurs pour épouser Sir Avendall, qu'elle n'a vu qu'une fois. Au lieu de venir la chercher lui-même, il envoie ses hommes l'accompagner. En chemin, le rival d'Avendrall attaque la petite troupe et enlève la belle. Gabrielle est outrée, mais trouve ce Morgan Chalstrey diablement séduisant...

Ce mois-ci, retrouvez également les titres de la collection

Amour et Destin

Des histoires d'amour riches en émotions déclinées en trois genres :

Intrigue ***Romance d'aujourd'hui*** ***Comédie***

Le 3 mars *Intrigue*

Celle qui en savait trop de Lisa Jackson (n° 6501)

Shelby Cole apprend dans une lettre anonyme que la petite fille à qui elle a donné le jour, neuf ans auparavant, n'est pas morte peu après sa naissance comme l'avait affirmé son père, le juge Cole. Décidée à retrouver la trace de son enfant, Shelby retourne dans la petite bourgade de Malchance pour mener son enquête, aidée de Nevada Smith, le père métis indien de l'enfant...

Le 10 mars *Romance d'aujourd'hui*

Quand ressurgit le passé de Elizabeth Richards (n° 6502)

Leigh est mariée depuis plusieurs années avec Simon. Nègre pour un écrivain à succès, elle travaille chez elle tout en veillant sur ses trois enfants. Elle mène une vie paisible, même si la routine quotidienne pèse sur son amour pour Simon. Lorsqu'elle reçoit un beau jour une carte postale de Fowler, le jeune professeur qu'elle avait aimé lorsqu'elle n'avait que dix-huit ans, Leigh est émue comme une adolescente... Osera-t-elle affronter son premier amour ? Quelles en seront les conséquences pour son mariage ?

Le 24 mars *Comédie*

Lily à la rescousse de Louise Harwood (n° 6451)

Après avoir fait les Beaux-Arts à Londres, Lily s'installe chez sa sœur Grace, propriétaire d'une maison au pays de Galles. Un soir, alors qu'elle est au pub avec son amie Kirsty, elle surprend la conversation de quatre jeunes gens : ils s'apprêtent à kidnapper leur copain Hal pour qu'il manque son mariage, le lendemain, avec une fille qu'ils n'aiment pas. Lily et sa copine, n'écoutant que leur bon cœur – et leur curiosité mal placée –, décident de les en empêcher...

6506

Composition Interligne B-Liège
Achevé d'imprimer en France (La Flèche)
par Brodard et Taupin
le 24 février 2003. 17290
Dépôt légal février 2003. ISBN 2-290-32886-3

Éditions J'ai lu
84, rue de Grenelle, 75007 Paris
Diffusion France et étranger : Flammarion